AF398384

Ein
Gutshof
im
Winterzauber

Ein weihnachtlicher
Liebesroman

Ein Gutshof im Winterzauber

ISBN 978-3-98998-458-5
E-Book-ISBN 978-3-98998-251-2
Hörbuch-ISBN 978-3-98998-257-4

Vorwort

Jana Engels, 2024

Menschen lassen sich in jeder beliebigen Art und Weise kategorisieren und in Schubladen stecken. Das ist vielleicht nicht fair, aber wahr - auch in Sachen Winter und Weihnachten. Da gibt es zum einen die glückseligen Enthusiasten, die die ersten Takte von „Last Christmas" im Radio nicht erwarten können, die ihr Heim festlich schmücken und ihre Nasen sehnsüchtig in die frostige Abendluft recken. Zum anderen gibt es die ausgesprochenen Muffel, für die es spätestens ab dem ersten Advent so unerträglich wird, dass sie Einkaufszentren meiden und am liebsten Reißaus nehmen würden. Häufiger als gedacht versteckt sich hinter dieser abwehrenden Haltung ein trauriges und sorgfältig gehütetes Geheimnis, eine verlorene Liebe zum Beispiel. Dann ist es das verletzte Herz, das sich, aus Angst vor weiterem Kummer und Schmerz, die besondere Wärme und Liebe der Weihnachtszeit entsagt.

Doch in jedem Jahr gibt es eine Handvoll Menschen, die eine einzigartige Wandlung erleben. Ihre Herzen, durch eine unerwartete Begegnung, einen kostbaren Moment oder eine berührende Erinnerung angeregt, öffnen sich zaghaft. Manchmal nur für einen kurzen

Augenblick. Mit äußerster Vorsicht lassen sie sich erneut auf den Zauber der Winter- und Weihnachtszeit ein und werden, wenn die Sterne günstig stehen, mit der wahren Liebe belohnt.

1. Unerwarteter Besuch

„Morgen, Sonnenscheinchen", grunzte ihr eine tiefe Stimme verschlafen ins Ohr und einen Augenblick später landete der schwere Arm von Getränke-Markus auf Natalies Hüfte. Dort blieb er liegen und hinter sich vernahm sie lautes, gleichmäßiges Ein- und Ausatmen. Er schlief wieder. Getränke-Markus lag nicht unerwartet in ihrem Bett, denn sie hatte ihn am Vorabend von der Rewe-Weihnachtsfeier mit nach Hause geschleppt. Aber es war doch eine ungewohnte Situation, denn bisher hatte Natalie ihn nur als ihren Arbeitskollegen gekannt – und das nicht mal besonders gut. Schließlich jobbte sie erst seit August bei Rewe, gerade drei Monate, und das auch nur ein paar Stunden pro Woche. Eine notwendige Maßnahme, um ihr Einkommen aufzustocken und einigermaßen selbstständig über die Runden zu kommen. Sie grinste vor sich hin. Getränke-Markus, unglaublich. Er hatte ihr die Feier im Kreis der Belegschaft mehr als gerettet und sie anschließend mit allem Drum und Dran nach Hause gebracht. Dafür war sie ihm überaus dankbar, denn er hatte sich in jeder Hinsicht als positive Überraschung entpuppt. Hätte ihr das jemand noch am gestrigen Morgen gesagt, hätte sie denjenigen wahrscheinlich augenrollend für völlig verrückt erklärt. Natalies Kontakt mit Getränke-Markus hatte sich in den vergangenen Wochen nämlich auf nicht mehr als *Hallo* und *Schönen Feierabend* beschränkt.

Bis auf den einen Tag, an dem sie ihm beim Kehren des Gangs die Glühweinflaschen aus dem Regal gekegelt hatte. Gerade an diesem Tag hatten sie den Termin für die Rewe-Weihnachtsfeier mitgeteilt bekommen und im Gegensatz zu allen anderen hatte sie keinerlei Vorfreude auf das Fest verspürt. Im Gegenteil, das Thema hatte ihr mächtig die Laune verhagelt. Anfang November sollte die Party in den Räumlichkeiten des Supermarkts steigen, bevor der eine Teil der Belegschaft in familiärem Weihnachtsstress ertrinken und der andere hoch motiviert in die Karnevalssession starten konnte.

Mit einem lauten Knall war sie aus ihren mürrischen Gedanken geholt worden. „Auch das noch!" Sie hatte leise vor sich hin schimpfend dabei zugesehen, wie der Glühwein sich unweigerlich seinen Weg durch den Gang gebahnt und dabei seinen intensiven Geruch in der Getränkeabteilung verströmt hatte. Markus, unmittelbar zur Stelle, hatte zwei, drei Flüche gemurmelt, während Natalie ihn schuldbewusst angestarrt hatte. Dann hatte er ihr wortlos Wischmopp und Eimer in die Hand gedrückt. Er selbst hatte die Scherben zusammengekehrt und entsorgt. „Es tut mir leid", war ihre Entschuldigung damals kleinlaut ausgefallen, in der Befürchtung, dass das Riesendonnerwetter noch ausstand. Doch seine Antwort und sein anschließendes Verhalten hatten sie mehr als irritiert.

„Muss dir nicht leidtun, ist ja nicht deine Schuld, dass hier jetzt schon der Weihnachtskram in den Regalen steht. Aufwischen und Mopp wieder auswaschen", hatte er angeordnet. Dann hatte er sie im Gang stehenlassen und auch in der darauffolgenden Zeit war er Natalie aus dem Weg gegangen.

Gestern Abend war dann alles anders gekommen. Sie waren wie der Grinch im Doppelpack gewesen. Keiner der beiden hatte auch nur ansatzweise Weihnachtsstimmung verbreitet, was sie schnell zu Außenseitern oder – um es mit den Worten der Kollegen zu sagen – zu Spaßbremsen gemacht hatte. Den Partyspielen, die Elke und Anita für alle vorbereitet hatten, konnten sie beim besten Willen keinen Spaß abgewinnen, die Dauerschleife aus *Last Christmas* und *Féliz Navidad* war schwer zu ertragen. Natalie wäre liebend gern zu Hause geblieben und hätte sich diese Qual erspart. Aber es hatte einen triftigen Grund gegeben, an dieser Firmenveranstaltung teilzunehmen. Wie sich schnell herausstellte, war es der gleiche, der auch Markus motiviert hatte zu kommen. Neben einem ausgesprochen reichhaltigen Buffet und vielen alkoholischen Getränken wurden die Anwesenheitszeiten der Beschäftigten nämlich als Arbeitszeiten erfasst. Noch leichter konnten sie kaum Geld verdienen, es hieß also durchhalten. So ergab sich für Natalie zum ersten Mal die Möglichkeit, sich intensiv mit Markus zu unterhalten, und im Laufe des Abends hatte sie mehr und mehr Gefallen an ihm gefunden. So sehr, dass sie den restlichen Abend in ihre Wohnung verlegt und die Nacht miteinander verbracht hatten.

Natalie fröstelte und öffnete widerstrebend die Augen. Ein Blick in Richtung Fenster bestätigte, was sie bereits vermutet hatte. Kleine Eisblumen rankten sich am

Glas, die Heizung war schon wieder ausgefallen. Dieses Ding war nur in einer Sache verlässlich, nämlich darin, dass sie immer wieder den Dienst versagte. In einer besseren Wohnung wäre das wohl nicht passiert, aber eine solche konnte sie sich derzeit aus eigener Kraft nicht leisten. Und eine Wohngemeinschaft kam nicht in Frage. Sie brauchte ihren Freiraum, Raum für sich. Denn wenn sie nicht gerade Regale im Supermarkt befüllte, studierte Natalie an der Fernuniversität Literaturwissenschaften. Außerdem lektorierte sie Manuskripte für ihren guten Freund Dennis, der bei einem renommierten Verlag untergekommen war und sie wahnsinnig gern bereits fest als Lektorin eingestellt hätte. Aber dazu fehlte ihr bisher der erforderliche akademische Abschluss. „Da beißt die Maus keinen Faden ab", hatte Dennis gesagt. „Die stellen dich erst fest ein, wenn du den Abschluss hast. Bis dahin darf ich dir nur überschaubare Auftragsarbeiten geben." Immerhin hatte sie damit eine Perspektive und das gab ihr Kraft. Der Fernunterricht brachte so manche Tücken mit sich und es kostete sie viel Energie, die notwendige Disziplin aufzubringen.

„Ganz schön kalt bei dir", hörte sie Markus hinter sich grummeln. Seine Hand verschwand unter der Bettdecke und Natalie spürte, wie er über ihre Schenkel und den Rücken streichelte, etwas kalt, aber trotzdem sehr angenehm.

„Morgen." Sie seufzte und räkelte sich wohlig unter der Berührung. „Die Heizung ist mal wieder ausgefallen. Wir sollten einfach im Bett bleiben und dafür sorgen, dass uns richtig warm wird."

Markus hielt inne und ließ die Hand auf Natalies Schulter liegen. „Was soll das denn bedeuten, mal wieder ausgefallen? Der Winter kommt, du musst da dringend was machen lassen."

Natalie hörte seinen besorgten Ton, schwieg aber. Sie hatte keine Lust, jetzt mit Markus über ihre Wohn- und Lebenssituation zu sprechen. Es war nun mal so und es ging ihn, nebenbei bemerkt, überhaupt nichts an. Sie würde sich später schon darum kümmern.

„Natalie?", fragte er, als wollte er sich vergewissern, dass sie ihn gehört hatte. „Der Winter steht vor der Tür." Seine Hand hatte sich wieder in Bewegung gesetzt und streichelte ihren Rücken.

„Schon gut, Jon Schnee", erwiderte Natalie seufzend und drehte sich zu ihm um „Es ist nur eine Kleinigkeit, das passiert hin und wieder. Gehört mehr oder weniger zu den Special Effects der Wohnung. Ich hinterlasse der Hausverwaltung eine Nachricht, wenn du weg bist, und nächste Woche kommt der Hausmeister vorbei. Der hat ein Händchen für die alte Heizung." Sie grinste verschlafen und schmiegte sich an seinen warmen, nackten Körper.

„Nächste Woche erst?"

„Ja, nächste Woche", bestätigte sie und küsste seine Brust.

Doch Markus schien plötzlich wenig empfänglich für ihre Liebkosungen und deshalb suchte sie erneut seinen Blick. „Woran denkst du? Ist dir gerade eine feste Freundin eingefallen, die du mir bisher verschwiegen hast und die uns jetzt nach dem Leben trachtet?"

Er schüttelte den Kopf. „Quatsch, das nicht, aber ich muss gleich los. Hab Nachmittagsschicht."

„Klar, wenn du gehen musst, musst du gehen." Sie sah ihn herausfordernd an und Markus setzte eine ernste Miene auf. Er musterte sie eine Weile. Wie sollte sie sein Schweigen deuten? „Verstehe", ergriff Natalie wieder das Wort, „du hast Schiss vor *dem Morgen danach*. Keine Sorge, ich kann auf mich aufpassen. Jede Nacht ist irgendwann mal zu Ende. Geh ruhig, ich komme klar." Natalie sprach in ruhigem Ton, sachlich, keinen Augenblick zeigte sie sich gekränkt.

Er sah auf, zog die Augenbrauen hoch und schien seine Gedanken zu sortieren. Einige Sekunden verharrte er noch in dieser Haltung, dann fuhr ein Ruck durch seinen Körper. Er setzte sich auf und suchte seine Klamotten auf dem Fußboden zusammen. „Ich geh erst mal ins Bad", sagte er dann leise.

Natalie zog die Decke bis zur kalten Nasenspitze hinauf und beobachtete ihn, bis er im Bad verschwunden war. So ein *Morgen danach* kam in ihrem eigenen Zuhause nicht so oft vor. Wenn, dann schlief sie auswärts und konnte sich aus der Affäre ziehen, wann immer es ihr beliebte. „Da ist ein elektrischer Lüfter im Bad, wenn du den anmachst, ist es nicht so schlimm, und Handtücher sind im Regal", rief sie Markus nach, als er die Tür schon hinter sich geschlossen hatte. Einige Minuten verstrichen, bis sie entschied ebenfalls aufzustehen und Kaffee zu kochen. Aus dem Schrank zog sie einen großen Stapel frischer Wäsche, durchsuchte ihn und wurde fündig. Den Rest der Klamotten ließ sie auf dem Bett liegen. Zu guter Letzt warf sie ihren dicken Schlabberpulli aus Alpakawolle über und zog die Hüttenstiefel an. Dann brachte sie die Kaffeemaschine in

Gang. Die Menge des Kaffeepulvers, die sie hineingeschaufelt hatte, versprach wach zu machen, denn auch auf sie wartete heute noch ein Wust an Arbeit. Dennis hatte sich bereits vor einigen Tagen nach dem Bearbeitungsstatus des aktuellen Manuskripts erkundigt und es war in ihrem eigenen Interesse, schnell zu sein. Erst nach vollständig geleisteter Arbeit landete die Kohle auf ihrem Konto. Dort musste sie auch unbedingt hin, denn die nächste Miete hatte sie noch nicht zusammen. Das Einzimmerappartement mit Kochnische und angrenzendem Bad war zwar günstig, aber nicht umsonst, und bis auf das Dauerthema mit der Heizung kam Natalie einigermaßen klar. Ihre Ansprüche waren bescheiden und so kalt wurden die Winter in Köln sowieso nie. Die Nächte hier waren im Vergleich zu mancher Winternacht auf Gut Beeken, die sie als Kind erlebt hatte, vergleichsweise lau. Markus sollte sich nicht so anstellen.

Während die Kaffeemaschine röchelte, stand Natalie rücklings gegen den Küchenschrank gelehnt und rieb sich über die Oberarme, um sich aufzuwärmen. Sie betrachtete Munchs Gemälde *Der Schrei*, ein überdimensionales Poster in einem ansprechenden Bilderrahmen. Natalie mochte das Gemälde sehr. Das Poster und der passende Rahmen hatten zusammen mehr gekostet als der faltbare Kleiderschrank, der ebenfalls dort an der Wand stand. Sie sah auf ihr Bett und den Stuhl, auf dem sich Schmutzwäsche türmte, und entschied, dass es nun wirklich an der Zeit war, dieses Chaos zu beseitigen. Schon bevor sie am Vortag gegangen war, hätte sich ihre Wohnung über eine Reinigung gefreut, aber Saubermachen und Aufräumen gehörten nun einmal nicht zu ihren Lieblingsbeschäftigungen. Nun, nach dem ausgelassenen Abend mit Markus, war es definitiv an der Zeit, einen Putzmarathon zu starten. Wenigstens würde ihr dabei etwas warm werden. Sie schnaufte lustlos und während Markus im Bad geräuschvoll hantierte, nahm sie die leeren Flaschen und Gläser von dem kleinen Tisch. Sie sah sich suchend um und stellte alles in die Spüle.

„Ach", entfuhr es ihr und Natalie ließ ihren Blick durch das Zimmer gleiten. Wo hatte sie denn die Handtasche vergraben? Das gute Stück lag unter dem Schreibtisch. Sie zog sie hervor und ihr Gewicht verriet sofort, dass sich darin nicht nur Handy und Portemonnaie befanden. Mit einem verschmitzten Lächeln öffnete sie den Reißverschluss und zog eine halbvolle Flasche Schnaps hervor. „Guten Morgen, Williams Christ."

Sie stellte die Flasche Birnengeist demonstrativ auf den kleinen Tisch neben die Kaffeebecher und blickte wieder zur Badezimmertür. Was machte Markus denn so lange da drin? „Hey", rief sie forschend, „alles in Ordnung bei dir?"

„Ja", antwortete er und schon einen Augenblick später rauschte die Dusche.

Na schön, dachte sich Natalie. *Dann trinke ich den ersten Kaffee eben allein.* Sie setzte sich in den Sessel, schaltete den kleinen Fernseher an und wärmte sich die Hände an der heißen Tasse. Das Programm war wenig unterhaltsam. Sie zappte und blieb auf einem Musikkanal hängen, bis Markus endlich aus dem Bad kam. „Und, erfrischt?", fragte Natalie mit spöttischem Gesichtsausdruck. Er tat ihr ein wenig leid, denn im Gegensatz zu ihr war Markus die unangenehm kalte Dusche nicht gewohnt. „Du kannst dir einen Kaffee zum Aufwärmen holen, Glühwein gibt es hier nicht."

„Ja, danke vielmals. Aber mir ist nicht mehr kalt", erwiderte er und grinste. „Du hast warmes Wasser, wenn du willst, und hier drinnen dürfte es auch gleich angenehmer werden."

Natalie sah ihn skeptisch an. „Du hast die Heizung repariert?", fragte sie dann ungläubig.

„Wie man's nimmt. Ich habe mir die Therme angesehen, ein bisschen dran gewackelt. Es sah für mich auf den ersten Blick alles okay aus und da habe ich sie auf Verdacht eingeschaltet. Läuft vorerst wieder, scheint nichts Wildes dran kaputt zu sein. Ich hoffe, du bist nicht böse, dass ich dich nicht vorher gefragt habe."

„Kein Stück", entgegnete Natalie zufrieden und wartete, bis er mit seiner Kaffeetasse auf dem gegenüberliegenden Sessel saß.

„Es gibt da noch etwas, was ich dir sagen wollte", begann Markus, machte dann aber eine Pause und sah Natalie mit klarem Blick an.

Was jetzt wohl kommt, ging es ihr durch den Kopf. Welchen Grund gab es, so herumzudrucksen? „Was denn?" Sie musste einen Moment auf die Antwort warten, denn Markus hatte gerade einen ersten Schluck aus der Tasse genommen und verzog augenblicklich angewidert das Gesicht.

„Wie viel Kaffeepulver hast du denn da reingetan?"

Natalie hob unschuldig die Augenbrauen, gab aber keine Antwort.

„Hast du Milch und Zucker da?", wollte er wissen, aber sie schüttelte den Kopf. „Dann hoffe ich, dass du es mir nicht übel nimmst, dass ich dein fabelhaftes Gebräu nicht austrinke." Er stellte die Tasse auf den Tisch und Natalie grinste amüsiert.

„Wenn du jetzt mit dem rausrückst, was du ursprünglich sagen wolltest, nehme ich dir gar nichts übel."

Er sah sie ernst an und sein Blick ließ etwas Nervosität in ihr aufkeimen. Er stutzte noch einen Moment, dann sprudelten die Worte aber geradezu aus ihm hervor: „Ich ... also, ich habe kein Problem mit dem *Morgen danach* und auch wenn ich jetzt gehen muss, fände ich es schade, wenn du schon einen Haken hinter uns beide machen würdest."

Natalie verschluckte sich an ihrem Kaffee und musste husten. „Was?", fragte sie, als sie wieder Luft bekam, und sah ihn irritiert an.

Er lächelte. „Du weißt genau, was ich meine."

Natalie wusste nicht, wie ihr geschah. Getränke-Markus hatte sich gerade auf recht charmante Art und Weise ihre Aufmerksamkeit gesichert. Er zog sich Jacke und Schuhe an, während sie noch immer etwas überrumpelt ihre Tasse abstellte und die drei Schritte zur Tür ging, um ihn dort zu verabschieden.

Markus umarmte sie zum Abschied zärtlich und küsste sie auf die Wange. „Denk wenigstens mal drüber nach, ob das mit uns irgendwohin führen könnte." Intensiv spürte Natalie jetzt seine Nähe und der Moment des Abschieds hätte von ihr aus ruhig länger dauern können, aber da wandte er sich schon ab. Zügig, ohne sich umzusehen, lief er die Stufen hinab. Natalie blieb noch einen Augenblick auf dem Absatz stehen, so lange, bis sie das Schnappen der Haustür hörte. Dann schloss sie nachdenklich die Wohnungstür und beschloss den dicken Pulli loszuwerden. Ihr war warm geworden und das lag nicht nur daran, dass die Heizung wieder funktionierte.

Die ausgiebige warme Dusche an diesem späten Morgen war eine unerwartete Wohltat. Natalie genoss die Wasserstrahlen auf ihrer Haut und musste immer wieder an Markus denken. Wie hatte er das vorhin wohl gemeint? Hatte er sich etwa spontan in sie verliebt? Gab es vielleicht tatsächlich so etwas wie eine Zukunft für sie beide? Natalie wickelte sich in ihr Handtuch. Wirklich in den Sinn gekommen war ihr diese Möglichkeit bisher nicht. Wohin sollte das auch führen? Potenziell dorthin, wohin alle ihre Beziehungsversuche führten, auch wenn sie sich noch so große Mühe gab: Sie würde ihm spätestens nach ein paar Wochen den Laufpass geben, weil ihr der unumgängliche Beziehungskram auf die Nerven und auch viel zu sehr unter die Haut ginge. Weil unweigerlich die alte Wunde wieder aufreißen würde. Vorher würde sie sich ständig rechtfertigen müssen, warum sie die Gefühle des anderen nicht ausreichend erwidern konnte. Ein Teufelskreis. Nach allem, was damals mit ihm – mit Nick – geschehen war, musste sie sich einfach schützen. Für sie war klar, dass sie nie wieder so stark für einen anderen Menschen empfinden könnte, es vielleicht auch gar nicht wollte. Bisher hatte sie niemanden gefunden, dem genügte, was sie bereit war zu geben. Oder wollte Markus vielleicht gar keine Beziehung und meinte etwas anderes? Eine Freundschaft mit besonderen Vorzügen? Unverbindlicher Sex unter Kollegen?

Das durchdringende Geräusch der Wohnungsklingel riss Natalie aus ihren Gedanken. Wer konnte das sein? Besuch erwartete sie nicht. Markus? Hatte er etwas vergessen? Wie gut, dass sie noch nicht vollständig wieder angezogen war. Vielleicht konnte sie ihn dazu bewegen, doch noch etwas zu bleiben. Barfuß ging sie zur Tür und blickte durch den Spion. Überrascht sog sie die Luft ein. Es war nicht Markus. Im Hausflur wartete ihre ältere Schwester Carolina. Mit ihr hatte sie am allerwenigsten gerechnet. Welchen Grund konnte sie haben, der diesen spontanen Überfall rechtfertigte? Ohne zu zögern, öffnete Natalie die Tür. „Mensch, Caro, was machst du denn hier?" Mit verwundertem Gesichtsausdruck schloss sie die Tür, als ihr Überraschungsgast eingetreten war, und umarmte sie vorsichtig. „Ist was passiert?", fragte sie und fügte in Gedanken hinzu: *Muss ja, ohne Grund kreuzt du doch hier nicht auf.*

Caro zog die Schultern leicht nach oben. Sie hatte einen kleinen Trolley dabei, den Natalie argwöhnisch zur Kenntnis nahm. Wollte sie etwa länger bleiben? Doch Carolina schien die Gedanken ihrer Schwester zu erahnen. „Keine Sorge, ich bleibe nicht lang, sondern bin schon auf dem Sprung nach Hause. Die letzten zwei Tage habe ich hier in Köln bei Olaf verbracht."

Natalie runzelte die Stirn. „Immer noch der Arzt?" Ihre Schwester war bestimmt nicht nur hier, um über ihre Affäre zu plaudern. „Na, dann mach's dir mal bequem, ich ziehe mich schnell an und wir können quatschen. In der Maschine ist Kaffee, bedien dich. Milch und Zucker sind aus."

„Also, was verschlägt dich hierher, wenn ich fragen darf? So ganz ohne Ankündigung“, wollte Natalie einige Minuten später wissen, als sie nun, wie nur kurz zuvor mit Markus, ihrer Schwester gegenübersaß.

Carolina knetete nervös ihre Finger. „Natalie, ich muss dich um etwas bitten. Aber ich weiß nicht, ob es richtig ist.“ Sie sah an ihrer Schwester vorbei aus dem Fenster. „Es geht um Olaf. Wir sind jetzt schon eine Weile zusammen. Und ich hätte jetzt endlich die einmalige Möglichkeit, unsere Beziehung zu festigen und offiziell zu machen. Aber dafür benötige ich deine Hilfe.“

Natalie kniff nachdenklich die Augen zusammen. „Du weißt, dass du meinen Segen dafür nicht brauchst. Du bist eine erwachsene Frau, kannst tun und lassen, was du willst, das geht mich nichts an.“ Natalie klang nüchtern. „Du musst mir auch nichts vormachen. Soweit ich das beurteilen kann, hast du keine Beziehung mit Olaf, sondern er betrügt mit dir seine Frau. Wenn er sie nicht bereits verlassen hat, frage ich mich, wie ich dir dabei helfen kann.“ Sie stockte plötzlich und starrte Carolina mit großen Augen an. „Du willst doch nicht etwa, dass ich sie aus dem Weg räume!?“

„Quatsch!“ Carolina seufzte, lehnte sich zurück und sah sich mit einem geringschätzigen Blick in der Wohnung um.

„Ich weiß, wie es hier aussieht“, warf Natalie ungeduldig ein und setzte mit einem Augenzwinkern hinzu: „War ’ne wilde Nacht. Erzähle ich dir später, jetzt bist du dran. Du wirst dich nicht wegen einer Lappalie auf den Weg zu mir gemacht haben.“

Carolina seufzte erneut. Es fiel ihr sichtlich schwer, die richtigen Worte für ihr Anliegen zu finden. „Schon in ein paar Tagen findet eine Fortbildung für Ärzte statt. Olaf nimmt daran teil und wenn ich ebenfalls dorthin fahre, dann könnte ich die große Chance haben, ihn endlich für mich zu gewinnen, und ihn davon überzeugen, sich von seiner Frau zu trennen."

Natalie sah ihre Schwester stirnrunzelnd an. „Das ist doch das, was ihr immer macht. Ihr besucht dieselben Seminare, teilt euch das Hotelzimmer und dann geht es wieder nach Hause. Wie kommst du darauf, dass es jetzt anders werden könnte und er sich plötzlich trennt?"

Carolina kauerte auf dem Sessel. Aus großen, schmachtenden Rehaugen blickte sie ihre Schwester an. Ein merkwürdig demütiges Verhalten, das Natalie an ihrer Schwester nicht kannte, und sie fragte sich, was in den vielen Jahren der Trennung noch zwischen ihnen beiden verloren gegangen war.

„Also", begann Carolina dann zögernd und mit leiser Stimme. „Dieses Mal ist es etwas anderes. Das Seminar dauert ganze zwei Wochen und findet auf einem Kreuzfahrtschiff statt. Olaf und ich könnten uns eine Kabine teilen und würden die meiste Zeit miteinander verbringen. So würde Olaf sicher unweigerlich begreifen, dass er nur noch mit mir zusammen sein will. Ich bin die Frau, die ihn glücklich macht."

„Eine Kreuzfahrt", wiederholte Natalie anerkennend. „Wo soll's denn hingehen?"

„Kanarische Inseln", antwortete Caro etwas bedrückt.

„Nicht schlecht, Frau Doktor. Aber wie kann ich dir dabei helfen?"

Carolina knetete wieder nervös die Hände und Natalie ahnte, dass das wirkliche Problem jetzt erst zur Sprache kam. „Du sollst für zwei Wochen auf Lucas aufpassen," ließ sie schließlich die Bombe platzen.

Natalie blieb vor Überraschung der Mund offen. „Wie bitte? Schau dich mal um, wo soll ich denn hier ein Kind unterbringen?", fragte sie, als sie ihre Sprache wiederfand.

„Das ist es ja, worum ich dich bitten möchte. Du sollst nicht hier auf Lucas aufpassen, sondern zu Hause bei Papa und Irina. Lucas muss schließlich auch zur Schule gehen."

Wie erschlagen sank Natalie in ihrem Sessel zusammen. Sie starrte fassungslos vor sich hin und wusste nicht, was sie darauf antworten sollte. „Weißt du eigentlich, was du da von mir verlangst?", fragte sie schließlich kopfschüttelnd.

Eine Weile schwieg Carolina, dann ergriff sie mit Tränen in den Augen erneut das Wort. „Natalie, ich würde dich nicht fragen, wenn es eine andere Möglichkeit gäbe. Bitte, tu es für mich. Ich muss um Olaf kämpfen, ich will ihn nicht verlieren. Er ist die Liebe meines Lebens."

Nur langsam löste Natalie sich aus der Starre. Ihr Herz schlug heftig. Es war ein wildes Pochen, lang verdrängt und unterdrückt, aber noch genauso stark wie früher. Es tat weh und sie konnte kaum atmen. „Das kann unmöglich dein Ernst sein." Sie sah Caro aus schmerzerfüllten Augen an, doch die nickte. „Wie lange war ich nicht mehr dort? Fünfzehn Jahre? Selbst wenn ich wollte, wie soll das bitte funktionieren? *Guten Tag zusammen, da bin ich*?" Natalie schüttelte entschieden

den Kopf. „Caro, ich bin doch nicht verrückt“, wehrte sie mit zitternder Stimme ab. Ihr Magen meldete sich und sie hatte das Gefühl, sich gleich übergeben zu müssen. „Hast du irgendwem auf dem Gut von deiner Idee erzählt?“, wollte sie wissen, als ihre Schwester offensichtlich nicht von allein weitererzählen wollte.

„Nein.“ Sie blickte zu Boden. „Ich wollte zuerst mit dir sprechen, bevor ich zu Hause nachfrage.“

„Zu Hause“, Natalie sprach es sanft, fast wehmütig aus. „Es klingt sehr sonderbar, wenn du es so nennst. Gut Beeken ist schon lange nicht mehr mein Zuhause.“

Caro schniefte leise und wischte sich mit dem Handrücken die Tränen aus den Augen. „Bitte, Natalie, ich hatte gehofft, dass gerade du weißt, was es heißt, die Liebe seines Lebens gefunden zu haben. Olaf ist meine große Liebe und ich muss um ihn kämpfen. Natalie, ich bitte dich, ich flehe dich an, komm nach Hause und pass die zwei Wochen auf Lucas auf. Papa ist ständig als Hundetrainer unterwegs und Irina bloß mit ihrem eigenen Kram beschäftigt. Bitte, ich habe keine Ruhe, wenn Lucas beinahe auf sich allein gestellt ist.“

Natalie zog eine Packung Tempos aus ihrer Handtasche. Eines nahm sie für sich selbst, den Rest warf sie in einer müden Bewegung zu ihrer Schwester hinüber. „Und du findest, dass es fair ist, gerade jetzt auch noch Nick ins Spiel zu bringen?“, fragte sie eintönig und spürte, wie sich ihr Hals zusammenzog, als sie den Namen aussprach.

„Nein“, antwortete Carolina. „Nein, das ist nicht fair. Aber vielleicht hilft es dir, mir zu helfen. Gerade du kennst den Schmerz der verlorenen Liebe und weißt, wie sehr ich leide. Ich ... bezahle dich auch.“

„Als ob du das mit Geld aufwiegen könntest." Natalie seufzte niedergeschlagen, spürte aber, wie ihr Widerstand bereits in sich zusammenfiel. „Und was ist mit Lucas? Der spricht ja noch nicht einmal mit mir."

2. Ankunft auf Gut Beeken

Der Bus nach Weidingen fuhr pünktlich im belgischen Städtchen Sankt Vith ab und würde Natalie in weniger als dreißig Minuten an ihr Ziel gebracht haben. Wie im Traum hatte sie sich auf den Platz am Fenster gesetzt und starrte nun, vom gleichmäßigen Motorengeräusch begleitet, aus dem Fenster. Die Landschaft hätte sich an diesem Vormittag im Herbst nicht traumhafter zeigen können. In malerischer Schönheit breiteten sich die farbenprächtigen Wälder und Äcker vor ihr aus. Verträumt käuten die Rinder auf den Weiden wieder und schienen die letzten wärmenden Strahlen der goldenen Herbstsonne zu genießen. Die Provinz zeigte sich in einträchtiger Idylle, aber Natalie wusste, dass dies nur der schöne Schein war. Schmerzhafte Erinnerungen und lang verdrängte Gefühle bahnten sich augenblicklich ihren Weg an die Oberfläche. Gedanken an eine friedliche Kindheit, ein Leben auf dem Land umhüllt von Geborgenheit, die ihr jähes Ende gefunden hatte, als die Ehe der Eltern in die Brüche gegangen und Natalie von einem Tag auf den anderen abgereist war.

Diese Gedanken rangen um Aufmerksamkeit und konkurrierten mit den Gedanken an Nick, in den sich Natalies junges, unerfahrenes Herz so unsterblich verliebt hatte. Immer wieder drängten sich sein hübsches Gesicht, seine warme Stimme und seine tiefblauen Augen in ihre Vorstellung.

Mit einer unwirschen Kopfbewegung versuchte sie die Erinnerung an ihn abzuschütteln und sah sich stattdessen im Bus um. Mit ihr fuhren ein älterer Herr, elegant gekleidet mit einem auffällig karierten Hut, zwei Frauen, vielleicht Mitte vierzig, die eine Wanderkarte studierten, und eine Frau mit zwei Kleinkindern, die sich lautstark über ein Bilderbuch austauschten. Wehmütig beobachtete Natalie die beiden, die noch so sorglos und naiv im Leben standen. Sie waren gut beraten, wenn sie auf der Hut blieben und sich in Acht vor den Menschen nahmen. Zu gut wusste sie, welches Leid einer arglosen Seele hier widerfahren konnte.

So viele Jahre waren bereits vergangen, seit sie Gut Beeken mit ihrer Mutter und Jochen verlassen hatte. So vieles war mittlerweile geschehen. Sie hatte eine neue Familie bekommen, ein neues Leben in Deutschland begonnen, die Schule in Köln beendet und auch die neue Familie verlassen. Dieser Abschied war ein freiwilliger gewesen – ganz anders als damals –, um sich zurückzuziehen. Das neue Leben mit den Stiefschwestern, den vielen Reisen und dem Konsum hatte sie wenig erfüllt. Ganz im Gegenteil hatte es den Wunsch nach Ruhe in ihr geschürt. Natalie hatte Zeit gebraucht, um zu sich zu finden. Der mittlerweile spärliche Kontakt hatte die junge Frau nachsichtig mit ihrer Mutter werden lassen. Sie konnte es inzwischen leichter ertragen, dass Norma nicht die Mutter gewesen war, die Natalie gebraucht hätte. Nun wohnte sie schon einige Jahre in ihrer kleinen, mehr als bescheidenen Wohnung. Dort hatte Natalie endlich die schlimme Zeit der Trennung – der ihrer Eltern und ihrer eigenen von Nick – vergessen können. Sie hatte ihr Leben wieder in den Griff bekommen und mit dem Lektoren-Job bei Dennis ein attraktives Ziel vor Augen. Niemals hatte sie in Erwägung gezogen wieder nach Ostbelgien zu kommen. Nun, in dem Augenblick, da die Rückkehr in die Vergangenheit bevorstand, waren die schrecklich traurigen Erinnerungen wieder allgegenwärtig. Natalie fühlte ihr Herz in der Brust schlagen, so als wehrte es sich heftig und versuchte davonzueilen, um nicht erneut verletzt zu werden. Hier hatte es die süße Leidenschaft der ersten Liebe erfahren und war kurz darauf rücksichtslos gebrochen worden. Die Erinnerung an Nick, der ihrem Herzen die schönste und schlimmste Erfahrung beschert hatte, die schmerzende Wunde, die er hinterlassen hatte, schien in diesem Augenblick so frisch wie nie. Sie wischte sich eine Träne aus dem Auge und atmete schwer. Ihr Brustkorb schien zum Bersten gespannt, urplötzlich fühlte sie sich wieder wie die fast fünfzehnjähre Natalie und es war, als wäre sie nie fortgewesen.

Auch sonst schien hier in der Provinz alles beim Alten geblieben zu sein. Der Bus hielt noch immer an der kleinen Holzbrücke, die über den Bach führte. Noch immer standen dort Bänke, die zum Verweilen und Träumen einluden und von üppigen Goldrutenbüschen eingefasst waren. Die imposanten Büsche, welche im Spätsommer und Herbst ihre gelbe Blütenpracht stolz zur Schau stellten, trugen bereits ihr Winterkleid. Die weißen Samen sahen aus, als hätte jede der kleinen Blüten einen Pelz übergestreift, um der nahenden rauen Kälte des Winters zu trotzen. Als Natalie aus dem Bus stieg, fühlte sie sich wieder wie ein kleines Mädchen. Sie setzte die weinrote Wollmütze auf und zog die passenden Handschuhe über, dann blickte sie die Straße hinauf, die sich aus dem Ort schlängelte und zum etwas außerhalb gelegenen Gut Beeken führte. Ihrem ehemaligen Zuhause, dem Zuhause ihres Vaters und seiner neuen Frau, ihrer Schwester Carolina und deren Sohn Lucas, um den sie sich nun kümmern sollte. Auf was hatte sie sich da nur eingelassen?

Vor etwas mehr als einem Jahr hatte Carolina erstmals seit ihrer Jugend unerwartet den Kontakt zur jüngeren Schwester gesucht. Die Trennung der Eltern hatte auch für einen Bruch zwischen ihnen gesorgt. Das Verhältnis zwischen den beiden Mädchen war bereits im heranwachsenden Alter schwieriger geworden. Der Weggang aus Weidingen hatte das Schweigen zwischen ihnen besiegelt und Natalie hatte sich damit abgefunden. Dann war Caro aus heiterem Himmel wieder aufgetaucht. Nach anfänglichem Sträuben Natalies hatten sie sich vorsichtig aneinander herangetastet und damit begonnen, sich neu kennenzulernen. Das Pflänzchen der wiedererwachten Geschwisterliebe war noch sehr zart und von Zurückhaltung geprägt. Wobei Natalie diejenige war, die weiterhin auf die Bremse trat. Wenngleich unregelmäßige Treffen mit Carolina –

bisher ausschließlich in Köln – stattfanden, hatte sie sowohl den Kontakt zu ihrem Vater und Irina, seiner neuen Frau, als auch das Gespräch über die beiden tunlichst vermieden. Ganze zweimal hatte sie Lucas getroffen. Damals war er fünf Jahre alt gewesen und hatte sich auf die Schule gefreut. Er schien ein bisschen verzogen, hatte kein Wort mit ihr gewechselt, aber wer konnte es ihm verdenken. Carolina hatte erzählt, dass sie ihn allein großzog, und hüllte sich über Lucas' Vater in Schweigen. Sie kam ihren mütterlichen Aufgaben nach, so gut sie konnte. Alleinerziehend zu sein und gleichzeitig im Schichtbetrieb eines Krankenhauses zu arbeiten war bestimmt nicht einfach. Klar, dass Lucas hin und wieder über die Stränge schlug, um die Aufmerksamkeit seiner Mutter zu erlangen. Ihm gegenüber durfte sich Natalie keinesfalls anmerken lassen, dass sie von der Idee seiner Mutter, für zwei Wochen seinen Babysitter zu spielen, wenig begeistert war. Sie war sich sicher, wenn sie Angst oder Unsicherheit zeigte, würde das Zusammenleben mit dem Jungen eine einzige Quälerei werden. Auch für Lucas war die Entscheidung seiner Mutter eine kurzfristige Überraschung gewesen. Ganze sechs Tage hatte er gehabt, um sich darauf einzustellen, dass eine Frau, die er nur flüchtig kannte, auf ihn aufpassen sollte. *Ach, Carolina, was tust du uns an? Ich hoffe inständig, dass dein Olaf-Arzt das auch alles wert ist.*

Natalie ging langsam die Straße entlang und betrachtete die Häuser. Die Bäckerei zu ihrer Rechten war geöffnet und verströmte den angenehmen Duft von frischen Backwaren. In ihrem Brustkorb verkrampfte es sich und die Erinnerungen daran, wie sie hier als Kind

Brötchen geholt hatte, brachen sich Bahn. Wie unbeschwert damals alles gewesen war und wie glücklich. Nicks Gesicht tauchte wieder vor ihrem inneren Auge auf. Vorsichtig wagte sie einen Blick durch das Fenster, doch die Frau hinter dem Verkaufsstand war nicht Martina, Nicks Mutter. Es war eine Fremde, vielleicht in Natalies Alter, vielleicht auch etwas jünger. Sie nahm sich nicht die Zeit, genauer hinzusehen, denn urplötzlich überkam sie die Angst, Nick könnte ihr genau hier und jetzt über den Weg laufen. Das wollte sie auf jeden Fall vermeiden. Natalie beschleunigte ihre Schritte und sie sah ihren Atem in großen Wolken vor ihrem Gesicht aufsteigen. Fast gehetzt blickte sie sich um. Das Blumengeschäft auf der gegenüberliegenden Straßenseite war geschlossen. Nur wenige Menschen waren unterwegs. Mit bangem Herzen sah Natalie in die fremden Gesichter und fragte sich, ob es überhaupt noch irgendjemanden in Weidingen gab, der sie kannte. Noch vier weitere Wohnhäuser passierte sie, dann lag der Dorfkern hinter ihr und sie verlangsamte ihren Schritt wieder. Vor Natalie breiteten sich die Felder von Gut Beeken aus. Zwischen Acker und Wiese führte die Straße nun die Anhöhe hinauf zum pompösen Gutshaus, einem kastenförmigen Bau aus Sandstein mit hohen Fenstern, die links und rechts von blauen Holzläden geziert wurden. Von ihrem Kinderzimmer im ersten Stock aus hatte Natalie als Kind das ganze Dorf überschauen können. Viele Stunden hatte sie hier am Fenster verbracht, wie auf einem Beobachtungsposten. „Kind, du stehst uns in den Füßen. Geh nach oben und halte Ausschau, wann die ersten Gäste kommen", hatte ihre Mutter damals gesagt und sie aus der Küche oder dem Saal verbannt, während die ältere Carolina schon bei den Vorbereitungen helfen durfte. Die Sommerfeste auf Gut Beeken waren unvergessen. Damals hatte Natalie die Feiern, bei denen sich sämtliche Dorfbewohner in ihrem Zuhause eingefunden hatten, für selbstverständlich gehalten. Sie hatte die Aufregung und die Vorbereitungen, die bereits mehrere Tage zuvor die ganze Familie beschäftigt hatten, geliebt. Wenn dann die Gäste nach und nach eintrudelten und noch mehr Leben ins Haus brachten, war sie eingetaucht in die heitere Gesellschaft und immer hatte Papa ihr ein neues Kleid geschenkt. *Papa*, Natalie seufzte. Als sie mit ihrer Mutter zu Jochen und seinen beiden Töchtern gezogen war, hatte sie die Feste vermisst. Jochen hatte für das Landleben nicht viel übrig. Stattdessen hatte er mit *seinen vier Frauen*, wie er sie immer nannte, Städtetrips unternommen und die Patchwork-Familie in luxuriöse Cluburlaube entführt. Es gab keine Bemühung, die Verbindung nach Gut Beeken zu halten. Natalies Schritte wurden noch langsamer, bis sie endlich stehenblieb und sich suchend umsah. Carolina wollte mit Lucas gegen zwölf von der Schule kommen. Damit sie noch ein wenig gemeinsame Zeit verbringen konnten, bevor ihre Schwester schon heute Abend aufbrechen würde. Sie blickte auf die Uhr, es war erst halb zwölf. Was sollte sie tun, wenn sie oben ankam. Etwa klingeln? Gehörte sie noch immer dazu oder war sie inzwischen eine Fremde? Was, wenn ihr Vater die Tür öffnete? Wie sollte sie reagieren? In den vergangenen Tagen, in denen sie sich auf die Fahrt und die bevorstehenden zwei Wochen vorbereitet hatte, waren ihre Gedanken bei Lucas gewesen und bei der Frage, wie sie sich ihm irgendwie annähern könnte. Es war anstrengend genug gewesen, sich darüber zu informieren, welche Interessen und Vorlieben sechsjährige Jungs hatten. Was das Zusammentreffen mit ihrem Vater und seiner neuen Frau Irina anging, war sie ratlos. Natalie hatte sich tunlichst dagegen gewehrt, auch nur darüber nachzudenken, zumal ihr Verhältnis zu letzterer schon immer mehr als unterkühlt gewesen war.

Natalies Eltern hatten trotz der Trennung noch eine Weile zusammen auf Gut Beeken gewohnt. Ihre Mutter war immer häufiger allein fortgefahren, um sich mit Jochen zu treffen, und dann war Irina manchmal über Nacht geblieben. Eine schreckliche Situation, zumal sich weder Carolina noch Natalie vorstellen konnten, dass das Ganze etwas Dauerhaftes und sie somit tatsächlich ihre Stiefmutter werden könnte. Ganze zwanzig Jahre jünger als ihr Vater war die gebürtige Polin. Die beiden Schwestern hatten ihr ganz unverblümt ihre Ansichten über die mutmaßlich ausschließlich finanziellen Interessen an ihrem Vater vorgeworfen. Franz Beeken hatte zu Irina gehalten und die Anmaßungen seiner Töchter stillschweigend ertragen. Zwei Jahre nachdem Natalie und ihre Mutter fortgegangen waren, hatte er sie dann geheiratet und schien, sofern man Carolina glauben konnte, immer noch glücklich. Die Einladung zur Hochzeit hatte Natalie unbeantwortet gelassen und war selbstredend nicht dort aufgetaucht. Carolina hatte berichtet, dass auch ihr Verhältnis zu Irina immer noch distanziert war, obwohl sie schon jahrelang gemeinsam auf Gut Beeken lebten. Dass Irina so viele Jahre jünger als der Vater war, ließ sie, obwohl oder vielleicht gerade weil er dieser so gutherzige und liebenswerte Mensch war, immer noch an Irinas Aufrichtigkeit zweifeln. *Vielleicht ist es ein Fehler gewesen, ihr damals so widerspenstig entgegenzutreten,* dachte Natalie. Wenn Irina dem Vater guttat, waren ihre Beweggründe möglicherweise egal. Es war letzten Endes sein Leben und er entschied, wie und mit wem er glücklich sein wollte. Natalies Mutter war diejenige gewesen, die das Beziehungsende beschlossen hatte. Sie war diejenige, die sich zuerst einen neuen Mann gesucht hatte und unbedingt das Gut hatte verlassen wollen. Sie hatte ihre Tochter damals gegen ihren Willen mitgenommen, aus ihrer Umgebung gerissen. Natalie hatte sich zwar gewehrt, aber letztlich entschieden nicht zurückzukehren. Nicht, weil sie einem Sinneswandel folgend die Entscheidung ihrer Mutter plötzlich gutgeheißen hätte. Nicht etwa, weil sie ihren Vater oder Carolina nicht liebte und auch nicht, weil sie Irinas Gegenwart gescheut hätte. Nein. Die beiden hatten den störrischen Teenager damals loswerden wollen, die zweite Zurückweisung innerhalb weniger Stunden. Es hatte ausreichend furchtbare Gründe gegeben, ihr einstiges Zuhause zu verlassen und alle Erinnerungen daran zu verwerfen. Und so war sie an einem warmen Tag im März kurz vor Ostern mit einem gebrochenen Herzen und ihrer Reisetasche zu ihrer Mutter und Jochen ins Auto gestiegen. Verloren in ihrem Gefühlschaos und der Schmach der Ablehnung, der unerwiderten Liebe, hatte sie auf dem Rücksitz des blankpolierten schwarzen Mercedes gesessen. Während der Wagen langsam die Straße hinuntergerollt war, das Haus in immer weitere Entfernung rückte, hatte sie suchend aus dem Fenster geblickt und bis zuletzt gehofft, Nick würde auftauchen und ihre Abreise, in welcher Form auch immer, verhindern. Doch er war nicht gekommen und als sie das Ortsausgangsschild passiert hatten, hatte Natalie das erste Mal darüber nachgedacht, alle Brücken hinter sich abzubrechen und nie wieder zurückzukommen.

„Hat ja gut geklappt", flüsterte sie und quälte sich weiter mit schweren Schritten die Straße hinauf. Das große schmiedeeiserne Tor unter dem Rundbogen aus Sandstein stand weit offen, links und rechts davon verliefen die mannshohen Mauern um den Hof. Natalie blieb unter dem Torbogen stehen, zögerte und lauschte. Ihr Vater hatte schon früher sehr erfolgreich Belgische Schäferhunde gezüchtet. Was sie in diesem Augenblick ihrer Rückkehr nach Gut Beeken am wenigsten gebrauchen konnte, war, dass ein Rudel wildgewordener Hunde ihre Ankunft laut kläffend in Szene setzte. Nein, sie wollte die Begegnung mit ihm und Irina so lange wie möglich hinauszögern und vor allem wollte sie dabei ihre große Schwester Caro an ihrer Seite wissen, denn sie war es schließlich, die ihr diese Suppe eingebrockt hatte. Caro hatte ihr schon bei ihrem Überraschungsbesuch in Köln den Zweitschlüssel zu ihrer Wohnung übergeben und von der Neuaufteilung des Hauses erzählt. Der rechte Teil des Obergeschosses, welcher einst die Kinderzimmer der beiden Mädchen und das ehemalige elterliche Schlafzimmer beherbergt hatte, war von Franz zu einem gemütlichen separaten Wohnbereich umgebaut worden und war nun von außen über eine Metalltreppe zu erreichen. Den Rest des Hauses bewohnten Franz und Irina. Sie hatten immer noch

mehr Platz, als sie brauchten, und der Saal, der als Ort
für feierliche Anlässe gedient hatte, war zu einem
Wohnzimmer in Normalgröße geworden. Der Tradition folgend fand das Sommerfest auf Gut Beeken immer noch statt. Wie Caro erzählt hatte, hatten sich die
Feierlichkeiten in den letzten Jahren jedoch ins Freie
verlagert. Natalie spähte über den Hof, doch sie konnte
niemanden entdecken. Alles in allem sah es hier sehr
aufgeräumt aus. Der Platz vor dem Haus war wohl vor
einiger Zeit neu gepflastert worden. Graue und rote
Steine verliefen kreisförmig von innen nach außen.
Auf der linken Seite, dort wo einst die alte Scheune gestanden hatte, erblickte sie einen großzügigen, modernen Neubau, ein Carport und weitere Stellplätze. Zwei
Autos standen dort. Es war also gut möglich, dass jemand zu Hause war. Das flaue Gefühl in ihrer Magengegend schwoll an. Beklommen setzte sie einen Fuß vor
den anderen, hielt sich rechts und überquerte den Hof.
Die Rollen ihres Trolleys bewegten sich geräuschvoll
über die Pflastersteine. Der Lärm wurde durch die hohen Mauern zurückgeworfen und noch verstärkt. Er
fuhr Natalie durch Mark und Bein. Glücklicherweise
entdeckte sie schon nach wenigen Metern die beschrie-
bene Metalltreppe. Darunter standen ein Tisch und
eine Bank aus massivem Holz, eingefasst von ebenfalls
hölzernen Pflanzkästen, in denen kleine Nadelbäum-
chen wuchsen. *Zwergfichten vielleicht*, mutmaßte Natalie im Vorbeigehen und wunderte sich, dass ihr so etwas ausgerechnet in diesem Augenblick durch den
Kopf ging. Sie hatte den Hof eilig überquert und blieb
nun neben dem Tisch stehen. Sie blickte sich erneut
um. Weit und breit war niemand zu sehen. Die Zeiger

ihrer Uhr standen auf kurz nach zwölf. Oben in der Wohnung zu warten erschien ihr besser, als hier unten wie auf dem Präsentierteller zu sitzen. Es würde drinnen wahrscheinlich auch wesentlich wärmer und gemütlicher sein. Eine dicke Wolke hatte sich gerade vor die Sonne geschoben und kalter Wind wehte ihr ins Gesicht. Natalie zog die Handschuhe aus und suchte in ihrer Handtasche nach dem Schlüssel. Dann stieg sie langsam und mit zitternden Knien die Treppe hinauf. Als sie den Schlüssel ins Schloss steckte, hörte sie plötzlich ein knirschendes Geräusch. Ein Auto! Verschreckt hielt sie inne, dann drehte sie sich um und schlich die Treppe wieder hinunter. Vorsichtig lugte Natalie um die Hausecke. Ein grüner Kleinwagen war auf den Hof gefahren und hielt auf dem Parkplatz. Kurz darauf stiegen ihre Schwester und Lucas aus. Gott sei Dank!

3. Melisse oder Minze

Erleichtert fiel Natalie ihrer Schwester um den Hals – eine Begrüßung, die keineswegs zum Verhältnis der Schwestern passte, aber ihre Nerven waren zum Zerreißen gespannt. Lucas verhielt sich zurückhaltend. Seine Mama als Schutzschild verwendend lugte er seitlich hinter ihr hervor und sah Natalie aus zusammengekniffenen Augen an. Wenigstens zu einer höflichen Begrüßung hätte er sich ihrer Ansicht nach durchringen können.

„Da kommen wir ja gerade rechtzeitig", stellte Carolina fest. „Oder", sie sah ihre Schwester fragend an, „wartest du etwa schon länger und hast dich nicht reingetraut?"

„Nein, nein", erwiderte Natalie. „Ich bin noch nicht lange hier. Du hättest mich fast noch sehen müssen, als du die Straße raufgefahren bist", erklärte sie und war dabei bemüht, die Anspannung zu überspielen.

„Na, da sei dir bloß nicht so sicher. Wenn Lucas und ich Auto fahren, sind wir immer so in unsere Spiele vertieft, da kann ich mich gerade so auf den Verkehr konzentrieren. Ich weiß, das ist nicht besonders vorbildlich, aber es reicht mir schon aus, wenn ich beruflich immer alle Sinne in Alarmbereitschaft halten muss. Aber das ist ein anderes Thema." Carolina winkte ab.

„Na los, ab nach oben mit dir oder wollen wir uns hier draußen weiter die Beine in den Bauch stehen? Hast du Hunger?“ Sie schob ihre Schwester sanft die Treppe hinauf.

„Im Moment reicht mir erst einmal ein Tee zum Aufwärmen“, antwortete Natalie, aber Lucas hatte offenbar wieder zu seinem alten Mut gefunden. Er stand bereits vor der Wohnungstür und rief lautstark vom Podest herunter: „Ich habe Hunger! Was gibt es denn?“

„Was Leckeres“, antwortete seine Mutter freundlich aber nichtssagend. Er verzog unbefriedigt den Mund. „Hier.“ Sie streckte den Arm an Natalie vorbei und hielt Lucas den Schlüssel hin. „Einmal aufschließen bitte“, ordnete sie liebevoll an. Stolz öffnete Lucas die Tür und lief voraus. „Schuhe ausziehen, Jacke aufhängen, Ranzen mitnehmen“, rief Caro ihm nach und unter leisem, nicht ernstzunehmendem Protest kam Lucas zurück und tat wie ihm geheißen.

„Kann ich fernsehen?“, wollte er dann wissen.

„Von mir aus. Ausnahmsweise bis das Essen fertig ist. Ich muss sowieso noch einige Dinge mit deiner Tante besprechen“, antwortete Caro, doch Lucas hörte schon nicht mehr zu. Wenige Augenblicke später lief der Fernseher und hatte das Kind bereits in seinen Bann gezogen.

„Na komm, gehen wir in die Küche und trinken erst einmal einen Tee“, schlug Carolina vor. Natalie folgte ihr schüchtern und nahm auf der Eckbank am Küchentisch Platz. Schweigend sah sie sich um. Sehr schön und gemütlich hatte ihre Schwester es hier. Von der ehemaligen Aufteilung des Hauses war zumindest in der Küche nichts mehr zu sehen. Hier war einst das elterliche

Schlafzimmer gewesen. Das große Fenster bot immer noch den atemberaubenden Ausblick über die Streuobstwiese hinter dem Haus. Karg und knorrig ragten die alten Apfel-, Kirsch- und Pflaumenbäume aus dem graugrünen Gras in den Himmel. Der Wind wirbelte einzelne bunte Blätter dazwischen herum.

„Pfefferminze oder Melisse?", durchbrach Carolina die Gedanken ihrer Schwester.

„Wie bitte?", fragte Natalie und richtete ihre Aufmerksamkeit wieder auf das Geschehen in der Küche. Das Wasser im Kocher rauschte bereits, während Carolina die Tassen vorbereitete.

„Welchen Tee möchtest du trinken? Ich habe Pfefferminze oder Melisse. Beides selbst geerntet und getrocknet." Natalie entschied sich für Melisse und nahm den angenehmen Duft des Tees wahr, als die Tasse mit dem heißen Getränk vor ihr stand. „Zucker?", wollte Caro wissen.

„Gern", erwiderte Natalie höflich und nahm zwei große Stücke Kandis aus der Zuckerdose, die ihre Schwester ihr reichte.

„Ich wollte dir unbedingt noch einmal danken, dass du hier bist", sagte Carolina und setzte sich nun auch an den Tisch. Sie pustete in ihre Tasse. „Wie war denn die Anreise? Mit Bus und Bahn ist es doch immer eine halbe Weltreise, stimmt's?"

„Es war einigermaßen okay. Zumindest ab Aachen schien es mir wie früher", erwiderte Natalie. „Ich habe das Gefühl, dass sich hier gar nicht so viel verändert hat, wie ich erwartet hatte."

„Na, einiges hat sich schon getan. Das wirst du schon merken", widersprach Caro und brachte damit unabsichtlich das Gespräch zum Erliegen. Es folgten erneute unangenehme Minuten des Schweigens zwischen den Schwestern. Nur der Fernseher war zu hören.

„Caro", begann Natalie, „ich muss dir was sagen."

„Was denn?" Carolina unterbrach ihr Pusten und hob den Kopf. „Ich ..." Natalie suchte nach den richten Worten. „Ich weiß nicht, ob es richtig ist hierzubleiben. Den ganzen Weg vom Bus bis hier hoch ist mir mein Herz immer weiter in die Hose gerutscht. Ich habe große Angst und mache mir Sorgen. Ich weiß nicht, wie ich die nächsten Tage überstehen soll. Von Kindererziehung habe ich keine Ahnung und ich fühle mich schrecklich unwohl hier." Natalie senkte beschämt den Blick und fuhr nach einer kleinen Pause fort „Weißt du, es ist ja nicht nur, dass ich auf Lucas aufpassen soll. Mir graut zudem vor der Begegnung mit Papa und Irina. Nach all den Jahren Funkstille wird mir schon schlecht, wenn ich nur daran denke, ihnen über den Weg zu laufen, und es wird sich sicherlich nicht vermeiden lassen." Nervös begann Natalie ihre Hände zu kneten und wartete darauf, dass ihre Schwester etwas dazu sagte. Carolina ließ sich Zeit.

„Natalie, es ist mir schon klar, dass ich dir hier einiges zumute. Trotzdem will ich dich beruhigen. Erstens: Ich hätte dich nicht gefragt, wenn ich nicht davon überzeugt wäre, dass du das schaffst. Zweitens: Ich zeige dir gleich Lucas' Zimmer und den Plan für die nächsten zwei Wochen. Ich habe dir alles detailliert aufgelistet. Wenn du dich genau daran hältst, wird es schon funktionieren. Und drittens: Sei bitte nicht böse, dass ich nicht vorher etwas gesagt habe", entschuldigte sich Caro vorab und griff über den Tisch nach Natalies Arm. Sie machte eine bedeutungsschwangere Pause und Natalie hatte das Gefühl, dass der Blick ihrer Schwester sie jeden Augenblick durchbohren würde. Sie ahnte nichts Gutes und spürte, wie ihr zeitglich zu Carolinas warmer Hand auf dem Arm ein eisiger Schauer über den Rücken lief. Was mochte jetzt nur auf sie zukommen, womit ihre Schwester jetzt erst herausrückte? „Ich habe natürlich mit Papa gesprochen. Ich musste doch Bescheid sagen, dass du kommst. Es ist alles in Ordnung. Er und Irina haben uns für heute Abend zum Essen eingeladen."

Natalie stockte der Atem. „Was?" Sie sah ihre Schwester ungläubig an. „Geht es dir nicht gut? Wie kannst du mich denn so auflaufen lassen? Wir können doch nicht ... Was soll ich denn ...", suchte sie stotternd nach den richtigen Worten. Sie war fassungslos.

„Natalie, beruhige dich. Es war doch klar, dass ihr euch irgendwann über den Weg lauft. Du hast selbst gesagt, dass sich ein Aufeinandertreffen nicht umgehen lässt, wenn du zwei Wochen hier bist. Dann ist es doch besser, wenn diese für alle Beteiligten unangenehme Situation in organisierten Bahnen verläuft. Du bist nicht die Einzige, für die es schwer wird. Und um ehrlich zu sein, hatte ich gehofft, dass ihr zwei einen guten Start miteinander habt. Vielleicht bekommt meine Reise dann noch ein weiteres Happy End. Es wäre so schön, wenn du und Papa, also, ich meine, wenn ihr zwei euch wieder etwas näherkämt. Er sagt es zwar nicht, aber ich bin mir sicher, dass er dich sehr vermisst. Dass du nie wieder zurückgekommen bist, hat ihm sehr zu schaffen gemacht."

Natalie hielt sich an der Teetasse fest. Hob sie vorsichtig an, um etwas zu trinken. Dabei spürte sie, wie ihre Finger nervös zitterten. „Du weißt genau, wie hart es damals war und wie das abgelaufen ist. Papa hat ein gewaltiges Stückchen dazu beigetragen und der Rest geht ihn einfach nichts an. Ich darf wohl auch meine eigenen Entscheidungen aus meinen persönlichen Gründen treffen." Vor Natalies innerem Auge erschien unmittelbar Nicks schönes, jugendliches Gesicht mit den Sommersprossen und den weißblonden Haaren. Sie räusperte sich und versuchte den dicken Kloß in ihrem Hals loszuwerden, der ihr schon bei der bloßen Erinnerung an damals das Atmen schwergemacht hatte. „Ich will auch gar nicht mehr darüber reden, das ist sowieso alles Schnee von gestern", fügte sie hinzu, nachdem sie tief Luft geholt hatte. Ihre Stimme erklang nun lauter als gewollt, rau und trotzig.

„In Ordnung, ist ja schon gut." Langsam zog Carolina ihre Hand, die immer noch auf Natalies Arm lag, zurück. „Natürlich hast du recht. Ich finde aber trotzdem, dass es eine sehr gute Idee ist, wenn wir uns gleich alle zusammen zum Essen treffen und die erste Hürde genommen ist. Falls ihr gar nicht miteinander auskommt, könnt ihr euch in den nächsten Tagen immer noch aus dem Weg gehen, wenn ihr wollt. Vielleicht läuft es aber auch recht gut und dann hättest du dir unnötigerweise die Nerven strapaziert." Sie trank ihren Tee aus und stand auf. „Ich beginne jetzt das Mittagessen zu kochen. Trink du in Ruhe deinen Tee und wenn du fertig bist, zeige ich dir Lucas' Zimmer und den Plan.

Wenn wir gegessen haben, kümmern wir uns um die Hausaufgaben. Du siehst zu und dann weißt du schon Bescheid. Ist immer der gleiche Ablauf. Keine Sorge, das klappt schon."

Natalie seufzte, antwortete aber nicht. Woher nahm ihre Schwester nur diese Zuversicht? Oder lag es eher daran, dass sie so verknallt in diesen Arzt war, dass es ihr vollkommen egal war, was sich in ihrem Zuhause abspielte. Machte sie sich denn überhaupt keine Sorgen um ihren Sohn? *Aber nein*, verteidigte Natalie ihre Schwester in Gedanken. *Sie ist eine gute Mutter, sie will Lucas und mir bestimmt kein schlechtes Gefühl geben und gibt sich deshalb so optimistisch. Wir zwei werden die paar Tage bestimmt rumkriegen – irgendwie.*

„Was hat er denn gesagt? Also Papa, meine ich", wollte Natalie wissen.

„Ach, du kennst ihn ja. Er redet nicht viel. Jedenfalls hat er nicht geschimpft und das ist doch ein gutes Zeichen."

Natalie seufzte erneut. „Na, du musst es ja wissen. Und Irina?", fragte sie dann. Diesmal war es Carolina, die einen Seufzer ausstieß. Unwirsch legte sie den Deckel auf den Kochtopf, den sie gerade auf den Herd gestellt hatte. „Zu mir gar nichts. Ich habe dir ja gesagt, dass wir nicht die besten Freundinnen sind. Ich bin nach wie vor davon überzeugt, dass sie vorrangig materielle Absichten hat. Aber Papa liebt sie und ist glücklich, was soll ich da machen. Außerdem kommt sie ausgesprochen gut mit Lucas zurecht. Er mag sie, ab und zu ist es ganz praktisch, dass sie auf ihn aufpasst.

Schichtdienst haben hat auch Nachteile. Ich würde sagen, wir haben uns arrangiert und leben friedlich nebeneinander."

„Es gibt also gar keinen Grund, dass du sie nicht gefragt hast, ob sie sich um Lucas kümmert?" Natalie sprach ihre Worte kühl.

Carolina sah sie nicht an, als sie antwortete, sondern holte ein Paket Spaghetti aus dem Küchenschrank. „Doch, natürlich gibt es den. Ich will es einfach nicht." Sie schnaufte genervt. „Das und natürlich auch, dass Irina selbst berufstätig ist, wenn man das so bezeichnen kann. Sie hätte nicht ausreichend Zeit, sich um Lucas zu kümmern." Natalie runzelte verärgert die Stirn. „Ich bin auch berufstätig", erklärte sie entrüstet. „Ich habe sogar zwei Jobs und ein Studium zu bewältigen und ich bin echt auf die Kohle angewiesen."

Carolina ließ die Nudeln in das kochende Wasser gleiten. „Das weiß ich, denn wir haben bereits darüber gesprochen. Das Geld für deinen Aufwand bekommst du, keine Frage, und sowohl dem Studium als auch deiner Arbeit für den Verlag kannst du von hier aus nachgehen. Oder fehlt dir etwa das Einräumen der Regale im Supermarkt?"

Bildete sich Natalie diesen abfälligen Unterton nur ein? Kritisierte Caro, dass Natalie es bisher zu nichts gebracht hatte? „Der Job bei Rewe ist vielleicht nicht das Gelbe vom Ei, aber ich verdiene mein Geld. Es ist nicht nötig, mich darauf hinzuweisen, dass du schon viel mehr erreicht hast als ich. Die einen wissen schon früh, was sie mit ihrem Leben anfangen wollen, die anderen erst später", verteidigte Natalie sich vorsorglich.

„So war das doch gar nicht gemeint“, beschwichtigte Caro. „Papa und Irina wissen übrigens nichts von Olaf und ich habe nicht vor, ihnen das auf die Nase zu binden. Das geht sie gar nichts an. Erst wenn wir offiziell zusammen sind, werde ich ihn hierherbringen und ihn Papa vorstellen. Also bitte, verplappere dich nachher nicht“, bat sie, während sie damit begann, eine Zwiebel zu schälen.

„Ich bin also deine Vertraute in geheimer Mission? Dein einziger helfender Engel in Sachen Liebe?“, fragte Natalie und warf ihrer Schwester einen verschlagenen Blick zu. Carolina lächelte nervös zurück und nickte. Zum ersten Mal seit ihrer Ankunft hatte Natalie das Gefühl, doch das Richtige zu tun. Sie beobachtete Caro noch eine Weile beim Kochen. In der Pfanne dünsteten die Zwiebeln und verbreiteten einen leckeren Geruch. Natalie nippte an ihrem Tee, doch sobald sie ihren Gedanken freien Lauf ließ, machte sich Beklommenheit in ihr breit. Schon heute Abend war sie mit Lucas allein in der Wohnung. Was hatte sie sich nur dabei gedacht?

„Komm, mach dich nützlich und deck schon mal den Tisch“, riss Caro sie aus den trüben Gedanken.

Sie stellte drei Teller und drei Gläser auf den Küchentisch, legte Besteck daneben und wandte sich dann wieder der Soße auf dem Herd zu. Die Teller für ihre Schwester und sich stellte Natalie an die Plätze, an denen sie beide auch den Tee getrunken hatten. „Wo sitzt Lucas?“, wollte sie wissen und besah sich unschlüssig das kleinere Kinderbesteck.

„Auch auf der Bank“, gab Carolina zurück. Sie stellte den Herd aus und brachte zwei Holzbrettchen zum Tisch, auf die sie nur einen Moment später den Topf mit den dampfenden Nudeln und die Pfanne mit der Soße stellte. „Lucas, mach den Fernseher aus und komm essen“, rief sie dann ins Wohnzimmer hinüber. Sie gab Nudeln und Soße auf seinen Teller, dann rief sie noch einmal. „Lucas! Fernseher aus und essen kommen. Wir fangen sonst ohne dich an.“ Und an Natalie gewandt sagte sie: „Gib mal deinen Teller“, dann tat sie ihr ebenfalls Nudeln und Soße auf.

Es roch köstlich, aber Natalie hatte mit einem Mal das Gefühl, sie hätte einen schweren Stein im Magen. „Nicht so viel, bitte“, sagte sie leise und fing Caros spöttischen Blick auf.

Sie stellte den vollen Teller zu sich und nahm ihren eigenen, um Natalie eine kleinere Portion zu geben. „So?“, fragte sie. Natalie nickte und nahm den Teller entgegen. Caro setzte sich, nur um gleich darauf noch einmal aufzustehen und eine Flasche Wasser aus dem Küchenschrank zu holen. „Lucas!“, rief sie erneut. Der schärfere Ton erzielte nun endlich Wirkung und der Junge kam in die Küche gelaufen. Als er Natalie erblickte, verharrte er für einen Augenblick in seinen Bewegungen. Es war beinahe, als hätte er ihre Anwesenheit in den letzten Minuten ganz vergessen. Dann sah er unschlüssig zu seiner Mutter. „Ab auf die Bank mit dir“, sagte diese nun wieder in sehr mildem Ton und wartete bis er seinen Platz eingenommen hatte.

Das gemeinsame Essen verlief recht wortkarg. Natalie bemerkte, wie Lucas sie hin und wieder argwöhnisch von der Seite anschielte, während sie in ihrem Essen stocherte. Aber sobald sie sich ihm zuwandte, wich er ihrem Blick aus und beschäftigte sich mit seinen eigenen Nudeln. Ab und zu entschlüpfte ihm eine über den Tellerrand. Nach einiger Zeit hatte sich ein eigenwilliges Muster aus roter Soße auf der Wachstuchdecke rund um seinen Teller gebildet. Wortlos reichte ihm seine Mutter ein Stück Küchenrolle, damit er sich zwischendurch die kleinen verschmierten Finger abputzen konnte.

„Gibt's Nachtisch?", wollte Lucas wissen, als er seinen Teller leergegessen hatte und sofort von sich schob, doch seine Mutter verneinte.

„Heute nicht, wir essen ja am Abend noch einmal bei Opa und Irina. Da gibt es bestimmt welchen."

Lucas zog einen Flunsch. „Das dauert aber noch so lange", quengelte er. Die Begründung seiner Mutter schien ihm nicht ausreichend.

„Vorfreude ist die schönste Freude", wiegelte Carolina seinen Einwand ab.

„Kann ich dann wieder fernsehen?", maulte er.

Caro gab mit einem Seufzer nach. „Von mir aus, es ist ja Freitag."

Die beiden Schwestern blieben in der Küche und aßen weiter. „Darf er freitags mehr fernsehen?", wollte Natalie wissen.

„Meistens", gab Carolina zu. „Normalerweise macht er seine Hausaufgaben, wenn wir mit dem Essen fertig sind. Lucas sitzt dann hier bei mir in der Küche und ich kann ein Auge auf ihn haben, während ich aufräume. Oft bin ich früher fertig als er und setze mich dann mit einer Tasse Kaffee zu ihm. Lucas genießt es, wenn er die Aufgaben nicht allein bearbeiten muss, und ich habe für ein paar Augenblicke Ruhe. Das könntest du auch so machen, wenn ich weg bin. Die Routine wird ihm guttun."

„Kann ich machen. Er wird trotz alledem merken, dass ich nicht du bin." Natalie hatte ihre kleine Portion aufgegessen, legte das Besteck zusammen und schob den Teller ebenfalls von sich.

„Keine Frage. Das soll er auch. Aber ich glaube, dass eure gemeinsame Zeit einfacher wird, wenn du gewisse Strukturen einhältst." Carolina hatte ihre Mahlzeit ebenfalls beendet und stellte die leeren Teller übereinander. „Pass auf", begann sie nun voller Tatendrang. „Du räumst die Spülmaschine ein und ich koche Kaffee. Dann erklär ich dir alles im Detail."

Natalie gehorchte und nur wenig später saßen die beiden Frauen vor einem frisch gebrühten schwarzen Kaffee. Carolina hatte den großen Kalender von der Wand in der Küche genommen und auf den Tisch gelegt. Bei seinem Anblick wurde Natalie für einen Moment von einem nervösen Schauer ergriffen. Besorgt überflog sie die vielen Einträge in unterschiedlichen Farben. „Du liebes bisschen, das ist aber viel", entfuhr es ihr.

„Keine Sorge", beschwichtigte Carolina. „Das sieht schlimmer aus, als es ist. Hier in Blau siehst du die Anfangs- und Endzeiten der Schule. Das ist immer gleich. Du musst Lucas zum Bus bringen und abholen. Das macht ihr am besten zu Fuß. Rot ist Hausaufgabenzeit, Dienstag und Donnerstag ist Tischtennistraining, das habe ich dir grün eingetragen. Das Training findet bei *Erla* statt."

„In der Kneipe?", unterbrach Natalie ungläubig.

„Ja, aber es ist schon längst nicht mehr nur Kneipe. Das ist jetzt eher ein Café, Restaurant und Treffpunkt für alle. Die haben nebenan einen Raum, der für verschiedene Veranstaltungen gemietet werden kann. Darts, Skat, Bingo, Tischtennis, Versammlungen. Finde ich gut. Somit haben nicht nur die Kinder eine Beschäftigung im Ort. Du musst ihn hinbringen und abholen. Das Training selbst dauert aber nur eine Stunde, da lohnt es sich kaum, wieder nach Hause zu gehen. Wenn das Wetter schlecht ist, trinke ich dort etwas oder schaue beim Training zu. Aber meistens nutze ich die Zeit für Besorgungen im Ort. Die anderen Mütter halten das auch so. Du musst einfach selbst entscheiden, was für dich besser ist."

Vor Natalies innerem Auge erschienen plötzlich die ehemaligen Mitschülerinnen. „Kenne ich welche von den Müttern? Von früher, meine ich. Mir ist wahrlich nicht nach einem Wiedersehen", äußerte sie zaghaft und Carolina blickte ein paar Sekunden nachdenklich zur Decke hinauf.

„Hm, möglich. Vielleicht Kathrin Voss, die war eine Klasse unter mir."

Natalie machte nun ebenfalls ein nachdenkliches Gesicht. *Kathrin*. Der Name sagte ihr nichts.

„Lange rote Haare, blasses Gesicht, spitze Nase, recht zurückhaltend", versuchte Carolina ihr auf die Sprünge zu helfen, aber Natalie konnte sich nicht erinnern. „Ach", rief Caro plötzlich und griff sich an die Stirn. „Wohlerts! Kathrin hat doch geheiratet. Früher hieß sie Wohlerts."

Bei diesem Namen klingelte es leise bei Natalie. „Wohlerts", wiederholte sie. „Hat sie einen jüngeren Bruder? In meiner Klasse war damals ein Thomas Wohlerts", setzte sie dann leise hinzu.

„Ja, stimmt", stellte Caro fest.

Und was ist mit Nick? Laufe ich Gefahr, ihn dort zu treffen?, hätte Natalie am liebsten gefragt, doch sie schluckte die Worte hinunter. Nein. Sie musste sich zusammenreißen und die Vergangenheit ruhen lassen. Was geschehen war, ließ sich nun einmal nicht ändern.

„Du brauchst keine Angst zu haben", nahm Carolina das Wort wieder auf. „Ich habe dir doch schon erklärt, dass du die zwei Wochen hier verbringen kannst, ohne dich mit den Leuten aus dem Dorf zu treffen. Du bringst Lucas zum Bus, zu *Erla* und sorgst dafür, dass er seine Hausaufgaben macht, sich ordentlich anzieht und die Zähne putzt. Noch ein Stündchen spielen am Nachmittag und den Rest der Zeit hast du zum Arbeiten. Falls es gar nicht klappt, kannst du Lucas auch zu Papa schicken. Er nimmt ihn schon mal mit, wenn er seine Runden mit den Hunden dreht."

„Hm", machte Natalie widerwillig. „Das kann ich mir ja für den Notfall offenlassen."

„Jetzt schau nicht so zerknirscht. Papa freut sich, dich nach so langer Zeit wiederzusehen", versuchte Caro sie aufzumuntern. „Ach, hat er das gesagt?"

„Na ja, nicht so direkt", ruderte Caro etwas zurück, „aber welcher Vater freut sich denn nicht, wenn seine Tochter nach so langer Zeit endlich wieder nach Hause kommt."

„Ich komme nicht nach Hause", erklärte Natalie nun trotzig. Das Gespräch verlief gerade in eine für sie unangenehme Richtung. „Ich tue meiner Schwester einen Gefallen und danach fahre ich wieder zurück nach Köln. Dort ist nämlich mein Zuhause."

„Schon gut, reg dich ab“, versuchte Carolina sofort sie zu beschwichtigen. „So war das doch gar nicht gemeint. Also weiter im Text. Einkaufen musst du zunächst nicht. Ich habe für ein paar Vorräte gesorgt.“ Caro stand auf und ging zum großen Kühlschrank. Sie öffnete ihn und zeigte auf den üppigen Inhalt. Dann griff sie zur unteren Tür, um den Gefrierschrank zu öffnen, und erklärte: „Hier habe ich euch Fleisch, Fisch und Gemüse eingefroren. Und dort drüben ...“ Sie schloss den Gefrierschrank und ging am Fenster vorbei auf die andere Seite der Küche. Dort öffnete sie eine kleine Holztür, hinter der sich eine geräumiges Regal befand, das als Mini-Speisekammer diente. „Hier gibt es noch jede Menge Konserven, Nudeln, Reis und so weiter. Die beiden Weinflaschen sind auch für dich, falls du möchtest.“ Caro schloss die Tür. „Jetzt komm, ich zeige dir den Rest der Wohnung.

Natalie folgte ihrer Schwester durch den kleinen Flur in das geräumige Badezimmer. „Dazu muss ich dir nicht viel erklären. Die Waschmaschine funktioniert wie jede andere. Dusche, Toilette, Badschrank.“ Sie machte eine präsentierende Bewegung mit dem Arm. „Das Übliche eben. Und dort drüben habe ich Platz für deine Sachen freigeräumt.“

Dann gingen beide ins Schlafzimmer, wo zwei große dunkelblaue Hartschalenkoffer und ein Beauty Case bereits abreisefertig warteten. „Ich habe dir auch in meinem Schrank etwas Platz gemacht“, erklärt Caro und schob die Spiegeltür ihres großen Kleiderschranks auf. „Du sollst die zwei Wochen nicht aus dem Koffer leben müssen. Das Bett ist frisch bezogen, der Staubsauger steht hinter der Tür und falls du neue Wäsche brauchst, findest du sie hier." Sie zwängte sich zwischen dem Bett aus rustikalem Holz und den Koffern hindurch und hob den Deckel einer wunderschönen großen Truhe, ebenfalls aus Holz, hoch. Natalie sah sich anerkennend um. Die Wohnung ihrer Schwester war sehr ansprechend. Nicht zu vergleichen mit ihren eigenen einunddreißig Quadratmetern, auf denen sie aus ihrem Faltkleiderschrank lebte. Der Gedanke daran, dass sich Essen, Schlafen, Wohnen und Arbeiten auf verschiedene Räume erstreckte, wirkte in diesem Augenblick recht seltsam auf sie. Carolina drängelte sich wieder zurück. „Du kannst gleich ganz in Ruhe einräumen, wenn ich meine Koffer ins Auto bringe und noch ein bisschen mit Lucas auf der Couch knuddle. Du, ich bin dir wirklich so dankbar, dass du das für mich tust", erklärte sie ernst, als sie direkt vor Natalie stand. „Ich weiß, es ist viel verlangt, aber glaube mir: Das ist meine große Chance bei Olaf. Wenn ich zurückkomme, sind wir offiziell ein Paar und der Rest findet sich dann von ganz allein." Carolina seufzte verliebt und ihre Augen glänzten.

Natalie teilte den Enthusiasmus ihrer Schwester nicht, aber sie behielt ihre Bedenken für sich. Natürlich wünschte sie ihr, dass sich ihre Träume erfüllten. Sie gönnte ihr das Happy End mit diesem Olaf, auch wenn sie ihn nicht kannte. Dann hatte wenigstens eine von ihnen Glück. Wieder tauchte Nick in ihren Gedanken auf. Sie fühlte einen Stich in der Brust und versuchte sich mit einer unwirschen Kopfbewegung von der Erinnerung an ihn zu lösen. „Wo kann ich denn arbeiten?", wollte sie wissen und versuchte, die Gedanken wieder in die Gegenwart zu lenken.

„Folgen Sie mir bitte unauffällig ins Wohnzimmer“, alberte Carolina und ging voraus. Dort saß Lucas noch immer unbeirrt auf der Couch und konsumierte Zeichentrickfilme. Der Dreisitzer mit graugrünem Velourbezug stand mitten im Raum und fungierte nicht nur als Sitzmöbel, sondern auch als Raumteiler. Links vor der Couch stand ein kleiner ovaler Holztisch. An der Wand fanden sich moderne weiße Bücherregale und eine hohe Vitrine mit dekorativen Whiskyflaschen. Mittig stand ein halbhoher Schrank, auf dem sich ein überdimensionaler Flachbildfernseher befand. „Wenn du fernsehen möchtest, machst du mit der kleinen Fernbedienung den Receiver an, mit der großen den Fernseher. Die Programme verstellst du mit der kleinen, Lautstärke wieder mit der großen. Hier ist eine Liste mit den Programmnummern.“ Sie zeigte auf ein buntes Pappkärtchen, das im Bücherregal lag. „Wenn du Fragen hast, kann dir Lucas helfen. Der kennt sich damit besser aus als ich.

In der rechten Hälfte des Wohnzimmers stand ein Esstisch mit vier Stühlen drum herum. Auf dem Tisch lag ein grauer Umschlag. „Hier kannst du dich ausbreiten und arbeiten. Steckdosen sind direkt an der Wand und der Router ist hier drüben. Sie zeigte auf das weiße Kästchen mit den grünen Lämpchen, das in der Ecke des Wohnzimmers an der Wand angebracht war. „Das WLAN-Passwort habe ich dir auf einen Zettel geschrieben und ihn zusammen mit ein bisschen Bargeld in den Umschlag gelegt. Noch Fragen?“, schloss Carolina ihre Einweisung, aber Natalie schüttelte den Kopf.

„Das muss ich jetzt erst mal verdauen. Du bist beinahe erschreckend gut organisiert. Das macht mich richtig ehrfürchtig", sagte Natalie anerkennend.

„Wenn man alleinerziehend ist, bleiben nicht so viele Möglichkeiten, da sind Disziplin und Organisation unumgänglich. Aber das wird sich ja dank deiner Unterstützung bald ändern." Wieder bekam Carolina diesen sehnsüchtigen, verliebten Gesichtsausdruck und ihre Wangen begannen in zartem Rosa zu leuchten.

„An deinem Organisationstalent wird es definitiv nicht scheitern", erklärte Natalie und fügte hinzu: „Dann werde ich mich mal ans Auspacken machen."

„Ja", stimmte Carolina kopfnickend zu. „Und ich bringe die Koffer in mein Auto". Sie warf einen nervösen Blick auf ihre Armbanduhr. „In zwei Stunden sollen wir schon unten sein und in drei Stunden muss ich mich auf den Weg nach Köln machen. Olaf und ich treffen uns im Maritim und von dort aus machen wir uns morgen früh zusammen auf dem Weg zum Schiff."

4. Abendessen

Es war bereits dunkel, als Natalie, Carolina und Lucas die Wohnung verließen und die Metalltreppe hinabstiegen. Ein kräftiger Wind wehte und das Treppengeländer fühlte sich unangenehm kalt in Natalies Hand an. Sie fröstelte und war froh, dass Carolina darauf bestanden hatte, die Jacken anzuziehen, auch wenn sie nur wenige Meter über den Hof gehen mussten. Mit bangen Schritten und klopfendem Herzen folgte sie ihrer Schwester und ihrem Neffen zur großen Eingangstür des Hauses. Es war immer noch die gleiche schwere Holztür wie in ihrer Kindheit. Unsicher blickte sie sich um, als das Trio vor dem Eingang stand. Sie rieb sich die Oberarme und ihr Atem stieg sichtbar in den Abendhimmel hinauf. Sie betrachtete die neue Scheune und bemerkte die dezente Beleuchtung an der Traufe und rund um das Tor. Romantisch reihten sich die gelbweißen LED-Lämpchen aneinander. Es sah wunderschön aus.

Natalie fuhr zusammen, als Carolina den schweren Türklopfer betätigte. Nun waren es nur noch Sekunden bis zum Wiedersehen mit ihrem Vater. Die Angst vor diesem Augenblick war ihr bis in die Zehenspitzen gekrochen und hatte Natalie fest im Griff. Was sollte sie nur sagen? Sie waren nicht im Streit auseinandergegangen, sondern viel schlimmer – schweigend hatte er zugelassen, dass ihre Mutter und Jochen Tatsachen geschaffen hatten. Er hatte ihr nicht beigestanden, ihr seine Unterstützung versagt und sich, bis auf die Einladung zur Hochzeit, nie wieder gemeldet. Die hatte sie selbstredend ignoriert, aber in all den Jahren insgeheim auf mehr gehofft.

Carolina hatte zwar gesagt, dass er sich freuen würde Natalie wiederzusehen, aber Natalie war sich sicher, dass ihre Schwester in ihrer augenblicklichen Lage alles sagen und tun würde, um mit ihrem Olaf-Arzt auf Liebesreise zu gehen.

Im Haus waren Geräusche zu hören, der Schlüssel wurde im Schloss herumgedreht und die Haustür geöffnet. Natalie stockte der Atem. Sie starrte auf den Boden und erblickte zuerst ein paar dunkelgraue Hausschuhe.

„Hallo Opa!", rief Lucas und drängelte sich durch die Tür, noch bevor sie ganz geöffnet war.

„Immer rein in die gute Stube, kleiner Mann", hörte Natalie die tiefe und ruhige Stimme ihres Vaters, als Lucas längst außer Sicht- und Hörweite war.

„Hallo Papa", grüßte jetzt auch Carolina und blieb neben Natalie vor der Tür stehen. Nun musste Natalie den Blick heben und sah in die dunklen Augen ihres Vaters. Sie erschrak. Natürlich hatte sie gewusst, dass er in den letzten fünfzehn Jahren älter geworden war – das waren sie schließlich alle –, doch die Zeit hatte in seinem Gesicht deutlichere Spuren hinterlassen, als sie es erwartet hatte. Nicht nur sein volles dunkles Haar war grau geworden, sondern auch die Bartstoppeln in seinem Gesicht. Die kleinen Fältchen um seine Augen zeigten sich nun tiefer und ausgeprägter, die Tränensäcke traten markant hervor. Natalie spürte Panik in sich aufsteigen und einem Impuls folgend wagte sie die Flucht nach vorn. In einer schnellen Bewegung streckte sie die Hand zu einer förmlichen Begrüßung aus und schlug die Augen nieder. „Hallo Papa.“

Einen grausam langen Augenblick geschah gar nichts. Natalie fühlte sich wie betäubt und wollte die Hand schon wieder zurückziehen, als die warme und kräftige Hand ihres Vaters plötzlich die ihre umschloss. Zaghaft hob sie den Blick „Hallo Natalie, erwachsen bist du geworden.“ Er hielt ihre Hand etwas länger fest, als es für eine normale Begrüßung nötig gewesen wäre, bis dieser seltsame Augenblick von Carolina unterbrochen wurde.

„Lasst uns doch drinnen weiterreden, die Kälte hier draußen ist echt fies.“

Franz Beeken ließ Natalies Hand los, öffnete die Tür weiter und bedeutete seinen Töchtern mit einer einladenden Geste einzutreten. Natalie trat sich umständlich die Schuhe ab, dann folgte sie ihrer Schwester ins Haus. Der Eingangsbereich war sehr geräumig. Auch in diesem Teil des Hauses hatte es bauliche Veränderungen gegeben, Carolina hatte das bereits erwähnt. Doch dass so drastisch umgebaut worden war, hatte sie nicht erwartet. Nichts erinnerte mehr an das Zuhause von damals.

„Lucas, komm zurück und zieh die Schuhe aus“, rief Carolina und stellte ihre eigenen in das Schuhregal neben der Tür. Lucas kam in wildem Galopp angerannt, entledigte sich ungeduldig seiner Stiefelchen und raste zurück.

„Wie war die Schule?", brummelte Franz Beeken, der eine Weile schweigend neben seinen Töchtern gestanden hatte, und folgte seinem Enkel nun in Richtung Wohnzimmer. Natalie zog ebenfalls ihre Schuhe aus und stellte sie mit zitternder Hand neben die ihrer Schwester. Sie fröstelte und wünschte, der Abend wäre schon vorbei. Wer konnte schon wissen, was sie noch erwartete. Allein die Begrüßung war schrecklich gewesen. Sehnsüchtige Erinnerungen an ihre Zeit als Kind dieser Familie hatten beim Anblick des Vaters versucht sich den Weg an die Oberfläche zu bahnen. Wunderschöne Erinnerungen und dann diese andere – die alte Wunde war wie befürchtet aufgerissen. Plötzlich spürte Natalie die unbändige, ungestillte, immer dagewesene Sehnsucht in den Untiefen ihrer Seele lodern und sich den Weg an die Oberfläche bahnen. Sie tat noch immer so schrecklich weh wie damals – Nick.

Ich mache meinen Job und bleibe keine Sekunde länger als nötig, beschloss sie um ihrer selbst willen und ging den anderen entschlossen nach.

Das Haus, in welches sie heute nach so vielen Jahren zum ersten Mal zurückkehrte, war nicht mehr dasselbe, die Familie war eine andere und auch aus ihrem Vater war ein anderer geworden. Alt und brummig schien er. Gewiss verzieh er ihr nicht, dass sie nicht zu seiner und Irinas Hochzeit erschienen war. Aber er war nicht unschuldig daran. Der Schmerz darüber, dass man sie einfach so abgeschoben hatte, saß tief. Außerdem wusste er nicht alles. Zum Beispiel, dass Natalies Entscheidung, nie wieder zurückzukehren, vor allem anderen die Flucht vor einer unerwiderten Liebe war. Einem Gefühl, das Natalie in ihren jungen Jahren fast innerlich verbrannt hatte. Nie wieder hatte sie jemanden so geliebt wie Nick. Nie wieder wollte sie ihr Herz dem Schmerz einer derartigen Zurückweisung aussetzen. Mochten sie auch noch so jung gewesen sein, niemand hatte Natalies Herz je wieder so berührt wie Nick.

Der kleine Flur, der den Eingangsbereich mit den anderen Zimmern verband, wurde matt durch elektrische Kerzen auf eisernen Wandhalterungen beleuchtet. An der Wand hingen Fotos, aber Natalie nahm sich nicht die Zeit, sie zu betrachten. Links vom Flur ging es in eine große Küche, am Ende führte eine Treppe nach oben. Zumindest dieser Bereich schien sich nicht verändert zu haben. Die Innenausstattung war rustikal und wohnlich. Heimelig hätte Natalie fast meinen können, wenn sie in einer anderen Situation und bei anderen Menschen zu Gast gewesen wäre. Nur kurz nach Carolina betrat sie das Wohnzimmer. Den Raum hatte sie viel größer in Erinnerung gehabt. Hier war früher der Saal für Familienfeierlichkeiten gewesen – Geburtstage, Einschulungen, Weihnachten und so weiter. Sie zögerte einen Moment, bevor sie durch die Tür trat, sah dann auf einen hübsch gedeckten Tisch mit weißem Tischtuch, goldumrandeten Tellern, aufwendig gefalteten Servietten, Kerzen und Blumendekoration zwischen den abgedeckten Speisebehältern. Natalie ertappte sich gerade bei dem Gedanken, dass sie ihrem Vater und Irina ihre schöne Bleibe nicht gönnte, da ertönte auch schon Irinas Stimme.

„Wunderbar, wenn jetzt endlich alle da sind, können wir ja anfangen. Setzt euch, bevor das gute Essen kalt wird. Lucas hier, Opa da, Carolina dort und Natalie ...“, Irina unterbrach ihre freundliche, aber resolute Ansage. Sie sprach mit nur noch wenig durchklingendem polnischem Akzent und Natalie fing einen unergründlichen Blick auf. Nur eine Sekunde später zog Irina einen der Stühle an der Lehne zurück und sagte dann mit einem freundlichen Lächeln auf den Lippen: „Schön, dass du unser Gast bist. Du sitzt hier, neben deiner Schwester. Ich denke, du bist einverstanden damit.“

Natalie gehorchte ohne Widerworte und nahm auf dem ihr zugewiesenen Stuhl Platz. Irina, die um so viele Jahre jüngere zweite Frau ihres Vaters, hatte sich kaum verändert. Sie schien kaum gealtert und hielt das Zepter auf Gut Beeken augenscheinlich fest in der Hand. Natalie spürte, wie sich ihre Stirn in Falten legte und die Augen verengten. Sie hatte Irina schon früher nicht leiden können. Damals war sie als junge Frau, nicht einmal dreißig Jahre alt, gerade aus Polen gekommen und hatte sich an ihren frisch getrennten und emotional angeschlagenen Vater herangemacht. Natürlich war Franz leichte Beute gewesen, die Trennung der Eltern hatte nicht nur die Kinder emotional belastet. Schon damals war Natalie überzeugt gewesen, dass Irina nur auf ein gemachtes Nest und das Geld ihres Vaters aus war. Sie hatte der Beziehung maximal einige Monate Zeit gegeben und gehofft, ihr Vater käme schnell wieder zur Besinnung. Aber weit gefehlt. Franz Beeken hatte Irina mittlerweile sogar geheiratet. Eines musste man ihr lassen: Ausdauer hatte sie und irgendwie funktionierte es wohl auch zwischen den beiden.

Natalie spürte, wie Carolinas Bein gegen ihres stieß, und wurde aus ihren Gedanken gerissen. „Hm?", machte sie und blickte leicht irritiert auf.

„Deinen Teller, bitte", sagte Caro und lächelte sie freundlich an. Sie machte gute Miene zu dem Theater. *Eine andere Möglichkeit hat sie wohl auch nicht. Schließlich wohnt sie hier,* dachte Natalie und reichte ihr ihren Teller.

„Sehr hübsch siehst du aus", versuchte Irina nun eine Unterhaltung in Gang zu bringen. „So erwachsen. Man kann sehen, dass viel Zeit vergangen ist, seit du fortgegangen bist."

Natalie bemerkte, dass Irina zu Franz hinübersah, dieser sich aber ausschließlich mit seinem Essen beschäftigte. „Danke, wir alle sind älter geworden", erwiderte Natalie höflich und wieder wurde es unangenehm still am Tisch. Nur das Klappern des Bestecks auf den Tellern war zu hören.

„Wann fährst du los?", startete Irina einen neuen Versuch und wandte sich mit ihrer Frage an Natalies Schwester.

„Gleich nach dem Essen." Carolina sah auf ihre Armbanduhr. „In einer knappen halben Stunde also."

„Schon? Ich dachte, ihr hättet etwas mehr Zeit zum Abendessen eingeplant. Müssen wir nicht noch ein paar Dinge für die nächsten Tage besprechen? Ich wollte auch gern noch etwas mit Natalie plaudern. Ich bin so neugierig, wie es dir geht und wie du lebst."

Natalie biss sich vor Schreck auf die Zunge und unterdrückte ein Stöhnen. „Da gibt es nicht viel zu erzählen", versuchte sie sich um eine ausführliche Erklärung zu drücken.

„Sie kommt schon zurecht", fuhr Carolina dazwischen. „Wahrscheinlich werdet ihr kaum merken, dass sie da ist. Ich habe in meiner Wohnung alles für die kommenden Tage vorbereitet. Außerdem muss sie arbeiten, wenn sie sich nicht um Lucas kümmert. Sie wird wenig Zeit haben."

„Ach so." Irina wirkte enttäuscht, gab aber noch nicht auf. „Aber wenn du doch etwas Zeit hast, komm gern für eine Tasse Kaffee und Kekse vorbei. Dein Vater und ich würden uns sehr freuen."

„Mal sehen, wie es passt", presste Natalie hervor und musste sich Mühe geben, nicht mit dem Besteck zu wedeln. Irinas Scheinheiligkeit machte sie fürchterlich wütend.

„Für den Fall, dass du dich in der kommenden Woche dazu entscheidest, Irinas Einladung anzunehmen, werdet ihr auf meine Gesellschaft verzichten müssen", brachte sich Franz unvermittelt in die Unterhaltung ein und Natalie folgte Irinas verwundertem Blick. Offensichtlich war das auch für sie eine neue Information.

„Was ist los?", fragte sie. „Hast du vergessen mir etwas zu erzählen?"

„Nein, nicht vergessen", antwortete Franz und schob seinen leeren Teller, auf dem er das Besteck sorgfältig zusammengelegt hatte, beiseite. „Ich weiß es selbst erst seit heute. Ich fahre mit den Hunden zu einem Meisterschafts-Trainingscamp nach Deutschland. Jemand hat kurzfristig abgesagt und mir wurde der Platz angeboten. Da konnte ich nicht nein sagen. Ich wollte gleich nach dem Essen in Ruhe mit dir darüber sprechen."

„Na, dann bin ich wohl für ein paar Tage allein. Ich werde dich vermissen, aber so kann ich mich wenigstens mehr um das Geschäft kümmern", erwiderte Irina und blickte versöhnlich drein. Sie war offensichtlich bemüht die gespannte Stimmung am Tisch zu überspielen und auf heile Welt zu machen. Natalie presste die Lippen aufeinander und unterdrückte ein Augenrollen.

„Was gibt's zum Nachtisch?" Lucas' Stimme durchbrach die sich erneut ausbreitende unangenehme Stille.

„Karpatka, hole ich gleich", antwortete Irina.

„Super, Oma!" Lucas strahlte. Auf ihn schien die merkwürdige Stimmung am Tisch nicht abzufärben. Das Wort *Oma* ließ Natalie zusammenzucken. Dass Lucas dieses viel zu junge Huhn so nannte, bereitete ihr Unbehagen. Irina schien von Natalies Anspannung nichts zu bemerken. Sie stand auf, stapelte die bereits leeren Teller übereinander und trug sie hinaus.

„Ich komme mit!", rief Lucas und war schon von seinem Stuhl aufgesprungen. „Karpatka ist so lecker!" Freudestrahlend lief er hinter Irina her. Zurück blieben die beiden Schwestern und Franz. Carolina wurde augenblicklich gesprächiger und fragte: „Das scheint ja ein großartiges Training zu sein, dass du so spontan zugesagt hast. Nimmst du beide Hunde mit?"

„Ja. Gleich morgen früh geht es los." Franz blieb sparsam mit seinen Worten und machte somit mehr als deutlich, dass er keinen Wert darauf legte, diese Unterhaltung weiter auszuschmücken.

Doch Carolina ließ sich nicht beirren. „Schade, ich hatte nämlich gehofft, dass Natalie hin und wieder mit

Lucas und den Hunden spazieren gehen könnte. Da hätten sie zusammen schöne Stunden verbringen können."

Natalie hatte in den vergangenen Minuten angestrengt in ihr Glas gesehen und einfach nur gehofft, dass dieses gezwungene Familienessen bald vorüber sein würde. In dem Augenblick, als Carolina von ihr sprach, stieß sie nun ihre Schwester unter dem Tisch gegen den Fuß. Es war schlimm genug, dass sie sich hatte bequatschen lassen zurückzukommen und auf Lucas aufzupassen. Wie und mit wem sie die Zeit auf dem Hof verbrachte, das entschied Natalie aber immer noch selbst. Und schon gar nicht würde sie einem Vater hinterherlaufen, der sie nicht verstand, sie loswerden wollte und ihre Entscheidungen nicht akzeptierte. Von ihr aus konnte er so lange mit den Hunden wegfahren, wie er wollte. Das machte die Anwesenheit auf Gut Beeken für Natalie um ein Vielfaches einfacher. Irina konnte ihr sowieso gestohlen bleiben. Von einem falschen Lächeln und ein paar polnischen Gerichten würde sie sich nicht einwickeln lassen.

„Was ist das denn für ein Training", bohrte Carolina ungeniert weiter und Natalie hatte das Gefühl, dass ihre Schwester die Gesprächszeit mit ihrem Vater ohne Irina ausschöpfen wollte, so gut sie konnte.

Franz schnaufte unwillig. „Ich hatte mich bereits im Frühling dazu anmelden wollen, aber keinen Platz mehr bekommen. Eine Warteliste für das nächste Jahr gibt es auch schon. Auch wenn es kurzfristig ist, kann ich bei einer solchen Gelegenheit nicht ablehnen", rechtfertigte er sich brummelig und für Natalie war klar, dass das Thema somit für ihn beendet war. Gott sei Dank!

Sobald Lucas seinen Nachtisch verdrück hatte – Carolina und Natalie hatten dankend abgelehnt –, herrschte Aufbruchstimmung.

Die Verabschiedung gestaltete sich spartanisch. Carolina hatte es plötzlich eilig und tippte immer wieder Nachrichten in ihr Handy und Lucas wirkte mit einem Mal sehr müde.

„Danke fürs Essen, Irina. Gute Fahrt morgen, Papa", sagte Carolina mit sichtlich aufgesetztem Lächeln, als sie durch die Haustür ins Freie traten.

„Ja, von mir auch", ergänzte Natalie, die Hände tief in die Jackentasche vergraben und den Mund hinter dem Kragen ihrer Jacke versteckt.

„Warte, Lucas!" Irina war mit einer grünen Vorratsdose aus der Küche gekommen. „Nimm mit, Frühstück für morgen." Der Junge ergriff die Dose mit einem stolzen Grinsen und marschierte allen voraus über den Hof nach Hause.

Oben in der Wohnung folgte eine um Längen herzlichere Verabschiedungsszene. Carolina und Lucas drückten und knuddelten sich und Natalie sah, wie Caro mit den Tränen kämpfte. Sie hatte Mitleid mit den beiden und auch ein bisschen mit sich selbst.

„Kannst du noch ein bisschen bleiben, Mama, oder die Reise ganz absagen?", wollte Lucas wissen und sprach damit aus, was Natalie dachte. In den letzten Tagen waren ihr immer wieder ähnliche Gedanken durch den Kopf geschwirrt. Es gab doch bestimmt auch eine andere Möglichkeit für Caro, den Mann ihres Lebens zu finden. Warum ausgerechnet eine Kreuzfahrt und warum ausgerechnet dieser Olaf, der doch seine Frau mit ihr betrog. War das allein nicht Abschreckung genug für Caro?

„Lucas, du weißt, dass ich arbeiten muss. Ich lerne etwas auf dem Schiff, fast so wie du in der Schule. Aber wenn ich nicht rechtzeitig ankomme, dann legt das Schiff ohne mich ab und dann weiß ich die wichtigen Dinge nicht, die ich für die Arbeit brauche." Natalie sah, wie sich Lucas' Griff um seine Mama festigte.

„Bitte", versuchte er es noch einmal.

„Ich rufe dich ganz bestimmt an, wenn ich dort bin, und schicke euch viele Fotos. Und irgendwann einmal machen wir zusammen so eine Reise mit dem Schiff, versprochen", sprach Caro ihm zu und löste die Hände ihres Sohnes sanft von ihren Hüften. „Du gehst jetzt an das Fenster in deinem Zimmer und wenn ich unten bin, dann winke ich, okay?"

„Na gut." Mit einem Seufzen gab sich Lucas geschlagen und lief durch den Flur.

„Stellung halten und nicht unterkriegen lassen", sagte Caro nun zu Natalie und hielt die Arme auf. „Na, komm her", forderte sie dann und zog ihre Schwester in eine Umarmung. Natalie spürte die Angst vor den nächsten Tagen deutlich in jeder Faser ihres Körpers. „Danke, dass du das für mich tust." Nach einem Moment löste Carolina sich und wischte sich dankbar lächelnd eine Träne aus den Augen.

„Ich drücke dir die Daumen, dass alles so klappt, wie du es dir vorstellst", hörte Natalie sich sagen, es fiel ihr jedoch schwer, an ihre eigenen Worte zu glauben.

„Ja, das wird es ganz bestimmt. Olaf wird sich für mich entscheiden und dann schweben wir auf Wolke sieben davon."

„Solange du nicht vergisst wieder zurückzukommen", versuchte sich Natalie in trockenem Humor, um die Abschiedssituation nicht noch schlimmer zu machen.

„Mama, du kommst ja gar nicht", rief Lucas nun und stand mit vorwurfsvollem Blick in der Tür zu seinem Kinderzimmer. Die Klinke hielt er dabei in der Hand und bewegte sie auf und ab.

„Doch, jetzt!", rief Carolina. „Ich bin auf dem Weg!" Sie winkte über den Flur, warf Natalie einen letzten dankbaren Blick zu und verschwand durch die Tür.

Natalie folgte Lucas und betrat vorsichtig sein Kinderzimmer. Er ließ zu, dass sie sich mit etwas Abstand zu ihm ans Fenster stellte. Mit aufgestützten Ellenbogen und sich die Nase platt drückend, blickte der Junge in den abendlichen, wunderschön illuminierten Hof. Caro stand neben ihrem Auto, winkte noch einmal, dann stieg sie ein und fuhr davon. Lucas und Natalie sahen den roten Rücklichtern nach, die sich schnell auf der Straße vom Gut fortbewegten. Natalie seufzte. „Kannst du eigentlich vorlesen?", wollte Lucas wissen und überraschte Natalie mit dieser unerwartet direkten Ansprache.

„Ja, das kann ich sogar. Wenn du dich bettfertig machst, lese ich dir vor, bis du eingeschlafen bist."

„Wow", staunte Lucas. „So lange schafft Mama nie."

5. Der Neue

Die Schulklingel läutete. Laut schnatternd verteilten sich die Grundschüler trappelnd auf die Klassenräume. Auch Natalie nahm ihren Platz ein und wartete gespannt. Sie war nun endlich in der vierten Klasse. Neugierig betrachtete sie von ihrem Stuhl aus die anderen Mitschüler. Einige der Jungen und Mädchen hatten sich kaum verändert, andere dagegen sehr. Die besten Freundinnen Romy und Maja waren bekannt dafür, dass sie alles gemeinsam machten. Sie hatten sich die langen, beidseitig geflochtenen Zöpfe, ihr Markenzeichen in der dritten Klasse, abschneiden lassen und trugen die Haare nun offen und bis kurz über die Schultern. Christian hatte bereits auf dem Schulhof alle Aufmerksamkeit auf sich gezogen, denn er trug einen Gips am linken Arm. Bei einem Sturz mit dem Fahrrad hatte er sich den Arm gebrochen. „Wer will, darf in der großen Pause darauf unterschreiben."

„Guten Morgen", begrüßte die Lehrerin, Frau Weiler, ihre Klasse. Sie hatte bis eben an ihrem Lehrertisch gesessen und stand nun auf. Gemurmel ging durch die Klasse. Auch Frau Weiler hatte sich verändert. Es sah aus, als ob sie unter ihrem Kleid einen Ball versteckt trug.

„Bist du schwanger, Frau Weiler?", rief Nicole von ihrem Platz in der hinteren Reihe und alle Kinder lachten.

„Ja, richtig". Frau Weiler präsentierte sichtlich stolz ihren Bauch und wartete, bis sich das Gelächter gelegt hatte. „Ich bin schwanger."

„Wann kommt das Baby denn?" „Wird es ein Junge oder ein Mädchen?", fragten die Mädchen durcheinander.

„Pst", machte Frau Weiler und legte ihren Zeigefinger gegen die Lippen. „Wie wäre es denn, wenn wir einen Erzählkreis machen?", fuhr sie dann fort. „Jeder von euch kann von seinen Ferien erzählen und dann erzähle ich euch vom Baby."

„Ja", rief Natalie genauso wie die anderen und schon begannen die Kinder damit, das Klassenzimmermobiliar zu verrücken.

„Bitte stellt die Tische und Stühle leise um. Ich muss noch einmal kurz zur Schulleiterin und bin gleich wieder da", erklärte die Lehrerin und überließ die Kinder ihrer Aufgabe. Wenige Minuten später betrat sie die Klasse wieder und Natalie erblickte neben ihr einen schlaksigen, sommersprossigen Jungen, dessen hellblonde Haare wild nach allen Seiten abstanden. Schüchtern sah er auf seine Füße. Die Arme hielt er dicht an den Oberkörper angewinkelt, die Daumen fast in Achselhöhe hinter die Riemen seines Ranzens geklemmt. Eines seiner Knie zierte ein großes blaues Pflaster. Augenblicklich verstummten die Gespräche zwischen den Kindern und sie beäugten den fremden Jungen neugierig.

„Liebe Kinder, das ist Nick. Er ist ein neuer Schüler in unserer Klasse und wir wollen ihn herzlich willkommen heißen. Wenn wir jetzt unseren Erzählkreis starten, habt ihr die Möglichkeit, mehr über Nick zu erfahren, und Nick lernt euch ebenfalls besser kennen." Sie schob noch einen weiteren Stuhl für den Neuen in den Kreis, holte ihren eigenen dazu und wenig später saßen alle Kinder zusammen. Es herrschte gespanntes Schweigen. „Wer möchte denn anfangen?" Frau Weiler lächelte und sah erwartungsvoll in die Runde. Doch niemand meldete sich. Auch Natalie verspürte nicht das geringste Bedürfnis, sich in den Vordergrund zu drängen.

„Ich muss sagen, ihr überrascht mich, Kinder", ergriff Frau Weiler staunend das Wort. „Sonst könnt ihr es doch gar nicht erwarten loszuplappern." Sie sah erneut von einem zum anderen, auch Natalie fing ihren Blick auf, sah sich dadurch aber nicht dazu veranlasst, als Erste zu sprechen. Keinesfalls wollte sie sich gleich am ersten Tag vor dem neuen Mitschüler blamieren. „Also gut", erklärte Frau Weiler. „Dann fange ich an. Wie ihr gesehen habt, ist mein Bauch in den Ferien sehr gewachsen, denn ich bekomme ein Baby. Ich freue mich sehr darüber und ich weiß auch schon, dass es ein Mädchen wird."

Die Jungs raunten enttäuscht, die Mädchen kicherten. „Süüüüüüß", quietschten Maja und Romy gleichzeitig.

„Dass ich ein Baby bekomme, wird nicht nur für mich viele Veränderungen mit sich bringen, sondern auch für euch. Ein paar Wochen vor Weihnachten werde ich nämlich nicht mehr unterrichten können, weil ich mich auf die Geburt vorbereiten muss. Auch danach werde ich eine lange Zeit zu Hause bleiben und mich dort um das Baby kümmern. Für euch heißt das, dass ihr eine neue Lehrerin oder einen neuen Lehrer bekommt. Wer das sein wird, weiß ich leider noch nicht."

„Oh nein", entfuhr es Natalie, die bei dem Gedanken daran ganz traurig wurde. Auch die anderen Kinder protestierten, die einen laut, die anderen leiser.

„Wissen Sie schon, welchen Namen das Baby bekommen soll?", fragte Anna-Lisa, die direkt neben der Lehrerin saß, leise, aber Natalie hatte es von ihrem Platz aus trotzdem hören können. Gespannt wartete sie auf die Antwort und wurde positiv überrascht.

„Ich habe mir gedacht", hob Frau Weiler mit einem verschmitzten Gesichtsausdruck und laut genug, dass es auch die anderen Kinder hören konnten, an, „dass ihr mir vielleicht bei der Suche nach einem geeigneten Namen für mein Baby helfen könntet."

„Jaaaa", antwortete Anna-Lisa freudestrahlend und auch der Rest der Klasse zeigte sich von der Idee begeistert.

„Darf man Mädchen auch Jungennamen geben", krähte Tim albern dazwischen und Natalie hätte sich kugeln können vor Lachen, als ihm einen Augenblick später die Kinnlade herunterklappte, denn Frau Weiler hatte einfach mit „Ja" geantwortet. Nachdem auch der Rest der Klasse ungläubig aus der Wäsche schaute, fügte sie noch eine kurze Erklärung hinzu.

„Unter bestimmten Umständen ist es durchaus erlaubt, einem Mädchen auch einen Jungennamen zu geben. Aber das erkläre ich euch ein anderes Mal. Nun seid ihr erst einmal dran mit euren Feriengeschichten.

Tim, fang du doch mal an und erzähle uns etwas von deinen Ferien."

Reihum erzählten die Klassenkameraden nun. Es waren Geschichten über Hotelurlaube, Flugreisen, Ausflüge in aufregende Vergnügungsparks und viele andere Erzählungen dabei. Als Natalie an der Reihe war, genierte sie sich ein wenig, denn ihre Ferien waren im direkten Vergleich mit denen der anderen Kinder nur wenig spannend gewesen. Auf Gut Beeken gab es immer viel zu tun. Die ganze Familie musste sich um die Felder und die Tiere kümmern. Jeden Tag die gleiche Arbeit. Mama, Papa und ihre Schwester Caro packten fleißig an – und sie selbst auch, obwohl sie erst zehn war. „Wir sind in den Ferien nicht weggefahren", begann Natalie etwas bedrückt. „Wir sind zu Hause geblieben und haben unseren Eltern bei der Arbeit auf dem Hof geholfen. Das machen wir ja immer, das ist immer das Gleiche." Natalie wollte das Wort schon an Karlotta, die neben ihr saß, weitergeben, aber Frau Weiler hakte neugierig nach.

„Ihr habt doch so viele verschiedene Tiere. Gibt es vielleicht ein Erlebnis mit ihnen, das dir besonders in Erinnerung geblieben ist?"

„Hm", überlegte Natalie und dann fiel ihr etwas ein. „Unsere Kuh Inka hat ein Kalb bekommen. Papa hatte schon am Morgen bemerkt, dass es nicht mehr lang dauern wird, und dann sind wir alle bis tief in die Nacht im Stall geblieben und haben Inka bei der Geburt beobachtet. Caro und ich hatten Schlafsäcke dabei und durften im Stroh liegen. Wir haben so lange gewartet. Erst kamen die Vorderfüße heraus, dann konnte man die Nase sehen und dann dauerte es noch mal ewig, bis der Rest vom Kalb herausgekommen ist. Papa hat gesagt, dass Inka eine tolle Geburtsarbeit geleistet hat, und Caro und ich haben das Kälbchen Emelie genannt." Als Natalie ihre Erzählung beendete, bemerkte sie, dass alle anderen Kinder ihr wie gebannt zugehört hatten.

„Das ist eine großartige Geschichte", lobte Frau Weiler und strich sich dabei über den eigenen gewölbten Bauch. „Glaubst du denn, es wäre schöner gewesen, wenn du woanders gewesen wärst und diesen Augenblick verpasst hättest?"

„Natürlich nicht!", erwiderte Natalie im Brustton der Überzeugung.

„Also hattest du spannende und schöne Ferien?", bohrte Frau Weiler weiter und Natalie blieb nichts übrig, als freudestrahlend zuzustimmen.

„So, lieber Nick", wandte sich Frau Weiler wenig später, nachdem auch Natalies Sitznachbarin Karlotta einen kurzen Bericht geliefert hatte, nun an den Neuen. „Jetzt hast du viel von deinen neuen Klassenkameraden erfahren. Möchtest du ein wenig von dir und deinen Ferien erzählen?" Nick zog ergeben die Schultern nach oben und erklärte dann: „Ich bin in den Ferien mit meiner Mutter nach Weidingen zu meinem Onkel gezogen. Ihm gehört die Bäckerei und meine Mutter arbeitet jetzt dort." Er sah unverwandt in die Runde. Natalie hätte gern noch viel mehr erfahren, traute sich aber nicht zu fragen, denn Nick schien nicht in der Stimmung, viel mehr zu erzählen. Frau Weiler drängte ihn nicht und beendete kurzerhand den Erzählkreis.

Nach dem Unterricht fanden sich die Kinder, die mit dem Schulbus nach Hause fuhren, wie immer an der

Haltestelle vor dem Schulgelände ein. Natalie sah sich nach Nick um, denn er gehörte auch zu den Buskindern. Das hatte sie in der Pause bereits in Erfahrung gebracht. Endlich, als der Bus schon angefahren kam, entdeckte sie ihn und fragte sich, wie sie Nick hatte übersehen können. Er war einen ganzen Kopf größer als die anderen großen Kinder auf dem Schulhof. Er schlenderte über den Hof und schien es nicht eilig zu haben. „Nick", rief sie und gestikulierte wild mit den Armen. „Nick, der Bus kommt! Beeil dich!" Er sah auf und beschleunigte seine Schritte. Als der Bus hielt, war Nick noch nicht angekommen, aber das allgemeine Gedränge ums Einsteigen und einen guten Sitzplatz begann. Normalerweise wäre es Natalie egal gewesen, wohin sie sich setzte, aber sie wollte so gern mit Nick gemeinsam nach Hause fahren und mehr über ihn erfahren. Sie kämpfte sich in den Bus und belegte eine Sitzbank direkt am mittleren Einstieg. Sie selbst setzte sich ans Fenster und ihren Ranzen stellte sie rechts neben sich. Sobald ein anderes Kind Interesse an dem freien Platz zeigte, erklärte sie mit fester Stimme: „Besetzt!"

Endlich stieg Nick ein und sah sich suchend um. „Hier, ich habe dir einen Platz freigehalten", erklärte Natalie und hob ihren Ranzen hoch.

„Danke", erwiderte er und setzte sich zu ihr.

Natalie freute sich, legte ihre Scheu ab und begann sogleich ihre Fragen abzuarbeiten. „Und, wie hat dir der erste Tag in der Schule gefallen?"

Nick zuckte mit den Schultern. „Ging so", sagte er dann kurz angebunden.

„Ist denn unsere Schule genauso wie deine alte?“, ließ sich Natalie nicht beirren und blickte ihm neugierig ins sommersprossige Gesicht. Bei genauerer Betrachtung stellte sie fest, dass er auf der rechten Seite der Nase etwas weniger Sommersprossen hatte als auf der linken. Er wirkte bedrückt, als er antwortete.

„Ist doch egal, wo es mir besser gefällt. Hierbleiben muss ich sowieso. Ich möchte lieber nicht so viel darüber nachdenken.“ Plötzlich fiel eine Kugel aus einem zusammengeknüllten Blatt Papier zwischen Nick und Natalie. Erschrocken sahen sie sich um. Einige Reihen hinter sich entdeckte Natalie ihre Schwester Caro und deren Freundin Saskia. Die beiden kicherten und amüsierten sich köstlich über das Wurfgeschoss. Caro spitzte die Lippen zu einem Kussmund und legte schwärmerisch die Hände auf ihre Brust. „Blöde Kühe“, murrte Natalie und streckte ihnen die Zunge raus. Warum musste sie so einen Mist anstellen und sich über sie lustig machen?

„Wer ist das?“, fragte Nick und Natalie winkte genervt ab. „Ach, nur meine bescheuerte Schwester Caro und ihre Freundin. Die kannst du vergessen.“ Der Bus hielt an, um einen Großteil der Kinder aussteigen zu lassen. Auch Caro und Saskia verließen den Bus.

„Warum steigt sie hier aus? Müssen wir auch raus?“, fragte Nick verwundert und griff bereits nach seinem Ranzen, als er sah, wie die beiden Mädchen mit den anderen Kindern den Bus verließen.

„Nein, keine Sorge“, beruhigte ihn Natalie. „Caro fährt nach der Schule immer zu Saskia. Sie sagen zwar, dass sie Hausaufgaben machen, aber ich glaube, dass sie lieber woanders ist, um nicht auf dem Hof helfen zu müssen. Hast du auch Geschwister?", versuchte Natalie das Gespräch fortzusetzen.

„Nein, also nicht so richtig, das ist alles ganz schön kompliziert. Zeigst du mir euer Kälbchen?", wechselte Nick abrupt das Thema.

„Klar, von mir aus gern. Wenn du Lust hast, kannst du gleich nach der Schule mit zu mir kommen. Von der Bäckerei ist es nicht mehr weit", bot sie an.

Mit ihnen stiegen noch acht weitere Kinder an der einzigen Bushaltestelle Weidingens aus. In kürzester Zeit stoben sie auseinander. Natalie und Nick liefen nebeneinander die Straße entlang bis zu Bäckerei. Hinter der Theke stand eine große, hübsche Frau mit schwarzen hochgesteckten Haaren. Sie trug ein blaues Kleid und darüber eine weiße Schürze. Natalie betrachtete sie einen Augenblick durch die große Scheibe. „Das ist meine Mutter", erklärte Nick. Nur einen Moment später öffnete er die Ladentür. Natalie kannte die Bäckerei gut. Seit sie ihr großes Fahrrad hatte, durfte sie regelmäßig Brot und Brötchen holen. Nicks Mutter hatte sie hier bisher aber noch nie gesehen. Neugierig sah sie die Fremde an. Sie wirkte nett.

„Hallo ihr zwei. Schule etwa schon vorbei?", fragte sie freundlich.

„Ja, endlich", erwiderte Nick.

„Hausaufgaben?", fragte Nicks Mutter weiter.

„Nur ganz wenig", beantwortete Nick die Frage, wobei Natalie fand, dass Frau Weiler für den ersten Schultag recht viele Hausaufgaben aufgegeben hatte. Sie mischte sich jedoch nicht ein und beobachtete stattdessen zwei Wespen, die sich munter in der Auslage tummelten.

„Kann ich mit zu Natalie gehen? Sie hat ein Kälbchen, das ich mir ansehen darf“, bat Nick und nun meldete sich auch Natalie zu Wort.

„Emelie heißt es.“

Nicks Mutter schien eine Weile darüber nachzudenken, dann fragte sie: „Wo wohnst du denn Natalie?“

„Auf Gut Beeken.“ Die Wespen machten sich über ein Stück Streuselkuchen her.

„Ach, das ist der große Bauernhof hinter Weidingen, richtig? Na, von mir aus gern, aber ihr müsst auch eure Hausaufgaben machen.“

„Das ist kein Problem Frau …“ Ja, wie hieß sie eigentlich?

„Mertens“, vervollständigte Nicks Mutter den Satz.

„Ja, kein Problem“, pflichtete auch Nick bei. „Ich kann Natalie helfen, dann sind wir schneller fertig.“

„Wartet noch, ich gebe euch etwas für den Weg mit.“ Frau Mertens drückte jedem der Kinder kurzerhand eine Laugenstange und eine kleine Flasche Apfelschorle in die Hand.

„Danke“, sagte Natalie höflich und freute sich sehr über diese unerwartete Geste.

Kauend setzten die Kinder ihren Weg fort. Nach einer Weile musste Natalie etwas loswerden, das sie seit der Unterhaltung in der Bäckerei beschäftigte. „Warum hast du denn deiner Mutter gesagt, dass du mir bei den Hausaufgaben helfen willst? Vielleicht bin ich viel besser in der Schule als du und du musst dir von mir helfen lassen.“

Nick sah sogleich wieder etwas bedrückt aus. „Ich wollte dich nicht ärgern. Es ist nur so, dass ich die vierte Klasse schon gemacht habe. Deshalb weiß ich schon ziemlich viel."

„Bist du etwa sitzengeblieben?", wollte Natalie wissen. „Nein", erklärte Nick nun unverkennbar missmutig. „Meine Mutter hat entschieden, dass es für mich besser ist, die Klasse zu wiederholen, wenn ich in die neue Schule komme. Sie glaubt, dass ich viel Zeit und Kraft brauchen werde, hier in Weidingen anzukommen und neue Freunde zu finden."

„Warum das denn?", wollte Natalie wissen.

„Weil meine Eltern geschieden sind und meine Mutter mit mir in Weidingen ein neues Leben anfangen will."

„Wo ist dein Vater denn?" Natalies Interesse blieb ungebrochen.

„Weg, mit seiner neuen Frau." Nick klang nun unwirsch. „Können wir nicht über etwas anderes reden?", brach er das Thema schließlich ab und biss in seine Laugenstange.

„Von mir aus." Sie zuckte ergeben mit den Schultern und fragte nicht weiter. Wenige Minuten später machte die Straße einen Bogen und nun konnte man Gut Beeken inmitten der Felder erblicken. „Da wohne ich." Stolz zeigte Natalie mit dem Rest der Laugenstange auf ihr Zuhause. „Ist gar nicht mehr weit."

6. Fremdes Zuhause

Natalie hielt ihr Versprechen und las Lucas vor, bis er eingeschlafen war. Ein recht anstrengendes Unterfangen, wie sie bald feststellen musste, denn Lucas hatte Ausdauer. Kurz vor ein Uhr in der Früh klappte sie – selbst dem Umfallen nahe – leise den Deckel des vierten Buchs zu. Der Junge war endlich eingeschlafen. Hoffentlich stand ihr das nun nicht jeden Abend bevor. Auf Zehenspitzen schlich sie aus dem Kinderzimmer, schloss die Tür hinter sich und machte sich selbst fertig für die Nacht. Als sie jedoch in Carolinas Bett lag, konnte sie trotz aller Müdigkeit nicht in den Schlaf finden – zu viele Gedanken schwirrten ihr noch immer durch den Kopf.

Was hatte sie sich nur dabei gedacht, dieser Sache hier zuzustimmen?

Als Carolina im letzten Jahr plötzlich wieder den Kontakt zu ihrer Schwester gesucht hatte, war das eine merkwürdige Überraschung gewesen. Und noch viel merkwürdiger war es für Natalie gewesen, zu sehen, dass auch Caro eine erwachsene Frau geworden war, eine Mutter obendrein und beruflich recht erfolgreich. Von da an hatten sie sich langsam angenähert. Doch warum hatte sie sich darauf eingelassen, wieder hierher zurückzukommen? Es wurde Natalie mit jeder Minute schleierhafter.

Sie lauschte in die Nacht. Es war so ungewohnt still. Unruhig wälzte sie sich von einer Seite zur anderen. Irgendwann stand sie schließlich auf und schlich durch die dunkle Wohnung zum Kinderzimmer. Behutsam öffnete sie Lucas' Tür und lauschte. Er schlief, seine kräftigen, regelmäßigen Atemzüge waren gut zu hören. Erinnerungen an ihre Kindheit und Jugend, die sie fast fünfzehn Jahren bekämpft und verdrängt hatte, holten sie ein und just in diesem Augenblick wurde ihr bewusst, dass sie sich nicht mehr wie ein Teil von Gut Beeken fühlte. Zu ihrer eigenen Überraschung stellte Natalie fest, dass es sie traurig stimmte. *Jetzt stell dich nicht so an*, rief sie sich gedanklich zur Ordnung. *Das war es doch, was du wolltest. Alles vergessen und nie wieder zurückkehren.* Noch immer hielt sie die Türklinke in der Hand. Und nun? Das Verhältnis zu ihrem Vater war ..., ja wie eigentlich? Kühl? Distanziert? Caro hatte ihr bei einem ihrer Treffen gesagt, dass Franz den Weggang seiner jüngeren Tochter bis heute nicht verwunden habe. Aber, Natalies Griff um die Klinke wurde fester, er war es doch gewesen, der sie hatte loswerden wollen. Sie atmete schwer.

„Schluss damit", flüsterte sie sich selbst zu und versuchte die aufsteigenden Tränen zu unterdrücken. Vorsichtig schloss sie die Tür zu Lucas' Zimmer wieder.

Hundegebell und Verladegeräusche holten Natalie einige Stunden später aus dem Schlaf und ließen sie ans Fenster treten, um hinauszusehen Es dämmerte noch nicht, trotzdem machte ihr Vater sich mit den Hunden bereits abfahrbereit. Als er die Tiere in den Transportanhänger verladen hatte, hob er seinen Blick, was Natalie hinter der Scheibe vor Schreck zusammenzucken ließ. Hatte er sie etwa gesehen? Unmöglich, es war viel zu dunkel.

Sie beobachtete, wie der Wagen langsam vom Hof rollte. Was in aller Welt war bloß in der Familie Beeken schiefgelaufen? Sie waren, weiß Gott, nicht die ersten, die eine Scheidung durchlebt hatten. Aber zwischen ihnen war schon damals alles so furchtbar verkorkst gewesen und dieser Zustand hatte sich nun scheinbar unwiderruflich verfestigt – obwohl oder gerade weil sie einander so lange gemieden hatten. Hatte sie ihren Vater all die Jahre vermisst? Gerade jetzt, als sie sah, wie sein Wagen sich mehr und mehr entfernte, spürte sie, wie die Traurigkeit mit enormer Gewalt Besitz von ihr ergriff. Mit dem Handrücken wischte sie sich eine Träne aus dem Augenwinkel und beschloss noch einmal ins Bett zu gehen. Erschöpft lauschte sie auf ihren Herzschlag, der sich nur langsam beruhigte, und schlief endlich ein.

Als Natalie erwachte, war es bereits hell und alles um sie herum schien friedlich. Für einen winzigen Augenblick musste sie überlegen, wo sie sich befand. Sie streckte sich genüsslich und lauschte. Nichts war zu hören. Lucas schlief bestimmt noch. Ein Blick auf die Uhr verriet ihr, dass es bereits sieben Minuten nach zehn war. Sie fühlte sich ein wenig besser als am vergangenen Abend, den Rest würde die warme Dusche richten. Mit wenigen Handgriffen suchte sie sich ihre

Klamotten zusammen und verließ das Schlafzimmer. Zu ihrer Überraschung stand Lucas' Tür offen und er war nicht in seinem Zimmer. Natalie fand ihn im Schlafanzug auf der Couch vor dem Fernseher sitzend.

„Guten Morgen", begrüßte sie ihn, doch er wandte den Kopf nicht vom Bildschirm ab. Hatte er sie etwa nicht gehört? Sie trat etwas dichter an ihn heran und blickte ihn von der Seite an. „Guten Morgen Lucas, wie geht es dir?"

„Ich hab' ganz doll Hunger", murrte er, ohne den Blick von der Mattscheibe zu lösen.

„Wie lange bist du denn schon wach?"

„Lange." Lucas zuckte mit den Schultern.

„Pass auf, ich gehe noch ins Bad und dann mache ich uns ein schönes, leckeres Frühstück", erklärte sie bemüht. „Gibt es etwas, was du besonders gern magst?"

Dieses Mal drehte Lucas sogar den Kopf in ihre Richtung und antwortete mit glänzenden Augen: „Schokolade und Frühstücksei!"

„Na gut, das krieg ich hin." Natalie sprach mehr zu sich selbst als zu Lucas und überließ ihn wieder dem Fernseher.

Etwas mehr als eine halbe Stunde später stand sie in der Küche, kochte Kaffee für sich und Kakao für Lucas, toastete Brot und bereitete eine große Portion Rührei zu. „Lucas?", rief sie, als sie die Teller und Tassen auf den Küchentisch stellte. „Frühstück ist fertig!"

Nach nur wenigen Augenblicken erschien er in der Küche, setzte sich an den Tisch und begann sich umständlich sein Brot mit, wie Natalie fand, viel zu viel Schokolade zu bestreichen. Sie zog die Nase kraus, versuchte aber sich mit Kritik zurückzuhalten. Schließlich wollte sie nicht die Meckertante aus Köln sein und die gemeinsame Zeit damit noch schwieriger machen, als sie es ohnehin werden würde. Sie war ja schon froh, dass ihr Neffe gerade wenigstens einigermaßen mit ihr kommunizierte.

Während Natalie ihren Kaffee trank, werkelte Lucas bereits mit noch vollem Mund an seinem zweiten Brot. Nebenbei gabelte er das Rührei aus dem Schüsselchen neben seinem Teller. *Du meine Güte,* dachte Natalie. *Er isst so gierig, als hätte er wochenlang nichts Vernünftiges zu sich genommen.* Natalie nahm sich vor, demnächst früher aufzustehen und das arme Kind morgens nicht so lange hungern zu lassen.

„Was machen wir heute?", fragte Lucas nun, bevor er sich über die Tasse mit dem warmen Kakao hermachte.

„Ich muss nach dem Frühstück arbeiten und werde mich im Wohnzimmer an meinen Laptop setzen. Und du wirst dich brav in deinem Zimmer mit deinen Spielsachen beschäftigen. Dafür sind die doch da, oder nicht?", entschied Natalie ungerührt, was ihr einen entrüsteten Blick von Lucas einbrachte.

„Nein. Das ist doch langweilig. Ich will einen Ausflug machen oder weiter fernsehen."

Natalie seufzte und versuchte sich zu erklären: „Auch wenn ich jetzt hier bin, muss ich trotzdem etwas arbeiten. Wenn du fernsiehst, dann stört mich das. Ich kann mich dann nicht gut konzentrieren. Wie wäre es, wenn du erst ein bisschen spielst und ich arbeite, und danach machen wir was zusammen? Worauf hast du denn Lust?"

„Ich will auf den Spielplatz", erklärt Lucas bestimmt.

Natalie widersprach nicht, obwohl ihr beim Gedanken daran, sich in der Öffentlichkeit von Weidingen zu bewegen, etwas flau im Magen wurde. Doch da würde sie wohl durchmüssen. Wenn Lucas ihr entgegenkam und sie arbeiten ließ, musste sie auch etwas für ihn tun. Schal und Mütze konnten ihr sicherlich helfen sich zu verbergen. Dann wäre sie mehr oder weniger inkognito unterwegs.

Natalie tippte eine Nachricht an Carolina in ihr Handy. Sie sollte sich keine Sorgen machen, aber wenn sie gerade mal Zeit hätte, gern anrufen, um ein wenig mit Lucas zu reden. „Geh dich mal waschen, bevor du in dein Zimmer gehst", forderte sie, nachdem sie das Telefon wieder beiseitegelegt hatte, und hoffte, den richtigen erzieherischen Ton getroffen zu haben.

„Warum?" Er sah sie lustlos an.

„Weil man mit der ganzen Schokolade in deinem Gesicht noch ein drittes Brot schmieren könnte."

Grummelnd lief Lucas aus der Küche und auch Natalie stand auf. Sie goss sich die Kaffeetasse noch einmal voll und ging ins Wohnzimmer. Doch noch bevor der Laptop richtig hochgefahren war, stand Lucas erneut parat. „Ich weiß nicht, womit ich spielen soll", klagte er.

„Das weiß ich auch nicht", erwiderte Natalie. Sie hatte wenig Zeit und im Moment auch überhaupt keine Lust, die Animateurin für Lucas zu spielen. „Versuch es doch mit malen oder Bauklötzchen", schlug sie vor, erntete aber nur ein empörtes: „Ich bin doch kein Baby mehr! Kann ich meinen Nintendo haben?"

„Das kann ich eigentlich nicht machen. Deine Mama hat gesagt, dass du nur am Sonntag für höchstens zwei Stunden damit spielen darfst."

„Aber ich langweile mich so". Lucas ließ nicht locker und Natalie seufzte. Was konnte es schon schaden, ihm seinen Wunsch zu erfüllen. Dann wäre er wenigstens eine Zeit lang beschäftigt und glücklich und sie hätte Ruhe. Caro würde das im Nachhinein schon verstehen. Immerhin opferte Natalie gerade ihre wertvolle Zeit, damit es auf Liebesreise mit Olaf gehen konnte. *Wo gehobelt wird, fallen Späne.*

„Na schön", gab sie nach und folgte Lucas zum Wohnzimmerschrank. Ungeduldig nahm er die Kiste mit Spielkonsole, Spielen und Ladekabel entgegen und verschwand damit in seinem Zimmer. Endlich herrschte Ruhe und Natalie machte sich an die Arbeit.

Es war einige Zeit vergangen, als das Klingeln ihres Handys Natalie hochschrecken ließ. Das Display zeigte den Namen ihrer Schwester an und sie nahm den Anruf an. „Na, wie geht es dir?"

„Alles gut soweit, wir gehen gleich aufs Schiff. Bei euch auch alles klar?"

„Ja, bei uns ist alles gut. Wir haben lecker gefrühstückt und jetzt spielt Lucas in seinem Zimmer und ich arbeite", erklärte Natalie stolz. „Warte kurz, ich hole ihn ans Telefon." Sie hielt das Handy weg von ihrem Ohr und rief laut den Namen ihres Neffen.

„Habt ihr denn noch gar nicht zu Mittag gegessen?", fragte Caro ungläubig und Natalie sah verdutzt zuerst auf die Uhr und dann aus dem Fenster. Ach herrje, es war bereits kurz vor vier und die Sonne war schon auf dem Weg hinter die Baumwipfel.

„Ach, weißt du, wir haben erst spät gefrühstückt und dann irgendwie die Zeit aus den Augen verloren. Ich werde uns aber gleich etwas Leckeres zaubern“, erklärte Natalie und ging hinüber ins Kinderzimmer. „Lucas, deine Mama ist am Telefon.“ Nur widerwillig gab Lucas den Nintendo aus der Hand, als sie ihm das Handy reichte.

„Hi Mama!“ Er beantwortete kurz angebunden ein paar Fragen mit „Ja“ und „Nein“ und gab Natalie dann das Telefon zurück, während er gleichzeitig sein elektronisches Spielzeug wieder einforderte.

„Da bin ich wieder“, meldete sich Natalie am Hörer zurück. „Siehst du, alles gut. Mach dir keine Sorgen. Hier ist alles im Lot. Kümmere du dich um Olaf.“

„Darauf kannst du Gift nehmen“, erwiderte Caro und fügte nach einer kurzen Pause ein leises „Danke“ hinzu.

Die beiden Schwestern wechselten noch einige wenige Worte miteinander, bevor Natalie nach einer kurzen Verabschiedung auflegte.

„Was wollen wir denn essen?“ Sie bekam keine Antwort, Lucas war wieder in sein Spiel vertieft.

Als Natalie die Küche betrat, fand sie diese im gleichen Zustand vor, wie sie sie nach dem Frühstück mit Lucas verlassen hatte. Nur widerwillig räumte sie auf und sah dann die Vorräte von Caro durch. Sie entschied sich für eine schnelle Variante und nahm eine Packung Nudeln aus dem Vorratsräumchen. Gegen Nudeln mit Tomatensoße hatte schließlich noch kein Kind protestiert.

Auch Lucas aß ohne Beschwerde. Nach dem Essen sah er seine Tante jedoch erwartungsvoll an. „Gehen wir jetzt zum Spielplatz?“.

Das schlechte Gewissen kroch Natalie augenblicklich bis in die Haarspitzen. „Jetzt ist es leider zu spät. Es ist ja schon dunkel draußen. Wir müssen das auf morgen verschieben. Gleich nach dem Frühstück machen wir uns auf den Weg, okay?"

Lucas verzog das Gesicht, gab sich aber geschlagen. „Darf ich dann gleich noch weiter mit dem Nintendo spielen?"

Natalie nickte ergeben.

Gegen acht Uhr stand Lucas endlich im Schlafanzug im Badezimmer und putzte sich die Zähne. Auf das Vorlesen verzichtete Natalie heute. Lucas gab sich unter schwachem Protest mit einem Hörspiel zufrieden. Auch wenn sie beide an diesem Tag nicht viel geleistet hatten, so glaubte Natalie in seinem Gesicht die gleiche bleierne Müdigkeit ablesen zu können, die sich auch in ihr breitmachte. Nachdem sie ihn in seinem Zimmer zurückgelassen hatte, fuhr sie im Wohnzimmer den Laptop herunter, löschte das Licht und machte sich selbst bettfertig. An diesem Abend würde sie gewiss keine Probleme mit dem Einschlafen haben. Den Wecker stellte sie auf halb acht, um am nächsten Morgen rechtzeitig aufzustehen, und legte sich ins Bett. Nur wenige Minuten später wurde sie von dem kurzen Summton ihres Handys aus dem Halbschlaf geholt. Eine Nachricht von Getränke-Markus.

Hallo Sonnenscheinchen, wollte mal fragen, wie es so mit der Kinderbetreuung läuft, und sichergehen, dass du mich nicht so schnell vergisst.

Natalie musste unwillkürlich grinsen. Wirklich schön, dass er an sie dachte. Die Freude über seine Nachricht fühlte sich echt an und für einen winzigen

Moment blitzte der Gedanke in ihrem Kopf auf, dass aus Markus und ihr vielleicht doch mehr werden könnte. Natalie überlegte eine Weile, ob und wie sie auf seine Nachricht antworten sollte, dann tippte sie:

Entschuldige, wer warst du noch gleich? Manfred, Ma... ach ja, Markus :-) Danke der Nachfrage, wir kommen zurecht. Ich bin total erledigt und liege schon im Bett.

Sie schickte die Nachricht ab und legte sich zurück aufs Kissen. Nur wenige Sekunden später summte das Telefon erneut.

Ganz allein?

Natalie tippte erneut, ohne großartig über die Antwort nachzudenken.

Selbstverständlich, auch wenn es dich nichts angeht.

Markus ließ sich Zeit, bis er erneut antwortete.

Du hast recht. Träum schön, Natalie.

Sie legte das Telefon auf den Nachtschrank und während sie in den Schlaf glitt, wechselten sich die Gedanken an Nick und Markus ab.

7. Sonntagseinkehr

Der Sonntag begann für Natalie früh. Noch bevor es sich in Lucas' Zimmer regte, war sie bereits aufgestanden, hatte das Küchenchaos vom Vortag bereinigt und leise Frühstück gemacht. Sie hatte sogar daran gedacht, etwas von dem gefrorenen Fleisch aus dem Gefrierschrank zu nehmen und zum Auftauen beiseitezulegen. Der heutige Tag würde nicht so schlendrianmäßig verlaufen wie der vorherige. Das hatte sie sich fest vorgenommen. Die Sonne strahlte, große, weiße Wolken zogen am blauen Himmel entlang. Alles schien insgesamt recht vielversprechend.

Sie hörte, wie eine Tür geöffnet wurde und jemand durch den Flur Richtung Küche tapste. „Guten Morgen", begrüßte sie ihren Neffen gut gelaunt. „Ich hoffe du hast gut geschlafen."

Lucas reckte sich und fragte schläfrig: „Ja, wieso?"

„Weil wir nach dem Frühstück einen Ausflug machen."

„Ach ja? Wohin denn?" Plötzlich war er ganz bei der Sache.

„Na, ich muss doch mein Versprechen von gestern einlösen. Ich habe dir gesagt, dass wir auf den Spielplatz gehen und das machen wir nach dem Frühstück auch."

„Jaaaa!" Jubelnd und mit einem breiten Grinsen im Gesicht ließ Lucas sich auf seinen Platz fallen.

„Wie wäre es denn, wenn du dich zuerst wäschst und anziehst, bevor wir essen?", schlug Natalie vor und dachte dabei an die Instruktionen ihrer Schwester. Doch als Lucas das Gesicht verzog, gab sie auch schon wieder nach. Ihr war nicht nach Diskussion. „Na gut, dann eben erst frühstücken."

Während Lucas sich nach dem Frühstück die Zähne putzte und sich anzog, packte Natalie etwas zu lesen in ihre Handtasche – sie musste dringend noch die Arbeitsaufgaben für ihr Studium erledigen. Dreimal kontrollierte sie, ob sie auch den richtigen Schlüssel dabeihatte, bevor sie die Wohnungstür zuzog. Dann machten sich die beiden auch schon zu Fuß auf den Weg Richtung Weidingen. Es wehte ein frischer Wind. Gut, dass sie darauf bestanden hatte, dass beide Schal und Mütze trugen.

Auf dem Spielplatz, der sich zu Natalies Missfallen in direkter Sichtweite der Bäckerei befand, herrschte trotz der Kühle Hochbetrieb. Auf den Bänken saßen zahlreiche Erwachsene, sonnten sich, lasen Zeitung oder sahen den Kindern einfach nur beim Toben zu.

„Yeah, die Schaukel ist frei", brüllte Lucas sofort begeistert und lief wie von der Tarantel gestochen los. Natalie sah sich vorsichtig um. Keines der Gesichter kam ihr bekannt vor. Langsam löste sich ihre Anspannung. Wahrscheinlich machte sie sich einfach viel zu viel Gedanken. Sie suchte sich eine freie Bank und kramte ihr Buch aus der Handtasche. So ließ es sich doch leben.

Eine Weile konnte sie auch wirklich ungestört lesen, doch dann stand Lucas schnaufend und mit hochrotem Kopf vor ihr.

„Ich habe Durst.“

„Oje.“ Natalie blinzelte verdutzt. „Ich habe leider gar nichts zu trinken dabei. Daran habe ich nicht gedacht. Sollen wir nach Hause gehen?“, fragte sie fürsorglich, erntete jedoch nur einen trotzigen Blick und ein entschiedenes „Nein!“ Sie sah an Lucas vorbei und bemerkte einen älteren Herrn, der gerade mit zwei Getränkebechern aus der Bäckerei heraustrat. Der Junge hatte ja recht. Ein Kaffee oder Tee konnten diesen kleinen Ausflug in der Tat abrunden, aber die Bäckerei betreten, das wollte sie auf keinen Fall. Ein schmachtender Seufzer entfuhr ihr. Lucas trat indes unruhig von einem auf das andere Bein und sah sie vorwurfsvoll an, worauf sie nichts zu erwidern wusste.

„Mama packt immer etwas zu trinken ein. Hast du wenigstens was zu essen dabei?“

Natalie schüttelte erneut den Kopf. „Es tut mir leid, daran habe ich auch nicht gedacht. Wir haben doch gerade erst zu Hause gefrühstückt.“

„Das ist doch schon lange her!“ Lucas trat immer noch wie wild auf der Stelle.

„Was ist denn los mit dir?“, fragte Natalie, die diesen Eiertanz irritiert beobachtete. „Ist dir kalt?“

„Nein ... Ich muss Pipi. Dringend“, stellte er rüde fest und tänzelte dabei weiterhin von einem Bein aufs andere.

„Na dann, auf nach Hause.“ Entschieden klappte Natalie ihr Buch zu und ließ es in ihre Handtasche gleiten.

„Ich muss ganz dringend. Ich kann doch nicht noch bis nach Hause laufen“, protestierte Lucas.

„Dann musst du eben unterwegs in einen Busch pinkeln. Das hast du doch bestimmt schon mal gemacht“, versuchte Natalie die Situation unkonventionell zu lösen, hatte aber nicht mit Lucas gerechnet.

„Nein, das mache ich nicht. Ich bin doch kein Hund!“ Er verschränkte die Arme und kniff die Augen zusammen, während sich seine Beine weiterhin ununterbrochen bewegten.

Natalie zog hilflos die Schultern hoch. „Aber wo soll ich denn jetzt eine Toilette für dich herzaubern?“, fragte sie, doch statt zu antworten, streckte der Junge seinen Arm Richtung Bäckerei aus. Natalie starrte ihn ungläubig an. *Bestimmt nicht!* Alles in Natalie sträubte sich gegen den Gedanken. Aber blieb ihr eine Wahl? Ganz offensichtlich nicht. Wenn sie nicht wollte, dass hier gleich – wortwörtlich – mächtig etwas in die Hose ging, musste sie Lucas wohl erlauben in der Bäckerei auf die Toilette zu gehen. „Na gut, aber mach schnell“, gab sie nach und zog ihr Buch wieder aus der Tasche.

„Du musst doch mitkommen“, erklärte Lucas entrüstet. „Dann kannst du auch gleich was zu trinken und zu essen für mich kaufen“, fuhr er fort, während Natalie nervös auf ihrer Unterlippe herumkaute. Nun war es wohl soweit, dass sie sich ihren Ängsten stellen musste.

„Na schön“, flüsterte sie schließlich, rückte die Sonnenbrille zurecht und zog sich die Mütze noch etwas tiefer ins Gesicht.

Als sie die Bäckerei betraten, sah sie sich zögerlich um und stellte dabei fest, dass sich der Ladenraum sehr verändert hatte. Innen war viel mehr Platz, es gab Tische und Stühle. Es herrschte sonntäglicher Cafébetrieb. „Ich muss mal aufs Klo", rief Lucas und war schon durch die Tür mit den zwei Nullen verschwunden. Die vier kleinen Tische waren besetzt. An der hinteren Wand stand eine lange eingedeckte Kaffeetafel. Auf dem Schild in der Mitte konnte Natalie das Wort *Reserviert* erahnen.

Sie hob unsicher die Schultern. Die Verkäuferin war nicht Frau Mertens. Alles wirkte fremd und unerwartet. Dass das Lokal nicht mehr dem aus ihrer Erinnerung glich, gestaltete den Aufenthalt leichter. Zumindest fühlte es sich nicht so schlimm an, wie sie befürchtet hatte. Nun durfte sie sich auch eine Belohnung für die Überwindung gönnen. Sie bestellte einen Pfefferminztee für sich und einen Kakao für Lucas, dazu zwei große Streuseltaler – alles zum Mitnehmen. Die Verkäuferin war sehr nett, Natalie bezahlte und wie auf Kommando tauchte Lucas auf. „Fertig!", verkündete er stolz, woraufhin Natalie sich kurz etwas peinlich berührt umsah – aber niemand schien sich an der Mitteilung des Jungen zu stören.

Als sie gerade wieder auf den Gehweg treten wollten, kollidierten sie beinahe mit einer Gruppe gut gelaunter Wanderer, die sich vor der Bäckerei versammelt hatte. Ein rüstiger Rentner nach dem anderen betrat den Laden und Natalie trat einen Schritt zu Seite, um allen Platz zu machen. Als ihr Blick dabei aber auf den wesentlich jüngeren Wanderführer traf, der als Letzter den Rentnern nachfolgte, blieb ihr beinahe das Herz stehen. Unmöglich, nein, das konnte nicht sein. Sicher spielten ihr ihre Ängste nur einen Streich. Fassungslos und wie erstarrt stand sie vor der Tür der Bäckerei und blickte den hellblonden, bärtigen Mann aus großen Augen an. *War er es wirklich?* Natalie war nicht in der Lage, ihren Blick abzuwenden, und zog somit unbeabsichtigt seine Aufmerksamkeit auf sich. Der Fremde hielt ebenfalls abrupt in der Bewegung inne, als er sie erblickte, und als sich ihre Blicke trafen, schien die Zeit für einen Moment stillzustehen.

„Nick!" Erschrocken presste Natalie die Lippen aufeinander. Sie hatte seinen Namen nicht laut aussprechen wollen. Er musterte sie distanziert und Natalie glaubte ein ärgerliches Funkeln in seinen Augen erkennen zu können.

„Du bist also wieder hier?" Er klang alles andere als erfreut.

„Wie du siehst." Natalie schluckte, während in ihrem Inneren all der aufgestaute Ärger der letzten Jahre mit der ebenso aufgestauten Sehnsucht kämpfte.

„In Gesellschaft?" Seine Frage klang abfällig und er warf einen geringschätzigen Blick auf die Getränkebecher in Natalies Händen.

„Sieht wohl so aus." Natalie bemühte sich um einen selbstsicheren Ton, obwohl ihre Knie butterweich waren und ihr das Herz bis zum Hals schlug. Sie wartete noch einen Moment, es schien ihr, als wollte Nick noch etwas sagen, aber er schwieg.

Sie holte tief Luft und bewahrte mit Mühe die Fassung.

„Also, ich muss dann mal wieder." Entschlossen wandte sie sich ab. Sie wollte weg. Nur weg. Ohne weiter nachzudenken, setzte sie bereits einen Fuß vor den anderen.

„Klar, abhauen und dich verkriechen kannst du ja am besten!" Die Worte, die er ihr hinterherschleuderte, bohrten sich schmerzhaft in ihren Rücken, doch Natalie zwang sich nicht darauf einzugehen, sich nicht umzuwenden, sondern folgte Lucas zurück zum Spielplatz. Den Jungen hatte Nick scheinbar nicht bemerkt und gedacht, sie wäre in Begleitung eines anderen Mannes hier. Gut so, sollte er ruhig in diesem Glauben bleiben. Sie drehte sich kein einziges Mal um, als sie hocherhobenen Hauptes davonstolzierte.

Zurück auf dem Spielplatz stellte Natalie die Getränkebecher auf die Bank, gab Lucas seinen Streuseltaler und versuchte ihre Atmung und Gedanken zu beruhigen. Immer wieder ließ sie die Begegnung gedanklich Revue passieren. Nick war sauer auf sie? Aber warum? Sie war es doch, die allen Grund dazu hatte, auf ihn wütend zu sein.

„Ich bin satt", durchbrach Lucas nach einer Weile ihre Gedanken und legte den halben Streuseltaler aufs Papier. Er trank noch einen Schluck von seinem Kakao und verschwand dann wieder auf die Schaukel. Natalie blieb mit einem unbehaglichen Gefühl zurück. Sie trank ihren Tee und sah immer wieder zum Eingang der Bäckerei hinüber. Nick hatte trotz der albernen Wanderkluft verdammt gut ausgesehen und es ärgerte sie, dass sie das so empfand. Warum dachte sie überhaupt noch über ihn nach? Er hatte sich doch schon wieder vollkommen blöd verhalten.

Dieses Gefühlschaos, das da über sie hereinbrach, bestätigte ihr zum wiederholten Male deutlich, dass die Sache mit ihm zwar lang her, aber noch immer nicht ausgestanden war. Selbst nach all den Jahren, ihrer Zeit in Köln, all dem Abstand, war genau das eingetreten, wovor sie sich gefürchtet hatte. Sie brauchte ihm nur über den Weg zu laufen und eine verrückte, unglückliche Sehnsucht stand Gewehr bei Fuß. Das musste endlich aufhören. Es gab keine gemeinsame Zukunft für Nick und Natalie, warum begriff ihr Herz das nicht? Es half nur eine erneute Flucht. Sobald Caro wieder da war, würde Natalie diesen Ort endgültig verlassen.

Sie fröstelte und rieb sich die Arme. Hoffentlich verging Lucas bald die Lust am Spielen, damit sie beide den Heimweg antreten konnten.

Erst am frühen Nachmittag hatten sie sich wieder auf dem Hof eingefunden. Die letzten Meter waren für beide eine Qual gewesen. Für Natalie, da sie nun mit dem gleichen dringenden Bedürfnis kämpfte wie ihr Neffe geraume Zeit zuvor, und Lucas, da ihm die Beine schmerzten und er zum Umfallen müde war. Selbst Natalie entging das nicht. Zu Hause überließ sie ihn bereitwillig der Couch und dem Fernseher und machte sich daran, das Mittagessen vorzubereiten. In ihrem Sonntagsoptimismus hatte sie Gulasch aus dem Gefrierschrank geholt. Das Fleisch war nun auch aufgetaut, aber bis das Essen fertig war, würde es wohl noch eine Weile dauern. Alle Rezepte, die sie im Internet fand, brauchten mindestens zwei Stunden, die meisten länger. Ernüchtert begann sie die Zwiebeln und das Fleisch kleinzuschneiden, briet alles kräftig an, würzte und goss wie beschrieben mit Wasser auf. Dafür dass sie zum ersten Mal Gulasch kochte, gelang es ihr recht gut. Dennoch beschloss sie, sobald sie wieder nur für sich selbst verantwortlich war, wieder zu ihrer einfachen

Versorgung zurückzukehren. Der Zeitaufwand, das Chaos vorher und vor allem hinterher waren ihr jetzt schon unlieb. Das Fleisch kochte im Topf, Lucas lag friedlich im Wohnzimmer auf der Couch. Ein guter Zeitpunkt, um einen Kaffee zu trinken und auszuspannen, wie Natalie fand. Sie setzte sich an den Küchentisch, zückte ihr Handy und las die eingehenden Nachrichten. Erleichtert stellte sie fest, dass Dennis sich noch nicht gemeldet hatte. Gut so, sie würde am Abend noch die ausstehende Bewertung des Manuskripts schreiben und ihm das Dokument umgehend übersenden. Caro hatte Fotos vom Schiff und der Kabine gemacht. Sie schwärmte, dass alles sehr ansprechend aussah. Schön für sie. Da Natalie selbst weder Ärztin auf Fortbildung war noch in einer Affäre mit einem verheirateten Arzt steckte, würde sie in den nächsten Jahren wahrscheinlich nicht näher an eine Kreuzfahrt herankommen als jetzt. Trotzdem versuchte sie sich für Carolina zu freuen. Im Gegenzug schickte sie einige Fotos, die sie von Lucas auf dem Spielplatz geschossen hatte, und schmückte alles mit ein paar netten Worten aus. Caro sollte ruhig sehen, dass ihre kleine Schwester alles im Griff hatte. Warum sollte nicht wenigstens Caro ein bisschen echtes Liebesglück finden. Merkwürdig genug, dass sie um Lucas' Vater so ein Geheimnis machte. Natalie hatte es einmal gewagt, nach ihm zu fragen. Caro hatte mit einer energischen und abweisenden Reaktion unmissverständlich klargemacht, dass sie nicht gewillt war, auch nur ein Sterbenswörtchen mit ihrer Schwester darüber zu wechseln. Das Leben hatte in Sachen Liebe wohl für beide Beeken-Schwestern nur wenig übriggehabt. Augenblicklich dachte Natalie wieder an die seltsame Begegnung in der Bäckerei. Sie schüttelte den Kopf. Sie musste endlich damit aufhören, in der Vergangenheit zu kramen. Sie wurde noch paranoid, wenn sie sich weiterhin an Dinge klammerte, die längst vorbei waren, und sich nicht um das Hier und Jetzt kümmerte – was in diesem Augenblick bedeutete Lucas zu versorgen und Essen zu kochen. Essen! Natalie sprang vom Küchenstuhl auf und riss den Deckel vom Topf. Der Griff war selbstredend heiß und so ließ sie ihn nur einen Wimpernschlag später mit einem kurzen Aufschrei in die Spüle fallen. Das Fleisch war dunkel, das Wasser drum herum bereits verkocht. Eilig ließ sie frisches Wasser aus der Leitung in ein Trinkglas laufen und kippte es darüber. Es zischte und brodelte im Topf. Natalie goss noch zweimal nach und stellte die Temperatur der Kochplatte eine Stufe herunter. Vorsichtig rührte sie das Fleisch um, bis sich der Dampf etwas verzogen hatte, und registrierte bekümmert, dass die Konsistenz des Essens mehr an Gummi als an irgendetwas anderes erinnerte. Nun denn, laut Internetrezept sollte es auch noch mindestens eineinhalb Stunden kochen. Sie würde sich optimistisch gedulden. Sie begann damit, Kartoffeln zu schälen, und beobachtete währenddessen durch das Küchenfenster ein paar Raben, die zwischen den Obstbäumen hin- und herflogen. Es dämmerte bereits. Sie fand es furchtbar, dass die Tage im Winter so schrecklich kurz waren. Als auch der zweite Topf auf dem Herd stand, setzte sie sich wieder an den Küchentisch. Der Kaffee war fast kalt, aber Natalie trank ihn trotzdem und dachte augenblicklich wieder an Nick. Verflucht noch eins. Es war schon so lange her, sie war vierzehn gewesen, ein Teenager, und immer noch tat seine vollkommen unerwartete Zurückweisung weh. Zu gern hätte sie gewusst, wie es ihm heute ging, auch wenn er diese Aufmerksamkeit überhaupt nicht verdient hatte.

Von Carolina wusste Natalie, dass er wohl für ein paar Jahre aus Weidingen fortgewesen und dann zurückgekommen und in den Bäckereibetrieb eingestiegen war. Familie und Kinder gab es soweit Caro wusste keine, aber sie hatten in der Vergangenheit wohl auch nur wenige Begegnungen gehabt. Hin und wieder hatte sie Nick auf dem Gut getroffen, wenn er mit Irina zusammensaß und die Lieferungen für die Sommerfeste oder das Adventssingen vereinbarte. Diese beiden Feste gehörten zu den jährlichen Höhepunkten auf Gut Beeken. Sie waren so etwas wie ein Tag der offenen Tür, zu dem die Freunde und Bekannten aus dem Dorf eingeladen wurden. Bei gutem Essen und Musik wurde geschnattert und getrunken. Caro hatte die Augen verdreht, als sie Natalie davon berichtet hatte, vorrangig, weil das Adventssingen auf die unliebsame Stiefmutter zurückzuführen war. Die Feierlichkeiten selbst waren immer schön, das hatte sogar Carolina zugegeben. Nick zählte nicht nur wegen der Gebäcklieferungen zu den gern gesehenen Stammgästen. Er unterhielt sich immer gut mit jedermann und hatte immer eine Anekdote auf Lager, auch wenn Caro diese nicht halb so amüsant fand wie die anderen. Sie vertrat die Meinung, dass er immer ein bisschen zu dick auftrug. Carolina hatte in ihren kurzen Erzählungen ihrer kleinen Schwester gegenüber keinen Zweifel daran gelassen, dass sie Nicks damaliges Verhalten ebenso missbilligte wie Natalie selbst. Diese Loyalität ihrer Schwester und deren eigenes Dilemma waren es zum großen Teil gewesen, die Natalie unter großem Aufbegehren dazu bewogen hatten, ihre Bitte zu erfüllen und auf Lucas aufzupassen. Wenigstens eine von ihnen sollte glücklich werden.

Natalie betrachtete die Einträge im Kalender, die ihre organisierte Schwester für sie hinterlassen hatte, und erschrak. Neben *Ranzen packen* und *Schulbrote schmieren* stand für diesen Abend auch noch *Baden* auf dem Programm. Es war schon fast fünf, das Gulasch noch nicht gar und sie wollte doch noch die Arbeit für Dennis erledigen. Draußen war es dunkel, im Küchenfenster erkannte sie ihr Spiegelbild. Sie sah jetzt schon müde aus. Ihr Telefon summte auf dem Küchentisch. Eine Sprachnachricht von Caro. „Hallo ihr Lieben, ich freue mich, dass ihr zusammen so viel Spaß habt. Hier ist auch alles in Ordnung, nur mit der Internet- und Telefonverbindung hakt es manchmal. Ich wünsche euch einen schönen Abend. Hab' euch lieb, gute Na-hacht Lucas!"

Natalie beschloss bis vor dem Schlafengehen zu warten und die Nachricht dann vorzuspielen. Solange das Essen vor sich hin kochte, wollte sie die noch offenen Aufgaben erledigen. „Lucas", sagte sie leise, als sie sich neben ihn auf die Couch setzte. „Deine Mama hat aufgeschrieben, dass wir noch einiges vorbereiten müssen für morgen. Lass uns das schnell erledigen, dann kannst du nachher noch ein bisschen fernsehen." Er ignorierte sie. Wie festgetackert zeigte sein Blick Richtung Fernseher. „Lucas!" Natalies Stimme wurde eindringlicher. Noch immer keine Reaktion. „Lucas, sieh mich an oder ich schalte den Fernseher aus." Er ignorierte sie noch immer, aber Natalie sah, wie seine kleine Hand die Fernbedienung fester griff. „Na bitte, wenn du nicht anders willst." Natalie stand auf und mit einem Druck auf den großen Powerknopf des Fernsehers erloschen Ton und Bild.

„Manno, ich wollte das sehen!" Sein Protest entlud sich lautstark.

„Ja, ich weiß. Und ich wollte mit dir reden", erwiderte Natalie ungerührt. „Du kannst später noch was schauen, wenn wir alles erledigt haben."

„Später will ich aber nicht!" Wütend sprang er mit beiden Beinen auf die Couch. Er war jetzt etwa genauso groß wie Natalie.

„Von mir aus, dann eben nicht. Ich werde dich nicht dazu zwingen. Aber jetzt müssen wir dich für die Schule morgen vorbereiten."

„Ich hab aber keine Lust! Ich hasse Schule!", rebellierte Lucas weiter. Natalie atmete schwer und ging in sein Zimmer, um den Ranzen zu holen. Lucas folgte ihr wutschnaubend auf dem Fuß und als sie seine Schultasche griff, zog er sie energisch an sich. „Das ist meine! Ich kann das alleine."

„Da bin ich aber mal gespannt." Natalie zog skeptisch die Augenbrauen hoch und sah zu, wie er ein paar Hefte und Bücher aus- und wieder einsortierte. Das Mäppchen und eine Brotdose mit Inhalt kamen ebenfalls zum Vorschein. „Lecker", sprach Natalie mehr zu sich selbst, griff die Dose mit spitzen Fingern und brachte sie mit angeekeltem Gesichtsausdruck in die Küche. „Verdammt!", fluchte sie, als sie den Raum betrat. Sie hatte schon wieder das Essen vergessen. Sie rührte das Gulasch, goss in ihrer Hilflosigkeit noch einmal Wasser darüber und nahm die Kartoffeln von der Kochplatte. Sie fielen schon im Wasser beinahe auseinander.

„Fertig", ertönte Lucas' Stimme plötzlich kleinlaut hinter ihr.

„Das Essen auch, glaube ich", erwiderte Natalie versöhnlich. „Komm, setz dich hin. Wir essen und danach kannst du baden gehen. Du hast doch Hunger?", vergewisserte sie sich und Lucas nickte kräftig zustimmend. Sie tat ihm auf und wünschte ihm einen guten Appetit. Doch schon nach den ersten Bissen verzog Lucas das Gesicht.

„Das schmeckt komisch. Kann ich was anderes essen?"

„Du hast doch kaum probiert", hielt Natalie dagegen, doch als sie selbst einen Bissen nahm, schob sie bestätigend ihren Teller zur Seite. „Oje, du hast recht. Das kann man nicht essen. Leider ungenießbar." Sie klang enttäuscht und erschöpft.

„Ist noch Joghurt da?", fragte Lucas.

Sie antwortete nicht, sondern stand auf, um im Kühlschrank nachzusehen. Dort fand sie tatsächlich einen kleinen Eimer Stracciatella-Joghurt, den sie auf den Tisch stellte. Aus dem Küchenschrank holte sie zwei Schälchen und Löffel. „Okay?" Mit müdem Blick suchte sie nach Zustimmung. Lucas' Augen leuchteten vor Begeisterung.

Der Rest des Abends verlief harmonischer. Lucas badete und ließ sich bereitwillig helfen. Natalie bereitete die Schulbrote vor und legte sie samt gereinigter Brotdose in den Kühlschrank. Als Lucas im Bett war, spielte sie ihm die Nachricht seiner Mama vor.

„Ja, auf dem Spielplatz war es schön“, erklärte Lucas zu ihrer Verwunderung versöhnlich. „Wann kommt sie wieder?“, wollte er dann wissen.

„Bald“, erwiderte Natalie. „Jetzt schlaf schön, ich bin im Wohnzimmer und arbeite. Falls irgendetwas sein sollte, komm einfach rüber.“

Lucas legte sich müde ins Bett und als Natalie aus dem Zimmer ging, fragte er nur demütig: „Kannst du die Tür auflassen und im Flur das Licht anmachen?“

„Klar!“, flüsterte Natalie.

Den Abend verbrachte Natalie an ihrem Laptop und arbeitete sich fleißig durch den Text. Kurz nach halb elf konnte sie die fertige Arbeit stolz an Dennis senden. „Gott sei Dank, eine Last weniger“, murmelte sie erleichtert. Sollte sie sich noch eine kleine Belohnung gönnen? Der Tag war schließlich wirklich harte Arbeit gewesen. Sie ging in die Küche und öffnete die Tür zu Carolinas Abstellkammer. Wenig später saß sie mit einem vollen Weinglas im Bett und surfte mit dem Handy im Internet. Doch es dauerte nur wenige Minuten, bis ihre Gedanken wieder bei Nick weilten. Angestrengt ließ sie diesen kurzen Augenblick, ihre erste Begegnung seit Jahren, immer und immer wieder vor ihrem inneren Auge Revue passieren, bis sie irgendwann immer unsicherer und die Erinnerung schwammig wurde. Sie musste endlich aufhören, ihm nachzutrauern. Das führte zu nichts. Nicht, nachdem er ihre Liebe einfach so weggeworfen hatte. Sie nippte an ihrem

Glas. Mit jahrelanger Verdrängung war sie doch kein Stück weitergekommen. Richtig loslassen war das Ziel. Vielleicht ging das nur hier, in Weidingen, wo alles angefangen hatte. Aber wie genau sollte sie das anstellen? Das Gespräch mit ihm suchen? „Auf keinen Fall!", begehrte sie auf und erschrak, dass sie laut vor sich hin gesprochen hatte. Markus drängte sich in ihre Gedanken. Die Weihnachtsfeier und die Nacht mit ihm waren Erinnerungen, die ihr ein Lächeln ins Gesicht zauberten. Sie öffnete den Chat mit ihm.

Danke der Nachfrage, wir kommen zurecht. Ich bin total erledigt und liege schon im Bett.

Ganz allein?

Selbstverständlich, auch wenn es dich nichts angeht.

Du hast recht. Träum schön, Natalie.

Sollte sie ihm schreiben? Was mochte er von ihr denken? Sie grübelte, tippte Buchstaben ein und löschte sie wieder. Nach einigen Versuchen gab sie auf und legte das Handy weg.

8. Vorgänger und Nachfolger

Schläfrig drückte Natalie die Schlummertaste. *Nur noch fünf Minuten.* Sie war noch so schrecklich müde. Dann fuhr sie jedoch wie von der Tarantel gestochen hoch. Montag! Lucas! Schule! Eilig stieg sie aus dem Bett, suchte ihre sieben Sachen zusammen und lief ins warme Badezimmer. Nur wenige Minuten später weckte sie Lucas und während er sich noch mehr schlafend als wach anzog, bereitete Natalie sein Frühstück vor und stellte Brote zusammen mit zwei Tassen warmem Kakao auf den Küchentisch. Draußen war es noch dunkel und Natalie konnte sich nicht daran erinnern, wann sie das letzte Mal so gefrühstückt hatte. Sie sah auf die Uhr. Alles im grünen Bereich. Wenn Lucas bald aus dem Bad kam, konnten sie noch vollkommen stressfrei zur Bushaltestelle laufen.

„Bist du fertig?", rief sie und erntete ein angestrengtes „Häähm", woraus sie schloss, dass er sich gerade die Zähne putzte. In der Tat stand er nur wenig später geschniegelt und gebügelt in der Küche. „Na komm, iss wenigstens noch schnell etwas und dann gehen wir los."

Der morgendliche Novemberwind war rau und kalt. „Weißt du“, begann Natalie, als sie den Hof bereits verlassen hatten und einige Schritte nebeneinander in der Morgendämmerung gegangen waren, „früher bin dich diesen Weg gemeinsam mit deiner Mutter gegangen. Anfangs besuchten wir noch die gleiche Schule und sind auch gemeinsam nach Hause gekommen. Das hat sich aber irgendwann verändert. Deine Mama ist ja ein bisschen älter als ich und wollte wohl nicht andauernd ihre kleine Schwester dabeihaben. Später ist sie auch oft gleich nach der Schule zu ihrer Freundin gegangen. Aber die ersten Jahre waren eigentlich ganz schön, wenn ich jetzt so darüber nachdenke.“

„Bist du dann immer allein nach Hause gegangen?“, fragte Lucas und ergriff wie selbstverständlich Natalies Hand. Eine Geste, die Natalie überraschte, die sie aber nicht abwehrte.

„Nein, ich hatte ja Ni...“ Sie kam ins Straucheln. „Ich hatte ja auch Freunde, mit denen ich den Heimweg gehen konnte. Meistens waren wir dann nachmittags auf Gut Beeken und manchmal auch woanders.“ Natalie spürte die Hand des Jungen in ihrer und er war ihr wie ein willkommener Anker, sie in der Gegenwart zu halten und nicht wieder den Gedanken der Vergangenheit nachzuhängen.

„Ich gehe den Weg manchmal allein“, erklärte Lucas und fügte dann hinzu: „Aber das stört mich nicht. Ich bin doch schon groß und kenne mich hier aus.“

„Aha“, erwiderte Natalie ein wenig unsicher und schwieg einen Moment. Nach einer Weile fragte sie schließlich zögernd: „Möchtest du denn morgens lieber allein zum Bus gehen?“

Lucas zuckte mit den Schultern. „Klar, von mir aus. Aber heute kannst du noch mitgehen, bis zur Kurve mit dem ersten Haus. Das hab ich mit Mama auch schon so gemacht.“

„Na gut.“ Natalie nickte und wusste nicht so recht, ob sie bei der Erleichterung, die sie augenblicklich spürte, mit dem Vorschlag wirklich in Lucas’ oder doch nur in ihrem eigenen Interesse gehandelt hatte.

„Tschüss“, verabschiedete sich der Junge wenige Minuten später und trabte davon, ohne sich noch einmal umzusehen. Natalie sah ihm nach, bis er zwischen den Häusern verschwunden war, und ging dann mit einem leicht mulmigen Gefühl zurück zum Gut. Für einen Augenblick war sie selbst erstaunt, wie schnell sich ihre Rolle von der fremden Tante zu der einer Art Vertrauten gewandelt hatte. *Hoffentlich geht alles gut. Sicher würde es das ... Oder?* Abrupt macht Natalie auf dem Absatz kehrt und lief zurück in Richtung Bushaltestelle. Sie konnte gerade noch sehen, wie Lucas in den Schulbus stieg.

„Na siehst du, alles gut.“ Beruhigt lief sie zügig in der Morgensonne zurück. Kalt war ihr nun nicht mehr. Wieder auf Gut Beeken angekommen eilte Natalie über den Hof, ohne sich umzusehen, und saß kurz darauf gerade noch rechtzeitig zu ihrem Online-Seminar vor dem Laptop.

Der Vormittag verging wie im Flug und schon verließ Natalie zum zweiten Mal an diesem Tag die Wohnung. Dieses Mal, um ihren Neffen vom Bus abzuholen. Die kleine Scheunentür stand offen, als sie über den Hof lief, und von drinnen hörte sie eine glockenklare Frauenstimme polnische Lieder trällern. Irina. Sie werkelte da drinnen und Natalie musste sich zwingen zügig an der Tür vorbeizugehen und nicht neugierig hineinzulinsen.

Lucas kam ihr bereits auf halbem Weg entgegen. Er blickte grimmig drein und baute sich mit in die Seite gestemmten Fäusten vor ihr auf. „Du hast mir gar nichts zu essen eingepackt!“, polterte er sofort vorwurfsvoll los.

„Ach du Scheiße!“, entfuhr es Natalie, woraufhin sie sich erschrocken die Hand vor den Mund hielt. Kindgerechter Ausdruck gehörte nicht zu ihren Stärken „Oh, das tut mir leid, Lucas. Das habe ich völlig vergessen. Dann hast du jetzt bestimmt riesigen Hunger, was?“, fragte sie mitleidig und sah den Jungen entschuldigend an. Lucas aber winkte lässig ab.

„Finn hat mir was von seinem Brot abgegeben. Seine Mama packt ihm immer viel zu viel ein. Außerdem darf man nicht *Scheiße* sagen“, belehrte er sie.

Natalie rollte – wenngleich etwas ertappt – mit den Augen und setzte sich wieder in Bewegung. „Hast du doch auch gerade gemacht“, erklärte sie dann.

„Aber doch nur, um dir das zu erklären. Du hast echt absolut keine Ahnung von Kindererziehung, was?“, stellte Lucas mit einem resignierten Seufzen fest.

„Dafür bin ich älter als du und habe mehr Lebenserfahrung.“ Natalie musste schmunzeln. Unfassbar, dass sie mit einem kleinen Jungen über so etwas diskutierte. Trotzdem wollte sie den Anpfiff nicht auf sich sitzen lassen. „Und aus dieser Erfahrung kann ich dir eines sagen: Manchmal gibt es einfach kein anderes passendes

Wort dafür. Wenn etwas besonders schrecklich, doof und bescheuert ist, dann darf man auch ruhig mal dieses Wort verwenden. Es muss allerdings schon eine Ausnahme bleiben.“

Mit dieser Erklärung schien Lucas zufrieden und sie trotteten gemeinsam nach Hause.

„Kann ich fernsehen?“, war die unvermeidbare Frage, sobald sie über die Türschwelle traten, aber dieses Mal wollte Natalie standhaft bleiben.

„Erst machst du die Hausaufgaben und ich koche Mittagessen. Dann darfst du.“

„Okay.“ Unerwartet widerstandslos begann Lucas damit, seine Schulsachen auf dem Küchentisch auszubreiten.

Überrascht aber zufrieden machte Natalie sich daran, das Mittagessen zuzubereiten. Sie hatte beschlossen es wieder einfach zu halten. Nudeln also. Die mochten alle Kinder gern. Dazu gab es Käsesoße. Eine Weile arbeitete Lucas still, dann ertönte plötzlich ein herzhaftes „Scheiße!“ hinter ihr. Irritiert drehte sie sich um. „Hatten wir das Thema nicht eben erst?“

„Es ist aber gerade ganz schrecklich, doof und bescheuert“, rechtfertigte er sich. „Ich muss zwei ganze Seiten Mathe machen. Vorgänger und Nachfolger. Das ist total öde, da muss man soooooo viel schreiben. Meine Hand tut jetzt schon weh.“ Er machte eine Pause und sah Natalie mit einem herzzerreißenden Augenaufschlag an. „Kannst du für mich schreiben?“

„Netter Versuch“, wiegelte sie ab und konnte ein Schmunzeln nicht verbergen. „Ich koche und du machst Hausaufgaben. Und erst wenn wir beide fertig sind, gibt es Essen.“

Lucas gab auf, wenn auch mit einem theatralischen Seufzen.

„Sollen wir noch ein bisschen raus an die frische Luft gehen?", bot Natalie an, nachdem sie bereits eine halbe Stunde stumm neben Lucas auf der Couch gesessen und ihm beim Fernsehen zugeschaut hatte. Die Wohnung war aufgeräumt, die Hausaufgaben gemacht, der Ranzen gepackt und nun kämpfte sie gegen die Langeweile. Nach der Begegnung mit Nick heute zog es sie an einen ganz bestimmten Ort, auch wenn sie nicht sicher war, ob ihr ein Besuch dort wirklich helfen würde endgültig mit ihm abzuschließen. Lucas ignorierte ihre Frage in inzwischen gewohnter Manier. „Lucas? Hast du gehört? Wie wäre es, wenn wir noch ein bisschen an die frische Luft gehen? Du sitzt jetzt seit fast drei Stunden vor der Glotze", rundete sie großzügig auf. „Wir könnten im Wald spazieren. Da bin ich früher oft gewesen", erzählte sie und fügte leise hinzu: „Mit deinem Opa und den Hunden. Ich würde gern sehen, ob es dort noch so aussieht wie früher oder was sich verändert hat. Du könntest es mir zeigen." Langsam wandte sich der Junge ihr zu und sein Blick verriet, dass er ernsthaft über das Gesagte nachdachte.

„Hast du Pokémon?", fragte er dann wie aus heiterem Himmel und erwischte seine Tante damit auf dem völlig falschen Fuß.

„Äh, nein. Was soll das sein?" Sie sah ihn verwirrt an, woraufhin Lucas entrüstet die Augen verdrehte.

„Na Pokémon eben, die kennt man doch. Das ist ein Spiel auf dem Handy."

Natalie zog entschuldigend die Schultern hoch und fühlte sich für den Bruchteil einer Sekunde ein bisschen älter, als sie es war. „Tut mir leid, so was hab' ich nicht."

„Kannst du dir das runterladen? Hat Opa auch gemacht. So kann ich immer welche fangen, wenn wir unterwegs sind. Bitte, bitte, lad es runter, dann komme ich auch mit."

Was sollte sie dazu sagen? Der Zweck heiligte doch schon immer die Mittel, oder etwa nicht? Also zückte Natalie ihr Telefon und ließ sich von Lucas instruieren, bis das Spiel einsatzbereit zur Verfügung stand.

Als sie sich auf den Weg Richtung Wald machten, war es bereits dunkel, aber Lucas hatte seine wahre Freude daran, dass Natalie ihm ihr Telefon übergeben hatte. Während sie den Weg hinter dem Haus entlangstapften, weihte er sie auch gleich in die Geheimnisse der Kämpfe, Entwicklungen und vor allem des Ausbrütens von Pokémon-Eiern ein. Sie ließ ihn gewähren. Offenbar hatte sie hier so etwas wie einen Kinderbeschäftigungsschatz aufgetan. Das Thema gefiel dem Jungen, er konnte endlos darüber reden und ganz nebenbei kamen die beiden auch noch raus an die Luft. Sie gingen so lange, bis sich der Weg gabelte. Geradeaus ging es weiter am Feld entlang, doch sie bogen rechts in den Wald ein und folgten dem Weg noch ein kleines Stückchen. Nicht zu lange, Natalie hatte nicht vor, sich in der Dunkelheit zu weit vom Gut zu entfernen. Aber sie atmete tief ein und genoss die frische Luft. Vor ihrem inneren Auge tauchten immer mehr Bilder aus der Vergangenheit auf, Erinnerungen an ihre Kindheit und an die Ausflüge, die sie mit ihrem Vater und den Hunden ins Hohe Venn gemacht hatte. Ihr Weg hatte sie anfangs durch den dichten Nadelwald geführt. Zwischen den schlanken Baumriesen hatte der Nebel gestanden und dem Wald eine mystische Aura verliehen. Wenn sie den Wald erst einmal hinter sich gelassen hatten, erstreckte sich vor ihnen die typische, weite Venn-Landschaft mit ihren niedrigen Büschen, vereinzelten krüppligen Bäumen und wilden, braunen Grasbuckeln. Der Boden unter ihren Füßen antwortete dann eigentümlich federnd auf jeden ihrer Schritte. Immer wieder trafen sie auf kleine, mit Wasser gefüllte Mulden und es wehte ein rauer Wind. „Das ist das Moor", hatte Franz immer andächtig gesagt „Es ist älter, als die Menschheit denken kann."

Natalies Ziel, der Hochsitz, war nicht so weit weg, wie sie es in Erinnerung gehabt hatte. Er stand noch immer dort, ganz wie damals. „Gib mir mal mein Handy", bat sie Lucas, der es die ganze Zeit über sorgsam in den Händen gehalten hatte.

„Warum? Was ist, wenn gerade jetzt eins kommt. Du fängst das bestimmt nicht, du weißt ja überhaupt nicht, wie man das macht."

„Keine Sorge", beruhigte Natalie ihn, „du bekommst es sofort zurück. Ich brauche nur etwas Licht." Sie leuchtete über die unteren Holzbalken, das Gerüst des Hochsitzes, und wurde auch schon nach kurzer Zeit fündig. Es war verwittert und auch nicht auf den ersten Blick zu erkennen. Aber sie wusste, wonach sie suchte. Und da war es. Noch immer. Sie behielt die Handschuhe an, als sie langsam über die Vertiefung im Holz strich. Ein Herz. Darin die Buchstaben *N* und *N* verbunden durch ein Pluszeichen.

„Was ist da?", fragte Lucas neugierig.

„Nichts", wiegelte Natalie nur kopfschüttelnd und mit leiser Stimme ab. „Lass uns umkehren. Es ist schon spät."

Als sie zurück auf den Hof kamen, stießen sie fast mit Irina zusammen, die gerade mehrere Weidenkörbe aus dem Haus in die Scheune trug. „Hi Oma", rief Lucas und bescherte Natalie damit eine Gänsehaut. Die Bezeichnung passte in ihren Augen so gar nicht zu der neuen Frau ihres Vaters. „Wir haben Pokémon gefangen", erklärte er stolz.

„Gratuliere", antwortete Irina und lächelte die beiden an. Unverkennbar, auch bei geringem Licht.

„Hallo", entfuhr es Natalie unwillkürlich, aber sie lächelte nicht. Nach einem Moment unangenehmen Schweigens erklärte sie dann: „Wir müssen rein, es ist schon spät. Lucas muss früh aufstehen, er hat Schule."

„Ja, natürlich. Das weiß ich", erwiderte Irina immer noch freundlich lächelnd und ging mit ihren Körben weiter zur Scheune.

Bevor Natalie Lucas an diesem Abend ins Bett brachte und ihm wieder ausgiebig vorlas, ließ sie sich eine Kurzeinweisung in die Bedienung des Fernsehers geben. „Sag mal, was macht Iri... Oma da eigentlich den ganzen Tag in der Scheune?", fragte sie so beiläufig wie möglich. Von Carolina wusste sie, dass Irina ein kleines Geschäft im Ort hatte, wo sie Souvenirs und anderen Kram verkaufte. Caro hatte erklärt, dass Irina damit den Tag über so beschäftigt sei, dass sie keine Zeit hätte, sich um Lucas zu kümmern. So wie es jetzt aussah, war Irina aber die ganze Zeit zu Hause.

„Na, arbeiten", antwortete Lucas und sah Natalie verwundert an.

„Und was genau arbeitet sie da? Ich dachte sie verkauft Sachen in ihrem Laden?", setzte Natalie die Befra-
gung fort.

„Macht sie auch", bestätigte er und Natalie fühlte sich
schrecklich dabei, ihm alle Informationen so aus der
Nase ziehen zu müssen.

„Und was genau verkauft sie?"

„Na, das, was sie in der Scheune macht", antwortete
Lucas nun ebenfalls zunehmend ungeduldig.

Natalie nahm die Fernbedienung und seufzte. „Ich
glaube, wir drehen uns im Kreis. Was stellt sie denn in
der Scheune her, um es dann später im Laden zu ver-
kaufen?", formulierte sie ihre Frage so präzise wie möglich.

„Na, alles." Lucas klang, als sei das doch vollkommen
logisch, und Natalie überlegte kurz, ob er sich möglicherweise absichtlich so anstellte, um sie zu ärgern. Sie
zwang sich innerlich zur Ruhe und nachdem sie Lucas
eine Weile ebenso fragend wie auffordernd angesehen
hatte, ließ dieser sich endlich zu ein wenig mehr Details
hinreißen.

„Sie macht ganz viel Seife, Kerzen, Tee und total le-
ckere Schokolade."

So war das also. Natalie nickte bedächtig und blickte
nachdenklich auf die Fernbedienung. „Sind wir fertig,
junger Mann?", wollte sie dann nach einem Moment
wissen.

„Klar, aber ich kann auch aufbleiben und dir beim
Umschalten helfen", bot er grinsend an, was Natalie
zum Lachen brachte. „Nichts da, jetzt geht es ins Bett.".

„Ich vermisse Mama", erklärte Lucas leise, als Natalie gerade das Vorlesebuch weggestellt hatte und ihn ordentlich zudeckte.

„Das kann ich mir gut vorstellen. Sie hat sich heute ja auch gar nicht gemeldet, sicher hat sie sehr viel zu tun. Willst du ihr eine Sprachnachricht schicken? Dann kann sie sich die anhören und dir später eine Antwort senden."

Lucas schüttelte den Kopf. „Ich will sie lieber richtig anrufen."

„Na ja, wir können es versuchen", hob Natalie an, „allerdings hat deine Mama mir schon erklärt, dass der Empfang auf dem Schiff nicht so gut ist. Also darfst du nicht traurig sein, wenn wir sie nicht erreichen. Dann versuchen wir es einfach morgen noch einmal, okay?" Lucas nickte und wenig später hörte Natalie in ihrem Telefon das Freizeichen.

„Hallo Schwesterchen, alles in Ordnung?" Carolina klang gut gelaunt. Im Hintergrund spielte Musik.

„Ja, alles okay. Bei dir auch, wie ich hören kann?"

„In der Tat. Warte, ich geh mal woanders hin, hier ist bereits das Abendprogramm im Gange. Was gibt es denn?"

„Lucas möchte mit dir sprechen und gute Nacht sagen. Warte, ich gebe dich weiter." Natalie reichte dem Jungen das Telefon. Sie ließ ihn einige Minuten allein im Zimmer, drängte dann aber doch auf Verabschiedung und holte sich ihre Schwester selbst noch einmal ans Ohr. Es gab da noch etwas, was sie mit ihr besprechen wollte.

„Caro, ich bin es noch mal. Hast du noch einen Augenblick?“

Sie ging aus dem Kinderzimmer und bedeutete Lucas, dass sie gleich noch einmal zurückkäme.

„Klar, wenn es nicht zu lange dauert. Ich treffe mich gleich mit Olaf an der Bar.“ Caro kicherte und Natalie wurde das Gefühl nicht los, dass Caro schon vor dem Telefonat einige Zeit an der Bar verbracht hatte.

„Also“, begann sie unschlüssig, „ich bin Nick über den Weg gelaufen.“

Einen Moment lang herrschte Schweigen am anderen Ende der Leitung. „Und, habt ihr geredet?“

„Nicht so richtig, nur ein paar Worte gewechselt. Er war total abweisend, wirkte fast wütend auf mich, dabei bin ich doch diejenige, die ihm böse ist.“ Natalie atmete schwer. „Ach Caro, die Trennung damals war so schrecklich und ich weiß immer noch nicht, wie ich damit umgehen soll.“

„Also, weißt du, bestimmt hast du dir das nur eingebildet. Und wenn er doch tatsächlich sauer auf dich ist, kannst du es sowieso nicht ändern. Musst du doch auch gar nicht, das ist alles so lange her. Ich denke du solltest die Sache ruhen lassen. In den letzten Jahren ist schon jede Menge Gras darüber gewachsen. Den Rest schaffst du auch noch.“

Natalie schwieg enttäuscht. Das war nicht gerade die Unterstützung, die sie sich von ihrer Schwester erhofft hatte. Immerhin spielte sie gerade Babysitter für Lucas, damit Caro ihr eigenes Liebesleben auf die Reihe bekam.

„Du, ich muss jetzt auflegen“, leitete Caro erschreckend schmerzfrei das Gesprächsende ein. „Mach dir nicht so viele Gedanken. Es gibt so viele attraktive, interessante und liebenswerte Männer auf der Welt. Manchmal musst du eben ein paar Frösche küssen, bis du endlich beim Prinzen angelangst."

Caro hatte gut reden. Davon, dass aus ihrem Olaf ein Prinz werden würde, war Natalie noch nicht so recht überzeugt, obwohl sie ihrer Schwester das ersehnte Glück von Herzen gönnte.

„Okay, also dann tschüss, bis bald", flüsterte Natalie und legte enttäuscht auf.

Danke der Nachfrage, wir kommen zurecht. Ich bin total erledigt und schon im Bett.

Ganz allein?

Selbstverständlich, auch wenn es dich nichts angeht

Du hast recht. Träum schön, Natalie.

Natalie saß auf der Couch und las die Zeilen immer wieder. Lucas schlief schon längst. Den Fernseher hatte sie irgendwann frustriert ausgeschaltet, nachdem sie sich erfolglos durch die Knöpfe der Fernbedienung gedrückt hatte. Sie hatte eine Kerze angezündet und die Leselampe eingeschaltet. Doch in dem Buch, das sie eigentlich hatte lesen wollen, hatte sie es auf nicht mehr als vier Seiten gebracht.

Hi, wollte mal nachfragen, wie es so in Köln läuft.

Sie tippte die Nachricht und drückte auf *Senden*. Die Anzeige des Nachrichtenstatus änderte sich umgehend. Versendet, zugestellt, gelesen. Sie legte das Buch und ihr Telefon zur Seite, stand langsam auf und ging in die Küche. In aller Ruhe setzte sie sich Teewasser auf. Sie wollte nicht im Wohnzimmer sitzen und auf Antwort warten, als hätte sie nichts anderes zu tun. Als sie ein paar Minuten später wieder auf der Couch saß, blickte sie dennoch sofort erwartungsvoll auf das Display. Den Eingang einer neuen Nachricht verriet ihr die kleine rote Eins in der Ecke des Icons.

Keine besonderen Vorkommnisse. Bei dir?

Spontan tippte Natalie ihre Antwort. Mit Grübeleien hatte sie bereits zu viel Zeit verbracht.

Ich bin mir nicht sicher. Vielleicht ein Geist aus der Vergangenheit.

Markus antwortete erneut sofort:

Guter oder böser Geist?

Wenn sie das mal so einfach beantworten könnte.

Böse, irgendwie. Ist alles kompliziert :-/

Es dauerte etwas, bis eine erneute Antwort einging. Was sollte Markus darauf auch antworten. Warum schrieb sie ihm überhaupt? Zurück kam eine Frage:

Männlicher Geist?

Natalies Magen zog sich zusammen, bevor sie kurz antwortete:

Ja

Brauchst du Hilfe? Ich bin ein hervorragender Geister-jäger.

Das Angebot ließ Natalie schmunzeln. Die Vorstellung, wie Markus sich mit einer Geisterfalle startklar machte, um den Nick der Vergangenheit darin verschwinden zu lassen, war herrlich und ließ sie an einen alten Film, eine amerikanische Komödie, denken, die sie mochte. Der Streifen war uralt, viel älter als sie selbst. Hatte sie ihn Markus gegenüber etwa einmal erwähnt? Sie konnte sich nicht daran erinnern.

Ein großzügiges Angebot. Ich fürchte aber, da muss ich einfach durch.

Sie wartete noch eine Weile auf Antwort, aber als das Telefon stumm blieb, trank sie ihren Tee aus und ging ins Bad. Es war noch nicht einmal zehn Uhr, aber sie wusste nichts mit sich anzufangen, da konnte sie auch gleich schlafen gehen. Dann vibrierte ihr Telefon doch noch ein weiteres Mal und vermeldete den Eingang einer Nachricht von Markus.

Nicht vergessen, ich bin einer von den Guten.

Natalie lächelte. Vielleicht hatte er damit sogar recht und es war an der Zeit, Nick ein für allemal loszulassen und Platz für Neues zu schaffen. Platz für Markus?

9. Aussicht mit Herz

Mit zitternden Händen umklammerte Natalie die Holzsprossen, die zum Hochsitz hinaufführten. Ihre Knie waren weich und ihr Herz hämmerte aufgeregt in ihrer Brust. Hauptursache dafür war jedoch nicht ihr schneller Lauf vom Hof bis zum Hochsitz am Waldrand, sondern vielmehr das, was sie soeben erfahren hatte. Nie im Leben hätte sie sich ausgemalt, dass sie einmal zu den Betroffenen gehören könnte. Wie konnten sie nur? Warum warfen ihre Eltern so einfach alles weg? Nur weil Carolina und Natalie schon groß waren, wie Franz und Norma es ausgedrückt hatten, hatten ihre Eltern doch nicht das Recht, ihre Familie so einfach auseinanderbrechen zu lassen! Wie konnten sie so egoistisch sein? Auch große Kinder brauchten Eltern und ein sicheres Zuhause. Ein Zuhause wie Gut Beeken. Wie sollte es denn jetzt weitergehen? Auf einen Schlag war nichts mehr wie früher. Einfach so.

Natalie hatte den oberen Teil des Hochsitzes erreicht und kroch hinein. Sie setzte sich auf den Holzboden und schlang die Arme um die Knie. Dann ließ sie ihren Tränen freien Lauf. Wut, Traurigkeit, Enttäuschung und Verzweiflung bahnten sich unter lautem Schluchzen ihren Weg aus dem sportlichen, sonnengebräunten

Teenagerkörper. Was sollte sie nur tun? „So eine verdammte Scheiße", fluchte sie leise vor sich hin, als sie vor lauter Erschöpfung nicht mehr weinen konnte. Mit starrem Blick fuhr sie langsam mit den Fingern die Maserung des Holzes entlang. Immer wieder. Sie hatte jegliches Gefühl für die Zeit verloren. Irgendwas zwischen vier und fünf Uhr nachmittags musste es wohl sein. Verloren starrte sie durch die viereckige Einstiegsöffnung des Holzkastens in den blauen, wolkenlosen Himmel. Sie lauschte dem munteren Zwitschern der Vögel und dem sanften Rauschen der Baumwipfel. Es war längst nicht mehr so heiß wie in den ersten Augustwochen, aber noch immer angenehm warm und ein laues Lüftchen wehte. Im Grunde genommen hätte es ein schöner Tag sein können, wenn da nicht ... Sie begann erneut zu weinen und versuchte sich mit den Unterarmen und ihrem blauen Trägershirt das Gesicht zu trocknen. Taschentücher hatte sie keine.

Plötzlich vernahm sie Geräusche am Fuße des Holzturms. Sie verharrte und lauschte.

„Natalie?" Es war Nicks mittlerweile tiefe Stimme. In diesem Sommer hatte sich die Veränderung vollzogen, ganz plötzlich, in nur wenigen Wochen, war es passiert. Genau wie Nick selbst, hatte Natalie das Gefühl, sich noch daran gewöhnen zu müssen. Aber es war eine schöne Stimme, wie sie fand.

„Natalie?", fragte er noch einmal. „Bist du da oben?" Es hörte sich an, als liefe er einmal um den Hochsitz herum. Natalie rührte sich nicht. Sie hatte keine Kraft und keine Lust mehr. In diesem Augenblick verspürte sie nur den Wunsch, für immer in diesem schützenden Unterschlupf zu bleiben.

Kleine Erschütterungen drangen durch das Holz und sie spürte, wie Nick die Holzleiter hinaufstieg. Einen Augenblick später erschien sein blonder Schopf im Inneren des Kastens.

„Wusste ich doch, dass ich dich hier finde", stellte er zufrieden fest, sprach aber nicht weiter, als er in Natalies verheultes Gesicht blickte. Er setzte sich ihr gegenüber, lehnte sich mit dem Rücken an die Holzwand und versuchte die Beine auszustrecken, was aber seit einiger Zeit nicht mehr so recht funktionierte. Er war gewachsen.

„Willst du reden?", fragte er leise.

„Weiß nicht", gab Natalie mit brüchiger Stimme zurück und hob für einen Augenblick matt die Schultern an. Es fühlte sich gut an, dass er da war. Aber sie wusste nicht, woher sie die Kraft nehmen sollte, ihm zu erklären, was los war. Lange saßen sie einander schweigend gegenüber. Dann brachte Natalie endlich, wenn auch kaum hörbar, die Worte über die Lippen: „Meine Eltern trennen sich."

„Verdammte Axt!" Augenblicklich rappelte er sich auf, wechselte die Seite und setzte sich neben Natalie. Schweigend legte er seinen Arm um ihre Schultern und zog sie an sich. Natalie lehnte sich dankbar an ihn. Wieder liefen die Tränen, doch dieses Mal mischten sich auch Tränen der Erleichterung darunter. Sie verharrten lange in dieser Position, ohne auch nur ein Wort zu sprechen, und Natalie war froh, ihren besten Freund an ihrer Seite zu haben.

„Ich hatte so gehofft, dass dir diese Erfahrung erspart bleibt." Sein Flüstern erklang plötzlich sehr nah an ihrem Ohr. „Hast du mal mit deiner Schwester geredet?

Wie geht es ihr?" Widerwillig schüttelte sie den Kopf ohne sich von Nick zu lösen.

„Ach, die. Mit der kann ich doch schon lang nicht mehr reden. Wie es mir geht, ist der sowieso egal." Wieder schniefte sie.

„Die erste Zeit wird hart, aber glaube mir, es wird besser. Ich spreche aus Erfahrung." Natalie nickte kaum merklich und spürte, wie er ihr sanft den Arm streichelte. „Werner ist wirklich in Ordnung. Wir sind wieder eine richtige Familie geworden, auch wenn ich das damals nie geglaubt hätte. Für mich ist bei der Trennung meiner Eltern auch erst mal eine Welt zusammengebrochen, weißt du? Aber genau genommen ist jetzt eigentlich alles sogar besser als vorher. Mama geht es auch viel besser, seit sie wieder glücklich ist." Abermals nickte sie und beruhigte sich langsam. Der neue Partner von Nicks Mutter war tatsächlich sehr nett. Er machte weder einen auf Kumpel noch auf Erzieher, er war einfach nur nett und verlässlich. Etwas, das Nick von seinem leiblichen Vater, den sie selbst nie kennengelernt hatte, nie behauptet hatte. Von ihm wusste sie nur, dass er bereits eine neue Familie gegründet und Nick mindestens eine Halbschwester hatte.

„Kann ich dich kurz loslassen?" Nicks Stimme durchbrach unvermittelt die Ruhe. Natalie setzte sich schwerfällig auf und warf ihm einen fragenden Blick zu. „Ich bin sofort wieder hier, ich will nur meinen Rucksack holen. Der liegt unten neben dem Fahrrad.

„Klar", flüsterte sie und wischte sich die Haare aus dem Gesicht. Während Nick die Leiter hinunterkletterte, blickte sie aus der Jagdkanzel. Die späte Sonne tunkte die Baumwipfel in goldwarmes Licht und ließ sie lange Schatten über das weite Stoppelfeld werfen. Was, wenn Gut Beeken für sie nun mit einem Mal der Vergangenheit angehörte? Nick war nach der Trennung seiner Eltern auch mit seiner Mutter umgezogen und sie hatten ein neues Leben begonnen.

Wieder erschien Nicks Kopf in ihrem Blickfeld und unterbrach ihre Gedanken. Er setzte sich und nahm den Rucksack auf seinen Schoß. Mit verschwörerischem Blick öffnete er ihn und zog vorsichtig ein unförmiges, in ein Handtuch gewickeltes Päckchen heraus. Als er das Tuch entfernte, kam ein Sixpack Bier zum Vorschein. „Das habe ich meinem Onkel aus dem Keller geklaut. Merkt der sowieso nicht. Hast du Lust?"

„Was ist denn in dich gefahren? So etwas machst du doch sonst nicht?" Natalie konnte ihre Verwunderung nicht verbergen.

„Keine Ahnung. Das war wohl mein siebter Sinn? Willst du etwa nicht?"

„Na, wenn nicht heute, wann dann?", stellte sie nach kurzem Zögern fest und hatte tatsächlich nichts dagegen, hier oben mit Nick das erste Bier ihres Lebens zu trinken.

„Hier, das kannst du für dein Gesicht haben." Nick grinste verstohlen und gab Natalie das Handtuch. „Das hatte ich nur drumgewickelt, damit es in meinem Rucksack nicht so verdächtig klimpert."

Natalie griff dankbar nach dem Stoff, um sich das Gesicht trocken und sauber zu reiben.

„Und? Bin ich wieder schön?" Sie lächelte müde und sah Nick erhobenen Hauptes an.

„Bist du immer, egal was passiert", antwortete er fast beiläufig und öffnete die Bierflaschen. Natalie schluckte, denn augenblicklich stellte sich wieder dieses seltsame Gefühl von Schmetterlingen in ihrer Magengegend ein, das sie seit einigen Wochen zeitweilig verspürte. Immer häufiger hatte sie diese wunderbare und zugleich befremdliche Empfindung in Nicks Gegenwart oder manchmal auch dann, wenn sie nur an ihn dachte. War dies das Gefühl, von dem alle Welt sprach? Hatte sie sich etwa in Nick verliebt? In ihren besten Freund? Sie wagte kaum, darüber nachzudenken, aber bei dem Gedanken daran, ihn zu küssen, schlug ihr Herz um ein Vielfaches schneller als sonst. Nick reichte ihr eine Flasche und sah sie dabei lange mit einem Blick an, der ihr seltsam unter die Haut ging. Natalie beschloss den Versuch zu wagen, mit Nick darüber zu sprechen. Was hatte sie heute noch zu verlieren? Viel schlimmer konnte der Tag kaum werden.

„Du?", begann sie zögernd. Ihr Herz drohte sich zu überschlagen.

„Ja?"

„Es gibt da noch etwas und ich weiß nicht so richtig, wie ich es sagen soll", murmelte sie und fügte kaum hörbar hinzu: „Es macht mir Angst."

Nick stellte seine Bierflasche beiseite, löste den Rücken von der Holzwand und wandte sich Natalie etwas weiter zu. Diese sah nun geradewegs in seine vertrauten Augen. Obwohl nur noch wenig Licht in den Holzkasten auf Stelzen fiel, war sie sich sicher, das markante Blau seiner Augen zu erkennen.

„Ich ... würde dich gern küssen", flüsterte Natalie unter größter Anstrengung und schlug verschämt und in ängstlicher Erwartung seiner Reaktion die Augen nieder. Einige Sekunden schrecklicher Anspannung später brummte er sanft.

„Ich dich auch."

Natalie war es, als bliebe ihr Herz augenblicklich stehen. Sie sah ihn erneut an und wie in Zeitlupe bewegten sich ihre Gesichter aufeinander zu. Ein unbeschreibliches, merkwürdiges, wunderbares Gefühl war es, als sich ihre trockenen Lippen sanft für einen Moment berührten. Vorsichtig entfernten sie sich gleich wieder voneinander.

„Hm", machte Natalie schüchtern und sah Nick erwartungsvoll an. Die Flasche hielt sie immer noch in ihrer Hand, gerade so, als müsste sie sich daran festhalten.

„Gut?" Nick wirkte unsicher.

Sie nickte kaum wahrnehmbar, fuhr sich mit der Zunge über die Stelle, an der sie eben seine Lippen auf ihrem Mund gespürt hatte, und biss sich nervös auf die Unterlippe.

„Noch mal?", fragte er und ohne zu antworten, beugte sie sich erneut zu ihm hinüber. Diesmal dauerte der Kuss etwas länger und der Druck, mit dem sich ihre Lippen berührten, war ein wenig fester. Als sich Natalie wieder von ihm löste, blieb sie ganz dicht vor ihm. Vorsichtig, ohne hinzuschauen, stellte sie die Flasche, von der sie noch keinen Schluck getrunken hatte, zur Seite.

„Was sagst du?", wollte Natalie beinahe atemlos wissen.

„Fühlt sich gut an." Ihre Blicke verfingen sich ineinander, eine seltsame Spannung herrschte zwischen ihnen.

„Finde ich auch." Natalie sprach leise, doch in ihrem Inneren tobten Aufregung und Erleichterung. Nervös spürte sie, wie Nicks Finger in einer zärtlichen Bewegung ihren rechten Oberarm hinauf und hinab fuhren.

„Sind wir jetzt ..." Sie machte eine Pause, als suche sie nach der richtigen Beschreibung, und strich sich ungeschickt eine Haarsträhne aus dem Gesicht. „... ein Paar?", fragte sie schließlich kaum hörbar. Sie spürte heftige Angst, dieser faszinierende Moment könnte urplötzlich und unwiederbringlich vorbei sein.

„Das wünsche ich mir schon eine ganze Weile", gab Nick zu, was Natalie überrascht aufblicken ließ.

„Aber, ... warum hast du denn nichts gesagt?" Die Verwirrung stand ihr ins Gesicht geschrieben.

„Ich habe mich nicht getraut. Ich wusste nicht, wie du darauf reagieren würdest. Wir sind doch schon so lange befreundet", rechtfertigte sich Nick, ohne Natalie dabei anzusehen.

„Das kann ich gut nachvollziehen, ich hatte ja auch Angst." Natalie räusperte sich und neigte den Kopf, um seinen Blick wieder einzufangen. „Ich weiß gar nicht, was ich getan hätte, wenn du nicht gewollt hättest. Ich hätte mich wahrscheinlich vor lauter Peinlichkeit für den Rest meines Lebens irgendwo vor dir verkrochen." Sie grinste ein wenig verlegen.

„Das ist eine furchtbare Vorstellung." Nick schnaufte erleichtert und zog Natalie zärtlich an sich heran.

Während die Sonne endgültig hinter den Bergen verschwand, probierten sie im Schutz der Dunkelheit abwechselnd das Bier und verschiedenste, immer mutigere Varianten, sich zu küssen, aus. Erst spät, als der Mond schon hell am Himmel zu sehen war, machten sie sich auf den Heimweg. Nicks Versuche, mit ihr über die Trennung der Eltern zu sprechen, wehrte Natalie vehement ab. Sie hatte nicht vor, sich durch derartige Gedanken, den süßen Geschmack auf ihren Lippen verderben zu lassen. Nicht heute.

Beseelt von dieser wunderbaren Wendung in ihrem Zusammensein, an welche Natalie noch vor wenigen Stunden nicht zu denken gewagt hatte, schlenderte sie neben Nick her. Albern, von Bier und Glück aufgestachelt, liefen sie zum Gut zurück. Nick schob sein Rad und beleuchtete mit der vorderen Lampe ein kleines Stück des Weges. Umgeben von der Dunkelheit küssten sie sich ein letztes Mal und verabredeten sich für den kommenden Tag an ihrem Platz. Natalie sah Nick hinterher, wie er auf dem Rad zügig die Straße ins Dorf hinunterfuhr, dann verschwand sie beschwingt von Glück und Zuversicht im Haus. Allem anderen wollte sie heute keine Aufmerksamkeit mehr schenken.

Als sie das Haus betrat, wartete niemand, um ihr Vorhaltungen über das lange Ausbleiben zu machen. Eine mächtige, bedrohliche Einsamkeit hatte sich von jetzt auf gleich im Haus niedergelassen. Doch diese Stimmung sollte ihr in diesem Augenblick nichts anhaben. Wie ein wärmendes, schützendes Licht hielt sie ihre neuen Gefühle in ihrem Inneren. Behutsam schlich sie nach oben in ihr Zimmer, wo sie dieses aufregende Glück noch lange spürte.

In den darauffolgenden Wochen trafen sich Natalie und Nick regelmäßig in der Jagdkanzel. In diesen Momenten mit ihm konnte sie das Trennungsdrama der Eltern vergessen – oder sich ausweinen und Rat holen.

Auch wenn es bei Nick schon einige Jahre her war, dass seine Eltern sich hatten scheiden lassen, war er ein guter Zuhörer, der sich mit der Materie auskannte und aus eigener Erfahrung sprechen konnte.

„Das Schlimmste ist", erzählte Natalie einmal, als sie an einem regnerischen Tag dort oben hockten, „dass ich mich so allein und von allen im Stich gelassen fühle. Papa kümmert sich nur noch um den Hof und die Tiere. Er arbeitet rund um die Uhr. Und Caro ist sowieso die meiste Zeit in Sankt Vith bei ihrer Freundin. Manchmal merkt Papa nicht mal, dass sie weg ist." Sie machte eine Pause. „Mama verbringt jede freie Minute bei ihrem Neuen. Dieser Jochen scheint steinreich zu sein. Ständig ist sie mit ihm auf Shoppingtour. Sie fragt mich auch immer, ob ich mitkommen will, um ihn und seine Töchter kennenzulernen." Natalie schüttelte sich und machte ein angewidertes Gesicht. „Manchmal denke ich, dass sie das absichtlich macht. Sie will mich locken, damit ich mit ihr wegziehe. Aber da hat sie sich geschnitten. Ich lasse mich nicht kaufen." Sie hatte dem letzten Satz besonderen Nachdruck verliehen und nun lauschten beide auf die Regentropfen, die gleichmäßig aufs Dach fielen.

„Vielleicht kann es nicht schaden, die andere Seite kennenzulernen, selbst wenn du es nur tust, um einen Vorteil daraus zu ziehen", sagte Nick nach einer Weile ernst und zog Natalie dichter an sich heran.

„Wie meinst du das denn?"

„Ganz einfach. Ich war furchtbar wütend auf meinen Vater, als er uns verlassen hat. Der ganze Umzug war die Hölle, zumindest bis wir zwei uns kennengelernt haben. Aber mittlerweile habe ich mich mit der Situation arrangiert und es funktioniert ganz gut. Außerdem bringt es auch gewisse Vorteile mit sich." Er zog sein neues Handy aus der Tasche und wedelte stolz damit. „Ein schlechtes Gewissen kann viel bewirken."

„So etwas will ich aber nicht", stellte Natalie entrüstet fest. „Ich brauche keine Geschenke von denen. Und wegziehen will ich sowieso nicht. Gut Beeken ist mein Zuhause und du bist hier. Dich will ich auch nicht verlassen."

„Stimmt. Es wäre unerträglich, wenn du wegziehen würdest. Du fehlst mir ja schon, wenn wir uns nur mal kurze Zeit nicht sehen."

Natalie küsste ihn. „Keine Sorge, ich gehe nicht weg." Sie fröstelte und kuschelte sich dichter an Nick.

„Vielleicht sollten wir uns bis zum Frühjahr ein anderes Plätzchen suchen", schlug er vor. „So langsam wird es kalt und ungemütlich hier hoben."

„Kein Problem, wir können in mein Zimmer gehen. Das interessiert sowieso gerade niemanden bei uns. Keiner kümmert sich um mich." Natalie seufzte resigniert.

„Ich pass auf dich auf, solange du mich lässt. Versprochen!", flüsterte Nick.

„Für immer und bis in alle Ewigkeit?"

„Für immer und bis in alle Ewigkeit. Komm mit, ich habe eine Idee", erklärte er entschlossen und hatte es plötzlich eilig aufzustehen. Vorsichtig kletterte Natalie nach ihm die nassen Holzsprossen hinunter. Es regnete nur noch leicht und der Wind fegte kalt vom Feld herüber. Nick hatte sich bereits am Holz des Hochsitzes zu schaffen gemacht. Mit einem Taschenmesser ritzte er etwas hinein. Natalie beobachtete ihn gespannt. Als er endlich fertig war – was eine ganze Weile dauerte, denn er musste immer wieder unterbrechen, um seine Hand auszuschütteln und sie zu wärmen –, konnte Natalie zweimal den Buchstaben N verbunden durch ein Pluszeichen und umrandet von einem gleichmäßigen Herz erkennen.

„Natalie und Nick, für immer und ewig, wenn du willst", sagte Nick ernst und griff ihre Hand.

„Klar will ich", erwiderte Natalie glücklich und ihre Finger umschlossen seine Hand fest.

„Das ist so tief eingearbeitet, das hält bestimmt länger als der Rest des Turms." Nick steckte stolz sein Messer ein.

Nur wenige Minuten später begann es wie aus Eimern zu schütten und über den Bergen braute sich ein heftiges Gewitter zusammen.

„Los, ab zu mir", rief Natalie lachend und wischte sich einen Regentropfen aus dem Gesicht, der von ihrer Kapuze den Weg dorthin gefunden hatte. Übermütig rannten die beiden den Feldweg entlang, schlüpften nur wenig später ins Haus und gelangten unbemerkt in Natalies Zimmer. Klatschnass standen sie dort und grinsten einander an.

„Du weißt, dass wir das nasse Zeug ausziehen müssen, damit wir nicht krank werden?", erkundigte sich Nick.

„Weiß ich. Du zuerst", forderte Natalie.

Kichernd entledigten sie sich nacheinander ihrer Klamotten und beobachteten sich dabei aufmerksam. Als Natalie nur noch BH und Slip anhatte, fühlte sie sich bereits, als könnte sie nicht nackter werden.

„Reicht erst mal, oder?“, fragte sie und es war ihr, als hätte Nick, der nur noch Boxershorts trug, erleichtert aufgeatmet. Umständlich hängten sie Pullover, Jeans und Socken zum Trocknen auf die Heizung. Dann schlüpften sie gemeinsam in Natalies Bett und kuschelten sich aneinander. Natalie bebte vor Aufregung.

Nur einen Moment später quietschte sie jedoch vor Schreck auf, als ihre Zimmertür ohne Vorwarnung geöffnet wurde, ihre Schwester Carolina das Zimmer betrat und sie entsetzt anstarrte. Einen Augenblick lang sagte sie gar nichts, dann verzog sich ihr Gesicht plötzlich zu einer wütenden Grimasse. „Sag mal geht’s noch?“, fauchte sie und funkelte ihre jüngere Schwester bitterböse an. „Hier geht alles den Bach runter und du ziehst so eine Nummer ab?!“

„Geht’s bei dir noch? Raus aus meinem Zimmer“, empörte sich Natalie laut und zog sich die Bettdecke bis zur Nasenspitze. Was führte Caro sich denn so auf?

„Das könnte dir so passen! Du glaubst wohl, du kannst dir alles erlauben und dir einfach immer nehmen, was dir gefällt!“ Carolinas Stimme wurde ungewohnt schrill. „Du kannst was erleben, das sag ich dir! Das erzähle ich Papa!“ Ihre Drohung klang trotz aller Lautstärke seltsam kraftlos und ihre Stimme zitterte. Weinte sie etwa? Natalie war sich nicht sicher. Schnell schüttelte sie den Gedanken ab. Mitleid war hier fehl am Platz. Die ganzen letzten Wochen schon hatte Caro ihre schlechte Laune immer wieder an ihr ausgelassen, als wäre sie der Grund für die Trennung ihrer Eltern. Dieses andauernde Fiese-Schwester-Theater konnte Caro zumindest heute zur Abwechslung mal stecken lassen. Irgendwann war es auch mal genug!

„Ich weiß überhaupt nicht, was dich das angeht. Hau ab und klopf das nächste Mal an, wenn du zu mir willst! Oder besser noch: Komm gar nicht mehr her und lass mich in Ruhe!", schimpfte sie laut und warf eines ihrer Bücher nach Caro, die, als sie das Zimmer verließ, lautstark die Tür ins Schloss warf.

An diesem Abend hatten Natalie und Nick nur zusammen im Bett gelegen, geredet und die gemeinsame Zeit genossen, bis ihre Klamotten wieder trocken waren. Natalies Eltern hatten gar nichts von seiner Anwesenheit mitbekommen. Gepetzt hatte Caro also nicht. Aber das Verhältnis zwischen den Schwestern war seit diesem Abend noch schlechter als zuvor. Eine große Kluft hatte sich zwischen ihnen aufgetan. Carolina gab sich distanziert und schnippisch, begegnete ihrer jüngeren Schwester beinahe ausschließlich mit einem seltsamen, fast verächtlichen Blick. Natalie bedauerte das. Augenscheinlich konnte sie nicht einmal im Scheidungsdrama ihrer Eltern auf die Schwester als Verbündete zählen. Was war nur in sie gefahren?

10. Bei Erla

Am Dienstag stellte sich etwas ein, das man im Ansatz durchaus als Harmonie bezeichnen durfte. Morgens begleitete Natalie Lucas ein Stück des Weges zur Bushaltestelle. „Bloß nicht zu weit", hatte der Junge eindringlich gefordert. Am Nachmittag kam sie ihm auf halber Strecke entgegen. Fürs Mittagessen hatte sie sich an einen Nudelauflauf gewagt. „Der beste, den ich je zubereitet habe", hatte sie stolz erklärt.

Nach den Hausaufgaben, bei denen sie sich von Lucas nur geringfügig zur Mithilfe hatte überreden lassen, machten sich die zwei auf zum Tischtennis. Auf dem Hof lief ihnen erneut Irina über den Weg. Diesmal schleppte sie gerade Körbchen aus der Scheune in Richtung Haus. Natalie rang sich zu einem verhaltenen Kopfnicken als Begrüßungsgeste durch und ließ Lucas gewähren, als er unbeeindruckt über den Hof brüllte und dann auf Irina zulief. „Hallo, Oma! Hast du Schokolade für mich?" Die beiden steckten für einige Zeit die Köpfe zusammen und tuschelten. Dann sah Natalie, wie ein kleines Päckchen aus Irinas Tasche den Weg in Lucas' Hand und dann in seine Tasche fand. Schelmisch grinste er, als er wieder zu ihr zurückkehrte. „Ich hab' was Leckeres, willst du auch?", fragte er freudestrahlend.

„Was denn?", erwiderte Natalie leise und sah aus dem Augenwinkel, wie Irina im Haus verschwand. Sie spürte, wie alles in ihr einer Konversation über Irina oder alles, was mit ihr zu tun hatte, widerstrebte. Sie wollte auch gar nicht wissen, was Lucas von ihr bekommen hatte. Aber wie sollte sie das dem Jungen erklären? Der konnte am allerwenigsten für diese schrägen Familienverhältnisse und verstehen würde er sie schon gar nicht.

„Pralinen, die macht Oma selbst. Die Vanilleherzen sind die allerbesten!", verkündete er stolz, fischte sich bereits die erste aus der Schachtel und stopfte sie gierig in den Mund.

Auf dem Weg zur Kneipe, die Natalie noch aus ihrer Kindheit kannte, begann es leicht zu nieseln. Lucas störte das weniger, er war zu sehr damit beschäftig, Schokolade zu kauen und darüber zu philosophieren, welches Pokémon wohl aus dem Ei schlüpfen würde, wenn sie nach dem Training wieder zu Hause waren. Die Wolken am Himmel wurden immer dunkler. Der Wind frischte auf, blies nun kräftig von vorn und trieb ihnen die klitzekleinen Regentropfen ins Gesicht.

„Komm, wir beeilen uns, bevor es noch schlimmer wird. Vielleicht bekommst du extra Punkte, wenn du schneller läufst", versuchte Natalie Lucas anzuspornen und erhöhte ihr eigenes Tempo.

„Dafür gibt es keine Punkte, Natalie. Du hast null Ahnung von Pokémon." Dennoch passte sich Lucas der neuen Geschwindigkeit an und sie hatten die Kneipe erreicht, bevor die Tropfen dicker und schwerer wurden. „Hier hinten geht es rein", rief Lucas und zog bereits mit all seiner Kraft an der schweren Seiteneingangstür aus Holz. Natalie eilte zu ihm, half beim Öffnen und stand im nächsten Augenblick bereits mitten im Trainingsraum. Ein älterer Herr mit grauen Haaren und Jogginganzug kam ihnen entgegen. Er grüßte mit einem Kopfnicken und wandte sich dann gleich an Lucas.

„Na Sportsfreund, da bist du ja. Komm, pack mit an, du kannst mir helfen die Platten aufzustellen."

Etwas verloren stand Natalie eine Weile im Raum, die Hände in den Taschen, über die Stirn bahnte sich ein Wassertropfen den Weg bis zu ihrer Nase. Sie hatte keine Lust zu bleiben, aber die Vorstellung, wieder hinaus in den Regen zu gehen, behagte ihr ebenso wenig.

„Sie können hier durch die Tür gehen und im Gastraum warten, bis das Training vorbei ist", bot der ältere Herr ihr an und zeigte auf eine andere Tür mit einem großen Schild. *Zutritt verboten!* konnte Natalie darauf lesen und sah den Alten verständnislos an.

„Das steht da bloß für die Kinder. Sie dürfen aber gern durchgehen. Ist schon in Ordnung. Man serviert dort auch Tee oder Kaffee zum Aufwärmen. Wenn Sie wollen natürlich auch mit Schuss", fügte er mit einem Augenzwinkern hinzu und wandte sich dann wieder an Lucas. Natalie sah den beiden noch dabei zu, wie sie die Tischtennisplatte in die Mitte des Raums schoben und dann vorsichtig auseinanderklappten. Als ihr der nächste Tropfen aus ihren Haaren über die Stirn rann, beschloss sie dem Vorschlag des Trainers zu folgen und dem Gastraum einen Besuch abzustatten. Sie würde schon ein stilles Plätzchen in irgendeiner Ecke finden, wo sie sich der nassen Jacke entledigen und sie zum Trocknen aufhängen konnte.

Leise Radiomusik empfing Natalie, als sie eintrat. Bis auf einen waren alle Tische leer. An eben jenem Tisch am Fenster saßen drei Männer, zwei ältere und ein wesentlich jüngerer, und spielten Karten. Der Wirt, ein untersetzter Mann mit Glatze, die von einem kurzgeschnitten Kranz Resthaar eingefasst wurde, stellte ihnen gerade drei Biere auf den Tisch und kam dann zu Natalie, die inzwischen Platz genommen hatte. *Du lieber Himmel, das ist ja immer noch Ansgar. Wie alt er geworden ist*, schoss es Natalie durch den Kopf und noch im gleichen Moment ärgerte sie sich über sich selbst, dass sie überhaupt überrascht war. Selbstverständlich war es naheliegend, dass Ansgar Erla nach wie vor in seiner Kneipe anzutreffen war. *Wie soll ich reagieren, wenn er mich erkennt?*, überlegte sie, doch da stand er bereits vor ihr. Breite Schultern, dunkles Hemd, das den stattlichen Bauch darunter nicht kaschieren konnte. Eine weiße Schürze komplettierte seinen Aufzug. Hinter seinem Ohr steckte ein gelber Kugelschreiber. Sein Gesicht zierten ein bereits ergrauter Oberlippenschnäuzer und eine Brille mit kreisrunden Gläsern. Er hielt das Tablett mit einer Hand hinter dem Rücken, mit der anderen machte er eine einladende Bewegung. „Willkommen in meinem bescheidenen Haus", begrüßte Ansgar sie und lächelte zuvorkommend. „Was darf es sein, schöne Frau?" Er erkannte sie nicht. Wie auch. Natürlich rechnete er genauso wenig damit, dass Natalie, die jüngere der Beeken-Mädchen, die zuletzt als Teenager durch den Ort getobt war, nach fast fünfzehn Jahren Abwesenheit plötzlich wieder hier auftauchte. Merkwürdig war es dennoch. Immerhin waren Ansgar und ihr Vater, früher zumindest, ziemlich gut befreundet gewesen.

„Ich nehme einen schwarzen Tee mit Zitrone", gab Natalie freundlich ihre Bestellung auf.

„Kommt sofort", versprach Ansgar und drehte sich schwungvoll ab.

Natalie sah sich um, während sie wartete, und erblickte an der Wand einen Zeitungshalter. Eine Ausgabe des *GrenzEcho* steckte darin, bereits einige Tage alt, aber was machte das schon. Sie nahm die Zeitung, überflog gerade noch die Schlagzeilen auf der ersten Seite, als Ansgar ihr den Tee, oder vielmehr ein Glas heißes Wasser mit Teebeutel, Zitronenschnitz und Zuckertütchen, brachte. „Herzlichen Dank." Natalie schob die Zeitung ein wenig zur Seite, damit sie sich um den Tee kümmern konnte. Ansgar verschwand wieder hinter den Tresen, um neues Bier für die Kartenspieler zu zapfen, während Natalie den Teebeutel geschäftig im Glas auf und ab bewegte. Beiläufig sah sie auf die Uhr. Noch vierzig Minuten. Wieder widmete sie sich der Zeitung und je länger sie las, desto intensiver wurde das Gefühl, das sich in ihr ausbreitete. Natalie wusste es nicht so recht einzuordnen. Sie fühlte sich mit einem Mal so heftig bedrückt. Konnte es tatsächlich sein, dass sie traurig war? Hatte sie die alte Heimat viel stärker vermisst, als sie sich eingestehen wollte? Sie trank einen Schluck von dem heißen Tee und faltete die Zeitung entschlossen wieder zusammen. Von solchen Gefühlsduseleien durfte sie sich nicht einlullen lassen. So, wie es war, hatte es schon seine Richtigkeit. Natalie hätte nie im Leben weiter in Weidingen bleiben und

Nicks bittere Zurückweisung einfach so überwinden können. Sie wäre mit Sicherheit daran zerbrochen, ihm weiterhin immer wieder über den Weg zu laufen.

Sie beschloss nicht weiter in der Zeitung zu blättern und legte sie auf den Nachbartisch. Stattdessen holte sie ihr Handy hervor. Kurze Nachricht an Caro.

Sind beim Training, alles super!

Sie starrte auf einen der anderen Namen in ihrer Chatliste und lächelte unwillkürlich. Schnell schoss sie ein Foto von dem halbleeren Teeglas und schickte es mit dem Kommentar *Verrückte Kneipentour* an Markus. Dann winkte sie Ansgar zu sich, um zu bezahlen.

„Drei zwanzig", sagte er und fügte hinzu: „Hoffentlich haben Sie es nicht so weit, es regnet sich gerade ein."

Natalie wusste nur zu gut, dass es nicht vorranging Sorge, sondern vielmehr reine Neugier war, die da aus ihm sprach. „Ach, es sind nur ein paar Schritte", wiegelte sie ab und steckte das Portemonnaie wieder in ihre Tasche, nachdem sie ein paar Münzen auf den Tisch gelegt hatte.

„Dann wohnen Sie also bei Janssens in der Pension?", schlussfolgerte Ansgar, aber Natalie schüttelte den Kopf. Sie wusste selbst nicht genau warum, aber irgendwie bereitete es ihr in diesem Augenblick eine diebische Freude, den alten Ansgar an der Nase herumzuführen.

„Nein, nein, ich bin bei der Familie untergekommen. Ich helfe einige Tage aus und dann reise ich auch schon wieder ab."

Ansgar kratzte sich nachdenklich am Kinn. Unverkennbar wollte er sich damit nicht zufriedengeben. „Sind Sie etwa öfter in Weidingen? Ich kann mich nicht erinnern, dass wir uns bereits über den Weg gelaufen sind", wagte er einen weiteren Vorstoß und Natalie beschloss ihr Spielchen auf die Spitze zu treiben.

„Doch, früher einmal, aber das ist schon viele Jahre her."

Unruhig drehte Ansgar die Kellnerbörse wie eine heiße Kartoffel in der linken Hand. Die rechte kratzte weiter das Kinn. „Verzeihen Sie, wenn ich so geradeheraus frage, aber ich weiß jetzt schon, dass es mir keine Ruhe lassen wird, wenn ich Sie gehen lasse und nicht weiß, zu welcher Familie sie gehören."

„Ich werde sowieso nicht lange bleiben, denn ich passe nur einige Tage auf meinen Neffen Lucas auf. Er wohnt oben auf dem Gut", sagte Natalie nun und beobachtete, wie Ansgars Bewegungen augenblicklich erstarrten. Interessiert verfolgte sie, wie seine alten Gesichtszüge sich von einem ratlosen Staunen in überraschte Freude wandelten.

„Natalie! Bist du es wirklich? Das kann ja gar nicht möglich sein", entfuhr es ihm. „Lass dich drücken, Mädchen, dein Vater hat gar nicht erzählt, dass du kommst. Habt ihr euch endlich versöhnt?" Und schon hatte er seine Arme um sie gelegt.

„Nein, haben wir nicht", erklärte Natalie nüchtern, nachdem sie sich aus der spontanen Umarmung gelöst hatte. „Ich tue nur Caro einen Gefallen, weil sie auf Dienstreise muss und Irina", dabei verdrehte sie die Augen, „so unfassbar viel zu tun hat, dass sie sich nicht um den Jungen kümmern kann."

„Schade, zu früh gefreut. Aber es wäre so schön gewesen, wenn ihr das Kriegsbeil endlich begraben hättet. Der schönste Familienkrach nützt am Ende gar nichts." Er sah sie bewundernd an. „Groß bist du geworden und, na ja, was Irina angeht, die ist schon in Ordnung. Fleißiges Mädchen. Verkauft hier unten im Laden allerhand Zeugs an die Touristen. So vor Weihnachten hat sie in der Tat immer alle Hände voll zu tun."

Natalie winkte ab und sah auf die Uhr. „Wie dem auch sei. Ich denke, das Training ist gleich zu Ende. Dann muss ich Lucas nach Hause bringen. Wir sehen uns bestimmt am Donnerstag wieder." Natalie zog sich den Mantel über. Der Stoff war kaum getrocknet und Ansgar setzte zu seiner schwungvollen Drehung an.

„Sag mal, du warst doch früher mit Nick Mertens befreundet", hob er an und Natalie blieb fast das Herz stehen. Sie nickte mechanisch, als sie antwortete.

„Ja, da war mal was."

„So ein Ärger aber auch. Den hast du gerade verpasst. Aber der ist öfter mal hier. Er schreibt hin und wieder für die Lokalpresse. Sorgt immer für schöne Beiträge über Weidingen. Mich hat er auch schon ein paarmal interviewt", Ansgar stand mit stolz geschwellter Brust vor ihr und zeigte auf das *GrenzEcho.*

In diesem Moment wurde die Tür zum Trainingsraum geöffnet und neben dem alten Trainer steckte auch Lucas seinen Kopf in die Kneipe. „Natalie, komm endlich", rief er. „Ich bin der Letzte!"

Erleichtert atmete Natalie auf und lief beinahe fluchtartig zu Lucas. Was hatte sie sich nur dabei gedacht? Wenn Ansgar erst mal wusste, dass sie hier war, wusste es der Rest des Dorfes auch bald, ob sie wollten oder nicht.

Draußen war es dunkel und ungemütlich. Es regnete zwar nicht mehr, aber dafür wehte ein kräftiger, kalter Wind. „Abmarsch jetzt. Und zu Hause geht es direkt unter die warme Dusche", bestimmte sie und trieb Lucas den ganzen Rückweg zur Eile an.

„Ich kann nicht mehr", jammerte dieser immer mal wieder.

„Ich weiß, es tut mir auch leid. Aber wenn ich dich nicht schnell in trockene und warme Klamotten bekomme, dann wirst du noch krank und deine Mutter macht mich einen Kopf kürzer."

„Wie meinst du das?", hakte Lucas ein wenig außer Atem nach. „Dann schlägt sie mir die Rübe runter, wie die Henker früher."

„Quatsch", protestierte Lucas inbrünstig und nahm seine Mutter sofort in Schutz. „So was würde sie niemals tun. Ausschimpfen und Fernsehverbot vielleicht, aber so etwas Schlimmes würde sie auf keinen Fall machen!"

„Ja, du hast ja recht. So was sagt man auch nur so, wenn man eine ganz furchtbare Strafe erwartet."

Eine Weile eilten die beiden schnaufend durch die Dunkelheit. Als sie durch den Torbogen auf den Hof liefen, fragte Lucas in harmlosem Ton: „Wenn ich meine scheiß Hausaufgaben nicht mache, macht mich meine Lehrerin dann einen Kopf kürzer?" Natalie sah ihn einen Moment lang verdutzt an, brach dann aber in schallendes Gelächter aus und sah im matten Schein der Scheunenbeleuchtung Lucas' schelmisches Grinsen. „Ja, so in etwa. Aber jetzt rein mit dir und ab unter die Dusche!"

An diesem Abend war Lucas in der Tat schnell eingeschlafen. Natalie hatte derweil endlich das funktionale Zusammenspiel von Fernbedienung, Receiver und Fernseher verstanden. Sie lag auf der Couch, ließ sich vom Fernsehprogramm einlullen und empfand berechtigten Stolz für ihre Tagesleistung. Sie belohnte sich gerade mit einem Glas Wein aus der bereits geöffneten Flasche, als ihr Blick auf den kleinen Zeitungsständer in der Ecke des Wohnzimmers fiel. Das Gespräch mit Ansgar und seine Bemerkung über Nick wiederholten sich in ihrem Kopf und sie konnte sich nicht lange gegen die Neugier wehren. Also stand sie auf, holte sich den Stapel und legte ihn auf den Tisch. Frauenzeitschriften und der *Focus* waren schnell aussortiert, übrig blieben noch zwei ältere *GrenzEcho*, ein *Wochenspiegel* und eine Ausgabe des *Kölner Stadtanzeiger*. Eine nach der anderen durchforstete Natalie und legte dabei besonderes Augenmerk auf die Namen unter den Texten und Bildern. Schon nach wenigen Seiten wurde sie fündig. Mertens stand sowohl über einem der Artikel als auch unter dem dazugehörigen Foto der Weidinger St. Bartholomäus-Kapelle, vor der sich ein Grüppchen Wanderer postiert hatte. Natalie spürte, wie sich ihre Brust zusammenzog. Mertens. Handelte es sich tatsächlich um Nick Mertens? Sie schrak hoch, als ihr Telefon vibrierte und den Eingang einer Nachricht verkündete.

Was möchtest du mir mitteilen?

Markus! Natalie runzelte verständnislos die Stirn, dann besah sie sich ihr Foto genauer und tippte, nachdem sie darüber nachgedacht hatte, ihre Antwort.

Das frage ich mich auch gerade. Wahrscheinlich war es der unbeholfene Versuch, Konversation mit dir zu betreiben.

Der Anzeige konnte Natalie entnehmen, dass Markus schrieb und leicht ungeduldig wartete sie auf seine Antwort.

Du hättest du auch einfacher haben können. Hi, wie geht's? oder Was machst du gerade? sind Varianten, die erstaunlich oft funktionieren.

Natalie spürte, wie sich ihre Mundwinkel zu einem Schmunzeln verzogen.

Du hast recht. Hi, wie geht's? Was machst du gerade?

Sie verschickte ihre Nachricht.

Ui, gleich zwei schwierige Fragen auf einmal. Lass mich kurz drüber nachdenken.

Natalies Schmunzeln wurde zu einem Lächeln.

Kein Problem, ich warte!

Sie wandte sich wieder den aufgeschlagenen Zeitungen zu. Warum befasste sie sich noch damit? Die Artikel konnte doch geschrieben haben, wer wollte, und selbst wenn sie von Nick waren, musste es Natalie doch egal sein. Sie wollte ihn nie wiedersehen. Sie war damals so wütend auf ihn gewesen und sie wollte es auch für den Rest ihres Lebens bleiben. Nichts anderes hatte er verdient.

Warum war es nur so anstrengend, diesen dicken Schutzwall aufrechtzuerhalten und sich gegen dieses andere Gefühl, diese klitzekleine Sehnsucht, das Heimweh, das sich hartnäckig in ihr breitmachen wollte, zu wehren? Das Telefon vibrierte erneut.

Mikrowellennudeln essen und mit dir Schreiben

lautete seine kurze Antwort.

Ich habe heute auch Nudeln gekocht. Lucas mag die offensichtlich in allen Variationen.

Du machst dich also gut als Babysitter?

Ich glaube mittlerweile schon. Allerdings würde ich mich gern mal wieder mit einem Erwachsenen über andere Dinge als Hausaufgaben und Pokémons unterhalten.

Pokémon! Die Mehrzahl heißt Pokémon!

Markus schickte das GIF eines sich verzweifelt an den Ohren ziehenden kleinen, blauen Drachens. Und noch während Natalie verdutzt darüber nachdachte, ob es sich wirklich um eine der Figuren aus dem Spiel handelte und Markus sich damit auskannte, klingelte ihr Handy. Er rief an.

„Ja?", fragte Natalie skeptisch und spürte, wie sie unwillkürlich eine gerade Körperhaltung einnahm. Den Rücken durchgestreckt, die Brust heraus und das Kinn nach oben. Es war ihr nicht klar, warum das passierte, denn sehen konnte Markus sie natürlich nicht.

„Hallo Natalie, wie geht es dir?", drang seine tiefe Stimme sanft durch den Hörer.

„Genauso wie vor einer Minute, als wir beide miteinander geschrieben haben", erklärte sie und versuchte ihre Freude über seinen Anruf zu verbergen.

„Ich dachte, du hättest nach deinem anstrengenden Tag Lust, mal mit einem Erwachsenen zu reden?" Jetzt fiel auch bei ihr der Groschen.

„Stimmt, wen schlägst du vor?", fragte sie aus dem Bauch heraus und konnte sich ein Grinsen nicht verkneifen. Schweigen am anderen Ende der Leitung. „Entschuldige, so war das nicht gemeint", schob sie nach. „Ich finde es gut, dass du angerufen hast."

„Wirklich?", fragte Markus. „Dann bin ich ja beruhigt. Was machen die bösen Geister?"

Natalie schluckte den Kloß, der sich in ihrem Hals festsetzen wollte, hinunter und warf einen flüchtigen Blick auf die Zeitung. „Ich denke, die gehen ihrer Wege und ich muss einfach aufhören mir Gedanken zu machen. Sobald meine Schwester wieder da ist, sitze ich im Zug nach Köln und kann die Normalität genießen."

„Warum willst du so lange warten? Komm doch am Wochenende her. Ich würde mich freuen", schlug Markus in ruhigem Ton vor.

„Unfug, wie soll das denn gehen? Ich muss hier auf Lucas aufpassen", wehrte Natalie sofort ab.

„Ihr seid ja dort nicht angebunden, oder etwa doch? Du kannst überall auf ihn aufpassen. Bring ihn mit. Pokémon fangen kann er auch hier. Wir könnten mit ihm das Schokoladenmuseum besuchen oder den Dom raufsteigen. Einfacher geht es kaum und wir zwei könnten nebenbei ein bisschen Zeit miteinander verbringen – wenn du willst." Die letzten Worte sprach Markus sehr leise, fast schüchtern aus. Zugegeben, die Vorstellung, das Wochenende in Köln zu verbringen, war verlockend. Und ein bisschen Gesellschaft von Markus war gewiss nicht verkehrt. Sollte es tatsächlich so einfach sein?

„Da muss ich erst mal Caro fragen, ob sie das überhaupt erlaubt." Natalie biss sich unsicher auf die Unterlippe.

„Sicher, mach das", bestätigte Markus und fügte hinzu: „Obwohl ich nicht glaube, dass sie etwas dagegen haben wird."

Singular: Pokémon, Plural 1: Pokémon, Plural 2: Pokémons (flektierte Form)

schrieb Natalie an Markus, als ihr Telefonat längst geendet hatte und sie bereits im Bett lag.

Ich habe dich auch gern. Schlaf gut!

Markus' Antwort entlockte ihr ein Lächeln. „Blödmann", flüsterte sie und löschte das Licht.

11. Wo ist Lucas

Der Donnerstag war zwar kalt, aber trocken und so beschloss Natalie sich unter ihrer dicken Wollmütze zu verstecken und einen Spaziergang an der frischen Luft zu machen, während Lucas beim Training war. Stück für Stück verlor sie ihre Angst vor der einst so vertrauten Umgebung und erkundete die Straßen und Ecken ihrer Kindheit. Den Besuch bei Ansgar sparte sie sich, ihr war heute nicht nach Small Talk mit ihm. Wehmütig betrachtete sie die alten Häuser und überlegte, wie sie das Gefühl, das sie in den letzten Tagen mit sich herumtrug, deuten sollte. Dieser Ort, Weidingen, war nicht mehr ihr Zuhause, sie lebte in Köln und war zufrieden damit. Wonach also sehnte sich Natalie, wenn es ihr wie jetzt so furchtbar schwer ums Herz wurde? Als sie auf die Flussbrücke trat und am Geländer stehenblieb, verfolgte ihr Blick den Lauf des Wassers, lauschte sie dem sanften Plätschern und beobachtete zwei Jungen, wie sie Steine von einem Ufer zum anderen warfen. Sie sah in den fast pinkfarbenen Abendhimmel. Wunderschön, aber viel zu zeitig verabschiedete sich die Sonne vom Tag und tauchte die Fassaden der Weidinger Häuser in märchenhaftes, warmes Licht. Hinter den Gebäuden zeichneten sich die dichtbewaldeten Berge ab, in denen sie so viele Stunden mit ihrem Vater gewandert war, und plötzlich war es Natalie klar. Es lag so offen auf der Hand, dass sie sich wunderte, warum es ihr jetzt erst bewusst wurde. Natalie vermisste ihre Kindheit. Wie auf der Flucht hatte sie damals alles zurückgelassen. Nicht nur Habseligkeiten, sondern auch Freunde und schöne Erlebnisse. Alles hatte sie tief in ihr Inneres gesperrt und mit einem schweren Riegel namens Nick verschlossen.

Wurde sie etwa weich? Sie musste darauf achten, den notwendigen Abstand zu behalten.

Ich werde meine Schwester fragen, ob es in Ordnung ist

schrieb sie entschlossen und schickte die Nachricht an Markus ab. Dann schoss sie noch ein Foto und schickte es hinterher.

Romantisch, ich werde ganz neidisch

kommentierte Markus sofort.

Lass dich bloß nicht täuschen. Dieser Ort kann auch furchtbar unromantisch sein!

schrieb Natalie zurück und wollte damit mehr sich als Markus zur Vernunft mahnen.

Ich weiß, böse Geister

erwiderte Markus.

Ja, jeder hat eben seine Vergangenheit.

Natalie steckte das Telefon mit zerknirschtem Gesichtsausdruck in die Handtasche und setzte sich in Bewegung. Es wurde zügig dunkel und sie musste sich beeilen, wenn sie Lucas rechtzeitig vom Training abholen wollte.

„Von mir aus gern", willigte Carolina für Natalies Empfinden eine Spur zu schnell ein, als Natalie sie auf den geplanten Ausflug ansprach.

„Machst du dir gar keine Sorgen?"

„Nein, wieso denn? Das ist mir allemal lieber, als wenn der Junge das ganze Wochenende vor dem Fernseher verbringt. Und es scheint doch bisher ganz gut mit euch beiden zu funktionieren. Genieße das Wochenende."

Wie man's nimmt, dachte sich Natalie. „Wie läuft es mit Olaf?"

„Ich bin dran", würgte Carolina das Thema sofort ab. „Gib mir mal Lucas, bevor der Empfang wieder weg ist."

Natalie reichte den Hörer an ihren Neffen weiter, der auf der Couch lag und sich zum wiederholten Male durch die Fernbedienung klickte. Sie selbst begab sich in die Küche, um die restlichen Nudeln mit Pesto, die es zum Mittagessen gegeben hatte, aufzuwärmen.

„Ich habe keinen großen Hunger", erklärte Lucas, als sie wenige Zeit später zusammen beim Abendessen saßen, und stocherte missmutig auf seinem Teller herum.

„Na, hoffentlich hast du dich nicht erkältet, als wir im Regen herumgelaufen sind." Besorgt legte Natalie die

Hand auf seine Stirn, um zu fühlen, ob er vielleicht Fieber hatte.

„Ey!“ Lucas zog empört seinen Kopf zurück. „Ich bin doch kein Baby mehr. Außerdem wird man von ein bisschen Regen nicht gleich krank.“

„Das wäre auch wirklich schade, denn für das Wochenende hatte ich einen ganz besonderen Ausflug für uns geplant.“

„Ach echt?“ Er spitzte die Ohren und sah sie skeptisch an.

„Ja, wenn alles so läuft, wie ich mir das denke, fahren wir Samstag zusammen nach Köln“, eröffnete ihm Natalie, der diese Idee mittlerweile ausgesprochen gut gefiel. Immerhin war sie in Köln auf sicherem Boden unterwegs und wandelte nicht in der furchtbar stressigen Erwartung, jeden Augenblick mit Nick zusammenzutreffen. Diese Anspannung war auf Dauer einfach zu kräftezehrend und forderte ihren Tribut. Obwohl sie in den vergangenen Tagen Zeit zum Lernen gehabt hatte, war sie kaum vorangekommen. Es wurde Zeit – sie musste hier raus!

Lucas’ Gesicht vermittelte ihr jedoch nicht den Eindruck, als fiele die Ausflugsidee bei ihm auf fruchtbaren Boden. „Da war ich doch schon mit Mama. Da ist es langweilig“, maulte er enttäuscht.

„War deine Mutter denn auch schon mit dir im Schokoladenmuseum und oben auf dem Kölner Dom?“, hakte sie herausfordernd nach. Lucas schüttelte den Kopf. „Na, siehst du! Und genau da gehen wir hin. Das wird bestimmt ganz spannend. Ich habe einen Freund in Köln, der uns begleiten wird, und der hat mir erzählt, dass man dort, wo wir hingehen, ganz viele Pokémon fangen kann", versuchte sie ihn weiter zu ködern.

„Die kann man doch überall fangen." Er machte eine verzweifelte Handbewegung, als habe es keinen Zweck, ihr überhaupt noch irgendetwas zu diesem Thema zu erklären. „Ich geh jetzt in mein Zimmer", erklärte er missmutig.

Natalie nickte. „Gute Idee, zieh dir Schlafsachen an und dann geh dich waschen."

Für den nächsten Tag hatte Lucas darum gebeten, selbständig vom Bus aus nach Hause kommen zu dürfen, und Natalie hatte nur zu gern eingewilligt. So saß sie gerade an ihrem Laptop und arbeitete ein paar Aufgaben nach, als ihr Blick auf die Uhr fiel. Es war kurz nach eins, normalerweise sollte er bereits seit einigen Minuten zu Hause sein. *Er trödelt bestimmt nur,* versuchte Natalie sich selbst zu beruhigen, aber es gelang ihr nur mäßig. Sie lief zum Fenster, von wo aus es möglich war, die Straße zum Gut und einen Teil des Hofes einzusehen. Aber von Lucas weit und breit keine Spur. Sie beschloss ihm doch entgegenzugehen und schlüpfte in Jacke und Stiefel, griff den Haustürschlüssel vom Schlüsselbrett und lief dann eilig die Treppe hinunter.

Der Wind war wieder stark und kalt. Sie zog den Reißverschluss der Jacke hoch und ärgerte sich darüber, dass sie dieses Mal auf Schal und Mütze verzichtet hatte. Mit gesenktem Kopf und verschränkten Armen verließ sie den Hof. Aus dem Augenwinkel registrierte sie den Hundetransportanhänger. Ihr Vater war wohl wieder zurück.

Als sie durch das Hoftor trat, konnte Natalie die ganze Straße überblicken. Besorgt stellte sie fest, dass Lucas nicht zu sehen war. Hatte sie sich etwa doch in der Zeit geirrt? Sie erhöhte das Tempo, fiel in Laufschritt und gelangte nach einer gefühlten Ewigkeit und völlig außer Atem an der Bushaltestelle an. Niemand war zu sehen. Die Straße war gespenstisch leer. Natalie griff aufgeregt in die Jackentasche und fluchte augenblicklich. „Mist! Mist! Mist!" Sie hatte vergessen ihr Telefon einzustecken. Ob der Junge sich zum Spielen hatte verleiten lassen? Sie eilte mit pochendem Herzen zum Spielplatz, doch auch dort keine Spur von ihm. Du lieber Gott, was hatte sie sich nur dabei gedacht, das Kind allein loslaufen zu lassen! Nicht auszudenken, wenn ihm etwas passiert war. Was, wenn er weggelaufen war oder ihn jemand entführt hatte? Furchtbare Gedanken bohrten sich gegen alle Widerstände in ihren Kopf. Schreckliche Bilder quälten sie. Hilflos und verzweifelt blickte sich Natalie um, inständig hoffend Lucas würde jeden Moment hinter einem Busch hervorspringen und sich vor Schadenfreude ins Fäustchen lachen. Aber vergebens. Auf dem Absatz kehrte sie um, rannte so schnell es ihr Körper zuließ die Straße hinauf und betete, dass sie den Jungen finden würde. Sie wollte rufen, doch ihre Stimme erstarb, als sie abrupt stehenblieb. Schreckliche Sorge nahm von Natalie Besitz – sie hatte einen kleinen blauen Gegenstand am Straßenrand entdeckt.

Vor Angst bebend sprang sie darauf zu. Es war ein blauer Kinderhandschuh! Lucas' Handschuh! Panisch hob Natalie ihn auf. Wie lange lag er wohl schon dort?

Was, wenn Lucas überhaupt nicht in der Schule angekommen war? Schnell, nach Hause, nur nach Hause! Sie hatte weder Kraft noch Luft. Gnadenlos trieb sie ihre Beine vorwärts die Straße hinauf Richtung Gut. Sie musste die Polizei informieren. Aber was dann? Bis sie hier wären, könnte schon das Schlimmste passiert sein. Vielleicht war Lucas in den Wald gelaufen und hatte sich verirrt. Oder erlaubte er sich am Ende doch nur einen dummen Scherz und versteckte sich irgendwo auf dem Hof? Was aber, wenn etwas anderes ungleich Grausameres passiert war? Die Verzweiflung und die Sorge um Lucas schnürten ihr die Kehle zu, die kalte Luft, die sie in großen Mengen und keuchend einatmete, brannte in ihrer Lunge und im Rachen. Ihr Herz schlug wie wild, aber Natalie trieb sich vorwärts. Sie durfte keine Zeit verlieren. Sie dachte an ihren Vater. Er war wieder da! Die Hunde mussten helfen! Sie hatte den Handschuh, sie mussten sofort los und sich auf die Suche machen. Jetzt war keine Zeit, unnötig lang um den heißen Brei herumzureden. Er musste ihr einfach helfen den Jungen zu finden! Womöglich ging es um Leben und Tod!

Kurz bevor Natalie japsend das Hoftor erreichte, begannen einzelne dicke Regentropfen vom Himmel zu fallen. Als sie an der Haustüre ankam, regnete es bereits wie aus Eimern, doch sie spürte es kaum. Sie stützte sich mit dem Arm an der Hauswand ab und hob mit letzter Kraft den schweren Türklopfer. Erschöpft ließ sie ihn immer wieder fallen, bis die Tür endlich geöffnet wurde. Jetzt erst spürte sie die Mischung aus Regentropfen und Tränen auf ihren Wangen. Irina sah sie aus erschrockenen großen Augen an. Doch bevor sie auch nur etwas sagen konnte, keuchte Natalie: „Papa muss mit den Hunden kommen, Lucas ist verschwunden. Wir müssen ihn suchen. Schnell! Ich habe so schreckliche Angst, dass ihm etwas passiert ist", forderte sie, aber für die letzten Worte fehlte ihr die notwendige Kraft und so war nur noch ein unverständliches Krächzen zu hören.

„Mensch, Natalie, komm rein!", forderte Irina und zog sie am Ärmel ins Haus.

„Ich kann nicht, wir haben keine Zeit", flehte sie nun fast wimmernd und spürte, wie Irina sie mit Nachdruck durch den Flur bis in die Küche schob. Plötzlich erstarrte sie, denn dort auf einem der Stühle ... saß Lucas, quietschfidel, und schaufelte sich eine große Portion Kartoffelklöße mit Rotkohl in den Mund.

„Lucas!", hauchte sie ungläubig, sank auf einen der freien Stühle und hielt sich an seinem kleinen, blauen Handschuh fest. „Ich habe mir solche Sorgen gemacht. Du kannst doch nicht einfach so abhauen, ohne Bescheid zu sagen", keuchte sie nun erleichtert, wütend und traurig zugleich. Die ganze Anspannung und Angst fielen mit einem Mal von ihr ab und sie begann heftig zu schluchzen.

„Ich bin nicht abgehauen", verteidigte sich Lucas mit vollem Mund. „Ich bin im gleichen Haus." Irina trat an Natalie heran, legte ihr tröstend die Hand auf die Schulter und streichelte sie beruhigend. Eine Geste, die Natalie trotz aller Vorbehalte gegen die neue Frau ihres Vaters gerne annahm. Sie hatte so verdammt große Angst um Lucas gehabt.

„Lucas, du hast zu mir gesagt, sie weiß Bescheid", stellte Irina in ruhigem, dennoch vorwurfsvollem Ton fest. Natalie hob den Blick und sah über den Tisch zu Lucas, der nun zusammengekauert auf dem Stuhl saß und sich nicht traute weiterzuessen.

„Entschuldigung", sagte er nach einer Weile zaghaft. „Ich habe mich nicht getraut zu sagen, dass ich bei Oma essen will."

„Aber wieso denn nicht?", wollte Natalie händeringend wissen. „Hast du etwa geglaubt, ich würde es dir verbieten?"

Er schüttelte den Kopf.

„Aber was dann, Junge?", Irina trat an ihn heran und streichelte ermutigend über Lucas' Schultern. „Du kannst es ruhig sagen, es gibt bestimmt keinen Ärger. Natalie ist nur so aufgewühlt, weil sie sich furchtbare Sorgen um dich gemacht hat."

Lucas rang sichtbar mit sich, bis er die sehnlichst erwartete Antwort gab. „Ich hatte so großen Hunger."

„Wie bitte?" Natalie fiel aus allen Wolken. „Wie kann das denn sein? Ich habe doch jeden Tag für uns gekocht und dir Schulbrote gemacht. Du klingst, als hätte ich dir nichts zu essen gegeben." Wieder brach Natalie in Tränen aus. Irina gab Lucas einen Kuss auf die Wange und warf Natalie einen mitfühlenden Blick zu.

„Du machst immer nur Nudeln", begehrte Lucas nun auf und fügte fast furchtsam hinzu: „Und meistens schmecken sie nicht."

„Aber ..." Natalie sah ihn einen Augenblick lang fassungslos an, stellte dann die Ellenbogen auf den Tisch und ließ das Gesicht in die Hände fallen. „Aber an Nudeln kann man doch gar nichts falsch machen", schluchzte sie aufgelöst in ihre Hände. Eine Weile herrschte betretene Stille in der Küche, dann wischte sich Natalie mit dem dicken Jackenärmel die Tränen aus dem Gesicht und von der bunten Wachstuchdecke, die auf dem Küchentisch lag. „Du kannst mir doch einfach sagen, wenn dir etwas nicht schmeckt, oder einen Wunsch äußern, was du essen willst. Das kriegen wir dann schon hin. Aber bitte, bitte“, sie sagte das Wort sehr eindringlich, „verschwinde nicht einfach. Ich habe mir so furchtbare Sorgen um dich gemacht.“

Lucas nickte mit bangem Gesichtsausdruck, traute sich aber noch immer nicht weiterzuessen.

„Außerdem hättest du mich auch einfach fragen können, ob du hier essen darfst“, setzte Natalie etwas ruhiger nach und richtete ihre Jacke.

„Aber ich habe mich nicht getraut, weil du Oma doch nicht magst.“

Natalie schluckte. Diese Offenheit vor Irinas Ohren empfand sie als zutiefst beschämend. Zumal sie sich große Mühe gegeben hatte, solche Aussagen in Lucas’ Gegenwart tunlichst zu vermeiden. „Das habe ich nie gesagt“, verteidigte sie sich und wandte den Kopf Richtung Wand. Noch während sie die Worte ausgesprochen hatte, war ihr bewusst geworden, wie trotzig sie klang.

„Ist ja alles noch mal gutgegangen“, hob Irina zum Versuch an, das ganze Drama einigermaßen glimpflich zum Abschluss zu bringen, und überging Lucas’ Einwand einfach. Stattdessen holte sie zwei Schnapsgläser aus dem Küchenschrank und stellte sie mit Nachdruck auf den Küchentisch. Dann holte sie eine Flasche hervor und schraubte zügig den Verschluss ab. „Echter polnischer Wódka“, erklärte sie. „Den gibt es jetzt auf den Schrecken und auf die Freude, dass unserem kleinen

Vielfraß nichts passiert ist.“ Sie hob das Glas, prostete Natalie zu und verkündete leise: „Auf einen neuen Anfang. Vielleicht können wir das, wie sagt man“, sie suchte nach dem richtigen Wort, „Kampfbeil jetzt endlich begraben.“ Sie stürzte den Inhalt ihres Glases gekonnt hinunter. Dann lächelte sie Natalie entgegenkommend an und forderte: „Jetzt du!“

Natalie zögerte nicht lang. Nach der Angst, die sie ausgestanden hatte, kostete es unerwartet wenig Mühe, sie zu überreden. „Kriegsbeil sagt man“, erwiderte sie, tat es Irina dann aber gleich und musste sich anschließend kräftig räuspern. Der Schnaps brannte in ihrem Hals.

Im Anschluss warteten sie alle schweigend, bis Lucas die Klöße restlos verputzt hatte. Die Stille verströmte jedoch mit einem Mal eine angenehme Wärme in der Küche und Natalie war sich sicher, dass diese nicht vom Wodka verursacht wurde. Hatte sie all die Jahre ein zu hartes Urteil über die viel zu junge zweite Frau ihres Vaters gefällt? Ihre Vorstellung von Irina hatte sich heute verändert. Sie war so nett zu ihr gewesen und das wollte so gar nicht ins Bild von der geldgierigen Polin passen, die sich ihren alten Herrn angelacht hatte, um sich auf seine Kosten ein schönes Leben zu machen.

„So, jetzt aber raus mit euch, ich habe noch viele Dinge zu tun“, erklärte Irina freundlich, aber bestimmt, als Lucas seinen Teller geleert hatte, und räumte ihn vom Tisch.

„Fahren wir morgen trotzdem nach Köln?“, fragte Lucas, als sie zusammen den kurzen Weg über den Hof gingen.

„Natürlich, warum nicht?“

„Ich weiß nicht.“ Er zuckte unbeholfen die Schultern. „Versprich mir einfach, dass du nicht davonläufst, und ich verspreche dir, dass ich keine Nudeln mehr koche. Abgemacht?“, fragte Natalie und die Erleichterung schwang immer noch lebhaft in ihrer Stimme mit.

„Abgemacht.“

„Dann fang schon mal an, deinen Rucksack zu packen.“

12. Schokoladenkultur

Am nächsten Morgen hatte Natalie Mühe, Lucas zu bändigen. Obwohl der Bus erst kurz nach halb elf abfuhr, war der Junge noch vor sieben aufgestanden. So blieb ihnen immerhin ausreichend Zeit für eine wohltuende Dusche und Frühstück mit Toast und Kaffee für Natalie und Müsli und Kakao für Lucas.

„Hat es geschmeckt oder möchtest du doch etwas anderes?", forschte Natalie, als Lucas das Schälchen von sich schob und aufspringen wollte. Er sah sie genervt an.

„Das hast du mich jetzt schon dreimal gefragt. Ja-ha, es hat geschmeckt!" Er verdrehte die Augen, als könne er sich unmöglich vorstellen, woher die nachdrückliche Fragerei rührte.

„Gut, dann setz dich meinetwegen noch vor den Fernseher, bis ich fertig bin. Aber bitte räum nichts mehr aus deinem Rucksack raus, okay?" Natalie erhielt keine Antwort. „Lucas! Nichts mehr rausräumen, hörst du?", bat sie erneut und ging ihm einige Schritte hinterher. Er sprang gerade mit einem Satz über die Seitenlehne auf die Couch und mit dem Gesicht in den Kissen gab er einen Laut von sich, den Natalie noch am ehesten als „Okay" deuten konnte.

Es war das erste Mal, dass sie einen Ausflug für sich und ein Kind organisierte. Obwohl die Reiseroute samt Zeitplan klar und bekannt war, spürte sie die Aufregung in jeder Faser ihres Körpers. Es galt jetzt nicht nur, Lucas fast vier Stunden zu beschäftigen und ihn in der Großstadt nicht zu verlieren, sie begab sich zudem mehr oder weniger auch auf eine date-ähnliche Verabredung mit Markus. Oder hatte sie seine Worte am Telefon missverstanden? Nichts konnte peinlicher werden, als dass sie sich ausgerechnet jetzt in etwas hineinsteigerte, das es nicht gab. *Komm, mach dich nicht lächerlich, Natalie*, beruhigte sie sich selbst und ging in Gedanken noch einmal durch, was sie eingepackt hatte. Für sich und für Lucas. Schlaf-, Wasch- und Wechselsachen gehörten selbstverständlich ins Gepäck. Der heißgeliebte Nintendo und ein Buch zum Vorlesen, außerdem ein Kartenspiel und Kopfhörer, damit Lucas nicht die Mitreisenden beschallte. Für sie selbst war die Angelegenheit noch einfacher. Sie brauchte nicht viel zusätzlich. Geld – das Budget von Caro – und den Wohnungsschlüssel natürlich. Zwei E-Books hatte sie sich für die Fahrt aufs Handy geladen. Ein Fachbuch, damit sie keine Ausrede hatte, mit der sie sich vor dem Lernen drücken konnte, und einen Liebesroman zum Auflockern der Stimmung. Etwas Wegzehrung durfte natürlich auch nicht fehlen und auch hier hatte Carolinas Vorrat eine gute Auswahl geboten. Da die Reise nach Köln einige Zeit in Anspruch nehmen würde, hatte sie kurzerhand beschlossen, dass sie die Nacht in ihrer Wohnung verbringen würden. Sie würde mit Lucas die Luftmatratze und den Schlafsack hervorholen und so etwas wie Camping daraus machen, nur eben drinnen.

Als sie ihm von ihrer Idee berichtet hatte, war er Feuer und Flamme gewesen, und auch Natalie konnte der Aktion mittlerweile nur noch Gutes abgewinnen. So hatte sie selbst schließlich die Möglichkeit, in ihrer Wohnung nach dem Rechten zu sehen, und vermied gleichzeitig den Stress, zu später Stunde noch mit Lucas zurückreisen zu müssen. Das Risiko, den letzten Bus zu verpassen und mit ihm irgendwo im Nirgendwo zu versacken, wollte sie keinesfalls eingehen. Außerdem lockte sie der Gedanke, wieder eine Nacht in ihrem eigenen Bett zu verbringen.

Endlich war es Zeit aufzubrechen. Dick eingepackt, beinahe als wollten sie zu einer Expedition in die Arktis aufbrechen, und mit jeweils einem Rucksack als Gepäck auf dem Rücken marschierten sie über den Hof.

„Warte kurz, ich will Irin… deiner Oma noch eine Nachricht einwerfen", erklärte Natalie und lief schnell zu den Briefkästen am Hoftor. *Franz und Irina Beeken* war auf dem Schild des linken Postkastens zu lesen. Natalie hob die kalte Metallklappe und warf den Briefumschlag ein. Nach dem gestrigen Desaster und Irinas versöhnlichem Wódka empfand sie es anständig, sie über den Ausflug zu informieren. Immerhin blieben die beiden über Nacht fort.

Das Thermometer hatte schwache zwei Grad angezeigt. Sie konnte den Atem aus ihrem Mund aufsteigen sehen und spürte, dass ihre Schuhe nicht gerade wintertauglich waren. Gut, dass sie nach Hause fuhr. Sie würde sich ein geeigneteres Paar mitnehmen.

Die Äcker lagen still und friedlich, in der Ferne käuten ein paar Hochlandrinder mit imposanten Hörnern und dickem Fell. Natalie spürte zum ersten Mal seit ihrer Ankunft so etwas wie Zufriedenheit und Ruhe in sich.

Der Bus kam pünktlich und die Fahrt über Eupen nach Aachen verlief ohne Zwischenfälle. Lucas daddelte auf seiner kleinen Konsole und war zufrieden, wenn er zwischendurch etwas zu essen oder zu trinken bekam. Das Umsteigen in den Zug gestaltete sich ein wenig aufregender, da sie nicht viel Zeit hatten und es regnete. Aber auch das war schnell geschafft und sie saßen bald wieder im Trockenen. Lucas ergatterte ein leeres Viererabteil und sicherte sich den Platz am Fenster entgegen der Fahrtrichtung. Natalie war das recht. Sie stellten die Rucksäcke auf die beiden Plätze am Gang und freuten sich über etwas mehr Beinfreiheit. Einen Teil der Reisezeit nutzte sie, um sich mit Markus über ihre Ankunft auszutauschen und Fotos von Lucas zu machen. Ein besonders gelungenes – auf dem er mit Kopfhörern im Sitz saß und zockte – sandte sie an ihre Schwester. Kurz vor der Einfahrt in den Kölner Hauptbahnhof stieß Lucas plötzlich einen Schrei des Entsetzens aus. „NEIN!", jammerte er lautstark, „der Akku ist leer!" Er erntete zum Teil mitleidige, zum Teil verständnislose Blicke der Mitreisenden und sah Natalie hilfesuchend an. Mit einem unguten Gefühl stellte sie fest, dass sie das Ladekabel selbstverständlich nicht dabeihatte. Sicher, es hätte ihr in diesem Augenblick nicht viel genutzt, aber sie hätte sich für die Rückfahrt rüsten können. In ihrer Not flunkerte sie, die dramatische Szene konnte ruhig noch etwas auf sich warten lassen.

„Du, das Ladekabel habe ich ganz unten in meinem Rucksack. Aber schau mal, wir sind sowieso gleich da.

Wir können schon in Ruhe alles einpacken. In meiner Wohnung laden wir dein Gerät wieder auf. Wenn wir gleich durch die Stadt laufen, kannst du sowieso nicht spielen."

Die tröstende Erklärung schien einleuchtend und somit gab sich Lucas zunächst zufrieden. Natalie spürte, wie sich eine eigentümliche Aufregung in ihrem Bauch ausbreitete. Sie freute sich ehrlich Markus zu sehen.

Sie entdeckte ihn neben der großen Tafel mit den Abfahrtszeiten. Er trug eine schwarze, elegante Jacke und einen Schal, dazu eine Jeans. Über der Schulter hing eine braune Ledertasche an einem langen Tragegurt. Markus sah heute so gar nicht aus, als arbeitete er bei Rewe in der Getränke-Abteilung, sondern als wäre er gerade auf dem Weg in die nächste Vorlesung für Politikwissenschaften. Sie war nicht nur angenehm überrascht, sondern durchaus beeindruckt von seinem Auftritt. „Komm, da vorne ist Markus", forderte Natalie ihren Neffen auf und reichte ihm ihre Hand.

Hier in Köln war es nicht so kalt wie in Weidingen und sie brauchte keine Mütze zu tragen. Notdürftig richtete sie ihre Frisur, die der Kopfbedeckung nicht standgehalten hatte.

„Hallo ihr zwei", wurden sie von Markus begrüßt. Etwas umständlich und zurückhalten umarmte Natalie ihn. Dann hockte sich Markus hin, sodass Lucas ihn nun überragte, und stellte sich vor. „Du musst Lucas sein, freut mich sehr, dich kennenzulernen. Ich bin Markus." Er reichte Lucas die Hand und der schlug, ohne zu zögern, ein, was Natalie beeindruckt zur Kenntnis nahm. „Wie war die Fahrt? Ganz schön lang was?“, erkundigte er sich nun bei ihr und sie zuckte nervös mit den Schultern.

„Lucas war mit seinen Videospielen beschäftigt und ich habe versucht zu lesen. Alles okay und ohne Schwierigkeiten. Nur dass wir das Ladekabel für den Nintendo vergessen haben.“ Den letzten Satz flüsterte sie. „Aber jetzt sind wir natürlich auf unseren Ausflug gespannt. Wohin soll’s zuerst gehen?“, erkundigte sie sich.

„Ich denke, da wir schon mal hier sind, erklimmen wir den Dom. Wir sollten die Zeit nutzen, solange es hell ist.“ Markus zwinkerte Natalie zu und sie nickte zustimmend. Langsam setzte sich das Trio in Bewegung und ging Richtung Ausgang.

„Ich habe gehört, du bist ein Pokémon-Jäger?“, suchte Markus nun das Gespräch mit Lucas und dieser drehte sich sogleich freudestrahlend und aufgeregt zu Natalie um. Sie lächelte und spürte, wie angenehm es war, dass sie seine Freude teilte.

„Hast du ein Kadabra? Dann könnten wir tauschen“, wollte Lucas gleich in Erfahrung bringen. Natalie zog die Stirn kraus und sah sich lieber in der Bahnhofshalle um. Ja, sie hatte sich für ihren Neffen ein klein wenig mit diesem Spiel beschäftigt, aber diese Fachsimpelei ging ihr dann doch zu weit. Sie freute sich, dass Lucas in Markus einen würdigen Gesprächspartner gefunden hatte. Dem schien die Diskussion unter Fachleuten keineswegs unangenehm zu sein, was ihn zu Natalies Erstaunen nicht weniger sexy machte. Unwillkürlich musste sie an den Morgen nach der Weihnachtsfeier denken. Im Grunde war es doch sehr schön gewesen, neben Markus aufzuwachen. Sie versuchte ihn unauffällig von der Seite zu betrachten. Seine tiefschwarzen Haare waren dicht, eine leichte Naturwelle zeichnete sich ab. Die Kleidung stand ihm gut und bei der zaghaften Begrüßung hatte sie seinen angenehmen Duft wahrgenommen. Schon wandelten Natalies Gedanken auf den Pfaden der Erinnerung an ihre gemeinsame Nacht. Das, was Markus unter seinen Sachen versteckte, konnte sich ebenfalls sehen lassen. Augenblicklich schüttelte sie den Kopf. Markus und sie hatten hier kein klassisches Date. Sie war vorrangig mit ihrem Neffen hier, um einen schönen Nachmittag in Köln zu verbringen. Da mussten ihre Hormone, denn nichts anderes schien sich ihrer gerade bemächtigt zu haben, mal ein klein wenig zurückstecken, beschloss sie. Sie verließen den Bahnhof und wenig später schritten sie die Treppenstufen zur Domplatte hinauf. Den Aufstieg selbst hatte Natalie weniger anstrengend in Erinnerung gehabt. In einer schier endlosen, engen Spirale erarbeiteten sie sich Stufe für Stufe den Weg nach oben. Immer wieder kamen ihnen auf den ausgesprochen schmalen und ausgetretenen Steinstufen Menschen entgegen, die den Weg nach oben bereits geschafft hatten. Viel Zeit zum Ausruhen konnten sie sich auch nicht nehmen, denn nach ihnen drängten bereits die nächsten Touristen nach oben. Natalie schnaufte und hoffte, dass Markus ihre fehlende Kondition nicht bemerkte. Ihr Rucksack schien immer schwerer zu werden. Dicht nacheinander, Markus voran, dann Lucas, kämpften sie sich hoch und wurden schließlich mit einem wunderbaren Ausblick auf die Stadt belohnt. „Gibst du mir dein Handy?", fragte Lucas ungeduldig.

Sie zog erschöpft das Telefon aus der Seitentasche ihres Rucksacks, startete das Spiel und Lucas eilte davon. Markus folgte ihm und die beiden verbrachten sicher zwanzig Minuten zusammen. Wieder bemerkte Natalie, wie angetan sie von Markus und seinem Umgang mit Lucas war. Er würde bestimmt einmal ein guter Vater werden. Und auch ein guter Partner? *Warum auch nicht*, spann sie ihre Gedanken weiter. Ein guter Liebhaber war er, soweit sie das mit ihrem geringen Erfahrungswert beurteilen konnte, aber das ließ sich bestimmt durch weitere Erprobungen bestätigen. Sie schmunzelte. Er hatte so gut gerochen, als sie sich begrüßt hatten, und es war so angenehm gewesen, seine frisch rasierte Wange in ihrem Gesicht zu spüren.

„Wie sieht es aus? Sollen wir uns wieder auf den Rückweg nach unten machen", riss Markus sie aus ihren Gedanken und Natalie räusperte sich verlegen.

„Ja, klar. Von mir aus gern", stimmte sie zu und fragte Lucas, während sie die Hand nach ihrem Telefon ausstreckte: „Und, Erfolg gehabt?"

„Klar", erwiderte er und grinste breit. „Level-Aufstieg!"

„Meinen herzlichen Glückwunsch." Sie steckte das Handy wieder ein.

Bevor die drei sich auf den Weg ins Schokoladenmuseum machten, lud Markus sie zu einer großen Portion Pommes in einem Imbiss ein. Wie es Natalie schien, erntete er am laufenden Band Pluspunkte bei Lucas, und auch andersherum hatte es den Anschein, als könnte ihr der sechsjährige Junge durchaus den Rang ablaufen. Aber sie musste auch gestehen, dass die Betreuung des Kindes, welche derzeit ja eigentlich ihre

Hauptaufgabe war, durch Markus' Einsatz heute nur wenig anstrengend für sie war und sie den Tag wirklich genoss.

„Den Eintritt zahle ich jetzt mal zur Abwechslung", bestimmte Natalie, als sie am Schokoladenmuseum angekommen waren, denn die vorherigen Kosten hatte allesamt Markus übernommen. Sehr spendabel, aber Natalie war durchaus selbst in der Lage, für sich und Lucas zu sorgen. Und es war ihr wichtig, das zu zeigen. Dass sie das Geld ihrer Schwester ausgab, musste Markus ja nun wirklich nicht interessieren. „Zwei Erwachsene und ein sechsjähriges Kind", sagte Natalie an der Kasse, bezahlte und nahm die Eintrittskarte entgegen. Sie stutzte, als sie auf dem Papier las: *Familienkarte*. Wieder überkam sie ein merkwürdiges, angenehmes Gefühl und sie sah Markus mit leicht verträumtem Augenaufschlag an.

„Was ist los? Irgendwas nicht okay?", wollte er wissen, als er ihren Blick bemerkte.

„Nein, nein, alles gut", erwiderte Natalie und spürte, wie sie ein wenig ins Stottern geriet. Du lieber Himmel, sie wurde ja richtig nervös.

„Zeig mal her", forderte Markus und schneller, als Natalie gucken konnte, hatte er ihr die Karte aus der Hand gezupft und einen Blick darauf geworfen. „Aha!" Er runzelte die Stirn und sah Natalie mit einem unergründlichen Blick an. „Wenn dir das unangenehm ist, dass wir als Familie durchgehen, können wir reklamieren", sagte er in sehr sanftem Ton und seine Stimme ging Natalie angenehm durch Mark und Bein.

„Nein, ist schon in Ordnung", flüsterte sie eilig. Ihr Hals fühlte sich plötzlich sehr trocken an.

„Sicher?“, hakte Markus nach. „Wir werden nichts tun, was du nicht willst.“ Er zwinkerte wieder.

Natalie räusperte sich und wehrte ab. „Ja, ist schon in Ordnung“, erklärte sie dann und bemühte sich ein unbeeindrucktes Gesicht zu machen. Was war denn das bitte für eine eigentümliche Situation gewesen?

Am Schokoladenbrunnen endete ihre Erkundungstour durch das Museum. Dort angekommen beobachtete Natalie wohlwollend, wie Lucas mehrfach herzhaft gähnte. Es war kurz vor sechs und Zeit zu gehen.

„Ich bringe euch noch nach Hause, wenn ich darf“, bot Markus an, als die drei in die abendlich beleuchtete Stadt hinaustraten.

„Von mir aus gern“, erwiderte Natalie und bemühte sich, keine Miene zu verziehen. Innerlich führte ihr Herz nämlich gerade ein kleines Freudentänzchen auf. Die letzten Stunden mit Markus waren so schön, so anders gewesen. Sie war froh, dass sie seinen Vorschlag angenommen und sich auf diesen Ausflug eingelassen hatte. So war es ihr möglich, eine Seite dieses Mannes kennenzulernen, die ihr bisher vollständig verborgen geblieben war. Dass er sie nach Hause begleiten wollte, rundete den Abend wunderbar ab.

„Darf ich bitten?“, hörte sie ihn leise fragen und sah, wie er ihr ganz Gentleman-like den Arm anbot.

„Sehr gerne.“ Und mit einem Knicks hakte sie sich bei ihm ein.

„Ich habe Hunger“, ließ Lucas verlauten, als sie sich gerade langsam in Bewegung setzten.

„Ich auch“, bekannte Natalie. „Wie wäre es, wenn wir uns eine Pizza bestellen und die im Bett essen?“, schlug sie vor und traf damit genau ins Schwarze. Lucas riss jubelnd die Arme hoch.

„Ich nehme an, da bin ich raus“, stellte Markus mit gestellter Traurigkeit fest.

„In der Tat“, bestätigte Natalie und fügte nach einer kleinen Pause hinzu: „Dieses Mal schon, aber wer weiß …?“

Markus sagte nichts und Natalie stellte sich augenblicklich die Frage, was eigentlich in sie gefahren war.

Endlich erreichten sie ihr Domizil. Lucas hatte bereits auf halbem Wege begonnen zu quengeln, dass er mal zur Toilette müsste. Müde erklommen sie die Stufen und oben angekommen kramte Natalie zügig nach dem Schlüssel, sperrte die Tür auf und schaltete das Licht ein.

„Geh schon mal rein. Das Bad ist hinter der Tür hier vorn.“ Lucas verschwand und plötzlich war sie mit Markus allein im Flur. Er stand dicht vor ihr und roch immer noch so gut.

„Vielen Dank für den unvergesslichen Nachmittag“, sagte er leise.

„Ich habe zu danken. Ohne dich wäre meine Kinderbetreuung wohl nicht so angenehm und erlebnisreich verlaufen“, entgegnete Natalie.

„Möglicherweise hast du Lust, so etwas noch einmal zu wiederholen?“, fragte Markus und sah sie aus seinen braunen Augen an.

Sie genoss diesen Augenblick, hielt seinem Blick stand und antwortete schließlich: „Sehr gern, aber meine Schwester kommt nächsten Freitag zurück und kümmert sich dann selbst wieder um ihren Sohn. Ich könnte sie allerdings fragen, ob sie mir Lucas mal ausleiht." Sie grinste über ihren Scherz, aber Markus blieb ernst.

„Ohne Frage, der Junge ist eine Wucht, aber ich habe auch nichts dagegen, nur mit dir etwas zu unternehmen." Natalie schluckte. Wie zu ihrer Rettung kam Lucas aus dem Badezimmer und starrte sie erwartungsvoll an. „Schlaf gut, Natalie", wünschte Markus und beugte sich nach vorn, um ihr einen sanften Kuss auf die Wange zu geben. Wie elektrisiert stand sie da. Sie genoss die Berührung, schloss die Augen und ... dachte augenblicklich an Nick.

Verwirrt sah sie Markus nach, wie er die Treppen hinabstieg. Dann schloss sie die Wohnungstür. Warum musste sich Nick ausgerechnet jetzt in ihren Kopf drängen, nachdem er den ganzen Tag Ruhe gegeben hatte? Wie sollte sie sich denn jemals auf Getränke-Markus einlassen können, wenn ihre alte Jugendliebe sie selbst in so einem Augenblick einfach nicht allein lassen wollte?

„Deine Wohnung ist aber klein", stellte Lucas fest, nachdem sie die Eingangstür geschlossen hatte.

„Klein aber fein. Platz ist in der kleinsten Hütte", verteidigte Natalie ihr Reich und wunderte sich augenblicklich über sich selbst. Vor wenigen Tagen wäre solch eine Situation – sie allein mit einem Sechsjährigen bei sich zu Hause – noch undenkbar gewesen. Nun fühlte sie sich richtig wohl mit dem Kind, verstaute Jacken, Schuhe und Rucksäcke soweit es möglich war, und gab die Bestellung beim Lieferservice auf, bevor sie sich daranmachten, die Luftmatratze aufzupusten und den Schlafsack auszurollen.

„Gefällt dir unser Ausflug bis jetzt?", fragte sie, als sie später auf dem Boden saßen und Salamipizza aßen.

„Richtig gut, aber du musst noch das Ladekabel raussuchen, sonst kann ich morgen auf der Rückfahrt nicht spielen."

Oh oh, nun war es also an der Zeit für Natalie, Farbe zu bekennen. Etwas unbeholfen täuschte sie die Suche danach vor, erklärte dann aber geknickt: „Es tut mir leid, ich habe es anscheinend doch vergessen." Lucas blickte traurig drein, aber er wirkte, als hätte er nicht mehr die Kraft, laut zu protestieren. „Sei nicht traurig, wir werden uns schon irgendwie beschäftigen." Natalie räumte den Pizzakarton weg und sah noch einmal auf ihr Handy. Eine neue Nachricht von Markus:

Darf ich euch morgen zum Frühstück abholen?

Beruhigt stellte Natalie fest, dass sie sich über seine Nachricht freute und dieses Mal auch das passende Gesicht vor Augen hatte. Sie wäre gern mit ihm frühstücken gegangen. Eine Weile wägte Natalie ab. Schließlich stand die Rückreise mit Lucas auf dem Plan. Dann schrieb sie:

Sehr gern, aber du musst pünktlich um neun hier sein, um kurz nach zwölf fährt der Zug vom Hauptbahnhof ab.

Markus bestätigte mit einem Daumen hoch. Eine Weile wartete Natalie darauf, ob er noch mehr schreiben würde, aber es blieb dabei. Als sie zu Lucas hinübersah, war dieser bereits eingeschlafen. Sie zog den Reißverschluss des Schlafsacks zu, löschte das Licht und stieg vorsichtig über ihn, um in ihr eigenes Bett zu gelangen. Erst jetzt spürte sie die glückliche Erschöpfung des Tages und schlief fast ebenso schnell wie ihr kleiner Gast ein.

13. Roadtrip

Wenige Minuten bevor der Wecker klingelte, erwachte Natalie erholt und entspannt in ihrem eigenen Bett. Welche Wohltat, nichts ging über die eigenen vier Wände. Es war kurz vor acht. Leise setzte sie sich auf und stellte den Alarm an ihrem Handy aus, bevor er losgehen konnte. Draußen dämmerte es gerade erst und Lucas lag immer noch friedlich schlafend auf der Luftmatratze. Er sah niedlich aus und sofort dachte Natalie wieder an die Erlebnisse des gestrigen Tages. Wie schön es gewesen war, mit Markus die Sehenswürdigkeiten ihrer Heimatstadt zu erkunden. Richtig herzerwärmend war es für Natalie gewesen, ihn im Umgang mit Lucas zu sehen. Er schien im Gegensatz zu ihr ein Händchen für Kinderbespaßung zu haben. Die beiden hatten ewig über alles Mögliche plaudern können. Markus interessierte sich immer noch für Lucas' Themen, wenn Natalie längst gedanklich abgeschaltet hatte. Die gemeinsame Zeit war wie im Flug vergangen und seit sie sich an der Tür voneinander verabschiedet hatten, war Natalie geneigt, ihm mehr Platz in ihrem Leben einzuräumen als ursprünglich gedacht. Sie spürte, wie sich ihre Lippen zu einem Lächeln formten, als sie an seinen vorsichtigen Kuss auf ihre Wange dachte.

Behutsam, ohne Lucas aufzuwecken, stieg sie aus dem Bett. Zunächst wollte sie ihre Sachen aus dem Rucksack kramen, entschied sich dann aber doch für ein hübsches, winterliches Outfit, das sie aus dem Klamottenstapel auf ihrem Sessel fischte. Dann schlich sie ins Bad. Die Heizung funktionierte, es gab warmes Wasser und schon bald stand sie, die nassen Haare in einem Handtuchturban verstaut, vor dem Badezimmerspiegel und putzte sich gut gelaunt die Zähne. Es klopfte zaghaft.

„Natalie, bist du da drin?“

„Mm“, antwortete sie mit der Zahnbürste im Mund und Schaum auf den Lippen.

„Kann ich reinkommen, ich muss aufs Klo“, jammerte Lucas.

„Oh end“, erwiderte Natalie, die noch immer die Zahnbürste zwischen den Zähnen hielt. *Moment* hatte es heißen sollen, aber Lucas hatte sie nicht verstanden.

„Was?“, fragte er. Natalie ließ ergeben die Schultern sinken und öffnete die Tür. Vor ihr stand Lucas im Schlafanzug und ihm war anzusehen, dass er alles Menschenmögliche tat, um ein Unglück zu verhindern. Also ließ sie ihn eintreten und ging selbst hinaus, um sich die Zähne über dem Küchenspülbecken zu Ende zu putzen.

„Dann kannst du auch gleich drinbleiben und deine Zähne putzen“, bestimmte Natalie, als er aus dem Badezimmer kam und sich unsicher umsah. Sie hielt ihm Becher, Bürste und Zahnpasta hin und wartete darauf, dass er eine Kehrtwende machte.

„Ach Mann“, grummelte Lucas wenig erbaut, aber gehorchte.

Später, als sie die Luftmatratze und den Schlafsack wieder zusammenpackten, fragte Natalie: „Wie war deine Nacht? Gut geschlafen?" Er nickte und grinste.

„Ich auch", erwiderte sie und drückte weiter auf der Schlafsackrolle herum, damit sie in die Verpackungshülle passte.

„Komm schon, geh endlich da rein", forderte Natalie den widerspenstigen Stoff auf. „Ich würde gern fertig werden, bevor unser Zug den Bahnhof verlässt."

„Schade, dass wir schon wieder zurückfahren müssen." Mit traurigem Gesicht stopfte Lucas seine Schlafanzughose in den Rucksack.

„Na ja", begann Natalie, „immerhin hast du morgen wieder Schule und am Freitag kommt ja schon deine Mama zurück. Dann bin ich sowieso wieder ..." Sie stockte. Was erzählte sie dem armen Jungen denn da? „Ach, was soll's. Wenn deine Mama nichts dagegen hat, darfst du mich ruhig mal in den Ferien besuchen kommen. Für ein oder zwei Nächte wird das schon gehen." Natalie fühlte sich überraschend gut bei dieser Entscheidung.

„Ist Markus dann auch da?", fragte Lucas unbeirrt weiter und sie spürte, wie sich in ihrem Bauch ein kleiner Schmetterling in Bewegung setzte.

„Möglicherweise", antwortete sie nach einigen Sekunden Bedenkzeit vorsichtig und spürte eine dezente Wärme in ihren Wangen. „Gleich kommt er auf jeden Fall vorbei, um mit uns frühstücken zu gehen. Du hast hoffentlich Hunger?" Endlich hatte sie auch den letzten Zipfel des Schlafsacks verpackt.

„Wie ein Grizzlybär", bestätigte Lucas.

Markus erschien pünktlich. Als Natalie die Tür öffnete, musste sie bei seinem Anblick kurz durchatmen. Tat er das mit Absicht oder war ihr bei der Arbeit einfach nie aufgefallen, wie unverschämt gut dieser Mann aussah?

„Guten Morgen", begrüßte sie ihn lächelnd und ließ zu, dass er seinen Arm um ihre Hüfte legte und sie sanft an sich zog.

„Gut geschlafen?", fragte er und Natalie wusste beim sanften Klang seiner Stimme nicht so recht, wie ihr geschah. Seit wann gab sie denn so bereitwillig die Zügel aus der Hand?

„Äh, klar, ganz gut", stammelte sie und ohne sich aus seiner Umarmung zu lösen, erklärte sie in gedämpftem Ton: „Wir sind gleich fertig und schon sehr gespannt, wohin es geht. Sei gewarnt, wir haben einen Bärenhunger."

„Keine Sorge, ich bin auf alles vorbereitet", entgegnete Markus verheißungsvoll, dann machte er eine kurze Pause. Natalie spürte seine Hand deutlicher an ihrem Körper.

„Was ist?", fragte sie, unsicher, ob jetzt der Moment gekommen war, in dem er sie küssen wollte. Der Gedanke daran verpasste dem Schmetterling in ihrem Bauch Aufwind.

„Ich hätte da ein Attentat auf dich vor", sagte Markus fast flüsternd und kam mit seinem Gesicht ein kleines Stückchen näher.

„Ja?", hauchte Natalie.

„Ich bin aber nicht sicher, ob ich damit zu weit gehe."

„Bestimmt nicht", wisperte sie und schob sich kaum merklich dichter an ihn heran.

„Das beruhigt mich. Ich habe nämlich mein Auto unten geparkt und wollte dir vorschlagen euch zwei zurückzufahren."

Die Wendung des Gesprächsverlaufs irritierte sie. „Du willst uns nach Belgien fahren?", fragte sie verständnislos und sah ihn stirnrunzelnd an, ohne von ihm abzurücken.

„Ja, ich weiß, es ist vielleicht etwas viel, aber unser gestriger Tag hat mir sehr gefallen. Ich hatte gehofft, dass wir auf diese Weise vielleicht noch ein paar Stunden miteinander verbringen könnten. Nach unserem stürmischen Anfang fände ich es großartig, wenn wir uns dafür etwas Zeit nähmen. Mit dem Auto seid ihr zudem nicht so lange unterwegs wie mit Bus und Bahn."

„Das sind in der Tat gute Argumente", gab Natalie zu und löste sich sanft.

„Allerdings kann ich das nicht allein entscheiden, mein junger Begleiter hat Mitspracherecht."

Wie auf Kommando erschien Lucas neben ihr im Türrahmen. Fix und fertig mit Jacke, Stiefeln und Rucksack. „Von mir aus können wir los."

„So schnell? Ich frage mich, warum das morgens vor der Schule nicht genauso gut klappt", sagte sie mit einem Augenzwinkern und fuhr fort: „Hättest du etwas dagegen, wenn wir mit Markus im Auto zurückfahren, anstatt mit der Bahn? Wir wären schneller zu Hause und müssten nicht umsteigen", erklärte sie, wobei sie vor ihm in die Knie ging. Ein Gespräch auf Augenhöhe – das hatte Natalie sich gestern bei Markus abgeschaut.

Schneller als erwartet antwortet Lucas: „Klar, von mir
aus." Er zuckte mit den Schultern und hatte nichts dagegen einzuwenden. Urplötzlich aber sah Natalie, wie
seine Augen größer wurden und er mit leuchtendem
Blick an ihr vorbeistarrte.

„Gut, dann habe ich das hier wenigstens nicht umsonst mitgebracht", erklärte Markus in diesem Moment und als sie sich zu ihm umdrehte, sah sie, wie er
grinsend ein schwarzes Kabel in die Luft hielt und es
wie ein Hypnosependel hin- und herschwingen ließ.

„Was ist das?", fragte sie ahnungslos.

„Ein Ladekabel fürs Auto. So kann Lucas ungestört
auf der Rückbank zocken und wir quatschen ein bisschen, wenn wir wollen."

„Du bist der Beste", jubelte Lucas freudestrahlend und
damit war die Angelegenheit besiegelt. Zurück nach
Gut Beeken ging es im Auto.

„Ich wusste gar nicht, dass du überhaupt ein Auto
hast", stellte Natalie auf dem Weg nach unten fest.

„Ja, es gibt bestimmt noch einige kleine Geheimnisse
zwischen uns zu lüften." Markus öffnete die Haustür.
An der Straße parkte ein graugrüner Honda Accord,
dessen Zentralverriegelung sich von einem Blinken begleitet öffnete, als Markus auf seinen Autoschlüssel
drückte. Er zog die hintere Tür auf und ließ Lucas einsteigen. Erneut überrascht registrierte Natalie den Kindersitz auf der Rückbank. „Von meiner Schwester",
kommentierte Markus, dem ihre Reaktion nicht verborgen geblieben war.

„Ich wusste gar nicht, dass du eine Schwester hast",
stellte sie fest.

„Siehst du." Ein schelmisches Grinsen breitete sich auf Markus' Gesicht aus, als er nun auch die Beifahrertür öffnete, damit Natalie einsteigen konnte.

Sie fuhren zu einem gemütlichen Frühstückscafé mit Blick auf den Rhein. Natalie war beeindruckt und auch Lucas schien äußerst zufrieden. Alles in allem hatte sie Getränke-Markus völlig falsch eingeschätzt. Bei Kaffee, Croissants und Rührei saßen sie wenig später an einem Tisch mit grandiosem Ausblick und genossen den Morgen. Ein wenig eingeschüchtert nahm Natalie zur Kenntnis, wie ausnehmend gut ihr diese traute Dreisamkeit gefiel. „Du hast also eine Schwester?", setzte sie irgendwann das Gespräch aus dem Auto fort.

„Ich habe sogar zwei Schwestern. Eine ältere und eine jüngere", gab Markus bereitwillig Auskunft. Die jüngere, Sophie, ist vierundzwanzig, bereits verheiratet und Mutter eines Fünfjährigen. Mein Neffe heißt Konstantin. Von ihr habe ich auch den Kindersitz und das Ladekabel. Lucas ist wahrlich nicht der einzige Knirps mit solchen Sorgen."

„Ich bin kein Knirps", empörte sich Lucas mit vollem Mund, aber Markus beschwichtigte ihn sogleich.

„Entschuldige, ich meine mit *Knirps* natürlich Konstantin. Der ist erst fünf und noch nicht so groß wie du. Da darf man noch *Knirps* sagen." Mit dieser Erklärung gab sich Lucas zufrieden und aß weiter.

„Und die andere, deine ältere Schwester?", fragte Natalie weiter.

„Die heißt Theresa, ist neunundzwanzig und lebt mit ihrem Freund schon seit Jahren an der Nordsee. Seine Eltern führen dort ein kleines Hotel und sie arbeitet im

Familienbetrieb. Kinder hat sie noch keine, aber ich glaube, die beiden sind schon in der Planung."

Beim Wort *neunundzwanzig* war Natalie unwillkürlich zusammengezuckt, denn Theresa war genauso alt wie sie selbst, was hieß, dass Markus jünger war als sie. Nicht zu jung, mindestens fünfundzwanzig, aber immerhin jünger. Hastig goss sie sich Kaffee nach und rührte die Milch um. Bereitete ihr dieser Umstand etwa Bedenken? *Na, das wäre doch mehr als albern*, dachte sie und rührte immer noch in ihrer Tasse.

„Ich habe im Übrigen keine Kinder", fuhr Markus fort, „und geschieden bin ich auch nicht."

Abrupt hielt Natalie in ihrer Rührbewegung inne und hob den Blick. „Wie soll ich das denn bitte verstehen?", fragte sie irritiert.

„Keine Ahnung, du wirktest beim Thema Kinder plötzlich so nervös, da habe ich es der Vollständigkeit halber lieber erwähnt. Habe ich da etwas missverstanden?" Er nahm einen Schluck aus seiner Tasse und wartete auf Natalies Antwort. Sie fühlte sich mehr als unwohl in ihrer Haut, aber die Regeln der Höflichkeit geboten es, ihm eine Erklärung zu liefern.

„Es ging nicht um Kinder", erklärte sie „Ich habe nur so eigenartig reagiert, weil deine ältere Schwester neunundzwanzig ist." Markus sah sie fragend an. Er verstand nicht, worauf sie hinauswollte. Sie seufzte und fuhr fort: „Theresa ist genauso alt wie ich und das heißt", sie machte eine bedeutungsschwangere Pause, „dass du jünger bist als ich." Um Markus Mundwinkel begann es zu zucken. „Hey, lachst du mich jetzt etwa aus?" Sie zog die Stirn kraus.

„Auf keinen Fall, so viel Anstand habe ich noch, dass ich eine ältere Lady mit Respekt behandle.“

Sie warf ihm einen ernsten Blick zu. „Ja, mach dich nur lustig“, schmollte sie ein bisschen, bevor sie nachhakte: „Und, wie alt bist du nun?“

„Siebenundzwanzig“, antwortete er brav. „Ich frage mich allerdings, was du glaubst, wohin das mit uns beiden führen könnte, wenn du dir so intensive Gedanken um den, nebenbei bemerkt, sehr geringen Altersunterschied machst.“

„Ich mache mir gar keine Gedanken“, verteidigte sich Natalie.

„Gut so“, sagte Markus mit einem verschmitzten Grinsen. „Das macht nämlich nur Sorgenfalten und im Moment sieht man dir dein hohes Alter glücklicherweise noch nicht an.“

„Blödmann“, erwiderte Natalie lachend und warf eine Serviette nach ihm.

„Meine Oma ist auch jünger als mein Opa“, steuerte nun auch Lucas seinen Beitrag zu Unterhaltung bei.

„Ja, aber das ist etwas anderes“, erklärte Natalie.

„Warum?“, fragte Lucas umgehend.

„Ja. Warum?“, wiederholte Markus die Frage.

„Na, weil Irina ja schon die zweite Frau vom Opa ist und das überhaupt eine Ausnahme ist. Sie ist zwanzig Jahre jünger als er.“ Den letzten Satz hatte sie wie eine leise Entschuldigung für schlechtes Benehmen ausgesprochen.

„Na und?“, fragte Markus. „Sind die beiden etwa nicht glücklich?“

„Ach, das ist so kompliziert. Vielleicht, vielleicht auch nicht. In unserer Familie ist so einiges schräg. Lass uns lieber das Thema wechseln. Wir könnten auch bezahlen und uns langsam auf den Rückweg machen.“

Sie ärgerte sich über ihre Aussage und war froh, dass Markus nicht weiter auf das Thema einging.

Laut Navigationsgerät sollte die Fahrt bis nach Weidingen eine Stunde und dreiundfünfzig Minuten dauern. Sie fuhren die A1 bis nach Blankenheim, von dort aus ging es die Landstraße entlang über Dahlem und Kronenburg. Sie passierten die belgische Landesgrenze und fuhren weiter über Atzerath und Sankt Vith bis nach Weidingen.

Bereits auf der Autobahn in Höhe Nettersheim waren einzelne Schneeflocken auf der Frontscheibe gelandet. In Ostbelgien zeigte sich die Landschaft nun wie unter einem bezaubernden, weißen Zuckerguss.

„Mein erster Schnee in diesem Jahr“, stellte Markus enthusiastisch fest.

„Meiner auch“, entgegnete Natalie deutlich nüchterner. „Gut, dass wir mit dem Auto unterwegs sind.“ Just in dem Augenblick, als sie es erwähnte, gab der Wagen ein gleichmäßiges, walkendes Geräusch von sich.

„Was für ein Mist“, knurrte Markus, als er die Anzeige *Reifendruck kontrollieren* las. „Der Reifen ist platt.“ Ruhig lenkte er den Honda an den Straßenrand und stieg aus. Lucas zog neugierig seine Kopfhörer von den Ohren. „Warum halten wir an?“

„Ein Reifen ist kaputt. Markus schaut sich das gerade an.“

„Oh, darf ich auch?“ Lucas schaute sie sehnsüchtig an.

„Nein.“ Natalie schüttelte den Kopf. „Bleib bitte erst mal sitzen, bis wir wissen, wie es weitergeht“, fügte sie hinzu und dachte sich, dass das mit Bus und Bahn eher nicht passiert wäre.

Nur einen Augenblick später öffnete Markus die rechte Hintertür. „Ihr müsst mal kurz aussteigen, damit ich das Rad wechseln kann."

„Darf ich helfen", bettelte Lucas und freute sich unbändig, als Markus es ihm erlaubte.

Es zog wie Hechtsuppe auf der Landstraße. Nur noch wenige Kilometer trennten sie vom Gut. In einiger Entfernung begann der Wald. Weit und breit waren weder Haus noch Hof zu sehen, kein einziges Auto fuhr vorüber. Aber im Gegensatz zu ihr schienen Markus und Lucas sich nicht allzu viele Gedanken über diese unfreiwillige Pause zu machen. Zuversichtlich und schnell bockte Markus den Wagen auf, löste die Radmuttern, wobei Lucas ihm assistieren durfte. Dann wurde das Ersatzrad draufgesteckt und alle Muttern wieder festgezogen, als wäre das alles eine seiner leichtesten Übungen. Er verstaute Werkzeug, Wagenheber und das platte Rad im Kofferraum und wischte sich mit einem Lappen die Finger sauber.

„Verflixt noch eins!" Mürrisch besah er schließlich seine Jeans, die an den Knien nass und schmutzig geworden war.

„Ach komm", tröstete ihn Natalie. „Halb so wild, es gibt Schlimmeres. Stell dir vor, wir hätten nicht weiterfahren können." Das hätte ihr gerade noch gefehlt, den Rest des Weges zu Fuß zurücklegen zu müssen. Sie war erleichtert, dass die Fahrt ohne großartige Verzögerung weiterging. Nichtsdestotrotz hatte sie den Anblick des radwechselnden Markus ansprechend, vielmehr sogar sexy empfunden. Es war schon das zweite Mal, dass er handwerkliches Geschick bewiesen hatte. Sie selbst gehörte eher zur Gruppe der improvisierenden Bastelkünstler. Zu ihrem favorisierten Arbeitsmaterial gehörte das herkömmliche Paketklebeband. Nicht schick, aber meist reichte es, um eine gewisse Funktionalität wiederherzustellen. Ihrer Heizung hatte sie damit selbstverständlich nicht beikommen können. Aber dafür gab es ja Markus. Sie grinste, als sie sich einige Schneeflocken von der Jacke klopfte und wieder ins Auto stieg.

„Es ist wirklich wunderschön hier", stellte Markus fest, als sie den weiteren Weg durch die Wälder und über die Serpentinen zurücklegten.

„Ja, das ist der Winterzauber, der die einfältigen Touristen betört." Sie warf ihm einen albernen Blick zu, wurde gleich darauf jedoch wieder ernst. „Aber manchmal ist es besser, woanders ganz von vorn anzufangen. Zumindest bis nach Jahren eine große Schwester auftaucht und darum bittet, Babysitter zu spielen." Natalie hielt inne und versuchte ihren aufkommenden Groll wieder hinunterzuschlucken. Warum erzählte sie ihm das? Hatte sie das Gefühl, gleichziehen zu müssen, nachdem er von seiner Familie gesprochen hatte?

„Wie alt warst du, als du fortgegangen bist", fragte Markus.

„Fünfzehn", antwortete sie leise. *Und ich hatte meine Gründe*, fügte sie in Gedanken hinzu. „Kaum zu glauben, ich bin jetzt fast genauso viele Jahre fortgewesen, wie ich auf Gut Beeken verbracht habe." Sie sprach es eher zu sich selbst als zu ihm und war froh, dass er keine weiteren Fragen stellte. Das Navigationsgerät leitete ihn sicher durch die Straßen und so verliefen die restlichen Minuten der Autofahrt schweigsam.

„Da vorne wohne ich", verkündete Lucas stolz, als der Honda die Straße hinauf zum Gut fuhr. Markus stieß einen anerkennenden Pfiff aus. Er steuerte den Wagen vorsichtig durch die Einfahrt und parkte neben einem leicht schneebedeckten roten Auto, das Natalie in den vorangegangenen Tagen noch nicht auf dem Hof gesehen hatte. Der Wagen ihres Vaters fehlte, es sah aus, als hätte Irina Besuch. Als die drei Heimkehrer ausstiegen, öffnete sich gerade die Haustür und sie trat mit einem Mann in dicker Wintermontur heraus. Sie umarmte ihn und verabschiedete ihn auffallend herzlich. Dabei schien sie sich sehr wohl in den Armen des Fremden zu fühlen. Augenblicklich befiel Natalie eine unangenehme Ahnung. Die Bewegungen des Fremden wirkten seltsam vertraut. Kannte sie ihn? Wenn sie die Körpersprache richtig deutete, war der Mann deutlich jünger als ihr Vater. Jemand aus dem Dorf vielleicht? Höchstwahrscheinlich. Natalie biss die Zähne aufeinander und war nicht in der Lage, sich abzuwenden. Irina würde sich doch nicht ausgerechnet in diesem Augenblick als die Schmarotzerin und Schwindlerin entpuppen, für die Natalie sie all die Jahre gehalten hatte? Nicht jetzt, nachdem sie mit ihr auf den Lucas-Schreck den polnischen Wódka getrunken hatte.

Als der Fremde sich jedoch umdrehte, blieb ihr beinahe das Herz stehen. Natürlich, wie konnte sie ihn nicht sofort erkannt haben? Die Jacke, die Mütze. Genau so war er ihr doch in der Bäckerei vor die Füße gelaufen. Nick. Sie starrte ihn an, schluckte, um gegen den Knoten in ihrem Hals anzukämpfen, der sie plötzlich beinahe am Atmen hinderte. Er war es, unverkennbar, und er kam direkt auf sie zu! Das durfte doch nicht wahr sein. Was wollte er denn hier? Für einen Augenblick keimte ein Quäntchen Hoffnung in ihr auf, dass es ihm vielleicht leidtun könnte, wie er sich ihr gegenüber benommen hatte. Nicht nur kürzlich in der Bäckerei, sondern auch damals. Einen Fuß vor den anderen setzend kam er näher. Sein Gesicht konnte sie nicht erkennen, nur die hellen Haarsträhnen lugten unter der Mütze hervor. Natalie konnte sich nicht rühren.

„Oma!", Lucas Rufen drang wie aus weiter Ferne zu ihr und wie in einem Traum sah sie, dass der Junge an Nick vorbeirannte, um in Irinas Armen zu landen.

„Hier, dein Rucksack." Markus drückte das Gepäckstück mit einem leichten Stups gegen ihren Arm.

„Danke." Natalie griff kraftlos danach, ohne sich Markus zuzuwenden. Langsam löste sich ihre Starre, aber sie blickte noch immer stumm auf Nick, der auf das rote Auto neben dem Honda zusteuerte. Ungeachtet der Veränderungen, die das Älterwerden eben mit sich brachte, des kurzen Vollbarts, der dicken Mütze und vor allem der Wut in ihrem Bauch, fand sie sein Erscheinungsbild noch immer sehr ansprechend. Natalies Knie wurden weich und gleichzeitig vervielfachte sich ihr Zorn. Er hatte hier nichts zu suchen und sollte sie einfach nur in Ruhe lassen. Bitterböse funkelte sie ihn an, als er seinen Wagen erreicht hatte, doch bevor sie den Mund öffnen und irgendetwas sagen konnte, spürte sie Markus' Arm um ihre Schulter.

„Komm, Sonnenschein, wir gehen rein. Hier draußen ist es viel zu kalt." Überrumpelt setzte sie sich in Bewegung. Warum hatte er sie gerade jetzt so genannt? *Sonnenschein.* Natalie war sich sicher, dass Nick es gehört haben musste. Sie schulterte ihren Rucksack und ließ sich bereitwillig von Markus über den Hof führen. Als sie noch einmal den Kopf zu Nick wandte, traf sie sein verächtlicher Blick. In seinen einst so schönen, blauen Augen las sie Abscheu. Wie konnte er es nur wagen, sie so anzusehen. Wenn jemand hier das Recht hatte, wütend zu sein, dann war es Natalie. Sie hatte ihm nicht das Herz herausgerissen und war darauf herumgetrampelt. Ohne Grund, ohne Vorwarnung hatte er alles, was sie gehabt hatten, weggeworfen und sie einfach so im Stich gelassen. Ihr Herz hämmerte wie wild in ihrer Brust und erinnerte sie nur allzu deutlich daran, dass noch längst kein Gras über die Angelegenheit gewachsen war. Wäre das überhaupt jemals möglich?

Lucas kam gerade zurückgerannt und Irina war wieder im Haus verschwunden, als sie von einem lauten Geräusch erschreckt zusammenfuhr. Nick hatte den Motor seines Autos wütend aufheulen lassen, parkte wie ein Wilder aus und brauste durch das Hoftor davon. Mit noch immer zittrigen Knien stieg Natalie die restlichen Stufen zur Wohnung hinauf und schloss auf.

Lucas ließ Schuhe, Jacke und Rucksack fallen und lief zielstrebig ins Wohnzimmer.

„Hier, häng deine Sachen einfach da auf", seufzte Natalie müde. Sie zeigte ihrem Gast die kleine Garderobe und stieg über die Kinderschuhe hinweg. In der Küche ließ sie sich auf einen der Stühle fallen und legte den Kopf auf dem Unterarm ab. Ihr war schlecht.

„Soll ich lieber gleich wieder fahren?", hörte sie Markus fragen. Erschrocken hob sie den Kopf und sah ihn traurig an.

„Nein, ist schon gut. Geht gleich wieder." Sie stand erschöpft auf, nahm sich ein Glas aus dem Schrank, das sie am Wasserhahn auffüllte und in einem Zug austrank. „Siehst du, alles wieder gut", erklärte sie danach und zwang sich zu einem Lächeln.

„Du hast mir doch auf der Fahrt vorgeschlagen, dass du mir mal zeigen könntest, wie man was Leckeres ohne Nudeln kocht – damit Lucas mein Essen auch endlich schmeckt. Lass uns das doch gleich heute machen." Sie sah in Markus' ungläubiges Gesicht. Er antwortete nicht. „Was ist los, keine Lust mehr?", fragte sie und klang dabei entgegen ihrer Absicht schnippisch.

„War das einer deiner bösen Geister?", fragte er zwar sanft, aber offen heraus und Natalie hatte das Gefühl, dass ihr Magen sich von innen nach außen kehren wollte.

„Nein", platzte sie heraus „Nicht einer der bösen Geister, sondern der eine böse Geist. Zufrieden?"

Markus hob abwehrend die Hände. „Ist ja schon gut, ich wollte dir nicht zu nahe treten."

Natalie drehte sich um und stützte sich auf die Arbeitsplatte. Eine Weile stand sie so da und starrte auf den Wassertropfen, der am Hahn hing und sich nicht löste, dann drehte sie sich um. „Es tut mir leid. Das eben kam nur so unvorbereitet, das hat mir total den Boden unter den Füßen weggezogen. Im Grunde muss ich dir dankbar sein, dass du mich so souverän da durch begleitet hast. Bitte bleib, wir kochen und irgendwann erzähle ich dir vielleicht mehr, okay?", bat sie versöhnlich. Markus schien abzuwägen und nickte dann zustimmend.

„Okay, dann zeig mir mal, wo das Badezimmer ist." Er zeigte entschuldigend seine Hände, an denen noch die Spuren der Panne zu sehen waren.

14. Einladung zum Kaffeeklatsch

Während Lucas im Kinderzimmer mit seinem Lego spielte, assistierte Natalie Markus in der Küche, aber ihre Gedanken wanderten immer wieder zu dieser unerwarteten und sehr unerfreulichen Begegnung mit Nick. Wenn man diesen kurzen, bitterbösen Austausch von Blicken überhaupt als Begegnung bezeichnen durfte. Was war bloß in ihn gefahren, dass er sie schon wieder, genau wie bei der Begegnung in der Bäckerei, so finster angesehen hatte? Er hatte bei Weitem nicht das Recht, böse auf Natalie zu sein. Ganz im Gegenteil. Er war es schließlich gewesen, der ihrer Beziehung auf solch unrühmliche Weise einen Dolchstoß verpasst hatte, dass sie, wie sich inzwischen wohl wirklich nicht mehr leugnen ließ, noch immer furchtbar darunter litt.

„Du kannst die Zwiebeln noch so böse anstarren, sie werden sich nicht von allein schälen und in kleine Stückchen schneiden", durchbrach Markus' Stimme ihre Gedanken. Natalie atmete schwer.

„Es tut mir leid, dass ich unser gemeinsames Kochen mit meiner Laune ruiniere. Ich kann mich kaum kon-

zentrieren. Hast du vielleicht eine weniger anspruchs-
volle Tätigkeit für mich, bei der ich vor allem kein Messer in die Hand nehmen muss?", fragte sie erschöpft
und als sie Markus enttäuschten Blick sah, fügte sie
rasch hinzu: „Nur um sicherzustellen, dass ich mir
selbst nicht die Finger absäble. Bei meinem Pech würde
mich das nicht wundern. Ich verspreche aber, dass ich
gut aufpassen und lernen werde." Es tat ihr furchtbar
leid, dass sie so eine trübe Stimmung verbreitete. Etwas
dagegen tun, konnte sie allerdings auch nicht.

„Schon klar, wir hatten heute genug Aufregung. Dich
jetzt auch noch meilenweit durch die Pampa ins Krankenhaus fahren zu müssen, gehört nicht gerade zu meinen Top Five", entgegnete er.

„Das nächste Krankenhaus ist in Sankt Vith, das
könnte in der Tat knapp werden, bevor ich verblute",
pflichtete sie ihm bei, wobei sich ein schelmisches Grinsen auf ihre Lippen legte, als sie weitersprach: „Wir sind
hier allerdings nicht in der Pampa, sondern in der Ei-
fel."

„Was soll ich dazu sagen? Gib schon her und setz dich
hin", gab er sich geschlagen. Er nahm ihr die Zwiebel
und das Messer aus der Hand und schob sie auf einen
der Küchenstühle. „Aber wirklich gut aufpassen und
lernen." Er öffnete den Kühlschrank. „Habe ich doch
richtig gesehen, du Banausin", stellte er fest und
seufzte. Er holte die angefangene Flasche Rotwein heraus und schüttelte den Kopf. „Ich weiß ja schon, dass
du keinen Glühwein magst, und da gehe ich ganz d'accord mit dir. Aber Rotwein im Kühlschrank ist schon

eine schlimme Sache. Ich hoffe, du bist dir dessen bewusst“, versuchte er sie mit gespielter Erschütterung aufzumuntern.

„Zur Kenntnis genommen und ich gelobe Besserung“, erwiderte Natalie, die die Flasche vor ihrer Abreise nur in den Kühlschrank gestellt hatte, damit sie nicht sichtbar auf der Arbeitsplatte herumstand.

„Wo sind die Gläser?“, fragte Markus und sie zeigte Richtung Wohnzimmer.

„Im Schrank, aber lass gut sein. Ich nehme mein Wasserglas von vorhin. Heute bin ich nämlich besonders vornehm.“ Sie schmunzelte, als Markus sich ein Küchentuch über den Unterarm legte und ihr sehr herrschaftlich den Wein kredenzte.

„Dann bitte ich nun um ihre Aufmerksamkeit, Mylady. Zunächst werden die Zwiebeln geschält und geschnitten.“

„Sehr professionell sieht das aus. Wie kommt’s?“, wollte Natalie das Gespräch nun lieber wieder auf Markus lenken.

„Es macht mir einfach großen Spaß und ist für mich nicht anstrengend. Und natürlich gab es da in der Vergangenheit schon die ein oder andere Frau, die mir den Kopf verdreht hat. Mit meinen Kochkünsten konnte ich noch immer beeindrucken.“ Er wandte sich Natalie zu, zuckte unschuldig mit den Schultern und grinste. In der Tat musste sie sich eingestehen, dass er auch beim Kochen eine wahnsinnig gute Figur machte.

„Das ist also deine Masche“, stellte sie fest und trank noch einen Schluck Wein.

„Das ist EINE meiner Maschen“, erwiderte er mit ruhiger, tiefer Stimme, die Natalie durch und durch ging, bevor er sich wieder der Zubereitung des Mittagessens widmete. Ihre Gedanken wanderten zurück zum Abend der Rewe-Weihnachtsfeier und zu der Nacht, die sie im Anschluss gemeinsam verbracht hatten. Ja sicher, sie waren beide ordentlich betrunken gewesen, aber nicht so sehr, dass sie sich nicht an diverse prickelnde Details erinnern konnte.

„Du kannst schon mal anfangen den Tisch zu decken", riss Markus sie aus ihren Gedanken.

„Wie, schon fertig?" Natalie staunte.

„Noch nicht ganz, aber deine Schwester hat einen ansehnlichen Vorrat angelegt, auch im Gefrierschrank. Ich hatte die Wahl und hab mich für ein Gericht entschieden, das schnell geht. Er schob die Auflaufform mit Brokkoli und Käse in den vorgeheizten Backofen, wendete die Fischfilets in der Pfanne und Natalie fragte sich, wann in aller Welt er das alles vorbereitet hatte. Sie war doch die ganze Zeit bei ihm in der Küche gewesen. Sie verteilte Teller, Gläser und Besteck auf dem Tisch.

„Was möchtest du trinken? Wein?", fragte sie und erntete einen entsetzten Blick.

„Mylady, Sie belieben zu scherzen. Rotwein zum Fisch!?", fragte er albern.

„Und jetzt mal ohne Quatsch?"

„Ich trinke Wasser, ich muss ja noch fahren."

„Schade eigentlich", entgegnete Natalie leise und blieb dicht vor Markus stehen. Sie spürte wieder diese wohltuende Erregung in ihrem Körper, als sie so nah bei ihm stand. Ganz langsam senkte er seinen Kopf zu ihr hinunter und mit sanfter Stimme, kaum hörbar, antwortete er:

„Ja, finde ich auch. Das ist sehr bedauerlich." Sie rührte sich nicht und sah ihm in die Augen. Wäre das nicht genau der perfekte Moment, ihn zu küssen? Behutsam trat sie noch dichter an ihn heran und hob das Gesicht. Ganz nah waren sie sich, es knisterte heftig und nur wenige Zentimeter trennten ihre Lippen noch voneinander. In hoffnungsvoller Erwartung auf einen leidenschaftlichen Kuss schloss Natalie ihre Augen.

„Boah, hier riecht es aber lecker!" Polternd stürmte Lucas in die Küche und Natalie sprang wie von der Tarantel gestochen ein Stück zurück. Sie spürte die verlegene Röte in ihrem Gesicht und blinzelte peinlich berührt zu Markus hinüber.

„Das riecht nicht nur lecker, sondern schmeckt auch so", verkündete dieser und überspielte den Moment mit einem zufriedenen Lächeln.

„Was ist das denn?" Lucas lugte neugierig in den Backofen.

„Fisch und Brokkoli-Gratin, eines meiner allerliebsten Lieblingsessen. Aber Vorsicht, heiß!", warnte Markus.

Nach dem Essen wollte Markus wieder zurück nach Köln fahren. Natalie begleitete ihn hinunter auf den Hof, um ihn dort zu verabschieden. Er zog sie noch einmal vorsichtig an sich heran. „Das war ja ein ereignisreiches Wochenende", raunte er leise. „Ich habe mich wirklich gefreut, dass du auf meinen Vorschlag eingegangen bist."

Sie nickte. „In der Tat. So einfach wie mit dir hat sich die Kinderbetreuung in den vergangenen Tagen nicht gestaltet. Ich glaube auch, dass es Lucas richtig gut gefallen hat. Du hast sicher einen bleibenden Eindruck bei ihm hinterlassen." Sie zog am Kragen ihrer Jacke, die sie schnell übergezogen hatte, und drehte den Kopf etwas zur Seite, um die Haarsträhnen aus den Augen zu bekommen, die ihr der Wind übermütig ins Gesicht blies.

„Ich hoffe, nicht nur bei Lucas. Es hat mir sehr gefallen, dich einmal außerhalb der Supermarktregale zu erleben und dich besser kennenzulernen."

Natalie sah ihn unentschlossen an und nickte dann zaghaft. Ja, auch sie hatte das Wochenende genossen. Markus gefiel ihr zunehmend. Neben seiner freundlichen Art war er zudem auch attraktiv, schien ein Familienmensch zu sein, konnte gut mit Kindern umgehen und obendrein auch noch kochen. Er hatte sie und Lucas mit dem Auto bis nach Gut Beeken gefahren, nur um noch etwas mehr Zeit mit ihr verbringen zu können. Wie es schien, hatte Markus nicht übertrieben und gehörte wirklich zu den Guten. Und ja, sie hatte da ein oder zwei Schmetterlinge im Bauch, die sich hin und wieder bemerkbar machten. Sie waren zwar nicht zu vergleichen mit denen, die sie damals bei Nick empfunden hatte, aber so etwas erlebte man, wenn man Glück hatte, sowieso überhaupt nur einmal im Leben. Oder? Manche Menschen erlebten es gar nicht und blieben trotzdem ein Leben lang zusammen. Möglicherweise reichte das kleine Glück vollkommen aus? Sollte sie es wagen und ihren Panzer öffnen?

„Es hat mir auch großen Spaß gemacht, das Wochenende mit dir zu verbringen", sagte sie schließlich und spürte, wie ihre Stimme ganz kratzig wurde.

„Dann denkst du auch, wir könnten so ein Wochenende noch einmal wiederholen?", fragte er zärtlich und strich eine der Haarsträhnen, die schon wieder den Weg in ihr Gesicht gefunden hatten, vorsichtig zur Seite. Es war ein seltsames Gefühl für Natalie, als sich ihre Blicke trafen.

„Könnte ich mir gut vorstellen. Aber meine Schwester kommt am Freitag wieder und dann sind meine Tage als Babysitterin vorbei. Dann geht es wieder zurück in den Kölner Alltag."

Sie zuckte mit den Schultern, als wäre dies eine unumstößliche Tatsache, die seinen Vorschlag zunichtemachte, senkte den Blick und sah unsicher an ihm vorbei.

„Wäre es denn ein Problem für dich, mit mir allein ins Schokoladenmuseum oder irgendwo anders hinzugehen?" Seine Finger waren jetzt sanft bis zu ihrem Kinn gewandert. Ganz leicht hob er ihren Kopf und drehte ihr Gesicht zu sich. Natalie schluckte.

„Nein, ich glaube nicht."

„Das freut mich zu hören." Er strich von ihrem Kinn sanft über den Hals und sie genoss die Berührung.

„Tut gut", sagte sie leise und schloss für einen kurzen Moment die Augen.

„Weißt du", begann Markus, nachdem sie einige Sekunden so verharrt hatten, „vorhin in der Küche", er stockte erneut, „also, da hatten wir so einen Moment."

Natalie öffnete die Augen. Sie wusste genau, worauf er hinauswollte. „Ja", sagte sie nur.

„Ich bin mir sicher, wenn der liebe Lucas nicht reingeplatzt wäre, hätten wir uns geküsst."

„Könnte sein", bestätigte Natalie und ihre Stimme verabschiedete sich beinahe vollständig.

„Darf ich dich jetzt küssen?"

Natalie spürte wie die beiden kleinen Schmetterlinge in ihrem Bauch zu tanzen begannen. Durfte sie das als gutes Zeichen werten? Sie nickte zaghaft und im nächsten Augenblick verschmolzen ihre Lippen zu einem sanften und zugleich intensiven Kuss miteinander.

Klar hatte sie Markus vorher schon geküsst, aber da war sie davon ausgegangen, dass es sich bei ihm nur um eine Affäre, einen Zeitvertreib handeln würde. Jetzt, da sie ernsthaft darüber nachdachte, dass sie sich mit ihm dem Versuch einer Beziehung hingeben könnte, fühlte sich alles ganz anders an. Er löste sich langsam von ihr und sah sie ernst an. „Sagen wir bis Samstag und ich hole dich zum Frühstück ab?", wollte er wissen. Anscheinend war es ihm wichtig, eine Verabredung für das nächste Treffen festzuhalten, bevor er fortfuhr.

„Ich denke drüber nach", kokettierte Natalie mit einem frechen Grinsen auf den Lippen und fügte hinzu: „Vielleicht lieber Abendessen? Ich würde gern wenigstens einmal vorher ausschlafen, wenn ich wieder zu Hause bin."

Er nickte, verabschiedete sich dann mit einem albernen „Mylady" und stieg in seinen Wagen. Natalie sah ihm noch einige Sekunden hinterher, dann wandte sie sich ab und wollte gerade zurück in die Wohnung gehen.

„Natalie!", erklang in diesem Moment plötzlich Irinas Stimme. Sie stand in der geöffneten Haustür und wedelte mit einem kleinen orangefarbenen Umschlag. Sogleich fühlte sich Natalie peinlich berührt. Wie lange mochte Irina dort gestanden und sie beobachtet haben? Sicher, sie hatte nichts Falsches getan, aber die Angelegenheit mit Markus hätte sie schon lieber erst einmal für sich selbst sortiert, bevor es sich in Weidingen herumsprach. Aber was sollte es, sie würde sowieso in wenigen Tagen abreisen und dann konnte sich jedermann hier das Maul über sie zerreißen.

Sie lief mit skeptischem Blick zu Irina hinüber. „Hallo", grüßte sie verlegen. „Was gibt es denn?" Irina lächelte genauso freundlich wie in den vergangenen Tagen auch. Ausdauer darin, gute Miene zu machen, hatte sie wohl.

„Du hast mir einen Brief geschrieben. Jetzt bin ich dran", erklärte Irina und überreichte ihr den Umschlag.

„Ich habe dir doch nur mitgeteilt, dass wir in Köln sind, damit ihr nicht auf die Idee kommt, eine Vermisstenanzeige aufzugeben."

„Ja, das hast du. Und ich fand das sehr nett und umsichtig. Nun bekommst du einen Brief von mir." Vergnügt hielt ihr Irina den Brief mit dem ausgestreckten Arm hin. Natalie runzelte die Stirn, dann beschloss sie das Kuvert anzunehmen und noch an Ort und Stelle zu öffnen. Sie zog eine wunderschön gestaltete Klappkarte hervor. Eine Tuschezeichnung von Gut Beeken.

„Hast du das etwa gemalt?", entfuhr es ihr und sie sah Irina mit großen Augen an. Diese nickte stolz. In der Karte las Natalie in geschwungener Schreibschrift eine Einladung zum *Kaffeeklatsch* für Montag um neun. „Was soll das denn bedeuten?"

„Es ist eine sehr ehrliche und freundliche Einladung, mit mir einen Kaffee zu trinken und ein bisschen zu plaudern. Vielleicht kannst du dich dazu durchringen. Ich weiß, dass wir nicht von heute auf morgen Freundinnen werden. Aber ein bisschen miteinander unterhalten ist doch für den Anfang nicht schlecht, oder?“

Nervös wedelte Natalie mit der Karte vor ihrem Gesicht. „Ist mein Vater auch da?“, fragte sie dann endlich.

„Nein.“ Irina winkte ab. „Ich habe ihn gebeten ein paar Besorgungen für mich zu machen. Er wird den ganzen Vormittag unterwegs sein.“ Sie sah Natalie mit einem offenen und herzlichen Blick an. Wie konnte sie da so ohne Weiteres ablehnen. Lucas würde um diese Zeit in der Schule sein.

„Ich muss wieder hoch, aber ich überlege es mir, okay?“, sagte sie leise und lief zurück in Caros Wohnung, ohne Irina die Chance zu geben, noch etwas zu erwidern.

Als sie wieder oben ankam, entdeckte Natalie drei entgangene Anrufe auf dem Handy. Alle von ihrer Schwester. „Oje“, stöhnte sie und rief sofort zurück.

„Na endlich, wo warst du denn? Ich habe mir schon Sorgen gemacht“, beschwerte sich Carolina.

„Du weißt doch, wenn ich mich nicht melde, ist alles in Ordnung“, versuchte Natalie ihre Schwester zu besänftigen.

„Entweder das oder du liegst irgendwo tot im Graben“, erwiderte Caro kratzbürstig.

„Ja, aber dann wäre sowieso alles zu spät und du bräuchtest dich auch nicht mehr aufzuregen.“ Natalie bemühte sich, die Situation aufzulockern, aber Caro reagierte weiterhin gereizt.

„Vergiss nicht, dass du auf meinen Sohn aufpassen sollst. Da verstehe ich keinen Spaß." Sie klang sehr angespannt und Natalie bemühte sich auf sie einzugehen.

„Mach dir mal keine Sorgen. Lucas geht es gut. Wir sind heute Morgen wieder hier angekommen, es gab gesundes Mittagessen und jetzt schaut er fern." Natalie sprach ruhig auf ihre Schwester ein und ihre Laune wurde zumindest nicht schlimmer.

„Gib ihn mir mal, ja?", bat Caro und Natalie hatte für einen Moment den Eindruck, als sei ihre Schwester kurz davor, in Tränen auszubrechen.

„Lucas, deine Mama ist am Telefon und möchte kurz mit dir sprechen", rief sie.

„Oh, doch nicht jetzt. Ich will das hier gerade sehen", beschwerte sich der Junge energisch.

„Los, nur kurz. Du kannst gleich weiterschauen", drängte Natalie und hielt ihm ihr Telefon hin.

„Hi Mama." Die nächste Minute verbrachte er damit, einsilbig auf die Fragen seiner Mutter zu antworten, dann hielt er das Telefon wortlos über die Rückenlehne der Couch, woraufhin Natalie wieder danach griff. „Caro, bist du noch dran?", fragte sie, als sie sich das Handy ans Ohr hielt.

„Ja", klang es schluchzend aus dem Hörer.

„Was ist denn passiert?", wollte sie besorgt wissen. „Läuft es nicht so gut mit Olaf?"

Caro ließ die Frage unbeantwortet. „Glaubst du, dass ich eine schlechte Mutter bin, weil ich mein Kind zu Hause lasse, um Zeit mit Olaf zu verbringen?", fragte sie stattdessen.

Überrascht von dieser Frage schwieg Natalie für einige Sekunden, dann antwortete sie: „Ich glaube kaum, dass dein Aufenthalt auf dem Schiff etwas über deine Qualitäten als Mutter aussagt. Wie kommst du nur darauf?"

Sie hörte, wie Caro schniefte. „Vorhin habe ich ein Gespräch zwischen zwei Ärztinnen an der Bar mitbekommen. Sie haben über mich gelästert. Sie halten mich für eine schäbige Mutter, weil ich mich lieber mit Olaf vergnüge und sein Betthäschen spiele, als mich um mein Kind zu kümmern. Es war mir so unangenehm, dass ich mir einen großen Cocktail bestellt und mich in die Kabine verzogen habe." Wieder ein Schniefen. „Ich bin nicht nur sein Betthäschen", begehrte sie dann auf.

Natalie sah zu Lucas hinüber und ging dann in die Küche, um dort ungestört weiter zu telefonieren. „Caro, du bist nicht einfach so abgehauen. Du hast dich nicht aus dem Staub gemacht und es war dir nicht egal, was mit Lucas passiert. Du hast dafür gesorgt, dass sich jemand um dein Kind kümmert. Du hast auch nicht irgendwen gewählt, sondern deine Schwester, und soweit ich das beurteilen kann, hast du nicht vor ewig Olafs Betthäschen zu bleiben, sondern eine vernünftige Beziehung mit ihm zu führen. Richtig?"

„Ja", antwortete Caro zaghaft.

„Dann lass dir von den Tussis an der Bar doch nicht solch einen gequirlten Unsinn einreden. Versprochen?"

„Ja", wiederholte Caro.

„So, da wir das nun geklärt haben: Wie läuft es denn mit Olaf?"

„Ich glaube, ganz gut bis jetzt. Aber so eine Scheidung ist keine Kleinigkeit. Die letzten Tage, die uns bleiben, muss ich unbedingt nutzen." Sie seufzte. „Es wäre einfach so wunderbar, wenn wir endlich ganz offiziell ein

Paar wären. Wenn wir Weihnachten schon gemeinsam verbringen könnten, mit Lucas." Sie machte eine verträumte Pause, dann wechselte sie das Thema. „Was ist sonst so los zu Hause? Gehst du Papa aus dem Weg?"

„Nein, das brauche ich gar nicht. Der ist kaum hier. Aber Irina hat mich für morgen zum Kaffeeklatsch eingeladen", erzählte sie.

„Nicht dein Ernst! Wie kommt die denn auf das schmale Brett?"

„Ich weiß auch nicht", erwiderte Natalie. „Sie hat eine selbstgestaltete Karte geschrieben und mich zu sich eingeladen. Hat sogar extra erwähnt, dass sie Papa", als sie das Wort aussprach, wurde ihr ganz mulmig, „meinetwegen weggeschickt hat, Besorgungen zu machen, damit wir uns in Ruhe unterhalten können." Von dem aufregenden Vorfall am vergangenen Freitag wollte sie ihrer Schwester lieber nicht am Telefon berichten.

„Und? Du gehst doch nicht etwa hin?", wollte Carolina wissen. „Ich weiß noch nicht, muss noch drüber nachdenken", murmelte Natalie, die sich soeben wieder an die Begegnung mit Nick erinnerte. Möglicherweise konnte sie durch Irina etwas mehr über ihn in Erfahrung bringen?

„Dann gib mir morgen mal eine Rückmeldung, ob du da warst oder nicht. Sie will bestimmt nur gut Wetter machen. Aber falls du wirklich hingehst, frag, ob du was von der Schoki für Lucas mitnehmen darfst. Sag niemandem, dass ich das gesagt habe, aber ihre selbstgemachten Pralinen sind echt der Hammer. Besonders die Vanilleherzen! Hebt mir dann bitte noch ein paar auf."

Natalie stutzte. „Also wurdest du auch schon mal von ihr zum Kaffeeklatsch eingeladen?"

„Blödsinn", echauffierte sich Caro. „Aber ich wohne schließlich dort und wenigstens einmal im Monat muss ich mit Luci dort zum Essen erscheinen. Papa sagt, dass sei zumutbar. Ist es auch, aber ich gebe mich trotzdem grummelig, damit Irina nicht denkt, sie hätte mich in der Tasche."

„Mhm", erwiderte Natalie nur gedankenversunken. Sie hatte die Einladungskarte hervorgeholt und betrachtete nun die feinen schwarzen Linien auf dem Papier. „Weißt du schon, wann du Freitag zurück bist?", wechselte sie das Thema. Schließlich musste sie noch ihre Rückreise planen.

„Wahrscheinlich erst spät abends. Aber mach dir keine Gedanken. Du kannst noch bleiben. Dann könnten wir uns ausquatschen und noch einen Mädelsabend machen."

„Sag mal, wie groß ist der Cocktail eigentlich, den du da gerade trinkst? So etwas wie Mädelsabend machen wir zwei nicht miteinander. Das gab es nicht einmal, als wir klein waren", stellte Natalie entrüstet fest.

„Ach, vielleicht ist es endlich an der Zeit, damit anzufangen. Weißt du was, kleine Schwester. Ich vermisse dich sogar ein bisschen. Und um auf deine Frage zurückzukommen, der Cocktail war soooo riesig."

Natalie sah die Geste, die Carolina mit langgezogenem Laut untermalte, natürlich nicht, konnte sich jedoch anhand der ungewöhnlichen Redseligkeit ihrer Schwester eine gute Vorstellung davon machen. „Ich muss jetzt auflegen", erklärte sie leicht schmunzelnd.

„Lucas und ich müssen noch die Schulsachen für morgen packen. Außerdem liegen hier ein paar Artikel, die ich lesen und bearbeiten muss. Meine Lerngruppe beschwert sich schon, dass ich mich in den letzten Tagen so rargemacht habe.“

„Ach ja, das gute alte Studium“, seufzte Caro. „Das hättest du schon längst alles hinter dir haben können.“ Natalie atmete ruhig. Es hatte keinen Sinn, hier am Telefon eine Diskussion mit ihrer Schwester vom Zaun zu brechen.

„Jede zu ihrer Zeit, Caro. Bis später und viel Glück mit Olaf, okay?“

„Ja, bis später und bring unbedingt Pralinen mit“, hörte Natalie noch, bevor sie das Gespräch beendete.

15. Böse Stiefmutter

Obwohl der Rest des Tages mit Lucas außerordentlich harmonisch verlief, der Ranzen gepackt, das Kind geduscht und noch vor neun im Bett war, spürte Natalie keine Zufriedenheit in sich. Immer wieder verloren sich ihre Gedanken in der Begegnung mit Nick. Dass er sie so bitterböse und vorwurfsvoll angesehen hatte, verärgerte sie nicht nur, es hatte sie auch erneut zutiefst verletzt und sie spürte in sich das dringende Bedürfnis, ihn zur Rede zu stellen. Das war selbstverständlich ausgemachter Unfug, das wusste sie selbst. Nichts würde dadurch ungeschehen, niemand würde sich besser fühlen. Sollte sie sich nicht viel lieber mit Markus beschäftigen? Sie mochte ihn und ganz offensichtlich mochte er sie auch. Er hatte Zeit mit ihr verbracht, richtige Zeit, nicht nur im Bett, und sie hatte die Stunden mit ihm sehr genossen. Warum in aller Welt konnte sie Nick nicht endlich vergessen und sich auf einen anderen Mann konzentrieren – auf einen Mann wie Markus? Ja, die Gefühle für Markus waren nichts im Vergleich zu dem, was Natalie damals für Nick empfunden hatte. Aber das musste ja auch noch nicht so sein. Immerhin musste jede Liebe erst wachsen, oder nicht?

Natalie ging in die Küche, setzte Wasser auf und bereitete sich eine Tasse von Carolinas selbstgetrocknetem Melissentee zu. Sie stellte die Tasse auf den Tisch, löschte das große Licht und zündete eine Kerze an. Eine Weile lang saß sie grübelnd am Küchentisch und versuchte sich darüber klar zu werden, wohin sie in ihrem Leben eigentlich wollte. Beruflich war soweit alles klar. So lange bei Rewe jobben, bis das Studium geschafft war, und dann bei Dennis einsteigen. Und privat? Bislang hatte sie sich dem Gedanken an eine ernsthafte Beziehung oder an Kinder mit aller Gewalt verschlossen. Sie hatte nicht vor noch einmal verletzt und gedemütigt zu werden. Sie hatte auch nicht vor ihrem Kind erklären zu müssen, warum die Eltern getrennte Wege gingen. Und was war der beste Schutz vor solchen Dramen? Klar, Vermeidung. Das hatte in den letzten Jahren immer gut funktioniert. Auch wenn es da den einen oder anderen gegeben hatte, der sich in sie verliebt hatte und eine ernsthafte Beziehung mit ihr hatte führen wollen, so war es Natalie noch immer gelungen, rechtzeitig den Absprung zu schaffen. Wenn auch nicht immer auf die feine englische Art, das musste sie sich eingestehen. Und Markus? Was war an ihm anders? Oder lag es gar nicht an Markus, sondern an ihrer Anwesenheit auf Gut Beeken? Bestimmt machte sie das ganze familiäre Chaos der Beekens einfach gefühlsduselig. Aber was, wenn nicht? Möglicherweise bot sich hier eine ernstzunehmende Chance, mit Markus ganz von vorn anzufangen. Sie mochte ihn, er war nett und küssen konnte er auch. Der Rest würde dann bestimmt von allein kommen, wenn sie ihm und sich nur die Gelegenheit dazu gab.

Sie stand auf, holte die Klappkarte von Irina hervor und drehte sie zwischen den Fingern. Was hatte Irina sich nur dabei gedacht? Sollte Natalie die alte Wut über die Trennung der Eltern und die unkonventionelle neue Beziehung ihres Vaters aufrechterhalten? Ergab es einen Sinn, sich weiterhin mit Caro gegen Irina zu verbünden, oder sollte sie auch hier einen Schritt in die Veränderung wagen. In der Tat war Irina ihr gegenüber niemals anmaßend, ausfallend oder unhöflich gewesen. Das konnte Natalie von sich selbst nicht behaupten. Ganz im Gegenteil. Irina war trotz aller Anfeindungen gegen sie immer zurückhaltend und höflich geblieben.

Im Schein der Kerze betrachtete Natalie wieder die feinen schwarzen Linien. Ihr Zuhause war gut getroffen. Die Zeichnung gefiel ihr sehr. Gut Beeken war hervorragend zu erkennen und plötzlich war es Natalie, als spürte sie die Liebe der Künstlerin zum Motiv. War es die Liebe zu Gut Beeken gewesen, die Irina bewogen hatte, Natalies um so viele Jahre älteren Vater zu heiraten? War es pure Berechnung oder steckte wirklich mehr dahinter? Ja, Franz Beeken war früher, soweit Natalie das als seine Tochter beurteilen konnte, ein attraktiver Mann gewesen. Auch jetzt war er noch gesund und kräftig, aber eben auch alt und grau geworden. Wie konnten die Gefühle zwischen den beiden echt sein, bei solch einem Altersunterschied? Zwanzig Jahre! Bei dem Gedanken daran, mit einem Fünfzigjährigen zusammen zu sein, schüttelte es sie. Natalie trank von ihrem Tee und starrte in die Flamme der Kerze. War sie vielleicht am Ende einfach nur eine furchtbar ignorante und engstirnige Person? Lag es an ihrer eigenen schlechten Erfahrung, dass sie zum Thema Beziehung nichts Positives beizusteuern hatte?

Markus hatte gesagt, dass er zu den Guten gehörte. Sie sah auf ihr Handy. Er hatte versprochen sich zu melden, wenn er wieder in Köln war. Noch keine Nachricht. Und Nick? Der gehörte offensichtlich nicht zu den Guten. Warum nur konnte sie die Gedanken an ihn nicht abschütteln?

Natalie öffnete den Browser auf ihrem Handy. Sie hatte sich all die Jahre geweigert, hatte bis auf die wenigen Informationen, die sie von Caro erhalten hatte, gar nicht wissen wollen, was aus ihm geworden war. Aber nun, da sie sich begegnet waren, lagen die Dinge anders. Die Neugier ließ sie nicht mehr los. Irgendetwas regte sich in ihr und wollte noch mehr über Nick in Erfahrung bringen. Natalie tippte seinen Namen in die Suchmaschine und klickte dann auf die Lupe. Es erschienen mehr Einträge, als sie erwartet hatte. Zunächst über die Bäckerei, dann über geführte Ausflüge durch das Hohe Venn. Offenkundig war Nick ein gefragter Wanderführer. Es folgten einige Verweise auf seine Tätigkeit als journalistischer Mitarbeiter der Lokalredaktion. Nachfolgend wurden einige Artikel aufgelistet, die er geschrieben hatte. Die Themen waren durchmischt, doch größtenteils schrieb er über die Region in ihrer Eigenschaft als touristische Attraktion. Sie überflog einige der Texte und stellte fest, dass er recht überzeugend die Werbetrommel für Weidingen, Sankt Vith und Umgebung rührte. Sie klickte auf Bilder. Nick war auf vielen Fotos zu sehen und, verdammt noch mal, Natalie spürte, wie ihre Knie bei seinem Anblick zu Pudding wurden. Er sah auf jedem einzelnen verdammten Bild umwerfend gut aus. Selbst wenn er kritisch dreinblickte und die Stirn krauszog oder alberne Grimassen schnitt. Ob er eine Freundin hatte? Caro hatte von keiner gewusst. Auf den Bildern waren hin und wieder Frauen zu sehen, aber keine war auffällig oft abgelichtet oder zeigte sich in eindeutiger Pose mit ihm. Der gegoogelte Nick schien ein angenehmer, fleißiger Zeitgenosse ohne Beziehung zu sein.

Natalie seufzte und trank den letzten Schluck Tee aus der Tasse. Wenn sich der echte Nick jedoch immer so aufführte, wie Natalie ihn kannte – damals wie heute – , dann war es kein Wunder, dass er immer noch allein war. Erstaunt stellte Natalie fest, dass es sie trotz alledem beruhigte, ihn nicht in den Armen einer anderen zu wissen. Ach, hätte er damals doch nur nicht ...

Sie stand auf und ging zum Fenster. Eine Weile starrte sie in die Dunkelheit, dann beschloss sie, Irinas Einladung trotz ihrer Zweifel anzunehmen. „Ich kann nicht mein Leben damit verbringen, wütend auf andere Menschen zu sein. Wer weiß, was sie von mir möchte. Schlimmstenfalls höre ich mir alles an und gehe mit einer Schüssel von diesen Vanilleherzen, von denen hier alle reden, wieder nach Hause." Sie sprach die Worte im Flüsterton vor sich hin, so als ob sie nur dann Bestand hätten, wenn sie auch gehört wurden.

Ihr Handy vibrierte auf dem Küchentisch. Augenblicklich dachte sie an Nick, schüttelte dann aber den Kopf über diesen dummen Gedanken, wandte sich vom Fenster ab und las die Nachricht.

Bin da. Hundemüde. Gehe gleich schlafen, muss morgen früh raus. Schlaf gut, Sonnenscheinchen!

las Natalie. Sie gähnte ebenfalls und beschloss es ihm gleichzutun. Der Wecker würde früh klingeln.

Ich auch

schrieb sie zurück.

Darf ich dir einen Gutenachtkuss geben?

Natalie runzelte irritiert die Stirn.

Wie soll das denn gehen?

Ja oder Nein?

beharrte Markus auf die Beantwortung seiner Frage.

Na, von mir aus. Versuch's mal.

Natalie schaute skeptisch auf das Display ihres Telefons. Eine Sekunde später ging die nächste Nachricht ein. Ein Knutsch-Emoji und zusätzlich in Klammern die Bemerkung

Beim nächsten Mal vielleicht ein bisschen mehr Begeisterung?

Yeah

schrieb Natalie zurück und schickte kichernd ein paar tanzende Figuren hinterher. Als sie die Nachricht schloss, tauchte plötzlich wieder der gutaussehende, blonde Nick auf ihrem Display auf. Das Suchergebnis des Browsers war noch offen. Ihr stockte der Atem und sie fuhr sich mit der Zunge über die Lippen. Was, wenn sie diesen imaginären Kuss nicht von Markus, sondern von ihm erhalten hätte? „Ich muss ins Bett", sagte sie sich entschlossen und versuchte den Tag durch Flucht in den Schlaf abzuschließen.

Pünktlich um neun stand Natalie auf der Matte und betätigte nervös den Türklopfer. Ihr Vater hatte tatsächlich vor einer halben Stunde den Hof verlassen, was sie vom Fenster aus beobachtet hatte.

„Guten Morgen. Komm rein. Schön, dass du da bist", hieß Irina sie willkommen, als sie die Tür öffnete. Ihre Wangen wirkten leicht gerötet. War sie etwa aufgeregt? Natalie selbst hatte eine ganze Weile vor dem Spiegel verbracht, um sich die Augenringe manierlich zu überschminken. Sie hatte schlecht geschlafen. Nick, dieser verdammte Kerl, hatte ihr die ganze Nacht lang nicht aus dem Kopf gehen wollen. Irina bat sie ins Wohnzimmer. Auf dem Tisch stand eine altmodisch geschwungene Kaffeekanne aus Porzellan, die über einem Teelicht-Stövchen gewärmt wurde. Irina hatte mit passenden Tellern und Kaffeetassen eingedeckt. Auf dem Tisch fanden sich außerdem noch eine kleine Dose mit Würfelzucker, ein Kännchen mit Milch und verschiedene Kuchenteilchen auf einem silbrigen Tablett. Argwöhnisch sah Natalie sich um und überlegte, was Irina vorhaben könnte. „Komm, setz dich hin und mach dir nicht so viele Sorgen", sagte Irina, als hätte sie die Gedanken ihres Gastes gelesen. „Ich wollte es schön für dich machen und hoffe, es ist mir gelungen."

„Sieht gut aus, aber irgendwie etwas Oma-mäßig, findest du nicht?", gab Natalie offen zu und Irina begann zu kichern.

„Ja, das sagt man mir öfter, aber das stört mich nicht. Bitte, setz dich."

Natalie gehorchte und nahm auf einem der Stühle Platz. Nun fiel ihr Blick auf eine kleine Schale mit buntgemischten Pralinen aus dunkler und heller Schokolode. Sogleich erinnerte sie sich an Markus und den gemeinsamen Besuch im Schokoladenmuseum. Es war so schön gewesen, gemeinsam mit ihm durch den Abend zu spazieren. Sie spürte noch genau, wie sie ihre Hand durch seine Armbeuge geschoben hatte.

„Die habe ich selbst gemacht", erklärte Irina und Natalie stellte peinlich berührt fest, dass sie die ganze Zeit auf die Schüssel gestarrt hatte.

„Oh, dann sind das bestimmt die berühmten Pralinen, die C..., die Lucas so gern mag?"

„Ja, Vanilleherzen, die sind der Renner. Und ein paar neue Sorten", erwiderte Irina stolz. Sie nahm eine Schachtel von der Anrichte und überreichte sie Natalie. „Ich mache immer ein paar mehr, extra für ihn und deinen Vater. Sie freuen sich immer so darüber und es scheint zumindest bei Lucas der Figur nicht zu schaden." Sie lächelte stolz und in diesem Augenblick konnte Natalie nicht den Hauch von Berechnung in Irinas Augen finden. Sie sprach so herzlich von ihrem Vater und Lucas und dabei strahlten ihre Augen so viel Wärme aus, dass Natalie sich fast schäbig vorkam. Ja, es stimmte. Irina war zwanzig Jahre jünger als ihr Vater, nur knapp zehn Jahre älter als Natalie selbst, aber, und das musste sie sich in diesem Augenblick eingestehen, die Frau an der Seite ihres Vaters wirkte erwachsener und reifer, als Natalie es wohl jemals in ihrem zukünftigen Leben noch werden konnte.

„Du fragst dich sicherlich, was dieser ganze Zirkus hier soll. Und du hast recht, ich möchte etwas erreichen", gab Irina unumwunden zu, während Natalie sich nervös auf die Unterlippe biss und schwieg. „Ich weiß, dass wir uns unter sehr schwierigen Bedingungen kennengelernt haben, und mir war von Anfang an klar, dass es nicht leicht werden würde, eine gute Verbindung zu euch aufzubauen." Sie machte eine Pause. „Aber dass es gar nicht funktionierte, macht mich bis heute sehr traurig. Du bist nur wenig später mit deiner Mutter fortgegangen und deine Schwester ... Na ja, ich will jetzt lieber über uns beide sprechen." Natalie zog fragend ihre Augenbrauen nach oben. „Wir haben nie wirklich eine Chance gehabt, uns kennenzulernen, und am Freitag, als du bei uns warst, da hatte ich plötzlich das Gefühl, wir könnten das nachholen. Sicher, du warst furchtbar ängstlich und hinterher so traurig und erleichtert, als der Junge unversehrt bei uns gesessen und seine Klöße gegessen hat." Bei dem Gedanken daran, machten sich auf Natalies Gesicht sofort nachsichtige, weiche Züge breit. Sie würde Lucas nie wieder in ihrem Leben Nudeln kochen. „Ich bin mir sicher", fuhr Irina fort, „dass du niemals zu uns gekommen wärst, wenn du nicht gedacht hättest, dass wir die letzte Rettung sein könnten." Sie machte eine Pause und warf Natalie einen erwartungsvollen Blick zu. Leicht, kaum merklich, nickte Natalie, um Irina zuzustimmen. „Genau", sagte diese zur Bekräftigung. „Und weil ich es so schade finde und die Befürchtung habe, dass du so schnell nicht wiederkommst, wenn du erst wieder abgereist bist, habe ich dich eingeladen. Kaffee?" Sie stand auf, nahm die Kanne und goss in beide Tassen ein, ohne eine Antwort abzuwarten. „Milch und Zucker?", bot Irina an, aber Natalie lehnte ab.

„Du glaubst doch nicht, dass ich einmal zu dir zum Kaffeetrinken komme und dann ist alles in Butter?", wollte sie ungläubig wissen.

„Nein. Dass es so einfach nicht ist, ist mir auch klar", erwiderte Irina nüchtern. Langsam ließ sie mit der kleinen Metallzange zwei Würfelzucker in ihre Tasse fallen, goss in aller Ruhe Milch in den Kaffee und rührte mit dem Löffel um, bevor sie weitersprach. „Aber ich hatte gehofft, dass wir einen guten Anfang finden könnten. Die größte Schwierigkeit hast du für meine Begriffe doch schon überwunden."

Natalie war sich nicht sicher, ob es Anerkennung war, was sie aus Irinas Worten heraushörte. „Was meinst du damit?", hakte sie deshalb nach und räusperte sich. Sie war sich unschlüssig, ob sie sich wohl oder unbehaglich fühlen sollte.

„Natalie, du bist zurückgekommen. Ich bin mir sicher, dass das keine einfache Entscheidung für dich gewesen ist. Ich weiß, wie es ist, wenn man zu lange von zu Hause fort ist. Irgendwann hat man das Gefühl, es ist besser, die Dinge so zu belassen. Nie wieder zurückzukehren ist dann die einfachere Variante. Glaube mir, ich weiß wovon ich rede", erklärte sie ruhig. Ihre Stimme klang fast wehmütig.

Natalie hob den Blick und sah Irina mit großen, staunenden Augen an. Mit so viel Offenheit hatte sie nicht gerechnet. Und sie wusste nicht, wie sie darauf reagieren sollte. „Ist das so mit deiner Familie in Polen?", fragte sie dann geradeheraus und war sich im nächsten Moment unsicher, ob das nicht schon eine Spur zu viel Vertrautheit mit der bösen Stiefmutter war. Auch wenn diese gerade ausgesprochen freundlich schien.

„Weißt du, Familie ist überall auf der Welt schwierig. Das ist in Polen nicht anders als in Deutschland", antwortete Irina und zeigte auf die Kuchenteilchen. „Möchtest du?"

„Hast du das alles extra für uns beide gebacken?"

„Ja und nein", gestand Irina. „Kurz nachdem dein Vater und ich geheiratet haben, haben wir uns eine neue Tradition für das Gut ausgedacht. Wir wünschten uns beide etwas Neues. Etwas Gemeinsames, das den Hof mit uns und unserer gemeinsamen Zeit in Verbindung bringt. Also haben wir uns das Adventssingen ausgedacht. Ein schönes Gegenstück zum Sommerfest, das nach wie vor stattfindet." Natalie hörte aufmerksam zu, während Irina sehr ruhig und mit viel Wärme erzählte. „Die Trennung von deiner Mutter und auch von dir hat deinen Vater sehr getroffen und beschäftigt. Es war hart für ihn und er wusste nicht, wie er mit dem Verlust seiner Tochter umgehen sollte."

„Für mich war es auch hart", begehrte Natalie sofort zu ihrer Verteidigung auf.

„Ich weiß." Irina legte Natalie ein zuckerbepudertes Stück Gebäck aus Blätterteig auf den Teller, bevor diese sich in Aufregung reden konnte. „Ich wollte nur sagen, dass wir eine neue Tradition aufgebaut haben. Das Adventssingen findet jedes Jahr am zweiten Advent in unserer Scheune statt. Dein Vater hat damals diese wunderschöne neue errichten lassen." Irina bekam einen schwärmerischen Glanz um die Augen und legte auch sich ein Stück vom Blätterteiggebäck auf den Teller. „Das ganze Jahr über kann ich dort drinnen ungestört arbeiten und meine Waren herstellen. Aber im Dezember räumen wir alles beiseite. Dann werden Tische und Bänke für das Adventssingen aufgestellt. Es gibt Gebäck und heiße Getränke und wir laden alle Freunde und Bekannten aus dem Dorf ein, um mit uns gemeinsam Weihnachtslieder zu singen."

Ungläubig starrte Natalie ihr Gegenüber an. „Und was hat das mit mir zu tun? Du glaubst doch nicht, dass ich herkommen und mit euch singen werde?", fragte sie entrüstet und erinnerte sich mit großem Unbehagen an die Weihnachtsfeste ihrer Kindheit. Irgendwie hatten ihre Eltern es immer geschafft, dass das Fest auf die eine oder andere Weise verkorkst wurde. Kein Wunder, dass Natalie dieses Thema so ablehnte.

„Nein, nein, nur keine Sorge. Du sollst mir nur bei der Auswahl der Teilchen helfen. Ich kann mich nie entscheiden und backe dann immer viel zu viel. Ich hatte gehofft, dass wir beide uns ein bisschen kennenlernen können und dabei die Kuchen probieren. Am Ende sagst du mir, was dir gut geschmeckt hat, und gibst deine Empfehlung ab. Also los, probiere, wir haben noch eine Menge vor uns." Dann zog sie Papier und Stift hervor und erklärte ganz aufgeregt: „Du darfst gleich anfangen zu bewerten. Drei Kriterien: weihnachtlich, handlich und geschmacklich."

Irina konnte hervorragend backen. Die Kuchen waren in der Tat ein Genuss und sie bestand darauf, dass sie sich Zeit ließen. Zwischendurch brachte sie immer wieder gekonnt das Gespräch in Gang, ohne dass Natalie sich von ihr bedrängt fühlte. Sie erzählte Geschichten, die sich in den vergangenen Jahren rund um den Hof abgespielt hatten, hauptsächlich aber beim Adventssingen. Diese neue Tradition gehörte offensichtlich zu den wichtigsten jährlichen Ereignissen auf Gut Beeken.

Natalie war etwas entspannter geworden und traute sich nun auch selbst Fragen zu stellen. *Merkwürdig,* dachte sie bei sich, *hätten Irina und ich uns unter anderen Umständen kennengelernt, hätten wir sogar so etwas wie Freundinnen werden können.*

„Woran denkst du?" Irina sah sie freundlich an und irgendetwas hatte sie an sich, das Natalie dazu bewegte, wahrheitsgemäß zu antworten.

„Ach, ich habe nur gerade gedacht, dass wir, in einer Welt, in der du nicht meine böse Stiefmutter geworden wärst, hätten Freundinnen werden können." Natalie lächelte bedauernd.

„Weißt du", entgegnete Irina zuversichtlich. „Das könnten wir immer noch. Warte mal kurz." Sie stand auf, ging zur Anrichte und suchte sich einen besonders schönen Apfel aus der Obstschale. Dann kam sie zurück und hielt ihn Natalie hin. „Da, nimm, Schneewittchen", sagte sie und Natalie spürte, wie ihr mit einem Mal sämtliche Gesichtszüge entglitten. Nur einen Wimpernschlag später, begann Irina vergnügt zu kichern. „War doch nur Spaß. Weißt du, wenn Lucas mich Oma nennt, obwohl ich mich noch längst nicht wie eine Oma fühle, ist das für mich eine aufrichtige Bekundung seiner Zuneigung. Ich weiß aber nicht, wie ich damit umgehen soll, wenn du mich böse Stiefmutter nennst. Irina reicht völlig aus." Sie zwinkerte spitzbübisch und langsam fand Natalie ihre Fassung wieder.

„Du hast ja Humor", stellte sie dann mit einer Mischung aus Staunen und Belustigung fest, nahm den Apfel, warf ihn in die Luft und fing ihn mit beiden Händen wieder auf.

„Ja, manchmal", gab Irina zu und bestand dann aber darauf, auch noch die verbleibenden Kuchen und Pralinen zu verkosten, schließlich sei Natalie nicht zum Spaß beim Kaffeeklatsch. Sie lachten beide und Natalie fühlte sich mit einem Mal seltsam befreit. Wie hatte es Irina nur geschafft, innerhalb kürzester Zeit diese Brücke zu schlagen und eine freundschaftliche Basis für die beiden Frauen aufzubauen?

16. Schweigen im Walde

Nachdem alle Leckereien probiert und bewertet waren, war Natalie so satt und zufrieden wie lange nicht mehr. Sie fühlte sich eigenartig wohl und geborgen in diesem fremden Zuhause und wollte diesen Augenblick solange es ging auskosten, denn sie war sich sicher, dass dies nur ein vorübergehender Zustand sein konnte. Es blieb noch etwas Zeit, bis Lucas zu Hause sein würde, und so schlug Irina vor, hinüber in die Scheune zu gehen. Sie konnten sich nach den vielen Süßigkeiten ruhig ein bisschen bewegen. Vor allem aber sollte Natalie die Räumlichkeit des Adventssingens, insbesondere aber die Stätte von Irinas handwerklichem Treiben ansehen.

„Du weißt bestimmt, dass ich ein kleines Geschäft unten in Weidingen betreibe", begann sie, während die beiden nebeneinander über den Hof gingen.

„Ja, Carolina hat das erwähnt. Du verkaufst da so Kleinkram wie Souvenirs und Postkarten", erwiderte Natalie und hörte, wie Irina stark die Luft einsog. Natalie war sich keiner Schuld bewusst, aber Irina verzog traurig die Mundwinkel. „Habe ich etwas Falsches gesagt?" Diese freundschaftliche Märchenstimmung zwischen ihnen beiden hatte ja eine noch kürzere Halbwertszeit gehabt, als sie gedacht hatte.

„Nein, ist schon gut. Carolina und ich haben da unterschiedliche Sichtweisen. Ich zeig es dir einfach und dann kannst du mir ja sagen, wie du das beurteilst.“

Sie standen nun vor dem großen, modernen Scheunentor aus Holz mit den massiven und trotzdem dekorativen Beschlägen. Rechts war eine kleine Durchgangstür für Personen eingelassen. Irina öffnete sie und ging voraus, um das Licht einzuschalten, denn im Inneren der Scheune war es dunkel.

„Vorsichtig, dass du nicht fällst“, mahnte Irina und als Natalie eintrat, blieb ihr vor Überraschung fast der Mund offen stehen. Diese Scheune, wenn man sie überhaupt noch so nennen konnte, hatte nicht mehr ansatzweise etwas mit der Scheune zu tun, in der sie als Kind ihre Zeit verbracht hatte. Der hohe Raum war sauber, in der Mitte standen Arbeitstische mit vielen verschiedenen Materialien. An den Wänden hingen unzählige Bündel trockener Kräuter und Zwiebelzöpfe, in einer Ecke standen Körbe aus geflochtener Weide, einer davon war erst zur Hälfte fertiggestellt. Irina hatte hier keine Scheune, sondern eine riesige Kreativwerkstatt eingerichtet. Das war viel mehr als nur Souvenirs und Kleinkram.

„Das ist mein Arbeitsplatz“, erklärte sie stolz und drehte sich einmal mit ausgebreiteten Armen um sich selbst. „Früher habe ich im Hinterzimmer des Ladens gearbeitet und nebenbei verkauft. Mittlerweile ist das nicht mehr möglich. Ich habe so viel zu tun, dass ich kaum hinterherkomme. Ich habe deshalb vor zwei Jahren jemanden eingestellt, der für mich den Laden betreut. Soll ich dich mal durch die einzelnen Stationen führen?“, fragte sie voller Unternehmungslust und es schien, als sprühten ihr Funken der Begeisterung aus den Augen.

„Klar, von mir aus gern", ließ sich Natalie nicht lang bitten und folgte ihr.

„Also, ich arbeite gern an verschiedenen Projekten gleichzeitig. Manchmal steht mir der Sinn gerade nach dem einen, dann nach dem anderen. Manchmal muss ich Trocknungsphasen abwarten, dann mache ich derweil etwas an einem der anderen Tische. Ich könnte mich von früh bis spät hier drinnen beschäftigen. Und das Größte überhaupt ist, dass die Menschen meine Produkte mögen und kaufen. Sie geben sogar schon Bestellungen auf, Wochen im Voraus. Gerade jetzt, so kurz vor Weihnachten, sind viele auf der Suche nach besonderen Geschenken und ich habe sie."

Fasziniert folgte Natalie der vollkommen aufgedrehten Irina, die ihr selbstgemachtes Badesalz mit Eifeler Kräutern, selbst kreierte Teemischungen, getrocknete Gewürze, wunderschöne handbemalte Klappkarten mit Motiven aus dem Ort oder mit Darstellungen der Bäume der Hochmoorlandschaft zeigte. *Hohes Venn* stand drauf. Irina konnte mit wenigen Strichen wahre Wunderbilder erschaffen. Wunderschöne Weidenkörbchen, Frühstücksbrettchen mit selbsteingebrannten Motiven, Seifen, Kerzen und vieles mehr präsentierte sie wie einen Schatz.

„Dein Vater hat die Scheune extra neu herrichten lassen, damit ich hier in Ruhe arbeiten kann, und im Dezember räumen wir hier aus und bereiten alles für das Singen vor. Schau mal hier." Sie zeigte auf mehrere zusammengeklappte Biertischgarnituren, gestapelte Stühle und Stehtische in einer anderen Ecke der

Scheune. „Wir stellen alles in die Mitte, dort drüben wird die Musikanlage aufgebaut und dort", sie bewegte sich flink wie ein Kreisel und zeigte bereits auf die gegenüberliegende Wand, „stellen wir das Essen und die Getränke hin. Das Allerallerbeste ist selbstverständlich der Weihnachtsbaum. Wir stellen einen großen Baum in die Scheune, einen, der nicht ins Haus passen würde, und schmücken ihn." Irina seufzte euphorisch und machte endlich eine lange, zufriedene Pause.

„Das klingt ja nach einem riesigen Event", stellte Natalie geplättet fest und wusste erneut nicht, wie sie sich fühlen sollte. War sie traurig, dass sie diese Feierlichkeiten mit der halben Ortschaft in der Vergangenheit verpasst hatte, oder nicht? Störte es sie, nicht mehr Teil dieser Gesellschaft zu sein, oder fühlte es sich in Ordnung an, weil es genau das war, wofür sie sich entschieden hatte? Natalie hätte damals gar nicht mehr zurückkommen können, dafür war einfach zu viel passiert. Und waren die glamourösen Reisen in die Metropolen der Welt mit ihrer Mutter und Jochen nicht ein ebenbürtiger Ersatz gewesen?

„Wer kommt denn üblicherweise zu eurem Adventssingen?"

„Das ist ganz unterschiedlich", plauderte Irina immer noch wie aufgezogen los. „Da sind zunächst einmal Ansgar und seine Frau. Im letzten Jahr haben sie sogar Tochter, Schwiegersohn und Enkel mitgebracht. Dann Janssens, die die Pension betreiben, und Willms, Viersen und Bütgenbach aus der Gemeindeverwaltung mit Partnern. Natürlich Normen, mein Angestellter, und viele Stammkunden und Freunde aus den umliegenden Geschäften. Dann noch die alten Weilers und natürlich Mertens aus der Bäckerei. Martina und Nick kümmern sich darum, dass die Teilchen, die ich auswähle, in ausreichender Menge gebacken werden. Außerdem liefern sie die belegten Brötchen und den Punsch und Nick hilft auch immer beim Auf- und Abbauen." Natalie erinnerte sich, was Caro über Nick und die Adventsfeiern gesagt hatte, dass er oftmals die Lieferungen mit Irina besprach. Natürlich ... ob er gestern deshalb hier gewesen war?

„Nick, ja, den habe ich gestern hier gesehen." Ihre Lippen formten sich zu einem schmalen Strich. *Den kenne ich besser, als mir lieb ist.*

„Während der Feier macht er jede Menge Fotos und schreibt auch immer bemerkenswerte Artikel über unser Fest. Oh, stimmt! Ihr seid euch gestern begegnet, als du mit deinem gutaussehenden Freund hier angekommen bist", sagte Irina und machte eine Pause. Sie wollte Natalie wohl Gelegenheit geben, sich zu äußern.

„Ach, du meinst Markus, das ist nicht MEIN Freund, aber wir treffen uns und ich finde ihn sehr nett. Gutaussehend sagst du also?"

Irina verdrehte die Augen „Ja. Przystojny sagt man in Polen und dann weiß jede Frau, was gemeint ist." Sie schlug vielsagend die Augen auf.

„Pschystoiny", wiederholte Natalie. „Klingt witzig." Sie stand am vorderen der Tische und spielte mit einem Badesalzglas.

„Nick war bei mir, um die künftige Planung mit mir abzusprechen", begann Irina. „Um die Bäckerei steht es nicht so gut. Möglicherweise ist dieses Adventssingen das letzte in der Form. Kann sein, dass Mertens zum

Jahresende schließen müssen." Irina machte eine Pause, dann fügte sie mit gedämpfter Stimme hinzu: „Er hat gestern auch nach dir gefragt, hat wohl mitbekommen, dass du da bist." Irina sprach nicht weiter.

„So, hat er das?", fragte Natalie und ihre Tonlage war plötzlich kühl geworden. „Das ist ja schön für ihn", stellte sie dann mit finsterem Gesichtsausdruck fest und beschäftigte sich lieber intensiv damit, die bunten Badesalzperlen durch das Glas zu drehen.

„Ich wollte dich nicht verärgern, dachte mir nur, dass du es wissen solltest."

„Ja, danke, weiß ich jetzt", erwiderte Natalie etwas biestiger als beabsichtig, fuhr dann aber in sanfterem Ton fort: „Es tut mir leid. Ich wollte nicht unhöflich sein." Sie stellte das Glas weg. Warum hatte Nick nach ihr gefragt, wenn er sie doch, sobald sie sich tatsächlich über den Weg liefen, ansah, als wäre Natalie der Teufel persönlich?

Sie sah auf die Uhr: „Oh, schon so spät. Lucas' Bus kommt gleich und ich habe mich gar nicht um ein vernünftiges Mittagessen gekümmert." Erschrocken sah sie Irina an.

„Ja, weißt du", hob diese erneut an und klang plötzlich ernst. Wohin waren die große Freude und die sprühende Euphorie so plötzlich verschwunden? „Lucas kann bei mir essen, ich muss nicht viel vorbereiten und", sie machte eine Pause „ich weiß gar nicht genau, wie ich es sagen soll. Bitte sei nicht böse", druckste sie herum. „Dein Vater hat mich um etwas gebeten, für den Fall, dass wir einen guten Start miteinander haben. Ich sollte ihm dabei helfen, auch eine Aussprache zwischen euch beiden einzufädeln. Er würde gern mit dir und den Hunden eine große Runde drehen, so wie ihr es früher getan habt." Natalie stand stocksteif da. Sie hörte Irinas Worte, konnte sie aber kaum begreifen.

Natalie und Franz waren bereits eine Weile schweigend nebeneinanderher gegangen. Natalie war, noch während sie versucht hatte zu begreifen, was geschah, und ohne irgendetwas dafür oder dagegen getan zu haben, wie in einem Sog in den Lauf der Dinge gezogen worden. Der Jeep ihres Vaters war auf den Hof gefahren und aus ihm war nicht nur Franz, sondern auch Lucas ausgestiegen. „Opa hat mich mitgenommen", hatte er stolz gerufen. Natalie und ihr Vater hatten unsichere Blicke ausgetauscht und bevor sie etwas hatten sagen können, war Irina bereits mit dem Jungen auf dem Weg ins Haus gewesen. „Geht ihr mal, ich kümmere mich um Lucas und das Essen", hatte sie erklärt und erstaunlich schnell das Weite gesucht. „Na, dann wollen wir mal", hatte Franz gemurmelt und sich langsam Richtung Zwinger in Bewegung gesetzt. Natalie war ihm wie in Trance gefolgt. Sie konnte sich gar nicht daran erinnern, wann sie das letzte Mal mit ihrem Vater allein gewesen war. Die Hunde hatten aufgeregt gebellt, als sie bei ihnen angekommen waren. Franz hatte nur wenige, leise Worte zu ihnen gesprochen, bis sich beruhigt hatten, und dann jedem Geschirr und Leine angelegt. Wortlos hatte er Natalie eine der Leinen samt Tier daran in die Hand gedrückt und erklärt: „Sie heißt Fiona." Dann waren sie losgegangen und hatten sich in mäßigem Tempo auf den Feldweg hinter dem Anwesen begeben.

Schweigend, mit einem anhaltenden Gefühl der Surrealität, führte Natalie den großen Hund an der Leine und schritt nun zügig neben ihrem Vater her. Was wollte er denn bloß mit ihr besprechen und was war in ihn gefahren, dass er Irina gebeten hatte, diesen Spaziergang einzufädeln, wie sie es genannt hatte? Der Wind wehte kräftig über die weite, wilde Wiese und obwohl ihr durch die Bewegung recht warm unter der Jacke geworden war, hoffte Natalie, dass sie bald den Waldrand erreichten und etwas windgeschützter unterwegs wären. Sie warf ihrem Vater einen unsicheren Blick von der Seite zu. Er sah angespannt aus, als ob er auf etwas wartete. Aber worauf? Schließlich war er es ja gewesen, der um den gemeinsamen Spaziergang gebeten hatte, weil er etwas mit ihr besprechen wollte. Sie beschloss geduldig abzuwarten. Immerhin war sie hier das Kind und ging auf sein Geheiß mit. Vielleicht benötigte er einfach ein wenig mehr Zeit, um sich und seine Worte zu sammeln.

Kurz bevor sie den Wald erreichten, schreckten sie ganz in der Nähe ein paar Vögel auf. Fiona blieb augenblicklich mit aufgerichtetem Fell stehen und gab ein dunkles, angsteinflößendes Grollen von sich. „Sind nur Krähen", beruhigte Franz die Hündin und sie setzte sich wieder in Bewegung. Natalie spürte die Leine in ihrer Hand und ihre Gedanken wanderten zurück in ihre Kindheit. So oft war sie früher mit ihrem Vater diesen Weg gegangen. Allerdings hatte sie damals keinen Hund führen dürfen. Wieder sah sie zu ihm hinüber und war sich sicher, dass er sich unbehaglich fühlte. Als sie den Wald erreichten, bogen sie in den Weg zwischen die schützenden Bäume ein. Der Wind ließ augenblicklich nach und Natalie hörte das Rauschen der Bäume und dazwischen das heftige, aufgeregte Schlagen ihres Herzens. Sie näherten sich dem Hochsitz. Sogleich tauchten wieder Bilder von Nick vor ihrem inneren Auge auf. Da zeigte sich der junge Nick, den sie schon so lange kannte und in den sie sich unsterblich verliebt hatte, der Nick, der sie auf dem Hof angesehen hatte, als wäre sie der schlimmste Mensch auf Erden, dann der sehr attraktive Nick, den sie auf den Fotos im Internet gefunden hatte. *Pschystoiny.* Das hatte Irina über Markus gesagt, doch es traf genauso auf Nick zu. Und schließlich noch jener Fantasie-Nick, den sie sich beim Adventssingen vorstellte, in der von Irina so bildhaft beschriebenen glücklichen Gemeinschaft. Irina hatte von ihm allein gesprochen, nicht von einer Frau oder Freundin. War er wirklich immer noch Single? *Kein Wunder, wenn er die Menschen um sich herum so mies behandelt,* dachte Natalie und spürte doch Erleichterung. War sie denn trotz allem eifersüchtig auf eine potenzielle Partnerin?

Sie befanden sich nun auf gleicher Höhe mit dem Ausguck. Angestrengt blickte Natalie geradeaus und versuchte die Gedanken an Nick zu vertreiben und stattdessen an Markus zu denken oder auf ein Wort ihres Vaters zu warten.

Sie hatte gar nicht mitbekommen, dass Fiona plötzlich vor ihr stehengeblieben war, und lief unabsichtlich in den Hund hinein. Erschrocken sprang dieser zur Seite und knurrte. Natalie keuchte ebenfalls vor

Schreck und ließ die Leine fallen. Reflexartig entschuldigte sie sich bei der Hündin, die nun mit knapp zwei Metern Sicherheitsabstand vor ihr stand.

„Sorry, ich hab dich nicht gesehen", murmelte sie und sah dem Hund, der sie unverwandt anstarrte, in die Augen.

„Immer mit der Ruhe, Fiona", mischte sich Franz ein. „Natalie fehlt die Übung, war keine Absicht." Seine Stimme klang tief und warm. Ruhig hob er die Hand, nur ein kleines Stück, und im nächsten Augenblick setzte Fiona sich hin. „Die Leine musst du selbst aufheben", sagte er leise zu seiner Tochter, die sich langsam hinkniete und, ohne Fiona aus den Augen zu lassen, die Leine ergriff. „Na, geht doch", erklärte Franz und fügte dann leise hinzu: „Dann kommen wir hier wenigstens schon mal weiter." Unsicher blickte Natalie ihren Vater an und setzte sich ebenfalls wieder in Bewegung. Wie hatte er das gemeint? Wartete er darauf, dass sie den ersten Schritt machte. Wie sollte das gehen, er wollte sich doch mit ihr unterhalten und nun waren sie bereits die halbe Runde gegangen und hatten kaum ein Wort miteinander gewechselt.

Als sie ein weiteres Stück schweigend nebeneinanderher gegangen waren, räusperte sich Franz plötzlich und fragte dann: „Erinnerst du dich noch, wie wir früher immer hier gemeinsam mit den Hunden unterwegs waren?"

„Klar, wie könnte ich das vergessen?", erwiderte Natalie, ohne ihn anzusehen. Doch augenblicklich hatte sich eine unangenehme Anspannung ihres Körpers bemächtigt und sie umklammerte Fionas Leine so fest, dass ihre Finger schmerzten.

„Da vorn geht es schon wieder zurück nach Hause", erklärte Franz seiner Tochter ruhig, was sie längst wusste.

„Ja", erwiderte Natalie einsilbig. Worauf wollte ihr Vater hinaus?

Wieder vergingen endlose Minuten des Schweigens, bis Franz erneut anhob: „Natalie, ich möchte dich auf keinen Fall drängen, aber du hast um eine Aussprache bei einem Ausflug mit den Hunden gebeten und nun sagst du so gut wie gar nichts. Ich bin ehrlich gesagt ein wenig verunsichert." Franz blieb stehen und sah Natalie mit fragendem Blick an. Diese fühlte sich plötzlich wie betrunken. Sie konnte den Worten ihres Vaters keinen Sinn entnehmen. Ihr Mund wurde staubtrocken und sie schluckte.

„Ich habe was?", fragte sie nach der ersten Schrecksekunde mit rauer Stimme und blickte ihren Vater unsicher an. Auch der schien sich irgendwie verloren zu fühlen.

„Du hast doch Irina gefragt, ob sie für dich eine Aussprache zwischen uns arrangieren kann?"

„Nein", gab Natalie vollkommen überrumpelt zurück. „Ganz im Gegenteil. Irina hat mir gesagt, du hättest sie um Hilfe gebeten, das Ganze hier einzufädeln, weil du mit mir sprechen wolltest."

Plötzlich sahen sich Natalie und Franz mit riesigen, ungläubigen Augen an. Im gleichen Augenblick war ihnen ein Licht aufgegangen. „Irina!", sagten sie wie aus einem Mund. Unruhig traten die Hunde auf der Stelle und sahen abwechselnd zu Franz und Natalie. Erst als Franz erneut ruhig die Hand hob, nahmen sie Platz.

„Und ich habe die ganze Zeit darauf gewartet, dass du mir endlich sagst, was du auf dem Herzen hast", erklärte Natalie mit zitternder Stimme. „Da hätte ich ja lange warten können", stellte sie bedrückt fest.

Franz kratzte sich nervös seine grauen Bartstoppeln. „Hätte ich mir ja fast denken können", murmelte er kopfschüttelnd, ohne auf Natalies Bemerkung einzugehen.

„Bist du böse auf mich?", fragte Natalie und fühlte sich beinahe wieder wie das kleine Mädchen von früher.

„Nein, wie kommst du denn darauf", wehrte Franz ab und sah sie aus traurigen Augen an. „Warum soll ich böse sein? Und auf dich schon gar nicht. Enttäuscht vielleicht, weil", er suchte sichtlich nach Worten, „weil ich das Gefühl habe, dass meine Hoffnung auf eine Versöhnung mit dir gerade verpufft ist. Es schmerzt mich jeden Tag aufs Neue, dass du dein Zuhause meinetwegen verlassen musstest. Und auch wenn es albern klingt, ich habe nie die Hoffnung aufgegeben, dass du eines Tages zurückkommst. Ganz ehrlich, seit dem Tag, als Caro erzählt hat, dass du auf Lucas aufpassen kommst", er stieß die Luft aus und schüttelte ratlos den Kopf, „seither habe ich keine Nacht vernünftig geschlafen vor Nervosität."

„Du konntest nicht schlafen?", entfuhr es Natalie. Wie war das möglich? Ihr Vater, immer stark und einschüchternd, gestand, dass er ihretwegen nächtelang kaum ein Auge zugetan hatte?

„Glaubst du denn, ein Vater steckt das so einfach weg, wenn seine Tochter noch nicht mal erwachsen ist, aber Hals über Kopf ausfliegt, auf nimmer Wiedersehen?

Ich habe verstanden, dass du mit meinen Entscheidungen nicht einverstanden warst, aber dass es dich so trifft und du mich nie wiedersehen, nie wieder mit mir sprechen wolltest, konnte ich kaum glauben."

Natalie kam aus dem Staunen nicht heraus, hier Herz schlug wild. Sie rang nach Luft und versuchte gegen diesen festen Knoten im Hals anzukämpfen, der sich darin gebildet hatte und sie daran hinderte zu sprechen. „Du wolltest doch, dass ich gehe", presste sie unter größter Anstrengung und mit ersterbender Stimme hervor. „Und du hast dich nie wieder gemeldet, außer dann plötzlich mit der Einladung zur Hochzeit."

„Nein, ich wollte nie, dass du gehst. Aber ich gebe zu, dass ich keine Kraft hatte, gegen die Entscheidungen deiner Mutter anzugehen. Ich war schwach und hatte gehofft, dass es das Beste für dich ist. Es sollte doch nur für die Schulzeit sein und ich habe dir Briefe geschrieben. Erst als du nicht zur Hochzeit gekommen bist, habe ich aufgegeben."

Natalie sah ihn verwirrt an. „Ich habe nur einen einzigen Brief bekommen. Die Einladung." In ihrem Kopf überschlugen sich die Gedanken. Warum sollte ihr Vater sie anlügen? Aber wenn es die Wahrheit war, wo waren dann die Briefe an sie? Ein Kloß bildete sich in ihrem Hals. Es gab nur eine Antwort darauf. Ihre Mutter musste die Briefe abgefangen haben.

Noch immer standen sie sich auf dem Waldweg gegenüber wie verfeindete Lager, aber mit jedem Augenblick verflüchtigte sich ein Teil der Anspannung und anstelle dessen machten sich Bestürzung und Traurigkeit breit. Die Hunde hatten ihre Schnauzen auf die

Vorderläufe gelegt und beobachteten, ohne sich zu regen. Franz zog ein Taschentuch hervor und schnäuzte sich.

„Ich mache mir da nichts vor. Es war schrecklich für euch, die Trennung von eurer Mutter zu erleben. Und dann kommt der alte Herr auch gleich noch mit einer neuen Frau an, die sage und schreibe zwanzig Jahre jünger ist als er selbst. Hätte ich gewusst, dass du so sehr unter allem leidest, dass du nicht mehr zurückkommst, wäre ich die Beziehung mit Irina wahrscheinlich nicht eingegangen.“

Natalie fror plötzlich und rieb sich die Arme. „Ich bin doch nicht nur deinetwegen fortgeblieben“, flüsterte sie matt und hatte nicht mehr die Kraft, gegen die nun mit aller Gewalt hervorbrechenden Tränen anzukämpfen. „Ich hatte noch einen ganz anderen, eigenen Grund“, schluchzte sie leise und sah durch ihren tränenverschleierten Blick, wie Fiona den Kopf in ihre Richtung hob.

17. Im sicheren Kokon

Natalie hörte die dröhnende Stimme ihres Vaters bis in ihr Zimmer, als sie sorgfältig die Klamotten und die Packung Kondome, die sie schon seit einiger Zeit in ihrer Wäscheschublade versteckte, in ihrem Rucksack verstaute. Er telefonierte wieder einmal mit ihrer Mutter und natürlich stritten sie miteinander. Die beiden fanden bei jeder noch so kleinen Gelegenheit einen Grund, lautstark verbal aufeinander loszugehen und Natalie konnte diesen Zustand längst kaum noch ertragen. Die Luft war in den letzten Wochen zum Schneiden dick gewesen. Norma, Natalies Mutter, bestand zudem seit Neuestem darauf, dass ihre Töchter sie beim Vornamen nannten, und blieb immer häufiger über Nacht fort. Sie verbrachte die Zeit bei ihrem neuen Freund Jochen. Und wenn sie doch einmal unerwartet nach Hause kam, dauerte es nur wenige Minuten, bis sie mit Franz aneinandergeriet. Deshalb hatte sie es sich auch zur Angewohnheit gemacht, diesen Jochen mitzubringen. Er wartete immer, die Augen hinter der spiegelnden Sonnenbrille versteckt, in seinem schicken grünen Cabrio mitten auf dem Hof und hörte lautstark Musik. Sobald Norma wieder im Auto saß, ließ er den Motor aufheulen und sie brausten davon. Diese Auftritte verbesserten die Situation in keiner Weise. Niemals hätte

Natalie gedacht, dass es noch schlimmere Tage geben könnte als den, an dem die Eltern ihre Töchter vor vollendete Tatsachen gestellt hatten. All die Wochen der Ungewissheit, die diesem Tag vorausgegangen waren, hatten neben allem Schrecken auch immer die Hoffnung in sich getragen, dass Mutter und Vater wieder zueinander fänden und ihre Ehe und die Familie würden retten können. Doch nachdem nun die Karten offen auf dem Tisch lagen, schien sich Norma überhaupt nicht mehr um ein harmonisches Familienleben zu bemühen. Diese Familienkatastrophe, anders konnte Natalie es gar nicht nennen, zog sich nun schon über ein Jahr und zermürbte jeden Einzelnen von ihnen. Besonders schlimm war es gewesen, als Norma verkündet hatte, dass sie mit Jochen nach Köln ziehen und die Mädchen mitnehmen wollte. Sie hatte erst einen Tobsuchtsanfall bekommen und dann geweint wie ein kleines Kind, weil beide Töchter sich gegen dieses Vorhaben ausgesprochen hatten. Und als ob das nicht genug gewesen wäre, hatte ihr Vater nur zwei Tage später diese herausgeputzte Polin mit nach Hause gebracht, die kaum älter war als Caro. Diese Irina verbrachte seitdem jedes Wochenende hier. Natalie wurde schlecht beim Gedanken daran, wie dieses Flittchen und ihr Vater ungeniert schmusten, sich küssten oder Händchen hielten. Sie fand es abartig, dass ihr Vater mit dieser Schlampe rummachte, die doch sicher nur auf sein Geld und das Gut aus sein konnte.

Natalie setzte sich an ihren Schminktisch, kämmte sich die Haare und trug Make-up auf. Als sie das feine Bürstchen für die Wimperntusche zu den Augen führte, zitterte ihre Hand vor Aufregung. Nicks Mutter hatte kurzfristig verreisen müssen. Er hatte sie daraufhin gefragt, ob sie nicht das Wochenende mit ihm allein in der Wohnung verbringen wollte, und sie hatte ja gesagt. Sicher, die beiden hatten schon öfter allein Zeit in der Wohnung verbracht, aber Natalie hatte das Gefühl, dass dieses Wochenende ein ganz besonderes werden würde: Sie hegte die aufregende Hoffnung, dass Nick und sie zum ersten Mal miteinander schlafen würden. Sie hatten schon einige Male in zaghaften Andeutungen darüber gesprochen und trotz des Gefühlschaos, das der Gedanke an diese neue Intimität mit Nick in ihr verursachte, fühlte es sich richtig für Natalie an. Sie liebte ihn einfach. Er war derjenige, der ihr Kraft und Halt gab in dieser furchtbaren Zeit, in der ihre Familie auseinanderbrach. Er konnte ihr mehr Trost spenden als jeder andere. Denn auch wenn die Trennung seiner Eltern schon viele Jahre zurücklag, konnte er doch nachempfinden, was Natalie in diesen Monaten durchmachte. Sie wusste, dass sie von ihm kein falsches Mitleid bekam, sondern aufrichtige Anteilnahme. Nick verstand sie und Natalie mochte sich gar nicht ausmalen, wie die vergangenen Monate gewesen wären, wenn sie sich nicht an diesem einen Tag in der Jagdkanzel, ihrer geheimen Zuflucht, zum ersten Mal geküsst hätten. In den Wintermonaten war es viel zu kalt für längere Aufenthalte dort oben geworden. Deshalb trafen sie sich nun nach der Schule oft in Nicks Wohnung.

Auf Gut Beeken herrschte indes traurige Leere. Da Norma nur noch zu Stippvisiten mit Jochen anreiste und auch Carolinas Besuche zum Wäschewaschen Seltenheitswert bekommen hatten, wirkte das Anwesen trostlos und verlassen. Carolina, die schon immer mehr Zeit bei ihrer besten Freundin Saskia als zu Hause verbracht hatte, mied Natalie, wo es ging. Gespräche gab es kaum noch, nur das Nötigste wurde kommuniziert. Nach der Schule waren Caro und Saskia gemeinsam in der St. Josef Klinik in einer Art studienvorbereitendem Praktikum untergekommen. Sie verdienten ein bisschen Geld und als die Querelen im Hause Beeken immer größere Dimensionen angenommen hatten, hatten sie in Sankt Vith eine Wohngemeinschaft gegründet. Die große Schwester entfremdete sich so unaufhaltsam immer weiter von ihr und Natalie hatte keine Ahnung, wie sie damit umgehen sollte. Nachlaufen wollte sie Carolina aber ganz bestimmt nicht.

Als Natalie wie auf Katzenpfoten die Treppe hinunterschlich, hatte ihr Vater sich allem Anschein nach wieder beruhigt. Am liebsten wäre es ihr gewesen, unbemerkt das Haus verlassen zu können, aber diese Hoffnung erfüllte sich nicht. Mit dem Rücken zur Tür saß Franz Beeken am Küchentisch, ihm gegenüber, mit dem Blick direkt auf die Treppe, Irina, die in diesem Moment den Kopf hob. Natalie verzog die Augen zu schmalen Schlitzen und presste die Lippen aufeinander.

„Natalie", rief Irina überrascht. „Du gehst noch weg?"

„Offensichtlich" sagte sie verächtlich, als sie auf der letzten Stufe stand und von oben herab auf die Polin hinunterblickte. Sie hörte ihren Vater erschöpft murmeln, aber auf den konnte und wollte sie gerade keine Rücksicht nehmen.

„Wann kommst du denn wieder? Bist du zum Abendessen da? Sonst hebe ich dir was auf", bot Irina an.

Genervt warf Natalie den Kopf nach hinten und stöhnte. Die Heuchelei konnte sie sich sparen. Auf das Muttergetue von einer, die vor Kurzem noch selbst die Schulbank gedrückt hatte, verzichtete sie allzu gern. „Keine Ahnung, nein, bin nicht da. Und von dir brauche ich sowieso nichts", zischte sie, sodass es für alle deutlich zu hören war, in die Küche und ging zur Haustür.

„Natalie", hörte sie ihren Vater noch bittend rufen, bevor sie die Tür laut krachend ins Schloss fallen ließ. Sie hatte in diesem Moment nicht die Kraft, mit ihm zu reden. Es war bestimmt nur eine Frage der Zeit, bis dieses Flittchen sich wieder vom Acker machte. Und wer musste sich dann um den Vater kümmern? Natalie! Weil sie die Einzige war, die wirklich zu ihm hielt, die ihn vor Norma verteidigt hatte und sich mit aller Gewalt dagegen gewehrt hatte, mit ihr und Jochen nach Köln zu gehen.

Sie holte Carolinas Fahrrad aus dem Stall. Ihre Schwester war nicht da und würde es mit Sicherheit nicht sobald brauchen. Erst als Natalie die Straße ins Dorf hinunterrollte, verloren sich die bitteren Gedanken in der Abenddämmerung.

Vor wenigen Stunden hatte sie Nick noch in der Schule gesehen, aber ihr kam es bereits wie eine Ewigkeit vor. Sie fühlte die Sehnsucht nach ihm, nach der Geborgenheit und Zuversicht, die sie in seinen Armen spürte, als sie bei Mertens klingelte.

Der Türöffner summte. Mit flauem Gefühl, als wäre sie kurz davor, in eine Achterbahn zu steigen, erklomm Natalie die Stufen. Vorbei am Obergeschoss, das Nicks

Onkel, der Bruder seiner Mutter, bewohnte, stieg sie bis ins Dachgeschoss. Nick stand oben in der Wohnungstür und wartete auf sie. Auch er hatte sich Mühe mit seinem Erscheinungsbild gegeben. Über der Jeans trug er ein neues T-Shirt, die blonden Haare hatte er gestylt. Mit Wachs etwa? Sie lächelte, als sie oben ankam. Er zog sie mit einer warmen Umarmung an sich und begrüßte Natalie mit einem intensiven Kuss auf die Lippen.

„Neues Parfüm?", fragte sie, als sie den Kuss beendet hatten und sog seinen Duft ein, indem sie ihre Nase kräftig an seine Brust drückte.

„Ja, gefällt's dir?", fragte er und sie antwortete mit einem wohligen Seufzen.

„Mhm, ich könnte jetzt so bleiben".

Nick lachte leise. „Wenn ich das vorher gewusst hätte, hätte ich mir den ganzen Aufwand für dich ja sparen können. Einfach ein bisschen Duft versprühen und du bist mir verfallen."

„Das bin ich doch sowieso", stellte sie fest und löste sich von ihm, um flink wie ein Wiesel in die Wohnung zu schlüpfen.

„Was hast du denn Aufwendiges vorberei…" Sie stockte und dann entfuhr ihr nur noch ein überraschtes „Wow", denn sie stand im Wohnzimmer, das heute aber eher einem Restaurant glich. Nick hatte einen Tisch in die Mitte des Raumes gestellt und für zwei Personen eingedeckt. An den Wänden hingen Lichterketten, die das Zimmer in ein angenehmes, romantisches Licht tauchten.

„Das sieht aus, als hättest du einen Plan", stellte sie fest, drehte sich zu ihm um und küsste ihn hingebungsvoll. „So etwas Schönes hat noch nie jemand für mich gemacht."

„Sei bloß nicht so voreilig", gab Nick zu bedenken. „Du weißt ja noch nicht, ob es schmeckt."

„Ich kann mir kaum vorstellen, dass es nicht schmeckt." Sie schüttelte den Kopf. „Was gibt es denn?"

„Pizza", antwortete Nick und zog sie hinter sich her in die Küche, wo bereits ein Blech mit fertig belegter Pizza stand und darauf wartete, in den Ofen geschoben zu werden. „Den Teig habe ich selbst gemacht, Tomatensoße, frische Pilze, Salami und Käse drüber. Jetzt muss sie nur noch backen. Er schob das Blech in den bereits vorgeheizten Ofen, stellte den Küchenwecker und wandte sich dann wieder an Natalie.

Als sich ihre Blicke trafen, tanzten tausend Schmetterlinge in ihrem Bauch. Sie genoss die Berührung seiner Lippen auf ihrem Mund, ihren Wangen und auf dem Hals. Als sie zärtlich seinen Arm berührte, flüsterte sie kaum hörbar: „Ich würde es sehr gern mit dir tun."

Für einen Moment hielt er in seiner Bewegung inne, dann löste er sich von Natalie, um ihr tief in die Augen zu sehen.

„Ich wollte es dir eigentlich später zeigen, aber jetzt ist auch ein guter Zeitpunkt. Seine Hand griff nach der ihren und die Finger verschränkten sich ineinander. Ohne Natalie loszulassen, ging er voran und führte sie in sein Zimmer. Auch hier war alles aufgeräumt und mit Lichterketten dekoriert. Das Bett war frisch bezogen und Natalie nahm einen sehr angenehmen Duft wahr, den sie nicht einordnen konnte.

„Wonach riecht es hier?"

„Sandelholzöl, das soll für eine angenehme und entspannte Atmosphäre sorgen."

„Ich glaube, das klingt nach etwas, das uns gefallen könnte", sagte sie leise und schob sich so dicht an ihn heran, dass sie das aufgeregte Klopfen seines Herzens spüren konnte. „Nervös?", fragte sie sanft.

„Ein bisschen", gab er zu und küsste sie zaghaft.

„Ich auch, falls es dich beruhigt", sagte sie leise, erwiderte seinen Kuss und ließ ihren Rucksack, den sie noch immer auf dem Rücken trug, langsam über ihre Schultern gleiten. Mit einem dumpfen Geräusch landete er auf dem Boden. Sie unterbrach den Kuss für einen Moment und sah ihn herausfordernd an, als sie den Reißverschluss ihrer Jacke öffnete und sich von dieser auf die gleiche Weise löste wie von dem Rucksack. „Ist warm hier drin", erklärte sie und als er mit gedämpfter Stimme „Find ich auch" antwortete, fanden sich ihre Lippen wieder und sie küssten sich intensiver und leidenschaftlicher, als sie es zuvor getan hatten. Zaghaft erkundeten Natalies Finger die Haut unter seinem T-Shirt und mit zitternder Erregung spürte sie, wie seine Finger langsam über ihren Rücken fuhren. Behutsam gingen sie miteinander um, als sie sich vorsichtig aufs Bett legten und sich zärtlich zu streicheln begannen, bis sie das schrille Klingeln des Küchenweckers aus ihren Liebkosungen riss.

„Essen ist fertig", stellte Nick mit einem Ton fest, der keinen Zweifel daran offenließ, dass er diese Unterbrechung als äußerst bedauerlich empfand, und stützte sich auf den Unterarm.

„Ich schlage vor, dass wir essen und dann genau da weitermachen, wo wir eben aufgehört haben." Natalie sah ihn mit einem gewinnenden Lächeln an.

„Ich weiß nicht, ob ich mich nachher noch daran erinnern kann. Was hatten wir gleich noch gemacht?", alberte er und beugte sich genüsslich zu Natalie, um sie erneut zu küssen.

„Also, wenn du das in so kurzer Zeit vergessen hast, haben wir zwei ein ernsthaftes Problem", ermahnte Natalie ihn mit gespielter Entrüstung. „Vielleicht kümmerst du dich erst mal ums Essen und denkst darüber nach, was du gesagt hast." Sie gab sich Mühe einen besonders bedeutungsvollen Blick aufzusetzen.

„Dann muss ich wohl", gab sich Nick geschlagen und stieg aus dem Bett, um nach der Pizza zu sehen.

Sie schliefen an diesem Wochenende tatsächlich das erste Mal miteinander und genossen diese intensive Zeit der Intimität in vollen Zügen. Immer wieder versicherte Nick Natalie seine Liebe und sie malten sich bereits ihre gemeinsame Zukunft miteinander aus. Kein einziges Mal verließen sie die Wohnung. Natalie hatte sich bei Nick schon lange wohl und geborgen gefühlt, doch an diesem Wochenende wurde diese Geborgenheit zu einem sicheren Kokon, weit weg von der Realität, und sie wäre am liebsten für immer mit ihm in dieser Blase der Glückseligkeit geblieben. Natalie liebte

Nick und er liebte sie, das hatten sie sich in den vergangenen Stunden mehrfach versichert und durch Zärtlichkeiten verdeutlicht.

Kurz bevor sie sonntags ihr Frühstück im Bett beenden konnten, klingelte Nicks Handy und unterbrach damit ihre traute Zweisamkeit. „Psst", er legte den Finger auf Natalies Lippen und zeigte ihr das Display, bevor er sich im Bett aufsetzte und das Gespräch annahm. „Hallo Mama!"

Während Natalie ihr Brötchen aß, beobachtete sie Nick, der eine Weile lang nur stumm den Worten seiner Mutter lauschte. Sie konnte beobachten, wie dabei eine Veränderung in ihm vorging. Seine Körper spannte sich zunehmend an, während er mit düsterem Blick auf seinen Teller stierte. Wenn er überhaupt antwortete, blieb er einsilbig und als er das Handy schließlich nach einer knappen Verabschiedung von seiner Mutter aus der Hand legte, schien auch der letzte Rest seiner guten Laune verschwunden zu sein.

„Was ist denn passiert?" Besorgt legte Natalie ihre Hand auf seinen Rücken, doch er schüttelte sie unwirsch ab.

„Ich will gerade nicht darüber reden." Sein Ton machte unmissverständlich klar, dass er es ernst meinte. Mit einem Ruck stand er auf und griff sein Geschirr, um es in die Küche zu bringen. Dann verschwand er ohne weitere Erklärung im Badezimmer. Ein seltsames Gefühl befiel Natalie. Gerade noch waren sie sich so nahe gewesen. Nichts und niemand hatte sich zwischen sie und ihre Liebe zwängen können. Und nun das? Sie wollte Nick helfen, aber wie sollte sie das anstellen, wenn er sie gar nicht erst an sich heranließ?

„Meine Mutter kommt in einer knappen Stunde nach Hause, bis dahin muss ich hier noch aufräumen." Nick sprach betont sachlich, als er das Bad wieder verlassen hatte, und vermied es, Natalie anzusehen. Dennoch bemerkte sie, dass seine Wangen und Augen leicht gerötet waren. Schweigend half sie ihm dabei, die Wohnung wiederherzurichten, doch seine plötzlich so zurückhaltende, nein, abweisende Art, verunsicherte sie völlig. Warum sprach er nicht mit ihr über das, was seine Mutter am Telefon erzählt hatte? Welche Nachricht hatte ihn plötzlich so aus der Bahn werfen können?

Als sie die Arbeit erledigt hatten, suchte Natalie erneut Nicks Nähe und schmiegte sich vorsichtig an ihn. Er hatte seit dem Telefonat kaum ein Wort mit ihr gesprochen und war ihren Blicken ausgewichen. Sie hatte Angst, dass dieser besondere Zauber zwischen ihnen sich vollständig verflüchtigen würde, und wollte dieses Gefühl noch solange es ging genießen.

„Gehen wir gleich noch zum Ausguck?" Nick verkrampfte sich unter ihrer Berührung, sie spürte es deutlich.

„Lieber nicht, ich habe noch ein paar Dinge zu erledigen." Seine Stimme klang rau und wieder wich er ihrem Blick aus.

„Was denn für Dinge?"

„Na, Dinge eben. Schule und so ein Kram", wiegelte er ungeduldig ab und löste sich dabei aus ihrer Umarmung.

„Wir haben doch gar nichts auf?" Natalie trat einen Schritt zurück und musterte ihn bekümmert. „Willst du mir nicht sagen, was los ist?"

„Nichts ist los. Ich glaube ...“ Er zögerte, schien für einen Augenblick mit sich zu kämpfen, sprach dann aber weiter, wobei seine Gesichtszüge sich weiter verhärteten. „Ich glaube, ich brauche einfach mal ein bisschen Zeit für mich.“ Noch immer wich er ihrem Blick aus, wirkte wie ein trotziges Kind. Und seine Worte trafen sie aus heiterem Himmel und verletzten sie zutiefst.

„Was? Und das sagst du mir ausgerechnet jetzt, nachdem wir beide ... Schickst du mich jetzt echt weg?“ Natalie starrte ihn fassungslos an. „Bin ich dir so schnell zu viel geworden. Hast du gekriegt, was du wolltest, und jetzt kann ich gehen?“ Ihre Stimme war lauter und höher geworden. Nick antwortete nicht, er sah sie nicht einmal an. „Sagst du jetzt mal was dazu?“, forderte sie, doch er blieb weiterhin stumm. „Ist das dein Ernst?“ Natalie unterdrückte die aufkommenden Tränen der Wut und Enttäuschung, doch Nick rührte sich noch immer nicht. „Nick, bitte, was soll das?“, flehte sie nun fast flüsternd um eine Erklärung und hatte das Gefühl, an ihren eigenen Worten ersticken zu müssen. Was war denn nur passiert? „Du meinst das wirklich ernst. Weißt du eigentlich, was du mir gerade antust? Was ist aus Nick und Natalie für immer und ewig geworden?“

Endlich sah er sie an und hob missmutig die Augenbrauen. „Wir brauchen uns doch nichts vormachen, Natalie. Für immer und ewig gibt es nicht. Schau dir die Welt an. Meine Eltern, deine Eltern, jede Beziehung geht irgendwann den Bach runter. Da hilft auch kein Schwur.“

Seine Stimme klang matt, aber seine Worte wirkten gewaltig. Jedes einzelne brannte wie Feuer. Entgeistert wich Natalie einen weiteren Schritt zurück. „Das ist ja interessant, dass dir das ausgerechnet jetzt klar wird. Ich kann nicht glauben, dass du das wirklich tust. Du machst alles kaputt, alles, was wir beide hatten. Ich hasse dich!" Der Zorn hatte Natalie nun gepackt. Wutschnaubend begann sie ihre Sachen zusammenzupacken.

„Natalie", hörte sie ihn plötzlich hinter sich, als sie bereits auf dem Weg zur Tür war, aber sie wollte nichts mehr hören. Er hatte genug gesagt.

„Lass mich bloß in Ruhe, du Heuchler!", zischte sie und verließ die Wohnung, ohne sich noch einmal umzusehen. Bereits im Treppenaufgang liefen die ersten Tränen. Unten angekommen stieg sie blindlings auf Caros Fahrrad und fuhr davon.

Als sie auf den Hof fuhr, stellte Natalie fest, dass Norma und Jochen gekommen waren. Auch das noch. Jochen hatte seinen dicken Mercedes, sein Gefährt für den Winter, quer vor der Haustür geparkt und sie war für einen kurzen Augenblick versucht mit ihrem Rucksack über den glänzenden, schwarzen Lack zu schrammen. Als sie ins Haus kam, fand sie ihren Vater, Irina, Norma und Jochen gemeinsam mit ernsten Gesichtern am Wohnzimmertisch sitzen.

„Da bist du ja, wir haben gerade von dir geredet." Augenblicklich wechselte Normas Gesichtsausdruck zu einem freundlichen Lächeln. „Hast du kurz Zeit? Wir wollen was mit dir besprechen."

Darauf hatte Natalie gerade gar keine Lust. „Nein, eigentlich nicht. Mir ist gerade nicht gut. Können wir das verschieben? Ich glaube, ich muss auch noch Hausaufgaben machen."

„Weißt du, genau darüber wollen wir mit dir reden.“ Ihre Mutter griff neben sich nach Jochens Hand, ohne den Blick von ihrer Tochter zu nehmen. „Wir alle hier sind der Meinung, dass wir uns in der Vergangenheit zu viel mit uns selbst beschäftigt haben und dabei deine Erziehung etwas vernachlässigt wurde.“ Sie machte eine Pause und blickte wissend in die Runde. Franz sah müde aus, schwieg jedoch.

„Ich bin fünfzehn, ich brauche keinen Aufpasser mehr. Ich komme schon klar“, erwiderte Natalie trotzig. Die Situation gefiel ihr ganz und gar nicht. Irgendetwas Krummes ging hier vor sich. Das spürte sie genau.

„Siehst du“, mischte sich Jochen ein und sie warf ihm dafür einen giftigen Blick zu. „Wir beurteilen die Angelegenheit etwas anders als du. Dein Benehmen lässt aktuell zu wünschen übrig. Du meldest dich nicht ab, bleibst lange weg, auch über Nacht, hängst in der Schule hinterher und bist sogar versetzungsgefährdet“, sagte er vorwurfsvoll.

„Ich wüsste nicht, warum ich mich bei dir abmelden sollte“, entgegnete Natalie aufgebracht. „Und wenn ihr mich jetzt in Ruhe lasst, dann kann ich lernen und schaffe auch die Klasse“, setzte sie wütend nach und sah zu ihrem Vater und Irina hinüber, die dem ganzen wortlos beiwohnten. „Habt ihr auch was dazu zu sagen?“ Doch statt einer Antwort schlug ihr Vater nur die Augen nieder.

„Natalie“, schlug Norma eine versöhnliche Tonlage an. „Jochen und ich machen uns einfach Sorgen um dich und deine Zukunft. Wir möchten nicht, dass du bei den familiären", sie suchte nach einem geeigneten Wort, „Veränderungen unter die Räder kommst."

„Schön für euch. Ich will aber nicht, dass ihr euch in mein Leben einmischt. Kann ich jetzt gehen?" Trotzig wandte Natalie sich ab.

„Wir haben eine Entscheidung getroffen", erklärte Norma nun jedoch ruhig, aber ernst und Natalie erstarrte augenblicklich. Sie spürte, wie ihre Knie zitterten. Ihre Mutter sprach nicht weiter, Franz räusperte sich. Langsam drehte sie sich zurück und sah in die Gesichter der vier. Hier war etwas ganz Mieses im Busch. „Wir alle haben beschlossen, dass du mit zu uns nach Köln kommst und das Schuljahr dort zu Ende machst. Jochen hat einen guten Kontakt zu einer sehr angesehenen Privatschule, wo du intensive Förderung und auf deine Bedürfnisse zugeschnittenen Unterricht erhältst. Gleich morgen kannst du anfangen."

„Bitte was?" Natalie hatte das Gefühl, soeben von einem Bus angefahren worden zu sein, und sah ungläubig in die betretenen Gesichter. „Da habe ich ja wohl auch noch ein Wörtchen mitzureden. Ihr könnt mich doch nicht dazu zwingen", erklärte sie fassungslos.

„Wir wollten das ja in Ruhe mit dir besprechen, aber du warst nicht da", erklärte Franz leise.

„Willst du mich etwa loswerden?", fragte sie mit tränenerstickter Stimme. Panik stieg in ihr auf und sie konnte kaum atmen. Dieser Tag gestaltete sich zu einem einzigen Alptraum.

„Natürlich nicht", erwiderte ihr Vater. „Wir glauben nur alle, dass es das Beste für dich ist, wenn du erst einmal in einem neuen, stabilen Umfeld wohnst und dich ganz auf die Schule konzentrieren kannst. In den Ferien kommst du uns besuchen und wenn du die Klasse geschafft hast, können wir immer noch über eine Rückkehr nach Weidingen sprechen."

Natalie hielt sich die Ohren zu, sie wollte nichts weiter von diesem Theater hören. „Das könnt ihr doch nicht machen", beharrte sie nun flehend. „Ich komme nicht mit, ich will hierbleiben!" Sie fühlte sich völlig hilflos und als sie sich im Wohnzimmer umsah, entdeckte sie plötzlich zwei Reisetaschen und ihren Schulrucksack neben dem Schrank. „Ihr wart doch nicht wirklich an meinen Klamotten", keuchte sie entsetzt und ihr Herz schlug angsterfüllt in ihrer Brust.

„Aber doch nur, weil du nicht da warst." Norma setzte einen unschuldigen Blick auf. „Ich habe verschiedene Kleidungsstücke, Waschzeug und deine Schulsachen zusammengepackt, damit du über die Woche kommst. Solltest du mehr brauchen, kaufen wir dir einfach neue Sachen. An deinen persönlichen Dingen war ich selbstverständlich nicht. Wir können gleich noch mal hochgehen und du suchst zusammen, was du brauchst."

Natalie keuchte erneut. Warum konnte sie nicht einfach umfallen und dieser Spuk war vorbei? „Mein Zimmer und meine Klamotten SIND meine persönlichen Dinge", begehrte sie noch ein letztes Mal auf, aber sie wusste bereits, dass sie verloren hatte. Sie schienen alle wild entschlossen und würden keine Widerworte dulden.

„Ich weiß, mein Schatz", erklärte Norma nun und stand auf. Sie legte ihren Arm um Natalies Schulter und schob sie aus dem Zimmer die Treppe hinauf. „Es tut mir auch leid, dass du dich so überfallen fühlst. Wir wollten ja schon am Freitag mit dir sprechen, aber du warst die ganze Zeit unterwegs.“

Also war dieser ganze Mist jetzt auch noch ihre eigene Schuld? Natalie konnte nicht fassen, was ihre Eltern ihr antaten. Sie hatte nicht einmal die Kraft, sich gegen die Umarmung ihrer Mutter zu wehren. Mit Tränen in den Augen suchte sie ein paar Dinge zusammen.

Wie in Trance lag Natalie im Bett in ihrem neuen Zimmer. Sie konnte das alles noch immer nicht glauben, fühlte sich wie gefangen in einem schlechten Traum, aus dem sie hoffentlich bald erwachen würde. Die Tür ging auf und Norma trat ein.

„Na, wie geht es dir? Schon besser?“, fragte sie.

„Ich muss kurz telefonieren“, erwiderte Natalie kühl und griff zum Telefon, das neben ihrem Bett auf dem Nachtschrank stand.

„Klar“, erwiderte Norma und setzte sich aufs Bett.

„Allein“, erklärte Natalie nachdrücklich, aber ihre Mutter ließ sich davon nicht beeindrucken.

„Nur zu, du bist mein Kind, vor mir brauchst du nichts zu verheimlichen.“

Fassungslos starrte Natalie ihre Mutter an, dann schnaufte sie wütend, nahm den Hörer aus der Ladestation und ging ins Badezimmer, das zu ihrem Zimmer gehörte. Sie wählte Nicks Handynummer und wartete. Er nahm nicht ab, irgendwann ging die Mailbox dran. Natalie legte auf, ohne eine Nachricht zu hinterlassen, und wählte die Festnetznummer. Auch hier ließ sie es klingeln, bis die Verbindung unterbrochen wurde. Er wollte nicht mit ihr reden. So viel war klar. Wütend trat sie aus dem Badezimmer, ihre Mutter saß immer noch auf dem Bett. Natalie streckte verärgert den Arm aus und hielt Norma den Telefonhörer hin, auf dem ein kleiner Aufkleber mit Ziffern angebracht war. „Ist das eure Nummer?", fragte sie verbittert. Norma nickte und Natalie verschwand wieder im Bad nebenan. Erneut wählte sie Nicks Handynummer. Er nahm nicht ab und sie wartete geduldig bis nach dem Signalton, um ihm ihre Nachricht zu hinterlassen. Mit höchster Konzentration sprach sie: „Nick, wir müssen reden. Meine Mutter und Jochen haben mich nach Köln gebracht. Bitte, ruf mich an. Das ist ihre Nummer." Sie las mühsam und unter Tränen die Telefonnummer vom Aufkleber ab. „Ich liebe dich und du fehlst mir", flüsterte sie, bevor sie auflegte. Eine Weile saß sie wie versteinert auf dem Toilettendeckel, dann stand sie auf und wusch sich das Gesicht. Mit kämpferischer Miene blickte sie ihr Spiegelbild an und ging hinaus. „Spätestens am Wochenende bin ich wieder zu Hause", erklärte Natalie wild entschlossen, trat aus dem Badezimmer und schob den Telefonhörer wieder in die Ladestation, ohne Norma auch nur eines Blickes zu würdigen.

18. Erkenntnisse

„Wie geht es dir?", fragte Franz, als sie zurück auf den Hof kamen. Natalie hob kraftlos die Schultern. Sie hatte in der Tat keine Ahnung, wie sie sich in diesem Augenblick fühlte. Erschöpft, traurig, überwältigt, hilflos, froh. Von allem ein bisschen und irgendetwas dazwischen.

„Ich fürchte, ich brauche noch ein bisschen", sagte sie leise und blickte ihren Vater entschuldigend an. „War eine lange Zeit."

Franz nickte. „Geht mir auch so. Das steckt man nicht so einfach weg." Betreten sahen sie sich an und Natalie spürte, wie ihre Unterlippe leicht zu beben begann.

„Vielleicht gehen wir in den nächsten Tagen noch einmal eine Runde und nehmen Lucas mit. Ich reise ja erst am Freitag ab", schlug sie vor und Franz nickte.

Plötzlich wurde die Haustür aufgerissen und das Geräusch durchbrach diesen seltsamen Moment. Natalie erschrak, fühlte sich aber gleich darauf erleichtert und dankbar, als Lucas' Stimme erklang.

„Da seid ihr ja endlich. Wir warten schon ewig! Ich habe so einen großen Hunger!" Er ließ die Tür sperrangelweit offen stehen und lief wieder hinein. „Ja, Oma", trompetete er, „sie sind da!"

„Geh schon mal rein. Ich kümmere mich noch um Fiona und Aramis. Wenn die beiden Schmutzfinken so ins Haus kommen, kann ich mir was anhören." Franz lächelte sanftmütig und deutete mit einer leichten Kopfbewegung zum Haus.

Natalie ging ins Wohnzimmer. Dort wo am Vormittag noch der Tisch mit Süßwaren und Kaffee für Irinas Kaffeeklatsch vorbereitet gewesen war, standen nun Suppenteller und ein großer Topf auf dem Tisch. Es duftete fantastisch und nun spürte Natalie auch das Loch in ihrem Bauch. Wie konnte es sein, dass sie schon wieder Hunger hatte? Irina stand hinter einem der Stühle und blickte sie erwartungsvoll an. In ihren Augen mischten sich Schuldbewusstsein und Neugier. Ein paar Sekunden sahen sie einander an, dann fragte die Frau ihres Vaters: „Und? Wie war der Spaziergang?"

„Du meinst der, den du ganz allein für uns arrangiert und eingefädelt hast", fragte Natalie ruhig und holte tief Luft. Dieser Tag hatte schon so viele neue Erfahrungen, Eindrücke und Gefühle für sie bereitgehalten, dass sie kaum mehr hinterherkam, sich allem mit der ausreichenden Aufmerksamkeit zu widmen. Die Vergangenheit hatte sie unweigerlich eingeholt. Die Ängste, Sorgen und die Wut der damals jugendlichen Natalie mischten sich mit den Emotionen der Frau, die sie heute war. Sie war hin- und hergerissen und fühlte sich wie auf einem Schiff, das von einem Moment auf den anderen rasant Fahrt aufgenommen hatte. Als triebe sie ungebändigt durch die sieben Weltmeere, ohne zu wissen, wie ihr geschah.

„Interessant und anstrengend, würde ich sagen“, fügte Natalie schließlich mit einem nachsichtigen Lächeln hinzu.

„Du sitzt hier, gleich bei mir“, sauste Lucas dazwischen und setzte sich neben den für Natalie auserkorenen Platz. Was war denn in den Jungen gefahren? So viel Zuwendung auf einmal?

„Ist in Ordnung. Ich gehe mir nur noch die Hände waschen.“ Natalie schenkte ihm noch ein kurzes Lächeln, bevor sie den Raum verließ.

Auch den Rest des Tages nahm Natalie wie im Traum wahr. Als sie wieder mit Lucas in der Wohnung war, leistete sie ihm am Küchentisch still Gesellschaft, während er seine Hausaufgaben machte. Doch schnell verloren sich ihre Gedanken wieder bei den Ereignissen des Tages.

Zunächst ließ sie den Morgen bei Irina Revue passieren. Wie seltsam es mit ihr gewesen war, vollkommen anders, als sie es erwartet hatte. Irina hatte eine solch positive und lebensbejahende Ausstrahlung. Sie war überraschend herzlich. Natalie konnte sich nicht daran erinnern, sie früher so erlebt zu haben. Und ja, sie war viele Jahre jünger als ihr Vater, aber dennoch eine erwachsene Frau, die fest mit beiden Beinen im Leben stand. Das war früher nicht der Fall gewesen. Oder hatte Natalie das damals einfach nur nicht erkannt, nicht erkennen wollen?

All die Jahre hatte sie geglaubt, ihr Vater und Irina hätten sie damals loswerden wollen. Weit gefehlt, wie er ihr im Wald berichtet hatte. Franz hatte versucht, den Kontakt zu ihr zu halten, aber Vater und Tochter hatten nie das Gespräch miteinander gefunden, weil Norma es verhindert hatte. Ob aus Groll gegenüber ihrem Ex-Mann, aus dem Wunsch heraus, ihre Tochter ganz auf ihrer Seite zu haben, oder doch aus dem Gedanken, dass es so das Beste für Natalie sei – Natalie wusste es nicht. Und ihr fehlte die Kraft für die Suche nach einer Antwort

Irina hatte sich mehr als nur Mühe gegeben, sie willkommen zu heißen. Es war in der Tat etwas schräg, dass ausgerechnet sie Natalie als Erste das Gefühl vermittelt hatte, dass sie noch immer Teil dieser Familie war. Dass sie Kraft und Zeit investiert hatte. Besonders überraschend war das vor dem Hintergrund, dass die junge Natalie diejenige gewesen war, die Irina von Anfang an offen abgelehnt hatte. Das zeugte zweifellos von Größe. Zugegeben, dieser arrangierte Spaziergang mit ihrem Vater hatte es in sich gehabt und möglicherweise hatte Irina sich damit viel zu weit aus dem Fenster gelehnt und eingemischt, aber wenn sie es nicht getan hätte, hätten Franz und Natalie wohl niemals miteinander gesprochen. Irina hatte sie beide in eine sehr unangenehme Situation gebracht, aber es hatte geholfen.

Natalies Gedanken verharrten einen Augenblick bei dem Moment, als Vater und Tochter klargeworden war, welches Märchen ihnen Irina aufgetischt hatte. Peinlich berührt und unsicher hatten sie und Franz einander gegenübergestanden. Aber es hatte funktioniert und auch wenn sie sich erst an die neue Situation gewöhnen mussten – so viele Jahre ohneeinander waren eben nicht mit einem einzelnen Spaziergang fortzuwischen –, tat es gut, zu wissen, dass ihr Vater ihr nicht böse war, es niemals gewesen war.

„Natalie! Du hörst mir ja gar nicht zu …", wurde sie aus ihren Gedanken gerissen, als Lucas sie mit seinem Mathematikheft anstieß. „Du sollst kontrollieren."

„Ja, ist ja schon gut. Tut mir leid." Natalie nahm das Heft zur Hand und überflog die Aufgaben. „Gut gemacht." Sie lächelte ihn an, als sie fertig war. „Hast du noch mehr auf?"

„Nur noch ein Buchstabentier", erklärte er, zog einen Bastelbogen hervor und schnitt konzentriert ein großes L, einen Löwenkopf mit üppiger Mähne und einen Schwanz aus. Anschließend klebte er die Teile ins Heft. Er schrieb das Wort *Löwe* sowie seinen Namen dazu, weil Lucas ebenfalls mit L begann. *Das Leben könnte so einfach sein, wenn man nur Buchstabentiere basteln müsste*, dachte sich Natalie.

Während Lucas seine Schulmaterialien in seinem Ranzen verstaute und Natalie gerade dabei war, sich noch einen Tee zu machen, vibrierte ihr Handy wiederholt auf dem Küchenschrank und vermeldete den Eingang gleich mehrerer Nachrichten. Während das Wasser im Kocher rauschte, scrollte sie durch die eingehenden Texte. *Oh, Mist.* Sie hatte das Treffen ihrer Lerngruppe vergessen. Außerdem wollte Dennis, dass sie ihn anrief, und Carolina fragte, ob sie bei Irina gewesen sei.

Den Chat der Lerngruppe stellte Natalie kurz entschlossen stumm, dafür fehlte es ihr gerade an Motivation und Konzentration. Dennis vertröstete sie ebenfalls.

Mir ist heute nicht gut, ich melde mich, sobald es besser ist.

Sie hoffte auf sein Verständnis. Nur wenige Minuten nachdem sie ihrer Schwester bestätigt hatte, dass sie der Einladung ihrer Stiefmutter tatsächlich nachgekommen war, klingelte das Telefon.

„Ich bin geplättet", tönte Caro. „Und wie war es? Hat sie versucht einen auf beste Freundin zu machen?", wollte sie wissen und wartete unverkennbar darauf, dass Natalie ein paar Lästereien von sich gab. Aber die wollte nicht.

„Es war nett. Wir haben uns gut unterhalten, ich glaube, das erste Mal überhaupt, und es war nett. Irina ist wirklich freundlich und ich denke, sie hat eine Chance verdient. Wir haben Kaffee getrunken und ein bisschen geredet, dann hat sie mir die Scheune gezeigt und ... "

„Nett, aha. Im Sinne von nett-ist-die-kleine-Schwester-von-...?", hakte sie nach.

„Nein, ich meine, sie ist wirklich nett. Eine sehr angenehme Person."

„Ha, da hat sie dich ja ordentlich eingewickelt", stellte Carolina am anderen Ende der Leitung kaltschnäuzig fest.

„Glaube ich nicht", widersprach Natalie. „Ich bin vielmehr davon überzeugt, dass es ihr wirklich ein Anliegen ist, die Familie zusammenzuhalten, zumindest soweit es möglich ist", fügte sie leise hinzu und überlegte, ob sie von dem arrangierten Spaziergang erzählen sollte.

„Na ja, meine Freundin wird sie jedenfalls nie. Aber sie ist nun mal Papas Frau und ich habe mich in den letzten Jahren an ihre Anwesenheit gewöhnt. Manchmal ist es praktisch, wenn sie da ist und hin und wieder für ein paar Stunden auf Lucas aufpassen kann."

„Caro, das klingt nicht fair", warf Natalie bedrückt ein. „Huch, was sind denn das für Töne? Na, mir soll es ja egal sein. Ist doch gut, wenn ihr euch versteht. Vielleicht kommst du uns dann noch mal irgendwann besuchen – Lucas, mich und meinen Mann." Carolina legte eine bedeutungsschwangere Pause ein. „Olaf hat gesagt, dass er sich direkt, wenn wir wieder nach Hause kommen, von seiner Frau trennt. Und dann sind wir ganz offiziell ein Paar! Es wäre doch großartig, wenn ihr euch kennenlernen könntet." Caros Stimme quietschte plötzlich vor Aufregung.

„Das könnte sein", flüsterte Natalie. Sie hatte nicht das Gefühl, dass ihre Schwester ihr zugehört und die Bedeutung der Worte begriffen hatte. „Ich reiche dich mal zu Lucas rüber, ja?", sprach sie in normaler Lautstärke weiter und brachte ihr Telefon ins Kinderzimmer. Lucas lag auf dem Bett und spielte wie immer mit seinem Nintendo. Natalie erschrak kurz. Sie hatte vollkommen vergessen, dass das Spielzeug eigentlich nur begrenzt zur Verfügung stehen sollte. Dafür würde sie sich mit Sicherheit eine Standpauke von Carolina anhören dürfen. Lucas hatte nur wenig Lust, sein Treiben zu unterbrechen. Also hielt Natalie ihm das Telefon ans Ohr, damit er seine Mutter wenigstens begrüßte. Nach zwei bis drei mühsamen Minuten gab Natalie auf und übernahm das Telefonat wieder.

„Er spielt gerade", entschuldigte sie sich.

„Solange die Hausaufgaben gemacht sind", flötete Caro verständnisvoll. Sie wirkte gelöst und hoffnungsvoll, schien wirklich guter Dinge zu sein. „Apropos Aufgabe, hast du deine erledigt und die Pralinen mitgebracht?"

„Ja, habe ich. Eine ganze Schachtel für Lucas", bestätigte Natalie und hörte Caro sehnsüchtig aufstöhnen.

„Die sind einfach ein Genuss. Hast du die Vanilleherzen mal probiert?"

„Ja, sie sind lecker und ich glaube, ich könnte Irina, jetzt wo wir so gut miteinander können, jederzeit danach fragen. Soll ich?", fragte sie herausfordernd.

„Hauptsache, du sagst nicht, dass sie für mich sind", stellte Carolina klar.

„Übrigens hättest du mich ruhig vorwarnen können, dass Nick jederzeit hier auftauchen könnte, um mit Irina das Adventssingen zu planen."

„Was? Na, du bist lustig, woher soll ich das denn wissen? Ich kenne doch Irinas Terminkalender nicht", rechtfertigte sich Caro.

„Dachtest du nicht, dass es mich interessieren könnte?" Es lag eine gewisse Schärfe in ihrer Frage.

„Jetzt übertreibst du aber!" Caro zeigte sich wenig beeindruckt. „Du, ich muss Schluss machen. Olaf ist gerade gekommen. Wir wollen vor dem Dinner noch eine

Runde an Deck spazieren gehen." Sie hatte es plötzlich sehr eilig, das Telefonat zu beenden.

Natalie hatte beschlossen die Zeit bis zum Ende des Tischtennistrainings wieder bei Ansgar in der Kneipe zu verbringen. Der Platz, an dem sie das letzte Mal gesessen hatte, war ruhig und nicht direkt einzusehen. Hier saß sie nun, hatte sich ihren Laptop und ihre Schreibmaterialen auf dem Tisch drapiert und eine Weile Tee trinkend über den Aufgaben gebrütet. Ansgar hatte sie in Ruhe lernen gelassen und sich derweil um die anderen, gesprächigeren Gäste gekümmert. Eine angenehme Geste, wie sie befand. Nun, da sie Nachschub ordern wollte, blickte sie sich suchend um und fuhr zusammen, als sie plötzlich in ein sehr vertrautes Augenpaar sah. Nick. Da saß er. An einem ebenfalls nur wenig einsehbaren Tisch. Allein. Natalie hatte augenblicklich das Gefühl, ein riesiger Felsbrocken läge auf ihrem Brustkorb. Unverwandt sah Nick sie an und da war etwas Seltsames in seinem Blick, das sich klar von der Abscheu bei ihrem letzten Zusammentreffen unterschied. Wirkte er tatsächlich traurig? Natalie fiel es schwer, auch nur einen klaren Gedanken zu fassen, und so starrte sie einfach zurück. Sekundenlang hielt sie seinem Blick stand, bis er sich abwandte, in einem Zug seine Cola austrank, aufstand und das Geld auf den Tresen legte. Mit einer Armbewegung verabschiedete er sich von Ansgar, zog seine Jacke über und ging, ohne sich noch einmal umzudrehen.

Wie erschlagen blieb sie zurück. Die gerade so gegenwärtige Vergangenheit tat einfach nur weh. Noch immer. „Noch einen", sagte sie wie mechanisch und zeigte dabei auf ihr leeres Teeglas, als Ansgar sich ihr zuwandte. Demotiviert packte sie ihren Kram zusammen, zückte das Telefon und prüfte die eingehenden Nachrichten. Keine von Markus dabei.

Du fehlst mir. Lust, heute Abend zu telefonieren?

tippte sie hastig und schickte die Nachricht ab, bevor sie es sich doch anders überlegen konnte. Sie starrte auf den Chat und schon kurze Zeit später wurde die Nachricht als gelesen markiert. Mit klopfendem Herzen wartete sie auf Antwort. Aber Markus ließ sich Zeit.

„Schwarz mit Zitrone und Zucker", kommentierte Ansgar, als er Natalie den bestellten Tee brachte.

„Übrigens, da drüben hat bis eben Nick Mertens gesessen. Hast du ihn nicht erkannt?"

„Doch", erwiderte Natalie reserviert. „Ich denke, er mich auch. Aber wir haben uns nichts mehr zu sagen", fügte sie hinzu und kniff dabei die Augen zusammen.

Ansgar runzelte die Stirn und verfiel in seine Zuhörerpose. „Habt ihr etwa Zoff?", fragte er mitfühlend und überrascht.

„Nein, so kann man das nicht nennen", erklärt sie ernst und versuchte eine unbekümmerte Miene aufzusetzen. „Dieser Weiberheld kann mir einfach nur gestohlen bleiben. Er interessiert mich nicht."

Ansgar sah sie ungläubig an. „Nick ein Weiberheld? Sprechen wir vom gleichen Nick? Weißt du da mehr als ich?"

„Ach, lass gut sein. Ist doch egal", erwiderte Natalie und beschäftigte sich damit, Zitrone und Zucker in ihren Tee zu geben. Sie rührte um und fragte dann lächelnd: „Und, was gibt es sonst noch so? Was macht die Familie?"

Auf Ansgars Gesicht breitete sich plötzlich ein Lächeln aus. „Ich bin jetzt Opa. Ein Junge ist es und Finn heißt er."

Natalie machte große Augen. „Deine kleine Marie?", fragte sie ungläubig.

„Na, so klein ist sie nicht mehr. Sie ist einundzwanzig." Er zückte sein Handy, scrollte eine Weile durch die Bilder, dann zeigte er Natalie ein Foto von einer sehr hübschen jungen Frau, einem attraktiven Mann an ihrer Seite und auf dem Arm hielt sie stolz ein Baby.

„Du liebe Zeit, das ist Marie?" Natalie konnte es kaum glauben. Als sie das Mädchen zuletzt gesehen hatte, waren ihr gerade die beiden oberen Milchzähne ausgefallen. „Meine Güte ist die groß geworden."

Ansgar sah noch einmal liebevoll auf das Bild, bevor er das Telefon wieder in seiner Gesäßtasche verstaute. „Sie wohnen in Osnabrück. Das ist natürlich eine Ecke weg, aber am zweiten Adventwochenende kommen sie uns besuchen. Das Singen bei euch auf dem Gut wollen sie keinesfalls verpassen, hat Marie gesagt. Wirst du auch kommen?", fragte Ansgar und Natalie schluckte erschrocken.

„Was? Ich weiß nicht, ich denke nicht", stammelte sie. „Ich muss erst mal zurück nach Köln und mich um mein Leben dort kümmern", wehrte sie dann matt ab. Ihr Handy vibrierte und in der Push-Nachricht konnte Natalie lesen, dass Markus geschrieben hatte.

Sehr gern. Gegen acht?

Ein Lächeln umspielte ihre Lippen, als sie seine Antwort las.

„Es gibt da wohl jemanden, der dein Herz erobert hat?“, fragte Ansgar frei heraus und Natalie spürte, wie ihre Wangen warm wurden.

„Schon möglich“, erwiderte sie und genoss das angenehm aufregende Gefühl von ein paar Schmetterlingen in ihrem Bauch.

„Dann bring ihn doch einfach mit“, schlug Ansgar vor. „Du warst so lange fort von zu Hause.“ Ansgar stand auf, nahm den Teller, auf dem das leere Glas stand, und sah Natalie erwartungsvoll an.

„Wir werden sehen“, erwiderte sie dann.

Als sie wieder allein am Tisch saß, öffnete sie den Chat mit Markus und schrieb:

Lieber halb neun, dann schläft Lucas auf jeden Fall.

Pünktlich um halb neun rief Markus an. „Ich fehle dir also?“, begrüßte er Natalie und lachte.

„Machst du dich etwa lustig über mich?“, antwortete sie misstrauisch und legte die Stirn in Falten. Sie wollte sich schon über ihre unüberlegten Worte am Nachmittag ärgern, als Markus besänftigend antwortete:

„Nein, keinesfalls. Ich freue mich nur, denn du fehlst mir auch.“ Eine Weile schwiegen sie, dann sagte Markus: „Du wolltest reden. Gibt's was Bestimmtes, ist was passiert oder wolltest du einfach nur meine sexy Stimme hören?“

Natalie lächelte. „Sowohl als auch. Hier ist jede Menge passiert, ich wüsste gar nicht, wo ich anfangen sollte.“

Sie seufzte. „Schön, deine Stimme zu hören“, setzte sie nach.

„Meine SEXY Stimme“, betonte Markus und sprach gedämpft, wohl um ihr noch mehr Klang und Ausdruck zu verleihen.

„Ja, deine SEXY Stimme“, erwidere Natalie amüsiert. Schon nach wenigen Sätzen spürte sie, wie gut es tat, mit ihm zu reden. „Wie war dein Tag so?“, wollte sie unverfänglich wissen.

„Normal, würde ich sagen. Ich war arbeiten, habe an dich gedacht, ein paar Bewerbungen geschrieben, weiter an dich gedacht, meine Eltern besucht, an dich gedacht ... und schwuppdiwupp hast du mir geschrieben und wolltest mit mir telefonieren. Man könnte meinen, ich hätte telepathische Kräfte.“

„Du hättest mich jederzeit anrufen können“, stellte Natalie klar.

„Hätte ich. Hast du denn auf meinen Anruf gewartet?“

Was sollte sie darauf antworten? Sollte sie ja sagen und alle Schutzschilde fallen lassen? Auf keinen Fall. Also nein sagen und ihn zurückweisen? Auch bescheuert. „Ach, na ja, bevor ich mich hier zu Tode langweile ...“, wich sie aus.

„Du hast doch vor ein paar Sekunden gesagt, es wäre jede Menge passiert. Wie kannst du dich da zu Tode langweilen?“, hakte Markus nach.

„Ups, erwischt“, gab Natalie zu. „Wer kann denn ahnen, dass du mir so genau zuhörst. Nun ja, sagen wir, ich wäre nicht unglücklich über deinen Anruf gewesen“, manövrierte sie.

„Aha.“

„Was waren das denn für Bewerbungen, die du geschrieben hast?" Sie spürte eine seltsame Nervosität aufkeimen.

„Ich habe da so einige Stellenausschreibungen für den Einzelhandel gefunden. Der Getränkemarkt ist ja nur eine vorübergehende Lösung. Ich habe nicht vor, ewig da zu bleiben. Ist bei dir doch auch so. Ich bewerbe mich immer mal wieder."

Markus hatte recht. Auch sie würde, sobald sie konnte, den Aushilfsjob dort an den Nagel hängen. „Und sind die Stellen in der Nähe oder weiter weg?", fragte sie.

„Das kommt drauf an, was du unter *in der Nähe* verstehst. Eine ist in Köln, eine in Bonn und eine in Osnabrück", entgegnete er.

Osnabrück, Natalie dachte unwillkürlich an das Foto von Marie, ihrem Mann und dem Baby. Wie glücklich Ansgar gewesen war, als er von ihr und, wie hieß der Kleine noch gleich, ach ja, Finn, gesprochen hatte. „Osnabrück ist nicht gerade um die Ecke", stellte sie nüchtern fest.

„Stimmt, ich wäre nicht unglücklich, wenn ich eine neue Stelle in der Nähe bekäme", sagte Markus

„Blödmann", erwiderte Natalie darauf und lächelte. Er hatte ihre eigenen Worte charmant eingesetzt.

„Und was ist jetzt bei dir los gewesen? Jemand verletzt? Tanzt Lucas dir auf der Nase rum?", wechselte Markus das Thema.

„Nein, nichts dergleichen. Alle bei bester Gesundheit, Lucas ist wirklich brav und meine Schwester Caro scheint Erfolg mit ihrem verrückten Plan gehabt zu haben. So wie es aussieht, hat sie es geschafft und ist jetzt offiziell mit ihrem Arzt zusammen. Auch sonst wirkt es so, als glätteten sich hier ziemlich viele Wogen. Mein ganzes Leben scheint sich gerade neu zu sortieren und ich habe das Gefühl, dass ich nicht mehr mitkomme", schloss sie ihre Erzählung.

„Was meinst du mit Wogen glätten?"

„Na ja, alles fing ja vor ein paar Monaten an, als meine Schwester plötzlich vor der Tür stand. Dann habe ich Lucas kennengelernt und nun bin ich plötzlich wieder am Ort meiner Kindheit angekommen. Es stellt sich heraus, dass die Frau meines Vaters eine ganz liebe und aufrichtige Person ist. Dass mein Vater und ich uns schon längst miteinander hätten aussprechen sollen, und irgendwie hat eine Menge von dem Groll, den ich all die Jahre gegen das hier alles gehegt habe, gerade nur noch wenig Hand und Fuß. Kannst du mir folgen?", fragte sie leise.

„Ja, kann ich", antwortete er ebenso leise und Natalie hörte, wie Markus tief die Luft einsog. „Gehört der böse Geist der Vergangenheit jetzt auch zu den Guten?", fragte er und Natalie spürte Anspannung in seiner Frage.

„Was? Nein!", wehrte sie energisch ab. „Das ist eine ganz andere Baustelle. Der wird niemals zu den Guten gehören", stellte sie klar.

„Willst du drüber reden?"

„Da gibt es nicht viel zu reden. Nick und ich waren zusammen, bevor ich nach Köln gezogen bin. Erste Liebe und so, hatte ich wenigstens gedacht." Natalie verzog das Gesicht und gab sich Mühe, am Telefon einigermaßen gleichmütig zu klingen. „Das hat Nick wohl anders gesehen und mich fallen gelassen wie eine heiße Kartoffel, gleich nachdem wir …“, sie schluckte und zwang sich weiterzusprechen. „Na ja, nachdem wir unser erstes Mal miteinander hatten.“ Sie machte wieder eine Pause und lauschte in den Hörer. Markus hörte nur zu. „Ich wäre nicht unglücklich, wenn mir diese Erfahrung erspart geblieben wäre“, setzte sie leise nach. Sie fühlte sich plötzlich noch schutzloser und verletzlicher. Lange hatte sie den Schmerz und die Trauer, die diese Erfahrung ihr bereitet hatten, ganz tief auf dem Grunde ihres Herzens vergraben und vergessen wollen. Aber nun stellte sie fest, dass ihr das auf die bisherige Weise nicht gelungen war.

„Ganz böser Geist“, sagte Markus leise und wieder schwiegen sie eine Weile. „Wann, hast du gesagt, kommt deine Schwester wieder zurück?“, fragte er dann und klang, als hätte er eine Idee.

„Am Freitag, aber ich weiß nicht genau, wann. Wahrscheinlich komme ich erst Samstag weg, sie will mir ja auch noch ihren Olaf vorstellen. So richtig Lust habe ich darauf aber im Augenblick nicht. Das ist mir gerade einfach zu anstrengend“, gab sie zu.

„Wie wäre es denn, wenn du nicht bis Samstag bleiben und auch nicht mit dem Zug fahren müsstest?“

Natalie überlegte einen Augenblick und ahnte, was Markus ihr vorschlagen wollte. Warum nicht?

„Das wäre bestimmt ganz nett. Was schwebt dir da genau vor?“, tat sie ahnungslos. „Ich könnte dich Freitag mit dem Auto abholen. Das geht viel schneller, ist komfortabler, du bekämst eine nette Reisebegleitung …“

„Ach ja, wen bringst du denn mit?“, fragte sie und lachte.

„Ich dachte ganz egoistisch nur an mich. Hast du andere Vorstellungen?“

„Nein, aber wo du gerade *Vorstellung* sagst, hättest du Lust, noch in der Spätvorstellung einen Film mit mir zu sehen? Möglicherweise wäre das eine gute Ablenkung nach den zwei Wochen.“

„Sehr gern“, erwiderte Markus. „Dann haben wir ein Date“, stellte er fest. „Wann soll ich dich abholen?“

„Das weiß ich ehrlich gesagt noch nicht so genau. Ich schreibe dir, wenn ich es weiß, okay?“

„Oder wir telefonieren einfach, dann kannst du meine SEXY Stimme hören.“ Wieder sprach er besonders gedämpft und Natalie musste sich eingestehen, dass seine Stimme ihre Wirkung nicht verfehlte.

„Gut, dann sehen wir uns Freitag“, raunte sie. „Schlaf gut.“

„Du auch, Natalie.“

19. Für den ersten Eindruck

Irina wartete bereits in der Hauseingangstür und winkte Natalie zu sich, als diese wieder durch das große Tor auf den Hof trat. Sie hatte Lucas wie immer ein Stück begleitet, gerade so weit, dass die anderen Kinder sie nicht sahen. „Guten Morgen", rief Natalie und winkte, doch Irina schien diese lapidare Begrüßung quer über den Hof nicht auszureichen.

„Komm kurz rein, ich habe uns Kaffee gemacht." Natalie sah auf die Uhr. Sie hatte vorgehabt zu lernen. *Ach, was soll's, solange ich hier bin, wird sowieso nichts Vernünftiges draus*, gestand sie sich dann aber ein und folgte der Einladung.

Irina hatte selbstverständlich nicht nur Kaffee gekocht, sondern auch reichlich süße Pralinen in einer Etagere auf den Tisch gestellt, darunter auch die hochgepriesenen Vanilleherzen. „Wie geht es dir?", fragte sie, als Natalie sich setzte, und goss Kaffee ein. „Hier bediene dich, ich habe wieder eine neue Ladung fertiggestellt", forderte Irina ihren Gast auf und blickte stolz auf die kleinen Kunstwerke aus Creme und Schokolade.

„Danke. Es geht schon irgendwie", beantwortete Natalie die Frage ehrlich. „Ich gewöhne mich nur langsam an die neue Situation und all die Erkenntnisse. Mein Kopf muss das alles erst einmal verdauen." Natalie zog die Jacke aus, stopfte Schal und Mütze in einen der Ärmel und hängte sie ordentlich über die Stuhllehne.

„Das verstehe ich", entgegnete Irina mitfühlend. „Ich hoffe, du bist mir nicht böse für diesen Überfall. Ich habe in der Tat nur versucht das Richtige zu tun und diese Chance zu nutzen, bevor du wieder abreist. Wer weiß, ob du jemals wieder hergekommen wärst. Deine Anwesenheit bei uns, auch wenn du nur", sie machte bei dem Wort *nur* Anführungszeichen in der Luft, „bei Caro zu Besuch bist, hat unsere, sagen wir mal nicht ganz so einfache, Familiensituation noch einmal in den Vordergrund gerückt. Wir alle fühlten uns damit nicht wohl, aber wir haben gedacht, dass wir es akzeptieren müssen. Wir waren unglücklich und als ich nun die Möglichkeit gesehen habe, wollte ich es nicht unversucht lassen, etwas daran zu ändern. Es tut mir aufrichtig leid, dass ich euch so überrumpelt habe. Ich muss ehrlich gestehen, dass mir nichts Besseres eingefallen ist, außer euch durch diese kleine Notlüge zu einem Gespräch zusammenzubringen. Ich bin so froh und wirklich erleichtert, dass es funktioniert hat."

Natalie hörte aufmerksam zu und strich dabei mit dem Zeigefinger gleichmäßig über den äußeren Rand der Untertasse. „Ja, ich gestehe, ich war zunächst erschrocken und habe mich absolut unwohl gefühlt. Papa und ich hatten es nicht leicht miteinander, da draußen im Wald." Sie lächelte gequält. „Wir versuchen das Beste daraus zu machen und uns langsam wieder anzunähern, aber es bleiben immerhin fünfzehn Jahre getrennte Wege übrig. Die sind an mir nicht spurlos vorbeigegangen." Sie atmete schwer und suchte nach den richtigen Worten. „Auch wenn die Hintergründe andere waren, wie ich jetzt weiß, so hat mich mein Leben ohne das alles hier", sie machte eine ausladende Bewegung, „doch geprägt und mein Verhältnis zu Gut Beeken verändert."

Irina nickte zustimmend. „Für uns war es auch nicht leicht", erzählte sie. „Es war eine furchtbare Situation, als Norma und Jochen uns mit ihrem Vorhaben überfallen haben. Und ich weiß nicht, wie wir all das hätten anders bewältigen sollen. Deine Mutter und er hatten sich gut vorbereitet." Irina gab Milch und Zucker in den Kaffee und rührte bedächtig um. Sie hatte eine besonders eigene Art, den Löffel zu halten und damit zu rühren. Das war Natalie bereits beim ersten Besuch aufgefallen. Es wirkte weder aufgesetzt noch unnatürlich, aber sehr, sehr vornehm.

Natalie trank von ihrem Kaffee und nahm sich eine Praline. „Ich habe all die Jahre geglaubt, dass ihr mich nicht hierhaben wolltet. Das war hart und ich kann das nicht so ohne Weiteres vergessen. Es hat mein Leben geprägt. Zu einem großen Teil zumindest." Sie biss von der Leckerei ab. Es schmeckte köstlich.

„Das verstehe ich und jetzt bin ich erst einmal froh, dass du und dein Vater überhaupt darüber gesprochen habt. Der Rest findet sich schon von allein. Da bin ich mir sicher. Kommt Zeit, kommt Rat." Sie lächelte, trank, dann sprach sie weiter. „Ganz ehrlich, ich habe jeden Tag gesehen, wie sehr er gelitten hat unter eurer

Trennung und auch darunter, dass Carolina und du irgendwann nicht mehr miteinander gesprochen habt. Ihr seid Schwestern, da muss man doch zusammenhalten und sich unterstützen, auch wenn ihr euch nicht immer einig seid. Familie ist wichtig."

Natalie ließ die Schokolade langsam auf ihrer Zunge zergehen und schwieg. Alles schien ihr so unwirklich. Sie konnte nicht begreifen, dass sie auf einmal wieder Teil dieser, ihrer Familie auf Gut Beeken sein sollte.

„Wann reist du wieder ab?", wollte Irina nach einer nicht unangenehmen schweigsamen Minute wissen.

„Übermorgen, am Freitag. Caro kommt im Laufe des Tages zurück und ich werde dann irgendwann am späten Nachmittag abgeholt", erklärte Natalie.

„Von deinem gutaussehenden Freund?", hakte Irina mit einem Schmunzeln nach.

„Er ist nicht mein Freund", wehrte Natalie verlegen ab. „Aber ich mag ihn."

„Kennt ihr euch schon lange?", bohrte Irina weiter, aber Natalie fühlte sich nicht unangenehm berührt und antwortete gern.

„Nein, also schon ein paar Monate, wir arbeiten zusammen. Aber so wie jetzt ist es erst seit Kurzem." Natalie hatte das Gefühl, dass Irina versuchte etwas zu sagen, aber nicht genau wusste, wie sie es formulieren sollte.

„Ich weiß, dass du dein Leben in Köln hast. Dein Vater ist unglaublich stolz auf dich, ich auch." Irina tippte sacht mit den Fingern auf die weiße Tischdecke. „Es ist einfach nur schade, dass so viel verlorengegangen ist. Ich kann mir vorstellen, dass du auch deine Freunde vermisst hast, oder nicht?"

Augenblicklich zog sich alles in Natalies Brust zusammen. Die Wut auf Norma, als sie das Gepäck ihrer Tochter in Jochens Mercedes verstaut hatte und ohne mit der Wimper zu zucken ins Auto gestiegen war. Die Angst und die Zweifel, als Nick trotz ihrer Bitte nicht zurückgerufen hatte, und dann die elendige Gewissheit, als der Feigling über ihre Schwester Schluss mit ihr gemacht hatte. Das war die schlimmste Zeit ihres ganzen Lebens gewesen.

„Stimmt", gab sie zu. „Aber ich habe es irgendwie überstanden", erwiderte Natalie grimmig.

„Oh entschuldige, habe ich etwas Falsches gesagt?", erkundigte sich Irina, erntete aber nur ein Kopfschütteln. „Weißt du, ich habe deshalb gefragt", hob sie erneut an, „weil du doch damals so gut mit Nick befreundet warst. Nach deiner Abreise ging es ihm gar nicht gut. Er war furchtbar traurig."

Natalie biss sich vor Schreck auf die Unterlippe. Ihm ging es nach ihrer Abreise nicht gut? Was waren das denn für Töne? Natalie fuhr mit der Zunge über die schmerzende Stelle und schmeckte Blut.

„Er hat nie erzählt, was zwischen euch vorgefallen ist, aber er war oft hier und hat nach dir gefragt. Ich glaube, er hat die Hoffnung, dass du wieder zurückkommst, nie aufgegeben." Natalie stieß verächtlich die Luft aus. Ihr fehlten die Worte. „Manchmal habe ich das Gefühl, dass es immer noch so ist", fuhr Irina fort. Natalies finsterer Blick verfing sich in ihrer leeren Tasse.

„Er hat nach mir gefragt? Bist du dir sicher?", fragte sie mit kratziger Stimme und goss sich, da sie in diesem Augenblick nicht wusste, was sie tun sollte, noch etwas Kaffee ein.

Irina nickte verwundert und bestätigte: „Aber ja."

„Das kann ich mir gar nicht vorstellen", erklärte Natalie grimmig. Sie kniff die Augen zusammen und nahm sich noch eine Praline.

„Ich hatte sogar vermutet, dass ihr längst schon miteinander gesprochen habt." Irina sagte es, als spräche sie nur ihre Gedanken laut aus und schüttelte dabei verständnislos den Kopf.

„Du irrst dich", erwiderte Natalie kratzbürstig, „Nick und ich haben nichts miteinander zu besprechen und wenn hier irgendjemand das Recht hat, traurig zu sein, dann heißt er bestimmt nicht Nick." Ihre Laune war schlagartig im Keller gelandet.

„Könntest du dir vielleicht trotzdem vorstellen, uns noch mal zu besuchen? In zwei Wochen ist schon der zweite Advent", versuchte Irina das Gespräch in eine andere Richtung zu lenken. „Wir würden uns wirklich sehr freuen, wenn du beim Adventssingen dabei wärest. Du könntest diesen gutaussehenden Mann mitbringen und viele alte Bekannte treffen", schlug sie vor.

Und Nick. Nein, danke!, dachte Natalie, sprach ihren Gedanken aber nicht aus. Irina hatte sich mit ihrer Familienzusammenführung so viel Mühe gegeben, da wäre es taktlos gewesen, sie nun vor den Kopf zu stoßen. „Mal sehen, ich frage Markus mal, ob er Lust darauf hätte", flunkerte sie ein wenig. Wenn sie wieder in Köln war, konnte sie ohne Weiteres eine passende Ausrede erfinden und kurzfristig absagen.

Nach dem Kaffeetrinken brachte Irina sie noch bis zur Tür. „Vielen Dank für deinen Besuch. Darf ich dich für morgen noch einmal einladen?", fragte sie freundlich.

„Wenn du nicht arbeiten musst, von mir aus“, gab sich Natalie geschlagen.

„Das bekomme ich schon hin. Im Geschäft läuft alles, ich muss jetzt anfangen in der Scheune klar Schiff zu machen und alles freizuräumen.“

Natalie verabschiedete sich und ging zurück in die Wohnung. Der Gedanke an Nick begleitete sie. Wie kam Irina nur darauf, dass Nick sich um sie scherte? Er hatte sie damals einfach so verlassen, ausgerechnet nachdem ... Zeit für sich hatte er gewollt, und jetzt ... Natalie spürte die Tränen aufsteigen und beeilte sich die Treppe hinaufzusteigen.

Der Blick, mit dem er sie angesehen hatte, in der Bäckerei, dann hier auf dem Hof und später bei Ansgar. Jede ihrer Begegnungen hatte mehr als deutlich gemacht, dass er nichts mehr für Natalie übrighatte und dass er nicht bereute, was er getan hatte. Viel mehr noch, Nick schien ihr auch noch nachzutragen, dass sie abgereist war, obwohl sie gar keine andere Wahl gehabt hatte. Als Natalie die Wohnung betrat, ließ sie den Tränen endlich freien Lauf.

Kurz bevor Lucas nach Hause kommen sollte, klingelte Natalies Telefon. Carolina war dran.

„Hi Natalie, ich wollte nur kurz Bescheid sagen, dass Olaf und ich am Freitag gegen vier da sein werden.“

„Das ist schön, dann komme ich wenigstens nicht so spät nach Köln“, erwiderte Natalie.

„Ach, echt?“ Carolina klang enttäuscht. „Ich dachte, du bleibst wenigstens noch das Wochenende.“

„Nein, nein. Genieße du mal dein Liebesglück in vollen Zügen. Ich habe noch eine Verabredung fürs Kino“, erklärte Natalie.

„Schade“, bemerkte Carolina. „Kann ich dich dann trotzdem um einen Gefallen bitten? Biiitte?“, fragte sie eindringlich.

„Kommt drauf an, was es ist.“

„Kannst du den Karton mit Weihnachtsdekoration aus dem Keller holen und mit Lucas die Wohnung schmücken. Ich möchte, dass Olaf sich gleich richtig wohl bei mir fühlt. Du weißt ja, der erste Eindruck ist unglaublich wichtig. Und dann sind noch eingefrorene Kuchen da, kannst du ein bisschen was auftauen und für uns vorbereiten?“ Carolina wusste offenbar genau, was sie wollte.

„Du weißt schon, dass das weit über Babysitten hinausgeht?“, sträubte sich Natalie.

„Ach komm schon, du kannst doch alles mit Luci zusammen machen. Dann seid ihr beide sinnvoll beschäftigt.“

„Du musst dich nicht um sinnvolle Beschäftigung für mich bemühen, ich komme schon klar. Aber ja, wenn es dir so wichtig ist, mache ich das. Wo ist der Keller, welchen Schlüssel brauche ich?“, fragte Natalie ergeben.

„Der Schlüssel hängt im Flur, Lucas weiß wo es langgeht und die Kiste ist nicht zu verfehlen. Das ist ein riesiger Karton mit aufgeklebten Papierweihnachtsmännern. Vielen Dank!“, flötete Carolina.

„Du Caro?“, fragte Natalie, als ihre Schwester das Gespräch schon beenden wollte. „Weißt du eigentlich noch, was Nick damals genau zu dir gesagt hat, als er mit mir Schluss gemacht hat?" Am anderen Ende der Leitung war es plötzlich still. „Caro? Bist du noch dran?", fragte Natalie.

„Ja", erwiderte diese. „Ich weiß nicht so genau. Warum willst du das denn wissen?" Sie klang nun gar nicht mehr so leichtfüßig wie noch vor wenigen Augenblicken.

„Ich habe ihn ein paarmal gesehen und er benimmt sich, sagen wir, unerwartet. Außerdem hat Irina heute etwas Merkwürdiges erzählt."

„Habt ihr geredet, du und Nick?", fragte Caro ernst.

„Natürlich nicht, also nicht wirklich zumindest." Ein Seufzer erklang, beinahe, als wäre Caro erleichtert darüber.

„Also, ich kann mich wirklich nicht mehr erinnern. Das ist jetzt auch schon so lange her", drruckste sie dann herum. „Ich denke noch einmal drüber nach und wenn mir was einfällt, rufe ich wieder an. Okay?", bot sie an.

„Ja, ist gut", willigte Natalie ein. Sie hatte mit einem Mal das Gefühl, dass ihre Schwester nicht aufrichtig war.

Es war ihr nicht schwergefallen, Lucas für die Dekorationsidee zu begeistern. In der Tat freute er sich schon sehr auf das Weihnachtsfest und konnte es kaum erwarten. Geschickt ließ sie ihn zunächst seine Hausaufgaben erledigen, dann stiegen sie zusammen hinab in den Keller. Dieses Vorhaben gestaltete sich einigermaßen abenteuerlich, denn sie mussten dafür aus der Wohnung hinaus und hinter das Haus, um dann durch eine Tür, die ebenfalls nachträglich eingebaut worden war, wieder ins Haus zu kommen. Die Kellerräume waren wie die Wohnung sorgfältig vom Rest der Hauptwohnung abgetrennt worden. Hier unten war es zwar kalt, aber trocken und sauber. Sie schaltete das Licht ein und sah sich um. Rechts ging es ab in einen kleineren Raum, in dem sich die Heizungsanlage befand. Im Hauptkellerraum hatte Caro sorgfältig beschriftete Umzugskartons aufeinandergestapelt. Bis zu vier übereinander. Der Ordnungssinn ihrer Schwester war auch hier unten unverkennbar. *Karneval* und *Ostern*, konnte Natalie auf Anhieb lesen, dann noch eine Kiste mit der Aufschrift *Finger weg!!! Privat!* – die vier Ausrufezeichen waren bedrohlich groß und mehr als eindeutig. *Steuer & Versicherung, Küche, Klamotten Lucas, Klamotten Natalie* und viele weitere Kisten fand sie. *Weihnachten* erspähte Lucas unter zwei Bürokisten.

„Na gut, dann wollen wir mal", entschied Natalie tatkräftig, stellte die oberen Kisten zur Seite, zog die gewünschte heraus und wuchtete die anderen wieder zurück.

„Können wir uns auch verkleiden?", bettelte Lucas und sah sie mit Hundeblick an. Er stand bereits neben der Karnevalskiste und hatte die Finger zwischen die Pappe gelegt.

„Na, von mir aus, ich bin sowieso übermorgen weg. Da spricht nichts dagegen, noch ein bisschen Quatsch zu machen", erklärte sie sich recht schnell bereit. „Aber unter einer Bedingung: Wir machen das hier unten und räumen dann gleich wieder alles weg. Ich habe nämlich keine Lust, zwei Kisten mit nach oben zu schleppen."

„Klar", willigte Lucas ein und kurz darauf kramten sie auch schon in den Kostümen. Lucas wurde zum Ritter im Kettenhemd und Natalie zur Piratin.

„Komm, wir machen ein Foto und schicken es deiner Mama", schlug sie vor. Sie grinsten gefährlich in die Kamera und hatten auch schon das perfekte Bild geschossen. „So, und jetzt wieder ausziehen und ab nach oben", forderte Natalie ihren Neffen auf, aber Lucas weigerte sich. „Ich habe es ja gerade erst angezogen." Er schob bockig die Unterlippe vor und verschränkte die Arme.

„Ich weiß, aber wir haben etwas ausgemacht. Nur kurz anziehen und dann wieder weg damit. Wir müssen noch die Wohnung dekorieren", erklärte Natalie und verstaute Augenklappe, Kopftuch und Säbel wieder in der Kiste.

„Aber das ist voll doof", maulte Lucas.

„Weißt du was", seufzte Natalie. „Mir ist es egal. Lass es an, solange du willst. Von mir aus kannst du sogar damit schlafen gehen", sagte sie, lächelte ihn nachgiebig an und stellte die Kiste wieder zurück.

„Echt! Oh Natalie, du bist echt die Coolste!", freute sich Lucas und ging mit seinem Schwert in Angriffspose. Wie einfach es doch war, den Jungen glücklich zu machen, dachte sie und griff den Weihnachtskarton.

„Dann aber schnell wieder nach oben. Hier ist es kalt. Du machst das Licht aus und schließt ab."

Caro hatte eine Menge hübscher Gegenstände in der Kiste und es dauerte länger als erwartet, bis sie die Wohnung einigermaßen geschmückt hatte. Lucas war dabei keine große Hilfe, da er wie wild geworden auf einem imaginären Pferd von einer Schlacht in die nächste zog. Aber wenigstens ging dabei nichts zu Bruch. Mit der einbrechenden Dunkelheit kamen die Lichterketten besonders schön zu Geltung und Natalie dachte plötzlich wieder an Nick. Wie konnte sie diesen verfluchten Kerl endlich aus ihren Gedanken verbannen? „Es wird wirklich Zeit, dass ich abreise", sagte sie sich leise und stieg von einem der Küchenstühle, den sie gebraucht hatte, um eine LED-Kette aus kleinen Engeln im Küchenfenster aufzuhängen. Nick war gewiss kein Engel.

„Was wollen wir zum Abendbrot essen? Hast du Lust auf etwas Bestimmtes?", rief Natalie über die Schulter in die Wohnung. Keine Antwort. Sie lauschte ein paar Sekunden. Es war verdächtig ruhig geworden. Dafür nahm sie jetzt einen Geruch wahr, der augenblicklich die Alarmglocken in ihrem Kopf schrillen ließ. Mit wenigen schnellen Schritten war sie im Wohnzimmer und überraschte Lucas dabei, wie er mit einem Feuerzeug und einer Kerze auf dem Wohnzimmertisch zündelte. „Nein!", rief sie angsterfüllt und ihr brach der kalte Schweiß aus. Lucas, der ganz vertieft in sein Treiben gewesen war, hatte, durch ihren Schrei aufgeschreckt, alle Beweismittel von sich geworfen und blickte sie nun mit bangem Gesicht an. „Was hast du getan?", fragte sie weinerlich, obwohl der Sachverhalt offensichtlich war. Sie hatte ihn auf frischer Tat ertappt. Schnell lief sie um die Couch herum. Die Kerze brannte glücklicherweise nicht mehr, dafür hatte sich das flüssige Wachs großzügig auf dem Teppich verteilt und mitten auf dem Holztisch prangte ein kreisrunder brauner Fleck. „Lucas, wie konntest du nur? Weißt du denn nicht, dass ein Feuerzeug kein Spielzeug ist? Das ist gefährlich! Du hättest uns mitsamt der ganzen Wohnung abfackeln können. Ich hatte noch nicht vor zu sterben", ließ sie ihre Erregung nun ungebremst hinaus. Lucas antwortete nicht, starrte sie nur mit weit aufgerissenen Augen an. Er war kreidebleich und bei seinem erbärmlichen Anblick kam Natalie wieder zu sich. „Ach Mensch", fluchte sie leise und ihr Ton wurde sofort milder. Sie legte Kerze und Feuerzeug zurück auf den Tisch, setzte sich auf die Couch und nahm den vollkommen verschreckten Jungen in den Arm. „Ist ja noch mal gutgegangen", tröstete sie ihn und spürte, wie er seine kleinen Arme ganz fest um sie schlang und den Kopf an ihre Schulter legte. Sie konnte hören, dass er leise weinte, und nun traten auch ihr die Tränen in die Augen.

Eine Weile saßen sie so da und hielten sich gegenseitig einfach nur fest. Dann löste sich Natalie und sprach sehr behutsam: „Lucas, mit Feuer darf man nicht spielen. Das ist sehr, sehr gefährlich. Hörst du?" Sie sah ihn eindringlich an und er nickte stumm. „Bitte, versprich mir, dass du so etwas nie wieder tust", forderte sie ruhig. Lucas nickte wieder und schniefte. „Was hast du dir denn bloß dabei gedacht", fragte Natalie und wischte sich selbst mit dem Ärmel ihres Pullovers eine Träne von der Wange.

„Ich wollte dir nur eine Freude machen", erklärte er leise. „Damit du dich daran erinnerst, wie schön es hier ist, und mich bald wieder besuchen kommst."

Natalie wollte bei seinen Worten das Herz in der Brust zerspringen. Dieser kleine aufmüpfige Junge hatte sie wahrhaftig gern.

„Kannst du noch ein bisschen bei uns bleiben?“, bat er. Erneut zog sie ihn tröstend an sich.

„Ich hab dich lieb, Lucas. Wir sehen uns bestimmt wieder“, sagte sie leise. „Jetzt sind wir erst einmal froh, dass dir nichts passiert ist. Nur den Schaden müssen wir deiner Mutter irgendwie beibringen. Ich hoffe, sie hängt nicht zu sehr an dem Tisch. Hast du eine Idee?“, fragte sie und sah Lucas grübelnd an.

„Ich könnte ein Bild malen, das wir dann da drauflegen“, schlug er vor und Natalie entfuhr ein mattes Lachen.

„Das ist ein wirklich guter Vorschlag. Am besten gehst du in dein Zimmer und fängst gleich damit an. Ich mache uns etwas zu essen und schau mir an, was hier noch zu retten ist.“

Lucas, immer noch kostümiert, nickte und trabte voller Tatendrang davon, während Natalie auf der Couch zusammensackte und kopfschüttelnd den Schaden betrachtete.

Als Lucas endlich im Bett lag, hatte Natalie bereits unzählige verschiedene Haushaltstipps im Internet gefunden und gelesen. Sie gehörte nicht zu den ersten und bestimmt nicht zu den letzten Menschen, die mit dieser Art Herausforderung zu kämpfen hatten. Das Internet bot einen enormen Erfahrungsschatz und so entschied sie sich dazu, den Versuch zu wagen. Viel schlimmer konnte es kaum werden. Zunächst wollte sie den Tisch behandeln. Laut Community war hier Mayonnaise das Mittel der Wahl. *Was für eine Sauerei,* dachte sie sich, bearbeitete den Fleck dennoch ein paar

Minuten vorsichtig, dann nahm sie das weiche Küchentuch, wischte die Stelle sauber und polierte. Enttäuscht sah sie auf das Ergebnis. Der Fleck war noch da, obwohl sie das Gefühl hatte, dass er immerhin nicht mehr ganz so deutlich zu sehen war. Im nächsten Schritt wollte sie sich um das Wachs im Teppich kümmern. Sie suchte im Schlafzimmer nach dem Bügeleisen, holte ein neues Küchentuch und begann den Teppich wie in der Anleitung beschrieben vorsichtig und Stück für Stück zu bügeln. In der Tat konnte sie hier sofort ein Ergebnis sehen und fühlte sich erleichtert. Der Teppich ließ sich mit dieser Methode tatsächlich reinigen. Während sie langsam über die zu behandelnden Stellen bügelte, dachte Natalie an Lucas und daran, was er über ihre baldige Abreise gesagt hatte. Er würde ihr auch fehlen. Sie hatte sich in den vergangenen Tagen sehr an das Zusammensein mit ihm gewöhnt, hatte sich damit arrangiert, für ihn zu sorgen und sich zu kümmern. Obwohl Caro ihren Sohn und ihre Schwester überfallartig zusammengewürfelt hatte, waren die beiden an ihren Herausforderungen gewachsen und zu einem richtigen Team geworden. Lucas hatte sich tapfer in die Situation gefügt. Natalie wusste, wie sehr er seine Mutter vermisste und sich darauf freute, sie wiederzusehen. Dass er Natalie beim Gedanken an ihre Abreise ebenfalls vermisste, machte sie stolz, glücklich und wehmütig zugleich. Sie würde ihn auch vermissen. Sie könnte wirklich versuchen die Familienbeziehungen wiederaufzunehmen und sich langsam wieder zurück nach Gut Beeken zu tasten. Aber was war mit Nick? Augenblicklich verfinsterte sich ihre Miene. Der konnte ihr gestohlen bleiben. Ob er sich auf dem Hof, im Ort oder sonst irgendwo herumtrieb. Sie würde ihm die kalte Schulter zeigen, immerhin gab es jetzt Markus an ihrer Seite. Ihre Gesichtszüge entspannten sich wieder. Zufrieden besah sie sich ihr Werk. Sie stellte das Bügeleisen zum Abkühlen in die Küche, räumte auf und warf die schmutzigen Tücher in die Wäsche. *Beinahe wie neu*, dachte sie sich und hatte das Gefühl, der Brandfleck auf dem Tisch sei noch etwas matter geworden. Sie legte Lucas' Bild darüber und beschloss endlich schlafen zu gehen. Es war bereits eine halbe Stunde nach Mitternacht.

20. Vergebung

Der Donnerstag begann nass und ungemütlich. Vom Schnee war nichts mehr zu sehen. Natalie hatte Lucas wieder ein Stück begleitet. Ihn schienen der andauernde kalte Wind und der Nieselregen wenig zu beeindrucken. Natalie verkroch sich so gut es ging hinter ihrem Schal und unter der Kapuze ihrer Jacke. In Köln war das Wetter definitiv milder. Den Rückweg legte sie mit eingezogenem Kopf zügig zurück. Sie fror. Diese Art Witterung hatte sie in all den Jahren kein Stück vermisst. Diesmal steuerte Natalie direkt auf die untere Wohnungstür zu, als sie das Gut erreichte. Sie hatte in der Nacht eine wunderbare Idee für ein Abschiedsgeschenk gehabt, das sie Lucas überreichen wollte. Seine Worte rührten sie noch immer. Sie klopfte ungeduldig und wartete darauf, dass Irina erschien. Heute freute sie sich richtig auf ein Kaffee-Schwätzchen mit ihr. Entgegen Natalies Erwartungen war es aber ihr Vater, der die Tür öffnete. „Papa?", entfuhr es ihr.

„Warum so überrascht? Ich wohne doch hier." Er lächelte sanftmütig und trat beiseite, um Natalie hereinzulassen. „Komm rein, Natalie, schön dich zu sehen."

„Guten Morgen, ich freue mich auch, Papa", sagte sie zurückhaltend, putzte sich die Schuhe ab und schälte sich aus der nassen Jacke.

„Die kannst du mir geben", sagte Franz und streckte den Arm danach aus. „Ich hänge sie über die Heizung. Geh du schon mal durch."

Irina saß am Frühstückstisch. Ein drittes Gedeck für Natalie stand bereits an dem Platz, an dem Natalie auch an den Tagen zuvor gesessen hatte. „Guten Morgen", empfing Irina sie ausgesprochen gut gelaunt. „Kaffee? Oder bei dem Wetter lieber Tee?", wollte sie wissen, während Natalie Platz nahm.

„Ich bin heute für Tee." Sie zog ein Taschentuch aus der Hosentasche und schnäuzte sich. „Ziemlich fies draußen", stellte sie fest.

„Ja, das nasse Wetter ist wirklich unangenehm. Aber laut Vorhersage soll es bereits heute Nacht richtig kalt werden. Es könnte also gut sein, dass es am Wochenende schneit."

„Davon kannst du ausgehen", sagte Franz, als er sich zu den beiden Frauen an den Tisch setzte. „Dann werde ich wohl endlich die versprochen Schlitten-Tour mit dem Jungen machen", erklärte er.

„Hast du etwa immer noch den Hundeschlitten?" Natalie sah ihn neugierig an und augenblicklich tauchten Bilder aus ihrer Kindheit vor ihrem inneren Auge auf. Sie waren oft gemeinsam im Wald unterwegs gewesen. Damals noch mit den Hunden Anton und Brida. „Ich erinnere mich gut, wie du Caro und mich immer dick eingepackt hast, und dann haben uns die Hunde stundenlang mit dem Schlitten gezogen", erzählte sie leise und pustete in ihren Tee. „Das waren schöne Zeiten damals", stellte sie fest.

„Ich erinnere mich noch daran, wie du einmal mit Nick den Schlitten flottgemacht hast, weil ihr eine Tour auf eigene Faust machen wolltet. Mein lieber Schwan, das gab ein Donnerwetter. Das habt ihr nicht noch einmal versucht."

Natalie stockte und betretenes Schweigen breitete sich aus.

„Ist denn sonst alles in Ordnung?", nahm Irina das Gespräch wieder auf. „Ich habe gesehen, dass die halbe Nacht das Licht brannte."

„Wie man's nimmt", ging Natalie auf ihre Frage ein. „Wir hatten einen kleinen Zwischenfall im Haushalt und ich habe noch die Spuren beseitigt."

„Was war das denn für ein Zwischenfall?", wollte Irina wissen.

Natalie atmete schwer und nahm ein Stück Gebäck. „Ich hatte nur kurz nicht aufgepasst und Lucas wollte mich überraschen. Mit einer Kerze." Es war ihr sehr unangenehm über die Verletzung ihrer Aufsichtspflicht zu sprechen. „Wir waren beide so erschrocken, aber es ist ja alles noch mal glimpflich ausgegangen", fügte sie erleichtert hinzu.

„Kinder", stellte Franz fest. „Ich erinnere mich noch daran, wie du und Nick ..." Er unterbrach sich, weil Irina ihn mit dem Ellenbogen anstieß.

„Du musst doch nicht immer die alten Geschichten rauskramen. Wolltest du nicht längst unterwegs sein und dich um den Baum kümmern?", fragte sie und warf ihm einen vielsagenden Blick zu.

„Stimmt", erwiderte er und stützte sich mit beiden Händen am Tisch auf. „Dann lasse ich euch mal in Ruhe und mache mich auf den Weg."

„Ich habe noch eine Bitte", begann Natalie, als die beiden Frauen allein waren. „Kannst du mir ein Foto ausdrucken? Ich möchte es Lucas morgen zum Abschied schenken."

„Klar, kein Problem."

„Das ist ein sehr schönes Bild von euch beiden", stellte Irina fest, als der Drucker seine Arbeit beendet hatte. „Wann habt ihr das gemacht?", fragte sie und betrachtete die beiden Kostümierten aufmerksam.

„Gestern. Lucas hat die Kiste gesehen, als wir nach der Weihnachtsdekoration gesucht haben, und da konnte ich ihm den Wunsch nach einer Verkleidungssession nicht abschlagen. Ich glaube, er wird mir fehlen, wenn ich wieder weg bin."

„Du wirst uns auch fehlen. Es ist so schön, dass wir langsam zueinander finden. Die Zeit ist so schnell vergangen und es gibt noch so viel nachzuholen. Du bist herzlich eingeladen, uns jederzeit für ein paar Tage zu besuchen. Selbstverständlich darfst du deinen gutaussehenden Freund mitbringen."

„Das ist sehr nett von dir, Irina, aber wenn Caro wieder da ist und jetzt auch noch ihren ..." Sie unterbrach sich rechtzeitig. „Es wird einfach eng in ihrer Wohnung."

„Wo denkst du denn hin?" Irina schüttelte den Kopf. „Ihr wohnt dann natürlich in unserem Gästezimmer. Komm, ich zeige es dir." Sie bedeutete Natalie mit der Hand, dass sie ihr folgen sollte, und verließ das Arbeitszimmer.

„Hast du schon einen Rahmen für das Foto“, wollte Irina wissen, als die beide wieder zurück ins Wohnzimmer kamen.

„Nein, noch nicht. Vielleicht finde ich etwas Passendes im Ort, wenn Lucas nachher beim Training ist.“

„Oder“, Irinas Augen leuchteten begeistert, „du kennst jemanden, der dir zeigt, wie du selbst einen gestalten kannst. Hast du Lust? Alles, was wir brauchen, ist in der Scheune.“ Sie wurde ganz aufgekratzt.

„Von mir aus gern“, stimmte Natalie zu und trank ihren Tee aus.

„Dann komm“, rief Irina und stand auf. „Das lassen wir stehen“, ordnete sie an, als Natalie ihr Geschirr mitnehmen wollte. „Ich kann das später immer noch in Ruhe aufräumen. Das läuft mir nicht weg.“

In der Scheune war es trotz Jacke unangenehm kalt. Natalie konnte ihren Atem sehen und rieb ihre kalten Finger aneinander. Wie stellte sich Irina nur vor, dass sie bei diesen Temperaturen basteln sollten?

„Keine Sorge, gleich wird es warm“, erklärte Irina, als hätte sie Natalies Gedanken gelesen. Sie fuhr einen Heizpilz heran und schon nach wenigen Minuten wärmte er den Arbeitsplatz. „Hier, setz dich. Ich habe Holzrahmen, die du auf unterschiedlichste Weise verzieren kannst.“ Sie holte einen Lötkolben hervor, Pinsel und Farbe. „Hier habe ich sogar noch eine Kiste mit allerhand Kleinkram, den man darauf kleben kann.“

Sie sahen die verschiedenen Bastelmaterialien durch, als plötzlich die Scheunentür geöffnete wurde. „Irina?“ Eine angenehme, männliche Stimme erklang, wobei Natalie erneut das Herz stehenbleiben wollte. Diese Stimme würde sie überall erkennen. Nick! *Nicht schon wieder er.* Sie stöhnte. Das durfte doch alles nicht wahr sein.

Wie angewurzelt blieb Nick in der Tür stehen und sah die beiden Frauen unverwandt an. Traute er sich etwa nicht herein? Mit einem vorwurfsvollen Blick wandte Natalie sich an Irina. Sie hatte doch nicht ernsthaft wieder ein Zusammentreffen arrangiert? Doch Irina, die wohl ahnte, was in Natalie vorging, lehnte sich ruckartig zurück und hob die Hände und Schultern. „Damit habe ich nichts zu tun."

„Hallo Irina", grüßte Nick ernst. „Entschuldige, ich wusste nicht, dass du Besuch hast. Ich möchte dich auch gar nicht weiter bei der Arbeit stören, ich hole mir nur etwas Werkzeug. Franz hat gesagt, ich dürfte es mir ausleihen." Er stand unschlüssig da und wich Natalies Blick aus.

„Kein Problem, Nick, du störst mich nicht bei der Arbeit. Nimm dir, was du brauchst. Du kennst dich hier ja aus", hörte Natalie Irina sagen, während sie mit aller Kraft versuchte sich zu beherrschen. Was bildete sich dieser blöde Kerl bloß ein, sich hier auf Gut Beeken einzunisten und bei ihrer Familie gut Wetter zu machen. Warum konnte er sie nicht einfach in Ruhe lassen. Er hatte doch schon genug angerichtet. Nick hatte sie benutzt und gedemütigt. War es nicht das Mindeste, dass er so viel Anstand besaß, sich von ihrer Familie fernzuhalten? Aber nein, nach allem was geschehen war, sah er sie auch noch an, als wäre sie die Verkörperung des Leibhaftigen. Wie hatte sie sich damals nur so in ihm täuschen können? Verdammte rosa Brille. Mit bitterbösem Blick verfolgte Natalie jede einzelne seiner Bewegungen. Er passierte den Arbeitstisch und holte mit schnellem Griff einen Aluminiumkoffer aus dem Regal.

„Danke", sagte er an Irina gewandt. Er hielt den Koffer mit einer Hand hoch und klopfte mit der anderen dagegen. „Ich bringe ihn so schnell es geht zurück", sagte er mit rauer Stimme. Dann warf er Natalie einen geringschätzigen Blick zu und ging, ohne sich noch einmal umzusehen, hinaus.

„Ich schwöre, dass ich damit nichts zu tun habe", ergriff Irina sofort das Wort, als Nick die Scheunentür hinter sich geschlossen hatte.

„Ja, ich glaube dir", schnaufte Natalie wütend. „Ich muss endlich lernen, Gras über die Sache wachsen zu lassen", sagte sie mehr zu sich selbst als zu Irina. „Das ist nur sehr schwierig, wenn ER ständig hier auftaucht und mich dann auch noch so behandelt, als wäre ICH diejenige, die etwas falsch gemacht hat."

„Ich möchte nicht taktlos sein, aber willst du vielleicht darüber reden? Also nicht mit ihm, sondern mit mir. Vielleicht hilft es dir, diese aufgestaute Wut loszuwerden. Und ich kann schweigen wie ein Grab." Irina verschloss ihren Mund mit einem imaginären Reißverschluss und zog einen ebenso imaginären Schlüssel aus der Jackentasche, mit dem sie ihre Lippen zusätzlich abschloss. Dann warf sie den Schlüssel in hohem Bogen über ihre Schulter fort.

Natalie seufzte. „Möglicherweise ist es an der Zeit." Resigniert sah sie Irina an und dachte an Markus. Wenn sie sich und ihm eine Chance geben wollte, musste sie wohl oder übel mit der Vergangenheit abschließen. Sie wollte Nägel mit Köpfen machen. „Wir waren zwar noch sehr jung", begann sie etwas zögerlich, „aber ich habe ihn wirklich geliebt. Damals habe ich geglaubt, dass er mich ebenfalls liebt und dass wir bis ans Ende unserer Tage zusammen glücklich sein würden. Ganz schön naiv, oder?" Sie wählte ein paar von den Schmucksteinchen aus, die Irina ihr hinhielt, und erzählte weiter, während diese die Steinchen auf einen ihrer Holzrahmen klebte. „An dem Wochenende, als Jochen und Norma mich abgeholt haben, waren wir ..." Sie spürte den Knoten in ihrem Hals. Es fiel ihr so schwer, darüber zu reden. Irina schwieg und klebte ein Steinchen nach dem anderen auf. Natalie setzte erneut an. „Also, an dem Wochenende haben wir das erste Mal miteinander geschlafen. Danach hat er sich benommen wie ein ... Na ja, er war eben nicht nett." Sie hob scheu den Blick und sah in ein betroffenes Augenpaar. „Allein, dass ich ohne Vorwarnung fortmusste und dass ich nicht mit Nick darüber reden konnte, war schrecklich für mich. Aber ich war mir so sicher, dass ich schon nach wenigen Tagen wieder hierher zurückkehren würde. Ich hatte mir sogar überlegt, heimlich zu verschwinden und ganz zu ihm zu ziehen. Wenn wir uns ausgesprochen hätten. Ich dachte ja, dass ihr mich nicht mehr wolltet." Sie zog die Augenbrauen hoch und zuckte ratlos mit den Schultern. „Aber ich habe Nick nicht erreicht. Weder auf seinem Handy noch übers Festnetz. Meine Nachrichten hat er ignoriert und zurückgerufen hat er mich auch nicht. Wir haben seitdem kein Wort mehr miteinander gesprochen. Bis jetzt zumindest." Natalie spürte, wie sich ihre Augen mit Tränen füllten. „Das Schlimmste daran war aber eigentlich, dass er sich nicht einmal die Mühe gemacht hat, mir persönlich zu sagen, dass Schluss ist. Er hat es Carolina gesagt und sie mir. Du kannst dir gar nicht vorstellen, wie ich mich in diesem Augenblick gefühlt habe. Er hat mir das Herz gebrochen und Carolina hat sich nicht einmal Mühe gegeben, mir seine Nachricht schonend zu übermitteln. Sie wäre ja sowieso nur die Überbringerin und könnte nichts dafür." Natalie konnte ein Schluchzen nicht länger unterdrücken. „Das war damals einfach alles zu viel für mich. Ich habe mich gefühlt wie eine Verstoßene. Also habe ich beschlossen, mich in mein Schicksal und mein neues Leben zu fügen. Ich wollte nie wieder hierher zurückkommen. Am liebsten wollte ich alles, was mit Gut Beeken, Weidingen und Nick zu tun hatte, für immer vergessen."

Mit einer leisen Bewegung schob Irina ihren Stuhl dichter an Natalie heran. Sie legte ihren Arm um sie und drückte sie wortlos. Eine wohltuende Geste, die Natalie dankbar annahm. Sie lehnte sich an Irina und fühlte sich in diesem Augenblick wie der verletzte und hilflose Teenager, der sie damals gewesen war.

„Das klingt dramatisch, ganz furchtbar", sagte Irina leise und Natalie spürte ein sanftes Streicheln auf ihrem Rücken.

„Ich fürchte, ich brauche ein Taschentuch", sagte sie mit tränenerstickter Stimme. Irina löste sich vorsichtig und zog eine Packung Papiertaschentücher aus der Jackentasche.

„Wir sind wirklich sehr froh, dass du wieder da bist. Und wir haben dich sehr vermisst. Das musst du uns glauben", versicherte Irina erneut. Sie nahm den Bilderrahmen wieder auf und zeigte mit der anderen Hand auf einen Holzstern. „Sollen wir den draufkleben und eure Namen einbrennen?“, fragte sie beiläufig und Natalie nickte. Ruhig bereitete Irina den Lötkolben vor und begann dann geschickt Natalies und Lucas’ Namen im Holz des Sterns zu verewigen. Natalie beobachtete ihr Treiben und putzte sich die Nase. „Weißt du, was merkwürdig ist?“, fragte Irina während sie noch immer dabei war, die Buchstaben ins Holz zu brennen, wartete aber Natalies Antwort gar nicht ab. „Das klingt überhaupt nicht nach Nick und passt auch überhaupt nicht zu dem, was er erzählt hat.“ Natalie horchte auf. Ein beklemmendes Gefühl setzte sich in ihrer Brust fest. „Er war schon sehr niedergeschlagen, nachdem du weg warst, und ich hatte das Gefühl, dass er immer neue Gründe erfand, um hier auf den Hof zu kommen. Dein Vater hat sich anfangs heimlich über ihn lustig gemacht. *Er wartet wie ein Hund auf sein Frauchen*, hat er immer gesagt. Aber nach dem, was du erzählt hast, ergibt das alles keinen Sinn.“

„Sein ganzes Verhalten macht überhaupt keinen Sinn. Damals nicht und heute nicht. Trotzdem hat er nicht das Recht, mich so zu behandeln. Immerhin sind wir mittlerweile erwachsen“, sagte Natalie trotzig. „Weißt du was“, beschloss sie da plötzlich. „Vielleicht komme ich doch mit Markus zum Adventssingen. Vielleicht ist das ein guter Schritt für einen Neuanfang.“

„Das wäre eine wunderbare Idee. Vor allem, weil es vielleicht das letzte Mal ist, dass wir in dieser Form feiern können. Die Versorgung aller Gäste kann ich ohne Bäckerei im Hintergrund keinesfalls schaffen und die andere Möglichkeit ... Ach, ich weiß nicht.“ Sie brach ab und führte den Lötkolben geschickt über das Holz.

„Welche andere Möglichkeit meinst du?", fragte Natalie neugierig.

„Nick hat mir einen Geschäftsvorschlag gemacht. Er könnte die Bäckerei halten, wenn er einen Teilhaber hätte und das Angebot erweitert", erzählte sie.

„Und was hat das mit dir zu tun?", wollte Natalie wissen. „Berätst du ihn in diesen Dingen?"

„Nicht ganz. Er hat mich gefragt, ob ich die Teilhaberin werden möchte und die Konfiserie übernehme."

Natalie blieb für einen Augenblick der Mund offen stehen. „Und darauf willst du eingehen?"

„Das ist es ja, ich weiß es nicht. Das Angebot ist verlockend, aber es bedeutet auch viel mehr Arbeit. Mein eigener Laden läuft ebenfalls gut. Ich denke nicht, dass ich beides machen kann. Allerdings ist die Aussicht auf einen Vertrieb meiner Pralinen großartig."

„Du hast recht. Die Pralinen sind fantastisch. Das Geschäft würde mit Sicherheit boomen", fügte Natalie tonlos hinzu.

Schweigend beendete Irina ihre Arbeit mit dem Lötkolben. „Was sagst du?"

„Wunderschön, da wird er sich freuen", lobte Natalie.

„Dann lass uns den Kleber auftragen und heute Abend kannst du dir den Rahmen abholen."

„Oma? Natalie?", hörten sie plötzlich Lucas rufen und nur einen Moment später öffnete sich die Scheunentür und der Junge trat ein.

„Du liebe Zeit, ist es schon so spät?" Erschrocken sah Natalie auf die Uhr.

„Was macht ihr denn hier?“, wollte Lucas wissen und kam neugierig herangelaufen. „Lucas“, las er und bewegte dabei seine Lippen. „Warum steht da mein Name drauf?“

„Weil deine Oma und ich eine Überraschung für dich gebastelt haben. Die ist aber zum einen noch nicht fertig und zum anderen gibt es die erst morgen.“ Natalie stand auf und lief um den Tisch herum.

„Was ist es denn?“, fragte er aufgeregt, aber Natalie ließ sich nicht erweichen.

„Wird nicht verraten.“ Sie gab ihm den Wohnungsschlüssel und bat ihn schon vorauszugehen. Sie müsste der Oma schließlich noch helfen, das Chaos zu beseitigen.

„Vielen Dank fürs Zuhören“, sagte Natalie, als sie wieder allein waren.

„Ebenfalls, zu jeder Zeit wieder“, entgegnete Irina.

Im Grunde muss ich Caro dankbar sein, dachte Natalie auf dem Weg in die Wohnung. *Auch wenn sie sich vorrangig um ihren Arzt bemüht, wäre ich ohne ihre Initiative niemals wieder hierher zurückgekommen.*

Am Nachmittag blieb es trocken, aber immer noch wehte dieser unangenehme, kalte Wind. Dennoch beschloss Natalie, die Zeit, bis das Tischtennistraining vorbei war, mit einem letzten Spaziergang durch Weidingung zu überbrücken. Die Angst vor einer neuerlichen Begegnung mit Nick hatte sich nach dem Gespräch mit Irina seltsamerweise gelegt. Sie konnte die Vergangenheit nicht ändern, sie konnte sie aber loslassen und sich auf eine Zukunft mit Markus freuen. Nick hatte ihr seinen miesen Charakter vor langer Zeit offenbart und sollte nun keinen Einfluss mehr auf ihr Gefühlsleben haben dürfen. Zu lange hatte seine Tat ihre eigenen Entscheidungen beeinflusst. Er hatte sie benutzt und abserviert. Er hatte ihre Liebe mit Füßen getreten und was noch viel schlimmer war, er hatte ihr den besten Freund genommen. Das ließ sich nicht mehr ändern, damit musste Natalie nun leben. Aber sie konnte ändern, wie sie mit seiner Tat umging. Und warum nicht gleich heute damit anfangen? In den letzten Tagen hatte sich so vieles ereignet, dass sie es nun beinahe sträflich empfunden hätte, sich nicht endlich von Nick zu lösen. Ohne Wut, einfach loslassen. Ob sie das schaffte? Vielleicht schrieb sie ihm einen Brief, ohne ihn abzuschicken? Nur schreiben und danach verbrennen, damit sie alles loswurde? Es sollte ja Menschen geben, denen das half. Und wenn Nick meinte, er müsste weiterhin Groll gegen sie hegen, dann war das schlichtweg sein Problem.

Beim Gedanken daran hellte sich augenblicklich ihre Miene auf. Sie zückte ihr Telefon und öffnete den Chat mit Markus.

Ich freue mich auf morgen

tippte sie und nach einer Bedenksekunde schrieb sie dazu:

Böser Geist besiegt.

Sie schickte die Nachricht ab und fühlte sich im selben Moment erleichtert und frei. Wie auf Wolken spazierte sie durch die dunklen Straßen des Dorfes, in dessen Fenstern es hier und da bereits vorweihnachtlich leuchtete. Der Winterzauber wirkte scheinbar nicht nur auf einfältige Touristen.

Als sie nach Trainingsende auf Lucas wartete, tanzten schon die ersten Schneeflocken durch die Luft. Sie legte den Kopf in den Nacken und streckte die Zunge heraus. So hatte sie es als Kind immer getan und einen Moment lang fühlte sie nichts anderes als glückselige Leichtigkeit.

„Igitt, was machst du da, Natalie?", fragte Lucas angewidert, als er vor die Tür trat und sie erblickte.

„Ich koste den Schnee", sagte sie lächelnd. „Das habe ich früher auch immer gemacht, schon als ich so alt war wie du", fuhr sie fort.

„Mama sagt, davon bekommt man Bauchweh und Durchfall", hielt Lucas dagegen, aber Natalie grinste nur.

„Wir werden sehen." Sie lachte. „Los, ab nach Hause, bevor wir einschneien", sagte sie schließlich und setzte sich in Bewegung.

Als sie an der Bäckerei vorbeikamen, fiel ihr schlagartig ein, wie sie das Loslassen schnell und unkompliziert bewerkstelligen konnte. „Komm mal mit", bat sie Lucas und lief mit ihm zum Seiteneingang, dorthin, wo es hinauf zu den Wohnungen ging. Sie prüfte die Klingelschilder. *Martina Mertens* stand auf dem Schild für die obere Wohnung. Seine Mutter wohnte also immer noch dort. Auf dem Schild für die untere Wohnung, dort wo früher Nicks Onkel gewohnt hatte, sie erinnerte sich nicht mehr an seinen Namen, stand nun *Nick Mertens.* Natalie zog einen kleinen Schreibblock und einen Kugelschreiber aus ihrer Handtasche. Dann sah sie sich um und vergewisserte sich, dass niemand anderes in der Nähe war. Sie drückte den Block gegen die Tür, um eine feste Schreibunterlage zu erhalten. Dann schrieb sie mit klopfendem Herzen und einer Hand, die sie nur unter größter Anstrengung ruhig halten konnte, auf den Zettel:

ICH VERGEBE DIR! N.

Zügig faltete Natalie den Zettel und warf ihn in den richtigen Briefkasten. Dann steckte sie Block und Stift wieder in die Tasche und klopfte die Hände aneinander ab, um der Tat den würdigen Abschluss zu verleihen. „Jetzt können wir nach Hause", erklärte sie munter, nahm Lucas an die Hand und ging hocherhobenen Hauptes davon.

21. Schneechaos

Es dauerte eine Weile, bis Natalie begriff, dass der schrille Summton nicht in ihren Traum gehörte, sondern dass es sich um die Türklingel von Carolinas Wohnung handelte. Benommen setzte sie sich auf und öffnete die Augen. Es war schon hell. Sie erschrak. Sie hatte verschlafen! „Oh nein, nicht schon wieder", rief sie aus und sprang geradezu aus dem Bett. Es klingelte erneut. Sie warf einen Blick ins Kinderzimmer, auch Lucas schlief noch. Sie trug nur ihren Shorty, als sie zur Tür kam. Wieder klingelte es. „Ja?", rief sie fragend.

„Natalie, ist alles in Ordnung?", ertönte die Stimme ihres Vaters. Sie öffnete die Tür einen Spalt und sah hinaus. In dicker Wintermontur stand er vor ihr und blickte sie besorgt an.

„Ja, ja. Alles okay, wir haben verschlafen", erwiderte sie, wischte sich übers Gesicht und begann augenblicklich zu zittern, als die kalte Luft durch den Spalt in die Wohnung drang. Nun sah sie auch, dass es geschneit hatte. Der Hof, die Bäume, die Felder, alles lag friedlich unter einer weißen Decke. „Willst du kurz reinkommen?", fragte sie.

„Nein, nein, ist schon gut. Ich habe mir das schon gedacht, aber Irina hat nicht lockergelassen, bis ich versprochen habe nachzusehen. Sie hat dich zum Kaffee erwartet."

Natalie sah auf die Uhr, es war bereits zehn. Viel zu spät, um Lucas noch in die Schule zu bringen. „Es tut mir leid." Natalie verzog schuldbewusst den Mund.

„Ach, ist schon gut", erwiderte Franz. „Hauptsache, es ist nichts passiert und du fährst nicht, ohne dich zu verabschieden." Er zwinkerte und schritt langsam die Treppenstufen hinunter.

„Wir stehen erst mal auf und nachher kommen wir rüber", rief Natalie ihm nach und schloss die Tür. Es war verdammt kalt draußen. „Wenn das mal keine Lungenentzündung gibt." Schnell lief sie zurück ins Schlafzimmer und zog ein paar dicke Wollsocken und einen Pullover über. Dann ging sie ins Kinderzimmer. „Guten Morgen du Langschläfer", begrüßte sie Lucas, der mittlerweile ebenfalls wach war und sich in seinem Bett räkelte. „Wir haben unglaublich verschlafen", erklärte sie und setzte sich auf seine Bettkante.

„Komm ich jetzt zu spät?" Er rieb sich müde die Augen.

„Ich fürchte, du gehst heute gar nicht mehr in die Schule. Ich rufe jetzt dort an und entschuldige mich für die Unannehmlichkeiten. Danach machen wir Frühstück. Wenn du Lust hast, auch im Schlafanzug. Was sagst du?"

„Klar!" Mit einem Mal war Lucas hellwach. Er stand im Bett und als er aus dem Fenster sah, brach er in Jubelgeschrei aus. „Wahnsinn, es hat geschneit! Natalie, machen wir nachher eine Schneeballschlacht und bauen einen Schneemann?"

„Eins nach dem anderen, okay?", versuchte Natalie ihn zu beruhigen. „Erst mal rufe ich in der Schule an." Sie stand auf und verließ das Zimmer. Die richtige Nummer fand sie leicht in der von Carolina ausgearbeiteten Telefonliste. Die Dame am anderen Ende der Leitung nahm die Entschuldigung gleichmütig auf und wünschte ein schönes Wochenende.

Wenig später saßen die beiden im Schlafanzug in der Küche, aßen Aufbackbrötchen mit Marmelade und tranken Kakao, als Natalies Handy summte. Eine Nachricht von Caro.

Kann sein, dass es etwas später wird. Ist gerade ein bisschen durcheinander hier, aber alles okay. Ich melde mich noch mal.

„Nachricht von deiner Mama. Sie macht sich bald auf den Rückweg. Dauert nicht mehr lang und dann hast du sie wieder. Vielleicht räumst du zur Begrüßung dein Zimmer auf?", schlug Natalie vor, stieß damit aber auf wenig Gegenliebe.

„Wir haben doch schon überall geschmückt. Das muss reichen", erklärte Lucas.

„Ach Mensch, der Kuchen!", rief Natalie da plötzlich aus. „Ich sollte ja noch einen Kuchen auftauen." Schnell holte sie ein Paket Donauwelle und einen Bienenstich aus dem Gefrierschrank und stellte alles auf die Arbeitsplatte.

„Von mir aus lass das Aufräumen. Dann wasch dich aber und zieh dich vernünftig an. Ich muss noch packen", erklärte sie dann. Sie machte ein Foto aus dem Küchenfenster und schickte es an Markus.

Damit du weißt, was dich hier erwartet, Jon Schnee

schrieb sie hinterher.

Hauptsache keine weißen Wanderer, mit dem Rest komme ich klar

schrieb er zurück und brachte sie zum Schmunzeln. Eine angenehme Nervosität breitete sich in ihrer Magengegend aus. Die kleinen Schmetterlinge waren wieder da.

„Kann ich fernsehen?", fragte Lucas in diesem Moment. Er stand angezogen vor ihr und hatte noch Zahnpasta an der Wange.

„Wenn dein Gesicht sauber ist, gern", erlaubte sie großzügig.

Während der Junge seine Serien sah, packte Natalie in Ruhe ihre Sachen. Es war ein komisches Gefühl. Die vergangenen zwei Wochen hatten sie sehr verändert, aber es wurde Zeit, dass sie wieder nach Hause fuhr. Dort hatte sie ein Leben, das auf sie wartete. Sie musste endlich mit Dennis die nächsten Aufträge besprechen, der Job bei Rewe wartete und irgendwie musste sie die vielen versäumten Lerneinheiten für ihr Studium nachholen, wenn sie nicht ein ganzes Semester verlieren wollte.

Als alles gepackt war, holte Natalie den Bilderrahmen für Lucas hervor. Es war ihr ein Anliegen, ihm ihr Geschenk zu geben, bevor der Trubel losging. Wenn Carolina mit ihrem Olaf erst einmal hier war, würde es genug andere Ablenkung für den Jungen geben. Sie hielt den Rahmen hinter dem Rücken versteckt und setzte sich zu ihm auf die Couch. „Mach mal den Ton aus, ich habe noch was für dich", sagte sie geheimniskrämerisch.

„Ach ja, mein Geschenk", kombinierte Lucas schnell und stellte den Fernseher leise.

Natalie reichte ihm den Bilderrahmen. „Damit du mich nicht vergisst, bis ich wiederkomme."

„Das sind ja wir beide unten im Keller", stellte er lachend fest, sah sie dann aber mit einem Mal betrübt an. „Ich bin wirklich traurig, dass du gehst", sagte er leise und strich mit den Fingern über die aufgeklebten Steinchen. „Ich habe auch etwas für dich", fügte er dann hinzu, sprang auf und lief in sein Zimmer. Er kam mit einem Plüschtier zurück, von dem Natalie nicht erkennen konnte, was es eigentlich genau darstellen sollte, und hielt es ihr hin.

„Du schenkst mir dein Kuscheltier?", fragte sie gerührt.

„Nein", entgegnete Lucas schockiert und zog seinen Arm samt Plüschtier wieder zurück. „Aber du darfst ihn mal halten, wenn du möchtest. Zum Trost."

„Ach so, ja gerne", erwiderte Natalie grinsend und setzte sich das haarige Etwas auf den Schoß.

Lucas wartete eine Weile, dann erklärte er: „Das reicht. Jetzt musst du ihn zurückgeben" und zog das

Wesen wieder an sich. Natalie sah ihm amüsiert nach, als er sein Spielzeug zurück in sein Zimmer brachte.

„Na komm, wir ziehen uns an. Es wird Zeit. Oma und Opa warten bestimmt schon auf uns." Sie hatten vereinbart die letzte Stunde bei Franz und Irina zu verbringen. Außerdem stand noch eine kleine Schneeballschlacht mit Lucas aus.

Natalie spürte schon bei der Begrüßung, dass die Stimmung nervös und angespannt war. Irina umarmte sie fest und Franz hatte kaum Ruhe sitzenzubleiben. Er verließ das Wohnzimmer und kam mit Papier und Stiften wieder. Auf eines der Blätter schrieb er sauber zwei Telefonnummern und E-Mail-Adressen. „Irinas und meine Kontaktdaten, die Adresse hier kennst du ja", sagte er und versuchte zu lächeln. Dann schob er alle Zettel zu Natalie und bat sie, ihre Daten ebenfalls aufzuschreiben.

„Fühlt sich komisch an", sagte sie leise.

„Aber richtig", setzte Franz hinzu.

„Kommt ihr jetzt endlich raus?", rief Lucas von der Eingangstür her und Natalie sah auf ihr Telefon. Carolina hatte sich nicht mehr gemeldet, also konnte sie wohl davon ausgehen, dass sie pünktlich ankam. Markus hatte ihr geschrieben, dass er unterwegs war.

„Ja, machen wir! Du bekommst gleich noch ein paar ordentliche Schneebälle ab", versprach sie. Als Natalie in die Diele trat, um sich anzuziehen, fand sie ein kleines Päckchen auf ihrem Koffer. Sie blickte sich fragend um.

„Nur eine Kleinigkeit zum Naschen", sagte Irina und winkte ab.

„Mit Speck fängt man Mäuse?" Natalie schmunzelte. Ja, es herrschte Abschiedsstimmung und ja, vieles hatte sich in den letzten Tagen verändert, aber zum Guten. Und sie fühlte sich bei Weitem nicht so furchtbar wie bei ihrer Ankunft vor zwei Wochen.

Obwohl es über Tag nicht weiter geschneit hatte, lag auf dem Hof genug Schnee, um damit eine Schneeballschlacht zu machen. Franz war zuvor mit seinem Schneeschiebertraktor über den Hof gefahren und hatte links wie rechts kleine, fast einen Meter hohe Schneehaufen zusammengeschoben. Gerade verteilte er in der Toreinfahrt und dem Bereich, in dem die Autos parkten, Streusalz.

Eine Weile bewarfen sich Irina, Lucas und Natalie mit Schneebällen und alberten ausgelassen herum. Dann gesellte sich auch Franz zu ihnen und erklärte, er müsse noch ein Stück mit den Hunden gehen. Es würde bestimmt eine Weile dauern und er wäre höchstwahrscheinlich erst wieder zurück, wenn Natalie schon fort war. Er nahm seine Tochter zum Abschied in den Arm und sagte mit belegter Stimme: „Komm bald wieder, Mädchen."

„Das mach ich." Sie hielten sich fest umarmt, dann pfiff er und bedeutete Aramis und Fiona ihm zu folgen, was die Hunde anstandslos taten.

„Es nimmt ihn ganz schön mit, dass du wieder fährst", sagte Irina.

„Ja, es ist wirklich seltsam, wie sich alles gefügt hat, findest du nicht?", fragte Natalie und setzte erklärend hinzu: „Aber ich muss wieder zurück in mein altes Leben. Ich muss mich um ein paar Dinge kümmern, die ich vernachlässigt habe, als ich hier war. Alles geht weiter."

„Natürlich. Das verstehen wir beide. Du bist längst erwachsen geworden, du hast viele Jahre ohne uns gelebt und dich eingerichtet. Das ist vollkommen klar. Aber dein Vater befürchtet, dass du es dir anders überlegst, wenn du erst wieder fort bist. Er hat große Angst, dass du nicht wiederkommst."

Mittlerweile legte sich die Abenddämmerung über den Hof und die Lichterkettenbeleuchtung an der Scheune tauchte das ganze Anwesen in einen romantischen Glanz. Natalie sah ihrem Vater hinterher, der sich gerade mit den Hunden auf den Weg Richtung Wald machte. Er wirkte müde. Mit einem sanften Lächeln richtete sie ihren Blick nun auf Irina. „Wir haben noch so viel nachzuholen. Ich komme gewiss wieder, versprochen", sagte sie eindringlich, als sie von einem Schneeball am Rücken getroffen wurde. Es folgte ein ausgelassenes Kinderlachen. „Lucas, na warte, du!", rief sie und lief ihm hinterher.

Wenig später fuhr ein Auto die Straße entlang auf das Gut zu. Es näherte sich langsam und Natalie unterbrach die Albereien mit Lucas. „Das ist bestimmt Markus", erklärte sie und klopfte sich den Schnee von Hose und Jacke ab. Die durchnässten Handschuhe schüttelte sie ebenfalls aus und steckte sie mangels Alternative in die Tasche. „Auszeit, Lucas, ich brauche eine Pause." Natalie rieb sich die Hände, um sie wieder aufzuwärmen. Der Wagen fuhr langsam auf den Hof und in der Tat, sie hatte recht gehabt. Markus stellte sein Auto auf einem der Parkplätze ab. Langsam ging sie ihm entgegen. Sie freute sich sehr, ihn wiederzusehen, auf ihn war Verlass. Er stieg aus dem Auto, zog seine dicke Jacke über, setzte eine Wollmütze auf und zog Handschuhe an. Dann machte er eine Geste, die wohl erfragen sollte, wie Natalie sein winterliches Outfit beurteilte, und sie lächelte anerkennend. Auf der Mitte des Hofs trafen sie sich. Das Salz knirschte unter den Schuhsohlen. „Hallo Natalie", grüßte Markus sanft und blieb vor ihr stehen. Er war nah genug, dass Natalie sein angenehmes Parfum roch, wahrte jedoch so viel Abstand, dass sie sich nicht berührten.

„Schön, dich zu sehen", begrüßte sie ihn und meinte es genau so, wie sie es sagte.

„Darf ich dich zur Begrüßung küssen oder wäre das zu aufdringlich?", raunte Markus und sah ihr tief in die Augen. Natalie genoss diesen intimen Moment zwischen ihnen und beschloss endlich mutig zu sein. Es war an der Zeit.

„Sehr gern", flüsterte sie und trat einen winzigen Schritt auf ihn zu. Er legte seine Hände auf ihre Schultern, zog sie ganz sacht zu sich heran und senkte seinen Kopf zu ihr hinunter. Für einen Moment schien es, als zögerte er, und Natalie schob ihm ihr Kinn leicht entgegen. Dann verschmolzen ihre Lippen miteinander. Ganz behutsam und vorsichtig. Es war ein guter Kuss, wie Natalie befand.

Sie standen noch immer dicht beieinander und sahen sich wortlos an, als ein weiteres Auto rasant auf den Hof gefahren kam. Wenige Meter vor ihnen blieb der Fahrer stehen, ohne den Motor abzuschalten. Die Scheinwerferlichter blendeten, sodass Natalie die

Hand über die Augen legen und die Augen zusammenkneifen musste, um etwas zu sehen. Die Tür wurde aufgerissen und jemand stieg aus. Es war nicht Carolina. Wutentbrannt stapfte ihr jemand entgegen und als sie ihn erkannte, erschrak sie. Nick! Augenblicklich trat sie einen Schritt zurück und löste sich von Markus.

„Sag mal, hast du sie noch alle, Natalie!?", schnauzte Nick ohne Vorwarnung los. „Was soll der Scheiß? Hast du immer noch nicht genug?" Augenblicklich begann ihr Herz zu rasen, sie keuchte und die Tatsache, dass sie so heftig auf Nicks Gegenwart reagierte, überforderte sie vollkommen. Sie spürte die Trockenheit in ihrem Mund, während sie den aufgebrachten Nick anstarrte, sah wie seine Schultern sich hoben und senkten, weil er selbst nach Luft schnappte. Sein Atem stieg im Lichterglanz hinauf in den mittlerweile dunkelblauen Abendhimmel. Urplötzlich war es dunkel um sie herum geworden.

„Ich ... ich ... weiß nicht, was du meinst", stammelte sie und erntete ein wütendes Schnauben. Sie hatte Nick noch nie so außer sich gesehen. Dieser wütende Mann hier erinnerte kaum noch an den heranwachsenden Nick, der ihr einmal die Welt bedeutet hatte. Urplötzlich überrollten sie die Gefühle und sie begriff, dass sie sich nur etwas vorgemacht hatte, dass sie noch längst nicht mit ihm abgeschlossen hatte. Der Schmerz, den diese Erkenntnis, mit sich brachte, bohrte sich so tief in ihre Brust, dass sie die Tränen nicht zurückhalten konnte. Sie hatte ihn all die Jahre so vermisst und er hatte nichts Besseres zu tun, als ihr eine Szene nach der anderen zu machen, sie zu demütigen und sich an ihrem Leid zu weiden. Schon bei den vorangegangenen

Zusammentreffen hatte er keinen Zweifel daran gelassen, dass er ihr alles andere als wohlgesonnen war. Wann hatte er endlich genug? Warum war er ausgerechnet jetzt hergekommen?

„Was willst du denn noch von mir?", rief sie außer sich.

„Tu doch nicht so unschuldig", fauchte er zurück und Natalie dachte für einen Moment in seiner Stimme die gleiche Verzweiflung zu hören, die sich ihrer bemächtigt hatte. Dann riss er einen Zettel aus der Jackentasche und fragte sie mit bebender Stimme: „Willst du mir etwa erzählen, dass der nicht von dir ist?" Er hielt das Stück Papier vorwurfsvoll in die Höhe und sie erkannte es. Natalie brachte kein Wort heraus. Sie spürte, wie Markus an sie herantrat und seinen Arm um sie legte. Herausfordernd hielt Nick den Zettel in ihre Richtung und sah sieh mit loderndem Blick an. „Er ist von dir", bestätigte er seine Vermutung selbst und sah sie durchdringend an. Endlose Sekunden vergingen, und plötzlich erkannte Natalie eine grenzenlose Traurigkeit in seinen Augen. Sie nickte kaum merklich. „Ich wusste es und ich verstehe es nicht!", erhob er noch einmal seine Stimme. „Was bitte schön, hast DU mir denn zu vergeben? Habe ich nicht genug gelitten?" Er klopfte heftig mit seinem Zeigefinger auf seine Brust. „Was ist nur los mit dir?" Seine Stimme klang nun brüchig und er ließ entkräftet die Arme sinken. Es schien, als wollte er noch etwas sagen, aber dann schüttelte er doch nur fassungslos den Kopf. Langsam, ohne Natalie aus den Augen zu lassen, bewegte er sich rückwärts auf sein Auto zu.

In diesem Moment löste sich Natalie aus ihrer Starre. „Du hast gelitten?!“, drang es heiser aus ihrer Kehle. Sie wand sich aus Markus’ Arm und ging einen Schritt auf Nick zu. „Du verdammter Mistkerl hast mir das Herz gebrochen, du hast mich verlassen, nachdem du bekommen hast, was du wolltest!“ All ihre Gefühle fanden plötzlich den Weg an die Oberfläche und brachen unkontrolliert aus ihr heraus. Noch nie in ihrem Leben war Natalie so außer sich gewesen. „Du hast nicht eine verdammte Nachricht beantwortet und zu allem andern hast du, Nick Mertens, nicht einmal den Arsch in der Hose, mir persönlich zu sagen, dass du Schluss machst, sondern versteckst dich wie ein armseliges Würstchen hinter meiner großen Schwester.“ Sie machte eine Pause, sah ihn mit durchdringendem, vorwurfsvoll funkelndem Blick an. Schwer atmend wartete sie auf seinen Gegenangriff, aber der blieb aus. Nick sah sie mit offenem Mund an. Natalie räusperte sich und fügte dann in scharfem Ton und mit etwas festerer Stimme hinzu: „Also frag mich nicht noch mal, was ich dir vergeben wollte. Es hat zwar lange gedauert, aber mit dir bin ich endgültig fertig.“ Sie sah ihn entschlossen an. Die Ansprache schien ihre Wirkung nicht verfehlt zu haben. Nick blickte wie vom Donner gerührt aus der Wäsche und fand keine weiteren Worte oder Anschuldigungen. Natalie räusperte sich erneut. Sie spürte ein Kratzen im Hals. Dieser Ausbruch hatte ihre Stimmbänder mehr als gefordert. Aber er war nötig gewesen und längst überfällig. Als sie Nick jetzt ansah, hatte sie beinahe Mitleid mit ihm. „Vielleicht fährst du jetzt besser nach Hause“, flüsterte sie und wollte sich schon abwenden, damit ihm die Tränen in ihren Augen verborgen blieben.

„Du weißt, dass das nicht wahr ist", hörte sie ihn hinter sich sagen. „DU bist abgehauen und hast MICH zurückgelassen. DU hast jeden Kontakt abgeblockt und Carolina vorgeschickt, um nicht selbst mit mir zu reden." Natalie hielt in der Bewegung inne.

„Ich habe Carolina nie um dergleichen gebeten ...", stellte sie klar. Was redete Nick da nur?

Und in diesem Moment überkam sie eine furchtbare, unfassbar grausame Ahnung. Angst durchströmte ihren Körper und Natalie hatte das Gefühl, als würde ihr jemand den Boden unter den Füßen wegziehen.

22. Carolina

Das Brummen des Telefons in ihrer Gesäßtasche holte Natalie wieder in die Gegenwart zurück. Noch immer standen sich die beiden mit wütend funkelnden Blicken mitten auf dem Hof gegenüber, Markus daneben. Hinter ihr erklang das Lachen von Lucas und Irina, die im Schnee spielten. Mit zitternden Fingern zog sie das Gerät hervor. Sie fühlte sich seltsam kraftlos. *Carolina* stand auf dem Display. Mechanisch nahm sie das Gespräch entgegen. „Ja?"

„Gott sei Dank, dass ich dich erreiche, Natalie", plapperte Carolina sofort los. „Hör zu, ich weiß, dass wir was anderes ausgemacht haben, aber du musst noch ein oder zwei Nächte in Weidingen bleiben und auf Lucas aufpassen. Hier läuft gerade was echt Schräges mit Olafs Noch-Ehefrau", erklärte sie weiter. „Das ist doch kein Problem für dich, oder? Morgen ist schließlich Samstag."

Natalie schluckte, sie spürte nichts. Weder das Telefon in ihrer Hand noch den eisigen Wind und die vielen Schneeflocken, die nun durch die Abendluft tanzten. Sie spürte weder sich selbst noch, wie sie ihren Mund öffnete und fragte: „Hast du Nick erzählt, dass ich ihn nie wiedersehen will?" Ihre Worte klangen hölzern.

„Was?“, fragte Carolina irritiert und ihre Stimme wurde dabei plötzlich ungewohnt hoch. „Ich weiß nicht, wovon du redest, ich war doch auf dem Schiff und habe Nick ewig nicht gesehen“, erklärte sie dann.

„Caro, ich habe keinen Nerv mehr für Spielchen. Er steht hier vor mir“, sagte sie tonlos. „Hast du Nick und mich angelogen, als ich damals fortmusste?“ Für eine Handvoll endlos langer Sekunden schien Carolina am anderen Ende der Leitung nicht mal zu atmen.

„Ich habe befürchtet, dass du es früher oder später einmal rausbekommst.“ Sie klang zugleich bedrückt und erleichtert, als sie gestand. Natalie schloss die Augen und biss sich vor Verzweiflung auf die Unterlippe. Leise, heiße Tränen rannen ihre Wangen hinunter.

„Warum?“, brachte sie unter größter Anstrengung ihre Frage hervor. Wieder musste sie lange auf eine Antwort warten.

„Das ist kompliziert ... auf jeden Fall nichts fürs Telefon.“

„Ach nein?“ Natalie wischte sich mit dem Jackenärmel über das Gesicht, wobei sich ihre Stimme überschlug.

„Hör zu, wir kommen morgen, versprochen, und dann erkläre ich dir alles. Bitte glaube mir, es tut mir so schrecklich leid.“ Sie wartete, aber Natalie antwortete nicht. „Natalie, können wir morgen reden?“

„Mhm“, gab Natalie erschöpft von sich. Ohne ein weiteres Wort beendete sie das Telefonat.

Sie hob den Kopf. Nick stand immer noch reglos da und ihre Blicke verfingen sich ineinander. Sie sahen aus wie zwei Hunde, die eben noch wütend um einen Knochen gekämpft hatten und jetzt, nachdem sich der

Knochen urplötzlich in Luft aufgelöst hatte, nicht wussten, was sie mit sich anfangen sollten.

„Sie kommt erst morgen und sie hat uns die ganze Zeit belogen“, fasste Natalie matt zusammen, steckte das Telefon wieder in die Hosentasche und sah von Nick zu Markus. Immer noch vom Scheinwerferlicht angestrahlt standen die drei sich auf dem sonst dunklen Hof gegenüber, während sich die Schneeflocken langsam in einer dünnen weißen Schicht auf die Pflastersteine legten.

„Mir scheint, hier gibt es noch jede Menge zu besprechen“, ergriff Markus bedrückt das Wort. „Aber wie es aussieht“, er zeigte mit dem Finger in den Himmel, „muss ich mich langsam auf den Heimweg machen, wenn ich nicht riskieren will, in einer Schneewehe festzustecken. Ich nehme an, du kommst nicht mit?“, fragte er und trat dicht an Natalie heran. Für einen Moment schien er zu zögern, dann nahm er sie fest in den Arm und drückte sie zärtlich an sich. Natalie genoss seine Umarmung, schlang ihre Arme ebenfalls um ihn und drückte ihre Wange an seine Brust. Sie wollte nicht wahrhaben, was sie spürte, doch diese Umarmung fühlte sich an wie ein richtiger Abschied und es tat ihr furchtbar leid.

„Du kannst auch hierbleiben“, sagte sie leise und spürte, wie er ruckartig Luft ausstieß.

„Willst du mich wirklich quälen? Ich weiß, wann es vorbei ist. Mach's gut, Natalie“, flüsterte er traurig und sah sie mit einem Blick voller Wehmut an. Natalies Arme umschlangen seinen Körper immer noch, sie erwiderte seinen Blick und spürte, wie sich eine große

Schneeflocke auf ihren Wimpern niederließ. Mit einem gequälten Lächeln und den Worten „Die Guten gewinnen nie", löste Markus sich langsam von ihr und ging, ohne sich noch einmal umzudrehen, zu seinem Auto. Er startete den Motor, setzte zurück, vorbei an Nicks Wagen, der immer noch mit laufendem Motor und offener Fahrertür mitten auf dem Hof stand, und fuhr davon.

Natalie blickte zu Nick. Er sah aus, als hätte er einen Geist gesehen. „All die Jahre habe ich auf dich gewartet und mir ausgemalt, wie unser Wiedersehen ablaufen könnte. Wirklich viele Varianten sind mir durch den Kopf gegangen, fünfzehn Jahre sind schließlich eine lange Zeit", erklärte er erschüttert. „Aber an das hier", er umriss mit dem Finger in der Luft die Stelle, an der sie sich befanden, „kam ich nicht einmal in meiner kühnsten Fantasie heran."

„Was machen wir jetzt, Nick?", fragte Natalie beinahe flehend.

„Am besten passt du schön weiter auf das Kind deiner bescheuerten Schwester auf und ich fahre nach Hause. Sei mir nicht böse, aber diesen irren Scheiß muss ich erst mal verdauen." Hilflos hob er die Arme, drehte sich um und stapfte zu seinem Auto.

„Nick", rief Natalie ihm hinterher, unfähig, sich von der Stelle zu rühren. „Warte!" Ihre Stimme klang kraftlos und gleich darauf fiel die Autotür mit einem Knall, der ihr durch Mark und Bein fuhr, ins Schloss. Geräuschvoll legte Nick den Gang ein, wendete und brauste davon. Und dieses Mal konnte sie es ihm nicht einmal verdenken.

Lange stand Natalie allein dort draußen, in Gedanken versunken. Sie weinte leise und hatte nicht die Kraft, wieder ins Haus zu gehen. War er nach dem, was sie nun wussten, etwa immer noch böse auf sie? Die plötzliche Berührung einer nassen Hundeschnauze an ihrer Hand holte sie in den Augenblick zurück. Neben ihr stand still Fiona. Natalie sah über ihre Schulter und erblickte Aramis und ihren Vater in nur noch wenigen Schritten Entfernung. Ohne etwas zu sagen, legte Franz den Arm um seine Tochter und nahm sie mit ins Haus.

Irina hatte sich während all dem um Lucas gekümmert, mit ihm gespielt und ihn als Hilfskraft in der Küche angestellt. „Immer vorsichtig mit dem Geschirr", ermahnte sie ihn, als er den Abendbrottisch deckte. „Was ist los?", wollte sie wissen, als sie zu Natalie in die Diele trat und ihr die nassen Sachen abnahm.

„Caro kommt erst morgen, Markus ist weg und Nick auch. Und mein ganzes Leben ist ein scheiß Scherbenhaufen", schluchzte sie.

„Ach, Natalie, komm her. Sei nicht zu hart", seufzte Irina mitfühlend. „Willst du darüber reden?", fragte sie dann, aber Natalie schüttelte den Kopf.

„Nein, gerade nicht. Lass uns essen und dann gehe ich mit Lucas rüber. Ich muss ihm noch erklären, dass seine Mama erst morgen kommt."

Nach dem Essen brachte Franz das Gepäck wieder hinauf. Lucas machte die Verzögerung scheinbar nicht so viel aus, wie Natalie befürchtet hatte. Sie las ihm vor und sagte gute Nacht. Als sie schon an der Tür des Kinderzimmers war, fragte Lucas in die Dunkelheit: „Natalie, bist du traurig?"

Sie hielt einen Moment inne, dann erwiderte sie leise: „Ja. Ja, Lucas, ich bin sehr traurig."

„Weil du bei mir bleiben musst?", hakte er nach und Natalie drehte sich überrascht in seine Richtung.

„Nein, wie kommst du denn darauf?" Sie ging zurück und setzte sich auf den Fußboden vor sein Bett. „Nein, keine Sorge, mit dir hat das nichts zu tun", fuhr sie fort, ohne auf seine Antwort zu warten. „Das sind blöde Erwachsenenprobleme", sagte sie leise.

„Bist du böse auf Mama?"

Die Frage traf Natalie unerwartet und am liebsten hätte sie inbrünstig JA gesagt. Aber das konnte sie dem Jungen nicht zumuten und beschloss deshalb, das Gespräch mit Lucas abzubrechen. „Schlaf jetzt, es ist schon spät. Morgen ist ein neuer Tag, da sieht alles schon anders aus." Sie stand auf, deckte ihn noch einmal richtig zu und verließ das Zimmer. Morgen würde gar nichts anders aussehen, da war sie sich sicher.

Sie machte sich nicht die Mühe, ihre Klamotten wieder auszupacken, sondern schaltete den Fernseher ein. Auf der Couch liegend ließ sie sich von Sitcoms berieseln und las die Nachrichten in ihrem Telefon. Sieben Anrufe und vier Textnachrichten von Caro. Natalie löschte alles, ohne auch nur einen Blick darauf zu werfen. Keine Nachricht von Markus. Er müsste schon längst wieder in Köln angekommen sein. Für einen Moment spielte sie mit dem Gedanken, ihm zu schreiben, aber dann verwarf sie die Idee wieder. Sie begriff, dass eine Beziehung zwischen Markus und ihr niemals eine realistische Chance gehabt hatte. Sie mochte ihn, sehr sogar. Aber das, was sie für ihn empfand, reichte einfach nicht für eine gemeinsame Zukunft aus. Für Nick schlug ihr Herz trotz allem noch leidenschaftlich. Markus hatte es vor ihr bemerkt und den Rückzug angetreten. Allerdings linderte diese Tatsache ihren Schmerz nicht im Geringsten.

Es klopfte an der Wohnungstür. Natalie runzelte die Stirn, strich sich die Haare aus dem Gesicht und stand auf. Wer konnte das sein? Markus oder Nick? Ihr Herz begann sofort wieder wild zu klopfen, als sie die Tür öffnete. Es war Irina. „Ach, du bist es, was gibt es denn?“, fragte Natalie ernüchtert und erschöpft.

„Na, das nenne ich mal eine überschwängliche Begrüßung“, beschwerte sich Irina. „Wen hast du denn erwartet?“

Natalie winkte ab. „Im Grunde niemanden.“

„Lässt du mich rein oder wartest du, bis ich Frostbeulen bekomme?“, fragte Irina und zog dabei die rechte Augenbraue hoch.

„Entschuldige, klar, komm rein.“ Natalie öffnete die Tür weiter und ließ ihre späte Besucherin eintreten. „Lass uns in die Küche gehen, ich koche Tee. Dann kann ich mich wenigstens für deine Gastfreundschaft in der letzten Zeit revanchieren.“

„Zitronenmelisse, Pfefferminze, Hagebutte, Brennnessel“, zählte Natalie auf. „Wonach ist dir? Meine liebenswerte Schwester hat ein großes Sortiment. Ich bin mir sicher, dass sie dich mit Freude einlädt.“

„Übertreibe bloß nicht, ich kenne sie lange genug“, erwiderte Irina „Mit Pfefferminztee bin ich sehr zufrieden. Außerdem habe ich uns noch etwas Besseres mitgebracht.“ Erst jetzt bemerkte Natalie den Stoffbeutel, den Irina auf den Tisch gestellt hatte und aus dem sie jetzt die ihr bereits bekannte Wódka-Flasche und zwei Schnapsgläschen hervorholte. Sie stellte alles auf den Tisch und schenkte ein, während Natalie den Tee zubereitete.

„Also, Irina, was ist los?" Müde stellte Natalie die beiden Teetassen auf den Küchentisch. „Machst du dir etwa Sorgen, dass ich den Abend nicht überstehe, und bringst mir deshalb einen Schlummertrunk?" Sie versuchte sich betont gelöst zu geben. Irina wog den Kopf hin und her und zeigte an, dass Natalie mit ihrer Vermutung nicht vollständig daneben-, aber auch nicht richtiglag.

„Was soll ich lange um den heißen Brei herumreden", sagte sie dann. „Ich weiß, dass du nicht darüber reden willst, was da heute Nachmittag im Einzelnen zwischen deinem hübschen Markus, Nick und dir vorgefallen ist. Trotzdem will ich dir was zeigen." Sie zog ihr Handy hervor und durchsuchte ihre Nachrichten. „Ach, da", sagte sie leise und tippte auf den Bildschirm. „Lies mal." Nun drehte sie das Telefon um und hielt es Natalie vor die Nase. Diese zog es dichter zu sich, um die kleine Schrift besser lesen zu können.

Hast du Natalies Handynummer?

irritiert suchte sie den Absender der Nachricht. *Nick Mertens.* Die Nachricht war keine halbe Stunde alt und Natalie spürte, wie ihr sämtliche Gesichtszüge entglitten.

„Warum zeigst du mir das?", fragte sie wie versteinert.

„Weil ich nicht weiß, wie ich darauf reagieren soll. Nach den jüngsten Ereignissen ist das schwer zu erraten und es ist schließlich deine Telefonnummer, die er haben will. Die gebe ich doch nicht ohne Rückfrage heraus.“

Natalie raufte sich die Haare und stützte sich dann mit den Ellenbogen auf dem Tisch auf. Noch immer den Kopf zwischen den Händen erwiderte sie unschlüssig: „Ja, nein. Ach, ich weiß es nicht, vielleicht. Kommt drauf an, was er will.“

„Das wirst du wohl erst erfahren, wenn du sie ihm gegeben hast. Diese Kommunikation werde ich dir nicht abnehmen.“

„Weißt du, was das Schlimme an der ganzen Geschichte ist?“

„Nein, woher denn?“

„Dass er wohl gar nicht der furchtbare Mensch ist, für den ich ihn die ganze Zeit gehalten habe, und dass meine Schwester ein durchtriebenes, verlogenes Biest ist. Während sie eine Kreuzfahrt mit ihrem Lover macht, lässt sie mich hier sitzen und Babysitter spielen. Es scheint sie nicht die Bohne zu stören, dass sie mir mein Leben versaut hat.“

„Das heißt also *ja*?“

„*Ja* was?“

„Wenn Nick nicht mehr der Böse ist, soll ich ihm deine Nummer schicken?“

„Ehrlich gesagt, ich weiß es nicht. In der Vergangenheit ist so viel passiert, es ist so vieles kaputtgegangen. Was kann das noch bringen?“

„Natalie, er will nur deine Telefonnummer. Ich könnte mir vorstellen, dass er einfach nur in Ruhe mit dir reden will. Wer weiß, vielleicht meldet er sich auch gar nicht? Und du hast doch immer noch die Wahl, ob du darauf eingehst."

Natalie schwieg eine Weile, nickte aber schließlich bedächtig. „Ja, du hast recht." Und nach einem weiteren Moment fügte sie hinzu" „Weißt du was? Mach's. Gib ihm die Nummer."

„Okay." Irina tippte ein paar Mal auf das Display. „Ich drücke jetzt auf *Senden*." Sie sah Natalie an, bis diese mit einem Nicken bestätigte, dann war die Nachricht raus. „Wer weiß, ob er die heute überhaupt noch liest", sagte sie.

„Du hast recht. Sag mal, was heißt eigentlich *Prost!* auf Polnisch?", wollte Natalie wissen und drehte das kleine Glas mit der klaren Flüssigkeit zwischen Daumen und Zeigefinger.

„Na zdrowie!" Mit einer schnellen Bewegung legte Irina das Telefon weg und griff ebenfalls nach ihrem Getränk.

„Also dann, na zdrowie!", verkündete Natalie und leerte das Glas in einem Zug.

Kaum zwei Minuten später verkündete Natalies Handy den Eingang einer Nachricht. „Tatsächlich von Nick." Sie spürte eine Woge der Erleichterung.

Können wir reden, bevor du abreist? Nick

Sie zeigte Irina den Text und atmete tief durch. „Ich schreibe ihm, dass wir uns um zehn hier treffen können." Natalie tippte und erhielt unmittelbar danach seine Antwort.

Okay, bis morgen.

„Hat gar nicht wehgetan", kommentierte sie und lächelte erschöpft, als sie das Telefon beiseiteschob.

„Na, dann kann ich ja endlich ins Bett gehen." Zufrieden stand Irina auf und verstaute Gläser nebst Flasche wieder in ihrem Beutel. Auf Zehenspitzen schlich sie in den Flur, wo sie leise in ihre Jacke und die Stiefel schlüpfte. „Schlaf jetzt. Morgen ist ein neuer Tag, da sieht alles schon anders aus", sagte sie tröstend und umarmte Natalie fest zum Abschied.

„Genau das habe ich Lucas vorhin auch gesagt", entgegnete Natalie.

„Dann kannst du davon ausgehen, dass da was Wahres dran ist. Gute Nacht!"

Natalie schloss leise die Tür hinter Irina und begab sich ohne Umwege auf die Couch im Wohnzimmer. In Caros Bett wollte sie heute auf keinen Fall die Nacht verbringen. Sie schaltete den Fernseher aus, breitete die Wolldecke aus und versuchte zu schlafen. Es gelang ihr nur mit mäßigem Erfolg. Sie wälzte sich hin und her. Immer wieder kreisten ihre Gedanken um die Trennung von Nick und die grausame Rolle, die Carolina dabei gespielt hatte. Was hatte sie nur dazu bewegt, etwas so Furchtbares und Niederträchtiges zu tun?

Die pure Erschöpfung hatte sie dann doch noch für ein paar Stunden in den Schlaf getrieben. Doch sobald der Morgen dämmerte, war Natalie wieder wach. Sie stand auf, suchte frische Klamotten in ihrem Koffer und nahm eine warme Dusche. Als sie zurückkam, hörte sie Lucas in seinem Zimmer hantieren. Vorsichtig linste sie durch den Türspalt. Er spielte Nintendo, was sonst. „Guten Morgen, gut geschlafen?", fragte sie ihn und er nickte, ohne vom Bildschirm aufzusehen. „Was hältst du davon, wenn du dich erst wäschst und anziehst und danach weiterspielst?", fragte Natalie beinahe routiniert. Lucas ignorierte sie, ebenfalls routiniert. „Was hältst du davon, wenn ich dein Spielzeug für den Rest des Tages in den Schrank schließe?", fragte Natalie nun und Lucas gab sich geschlagen.

„Jaha, ich zieh mich jetzt an."

In der Küche fand sie ihr Telefon. Der Akku war leer. Sie schloss das Ladekabel an und startete es. Wenig später scrollte sie durch die Nachrichten. Der Lerngruppe war sie wieder ferngeblieben. Sie beschloss gar nicht erst anzufangen die betreffenden Mitteilungen zu lesen. Dennis wollte wissen, ob sie schon wieder in Köln war und sich mit ihr auf ein Bier treffen. Eine Nachricht von Caro.

Bin gegen zwölf da.

Und Irina fragte, ob Lucas nach dem Frühstück Lust auf einen Ausflug mit dem Schlitten hätte. Wie umsichtig von ihr.

„Lucas?!", rief Natalie, ohne vom Telefon aufzublicken, und fuhr zusammen, als er unmittelbar neben ihr antwortete.

„Warum schreist du denn so?"

Er saß mit seinem Nintendo am Küchentisch und wartete offenkundig auf sein Frühstück.

„Oma fragt, ob du Lust hast, mit ihr Schlitten fahren zu gehen. Was sagst du?"

„Klaro", erwiderte er und sprang auf.

„Willst du nicht erst etwas essen?"

„Was gibt es denn?"

„Wir haben noch aufgetauten Kuchen von gestern im Angebot. Alternativ Müsli mit Milch", bot Natalie an.

„Dann nehme ich den Kuchen und dazu eine Tasse Milch."

„Sehr gute Wahl. Kommt sofort. Ich schreibe Irina nur schnell, dass du zu ihr kommst, sobald du aufgegessen hast."

Sie setzte sich zu Lucas, hatte aber selbst nicht das Bedürfnis zu essen.

Um halb zehn war Lucas auf dem Weg zu Irina, bis viertel vor zehn räumte Natalie in der Wohnung auf und packte ihre Sachen wieder ein. Von da an lief sie wie ein eingesperrter Tiger in der Wohnung umher. Wobei sie immer wieder zum Fenster ging und auf den Hof starrte. Wohin würde eine Aussprache mit Nick sie führen?

23. Ein alter Brief

Pünktlich um zehn fuhr Nicks roter Wagen durch das Tor. Natalie beobachtete, wie er das Auto parkte und über den Hof ging. Ein vertrautes Gefühl kroch durch ihren Körper. Seine Bewegungen waren noch die gleichen wie früher. Sollte sie die Tür öffnen und ihm entgegengehen oder erst abwarten, bis er klingelte? Wie würden sie miteinander umgehen. Scheinbar hatte er all die Jahre die gleiche Wut und den gleichen Zorn auf Natalie gehegt wie sie auf ihn? Wie war er damit umgegangen? Natalie war gelinde gesagt in ein tiefes Loch gefallen, in dem sie die Beschreibung für die Gefühle, die sie durchlebt hatte, noch immer suchte. Sie ging in den Flur. Als die Klingel ertönte, hatte sie die Hand bereits an der Klinke. Kraftlos öffnete sie. Es war so seltsam.

„Hi", sagte sie schüchtern und sah in sein müdes, trauriges Gesicht. Er sah definitiv schlimmer aus als sie. Hatte er womöglich gar nicht geschlafen?

„Hi", erwiderte Nick und rieb sich nervös seinen kurzen, blonden Vollbart, der Natalie bereits bei ihrer ersten Begegnung besonders aufgefallen war. Nick wirkte so reif und erwachsen damit. Ein Mann war aus ihm geworden. Kein Wunder nach so vielen Jahren.

„Lucas ist mit Irina Schlitten fahren“, sagte sie leise. „Wir können also in Ruhe reden. Möchtest du etwas trinken?“

„Kaffee gern, groß und stark“, nahm Nick ihr Angebot an.

„Hier, setz dich doch.“ Natalies Stimme klang dünn und zurückhaltend, als sie auf die Eckbank in der Küche zeigte.

„Ich war noch nie hier oben, seit das Carolinas Wohnung ist“, stellte Nick fest, nachdem er Platz genommen hatte, und trommelte nervös mit den Fingern auf der Tischplatte. Natalie nahm es im Augenwinkel wahr, während sie den Kaffee zubereitete. Schließlich stellte sie die Tassen auf den Tisch und setzte sich zu ihm. „Danke“, sagte Nick leise.

Mit beiden Händen umgriff Natalie ihre eigene Tasse, damit er nicht sehen konnte, wie sehr ihre Finger zitterten. Unsicher blickte sie ihn an. Wie würde es weitergehen?

„Wie hast du geschlafen?“

„Grausig bis gar nicht“, antwortete Natalie ehrlich.

„Ging mir genauso.“ Er starrte auf seine Hände. Natalie folgte seinem Blick. Er hatte schöne Hände. Sie dachte daran, wie oft sie diese Hände früher berührt hatte, wie oft sie von ihnen berührt worden war. Für einen Moment hatte sie das Bedürfnis, einfach ihre eigene Hand nach ihnen auszustrecken, Nick festzuhalten, so als hätte es niemals eine Trennung gegeben. Aber sie tat es nicht. Sie hielt ihre Tasse fest und hörte ihm zu.

„Ich kann einfach nicht begreifen, was eigentlich mit uns passiert ist." Er schüttelte kaum wahrnehmbar den Kopf.

„Ich kanns dir sagen. Du hast dich wie ein Arsch verhalten und meine niederträchtige Schwester hat das ausgenutzt und uns den Rest gegeben. Sie hatte leichtes Spiel. Du hast ihr, ohne mit der Wimper zu zucken, geglaubt, dich nie wieder gemeldet und dich schnell mit einer anderen getröstet", fasste Natalie müde zusammen.

„Was redest du denn da? So ist es doch gar nicht gewesen. Was denn für eine andere?" Er sah Natalie mit verständnislosem Blick an. Seine blauen Augen waren trotz aller Müdigkeit klar und durchdringend. Seine Wimpern fein, hell und lang. Schon früher hatte Natalie dieser verlorene, leidgeprüfte Blick gefallen und bei ihr für weiche Knie gesorgt.

„Ach nein? Das habe ich aber so in Erinnerung." Natalie bemühte sich ruhig zu sprechen, aber ihre Stimme zitterte.

„Du hast recht damit, dass ich mich wie ein Idiot aufgeführt habe. Das war mies, das weiß ich. Aber damals konnte ich einfach nicht anders. Und ich habe doch versucht mich zu melden." Er senkte den Kopf, um ihrem Blick auszuweichen. Es schien, als wüsste er nicht weiter.

„Ich hab irgendwann einfach aufgegeben und akzeptiert, dass die Sache für dich erledigt ist. Weißt du, ich habe auch meinen Stolz und ich hatte ja keinen Anlass, zu vermuten, dass Caro lügt. Und als sie dann noch deine neue Freundin ins Spiel brachte ..."

„Was soll das denn bitte für eine Freundin gewesen sein?" Nick schüttelte vehement den Kopf und sah Natalie fassungslos an. „Wie konntest du denn annehmen, dass ich nach all dem, was uns beide verbunden hat, was wir beide miteinander hatten, dass ich mir eins fix drei eine neue Freundin suche?"

„Das fragst du allen Ernstes? Du warst doch derjenige, der auf einmal ganz plötzlich nichts mehr von *für immer und ewig* wissen wollte. Du warst plötzlich wie ausgewechselt nach unserem ... nachdem du bekommen hast, was du wolltest. Und dass du mich nicht zurückgerufen hast, war mir Beweis genug. Ich wollte dich nur noch vergessen." Natalies Ferse wippte nervös auf und ab, während sich das Wasser den Weg in ihre Augen bahnte.

„Aber es gab keine neue Freundin. Wirklich nicht." Seinem Blick voller Bestürzung und Mitleid entnahm Natalie, dass er die Wahrheit sagte. „Ich weiß, dass ich mich bescheuert verhalten habe an diesem Tag, aber ... Ich dachte, nachdem ich dir alles in dem Brief erklärt hatte, würdest du mir das verzeihen. Als du dich aber trotzdem nicht gemeldet hast, hab ich mich völlig verloren gefühlt."

Jetzt war es an Natalie, verwirrt aufzusehen. „Moment mal. Von welchem Brief sprichst du denn?"

Nick sah sie einen Moment lang stumm an, bevor sich ein erschrockener Ausdruck der Erkenntnis auf seinem Gesicht ausbreitete. „Oh Gott. Sie hat ihn dir nie gegeben. Natürlich hat sie ihn dir nie gegeben!" Mit einer frustrierten Geste hob er die Hände vors Gesicht. „Das ist doch nicht zu fassen ..."

Natalie sah ihn noch immer völlig durcheinander an. „Nick, nun rede doch mit mir. Ich verstehe wirklich gar nichts mehr."

Nick holte einmal tief Luft und nickte dann. „In Ordnung. Von vorne also. Als meine Mutter mich damals angerufen hat, war sie fix und fertig. Werner hatte sich von ihr getrennt."

Natalie blinzelte. Davon hatte sie keine Ahnung gehabt und es erklärte zu einem gewissen Grad auch Nicks Benehmen. Natalie wusste, was die Beziehung seiner Mutter für ihn bedeutet hatte.

„Ich war völlig vor den Kopf gestoßen", sprach Nick nun weiter. „Ich hab das echt nicht kommen sehen und irgendwie sind da alle Sicherungen bei mir durchgebrannt. Dass meine Mutter wieder glücklich war, hat mir damals irgendwie den Glauben an Beziehungen zurückgegeben. Und dass das jetzt wieder so einfach kaputtgegangen war, hat mir riesige Angst gemacht. Natürlich entschuldigt das mein Verhalten nicht, das weiß ich. Ich war ein riesiger Idiot und das hab ich auch wirklich bald eingesehen. Noch am selben Abend habe ich dich so sehr vermisst. Es tat mir so leid und ich wollte alles wieder geraderücken und bin hergekommen, um dich zu suchen. Aber dann hat deine Schwester mir erzählt, dass du meinetwegen abgehauen bist. Ich war völlig verzweifelt. Ich habe es nicht verstanden und ich habe mich so verloren gefühlt ohne dich." Nick hob den Kopf und als sich ihre Blicke trafen, spürte Natalie einen stechenden, sehnsüchtigen Schmerz in ihre Brust.

„Ich", setzte sie langsam an, „hatte keine Ahnung. Von nichts von alledem. Und ich bin NICHT wegen dir abgehauen, sondern weil meine Mutter und Jochen mir keine Wahl gelassen haben. Glaubst du denn allen Ernstes, ich wäre freiwillig von hier, von dir fortgegangen?" Ihre Stimme klang eindringlich und sie sah ihn verstört an.

„Nachdem ich mich so mies verhalten habe, hätte ich es dir nicht verübeln können. Caro sagte, als deine Mutter mit ihrem Neuen aufgekreuzt ist, hättest du sie angebettelt, dass sie dich sofort mit nach Köln nehmen. Ich wollte dich natürlich anrufen und habe Caro nach deiner Nummer dort gefragt. Aber sie hat mich davon abgehalten. Sie sagte, du seist so wütend gewesen und dass ich dir, wenn ich nicht meine letzte Chance auch noch verspielen wollte, jetzt etwas Zeit geben müsste. Und dann hat sie mir vorgeschlagen, dir alles in einem Brief zu erklären. Den wollte sie dir geben, sobald du ihrer Meinung nach soweit wärst. Und irgendwann hat sie mir dann gesagt, dass du den Brief gelesen hättest und sie mir ausrichten solle, dass ich dich nicht mehr belästigen soll und dass du dein neues Leben in Köln hast.

„Ich fasse es nicht." Natalie schüttelte immer wieder den Kopf. „Ich könnte sie erwürgen! Caro war überhaupt nicht dabei, als ich abgeholt wurde, und einen Brief habe ich nie erhalten! Warum hat sie das getan? Was ist nur in sie gefahren?" Sie konnte nicht glauben, dass ihre eigene Schwester sie so hintergangen hatte. „Trotzdem hättest du auf meine Anrufe reagieren können. Ich habe es mehrfach auf dem Handy und dem Festnetz versucht."

„Ich habe keine Anrufe bekommen." Müde stützte Nick seinen Kopf in die Hände. „Meine Mutter hatte tagelang das Telefon ausgesteckt, wegen Werner, und ich hatte mein Handy verloren. Aber ich habe Caro sofort meine neue Nummer gegeben, die sie an dich weitergeben sollte … Ich vermute, auch die hast du nie bekommen?" Wieder schüttelte Natalie den Kopf. Ihre Gedanken überschlugen sich. „Ich wusste damals wirklich nicht mehr weiter." Er sah sie mit traurigen Augen an. „Vielleicht hätte ich mich wundern sollen, dass du plötzlich so kalt warst, aber ich war so durcheinander. Ich hatte mich so furchtbar verhalten und dann haben wir damals auch noch erfahren, dass mein Onkel an Krebs erkrankt war und bald sterben würde. Es … Es war alles einfach zu viel. Ich hab mich völlig verlassen gefühlt."

Inzwischen konnte Natalie die Tränen, die seit geraumer Zeit in ihre Augen zu treten drohten, nicht mehr aufhalten. „Es tut mir so furchtbar leid". Ihre Worte waren nicht mehr als ein Wispern und dieses Mal zögerte Natalie nicht Nicks Hand zu ergreifen. Mutig legte sie ihre auf seine. Es war ein seltsames, zugleich fremdes und vertrautes Gefühl.

„Wann ist dein Onkel denn …?" Sie ließ die Frage unbeendet.

„Schon vor vielen Jahren."

„Deswegen wohnst du jetzt in seiner Wohnung?"

„Ja, auch deswegen. Meine Mutter und ich haben die Bäckerei schon kurz vor seinem Tod übernommen. Sie kümmert sich um das Handwerk, ich um die Buchhaltung", sagte Nick ergeben und presste die Lippen aufeinander.

„Hast du Weidingen jemals verlassen?“, fragte Natalie.

„Was ist das denn für eine Frage?“

„Ich meine, ob du in den letzten Jahren auch mal woanders gelebt hast, vielleicht wegen eines Jobs oder einer anderen Frau?“ Die letzten Worte klangen sehr dünn und nicht so beiläufig, wie Natalie es gewollt hatte.

Nick zog seine Hand zurück und für eine Sekunde bereute Natalie ihre Worte. Doch dann legte er sie wieder auf ihre und sah sie mit offenem Blick an. Augenblicklich überkam sie eine Gänsehaut und sie spürte ein unruhiges Flattern in ihrem Bauch.

„Was interessiert dich wirklich? Jobs oder Frauen?“

„Beides“, erwiderte Natalie, ohne seine Hand auf ihrer aus den Augen zu lassen.

„Ich war schon ein paar Mal weg, hat aber auf die Dauer nicht funktioniert. Wahrscheinlich bin ich zu verkorkst und im Grunde will ich hier gar nicht fort. Du scheinst da eher Erfolg gehabt zu haben“, stellte Nick fest. Er ließ Natalies Hand erneut los und lehnte sich auf der Eckbank zurück. „Das muss ja gut zwischen euch laufen, wenn du ihn schon mit nach Hause bringst.“

„Ich habe Markus nicht mit NACH HAUSE gebracht. Er hat angeboten mich zu fahren und das habe ich angenommen“, rechtfertigte sich Natalie unnötigerweise. „Wir kennen uns auch noch gar nicht richtig“, fügte sie hinzu.

„Das sah mir aber ganz anders aus.“ Nick sah sie mit durchdringendem Blick an und Natalie spürte, wie ihre Wangen warm wurden.

„Hey, es ist okay", sagte er besänftigend. „Es ist doch gut, wenn du jemanden gefunden hast, den du magst. Es ist so viel Zeit vergangen. Wir müssen nach vorn schauen. Ich wünsche dir, dass du glücklich wirst." Natalie rutschte unsicher auf dem Stuhl herum. Meinte Nick das ernst?

Eine Weile herrschte betretenes Schweigen in der Küche. Dann stand Natalie entschlossen auf und ging zum Fenster. „Caro kann sich was anhören, wenn sie gleich hier ist. Sie wird uns Rede und Antwort stehen und du kannst Gift darauf nehmen, dass ich nicht zimperlich mit ihr sein werde." Sie fühlte sich so wütend und ohnmächtig.

„Was soll uns das nach all den Jahren denn noch bringen?", fragte Nick und er klang müde.

„Was denkst du denn? Die Wahrheit. Ich will wissen, warum sie das getan hat. Meine große Schwester! Mein eigenes Fleisch und Blut. Sie hat mein Leben ruiniert, unsere Zukunft versaut." Natalie atmete schwer, wischte sich die Tränen von den Wangen und starrte aus dem Fenster hinaus in die verschneite Winterlandschaft. „Willst du nicht wissen, warum? Wir könnten immer noch zusammen sein, vielleicht hätten wir Kinder bekommen, aber nein! Schau uns an! Ich habe dich geliebt ... und jetzt haben wir nichts mehr." Sie schluchzte leise.

Wieder füllte sich die Küche mit betretenem, beinahe unerträglichem Schweigen. Der Schmerz und die Trauer in Natalies Brust waren grenzenlos. Minuten vergingen, dann hörte sie Bewegung hinter sich. Nick war aufgestanden und hatte sich ganz nah hinter sie gestellt. Wie elektrisiert nahm sie seine Gegenwart wahr, wagte nicht sich zu rühren. Sie hörte, wie er atmete. „Weißt du, was mich bei all dem besonders hart trifft?", sagte er schließlich. „Dass unsere Freundschaft und unsere Liebe dieser Manipulation nicht standgehalten haben." Er strich ihr sanft über die Schulter. Eine zärtliche Geste der Zuneigung, die Natalie aufsog wie ein Schwamm. „War das, was wir hatten, wirklich so groß, wie wir beide dachten?", fragte er.

„Das war es", erwiderte Natalie tieftraurig und drehte sich langsam zu ihm um. „Das war es", wiederholte sie. Seine Nähe, ohne ihn zu berühren, war die pure Folter. Seinem Blick, der sich bis in ihre tiefsten Abgründe bohrte, konnte sie kaum standhalten. Nick war es immer gewesen. Der Einzige, nach dem sie sich all die Jahre gesehnt und verzehrt hatte. Der Einzige, der diese innigen Gefühle in ihr auslöste. Der Mann, den sie liebte. Plötzlich war sie sich ihrer Gefühle so klar. Seit einer Ewigkeit waren sie sich nicht mehr so nah gewesen. Sie dachte daran, ihn zu küssen, in seinen Armen zu liegen. Ob Nick das Gleiche fühlte? Natalies Herz raste und sie wusste nicht, welches Gefühl es mehr in Aufruhr versetzte. Angst oder Erregung.

„Ich gehe jetzt lieber", sagte Nick schließlich betreten und trat ein Stück von ihr zurück. „Ehrlich, ich möchte nicht hier sein, wenn Carolina ankommt."

„Ist gut", flüsterte Natalie, obwohl sie sich nichts mehr wünschte, als dass er bei ihr blieb, und sah ihm nach, als er sich zur Tür wandte.

„Hast du den Brief noch?" Sie hatte Carolinas Nummer gewählt und ihre Frage sofort hinausgeschleudert, als das Gespräch angenommen wurde.

„Wie bitte?“

„Caro, tu nicht so. Hast du den Brief von Nick noch?“

„Ja, kann schon sein.“

„Wo?“, fragte Natalie ungeduldig und sehr energisch.

„Irgendwo im Keller, bei meinen alten Sachen. Ich suche ihn, sobald ich da bin. Gib mir noch eine Stunde.“

„So lange kann ich nicht warten.“ Natalie legte auf und wusste genau, wo sie mit der Suche beginnen wollte.

Sie lief in den Keller, räumte die Kartons aus dem Weg, bis sie bei dem einen angelangt war. *Finger weg!!! Privat!* Von wegen! Das Recht auf diese Privatsphäre hatte Caro verwirkt. Sie riss den Karton auf. Wie besessen wühlte sie sich durch den Inhalt. Briefe, Fotos, allerhand Souvenirs und Erinnerungen an ein fremdes Leben, alles ordentlich sortiert in Umschlägen, Fotoalben und Pappschachteln. Mit zitternden Fingern griff sie eine flache schwarze Schachtel. Der Deckel war mit Schmetterlingsaufklebern verziert. „So etwas Albernes.“ Vorsichtig öffnete sie die Schachtel und erstarrte für einen Augenblick. Darin lagen Fotos, Kinderfotos von Natalie. Hastig nahm sie die Bilder heraus und blickte auf einen Umschlag. *Für Natalie.* Es stand kein Absender auf dem Umschlag, doch sie war sich sicher. Sie kannte die Schrift, in der ihr Name geschrieben worden war. Das hier musste der Brief von Nick sein. Der Brief, der ihrem Leben mit Sicherheit einen anderen Verlauf beschert hätte, wenn sie ihn nur erhalten hätte.

„Hi.“ Hinter Natalie ertönte die matte Stimme ihrer Schwester. Den Brief noch immer in den Händen, drehte Natalie langsam den Kopf. Im Türrahmen stand

Carolina. Blass, müde und mit dicken Augen. Sie hatte definitiv geweint. „Du siehst genauso scheiße aus, wie ich mich fühle", stellte Natalie fest und schluckte all die Vorwürfe, die sie ihr zu gern an den Kopf geworfen hätte, aus unerklärlichen Gründen hinunter.

„Danke für die Blumen", erwiderte Caro erschöpft. „Darf ich reinkommen?"

„Klar, ist ja dein Keller", antwortete Natalie in scharfem Ton.

„Ich glaub, ich hab ihn." Erschöpft zeigte sie auf den Umschlag. Erfolg fühlte sich anders an.

Wie auf dem Weg zum Schafott setzte Carolina einen Fuß vor den anderen und trat näher. Sie sah elend aus. „Es tut mir einfach alles so furchtbar leid", flüsterte sie kleinlaut. „Ich hoffe, du kannst mir irgendwann einmal verzeihen."

„Für den Anfang könntest du mir erzählen, warum du das überhaupt getan hast", forderte Natalie schroff.

„Ganz ehrlich, es ist mir so unglaublich peinlich." Carolina sank verzweifelt neben Natalie auf den Boden und begann zu weinen. „Ich war damals so wütend auf dich, weil ..." Sie schlug die Hände vors Gesicht und schluchzte. „Ich weiß, dass es egoistisch und unreif von mir war, aber ... ich war damals total verknallt in Nick."

Natalie sog überrascht die Luft ein. „Das ist doch nicht dein Ernst?"

„Doch, es war eine einzige Qual für mich, euch beide immer zusammen zu sehen, schon immer. Ich war rasend eifersüchtig. Und dann hat sich plötzlich diese Situation ergeben. Bevor ich darüber nachdenken konnte, hatte ich die erste Lüge erzählt und dann hat sich alles plötzlich verselbstständigt. Irgendwann war es einfach zu spät, um noch zur Wahrheit zurückzukehren."

„Es hat sich die Situation ergeben? Und dann hast du mir das all die Zeit verschwiegen?" Natalie sah ihre Schwester voller Ingrimm an.

„Natalie, ich weiß, es war mies und es gibt keine Entschuldigung für das, was ich getan habe. Ich wusste damals nicht weiter. Dumm und naiv wie ich war, bin ich davon ausgegangen, dass sich das Thema im Laufe der Jahre einfach erledigen würde."

„Na, wie du siehst, hat das wunderbar hingehauen. Alle sind glücklich und zufrieden miteinander", stieß Natalie zynisch hervor. „Und weil das beim ersten Mal so gut gelaufen ist, hast du gedacht, du könntest deine kleine Schwester gleich noch mal verarschen. Grandiose Idee, mich auch noch als Hausmädchen und Babysitter einzuspannen, während du als Dankeschön eine Kreuzfahrt mit deinem Lover machst. Findest du nicht, dass das ganz schön selbstsüchtig von dir ist?" Natalie funkelte ihre Schwester wütend an. Caro weinte leise und antwortete nicht. „Ich weiß gar nicht, warum du heulst", schimpfte Natalie, die mit der Situation gänzlich überfordert war, weiter. „MEINE Beziehung hast du sabotiert, MICH hast du angelogen! MEIN Leben hätte gänzlich anders verlaufen können!"

„Ich weiß und ich hasse mich dafür, Natalie. Ich bin ein durch und durch schlechter Mensch", wimmerte Caro.

Mit wütendem Blick, den Brief noch in der Hand, saß Natalie vor dem Karton und sah ihre ältere Schwester an. Noch nie hatte sie Caro so am Boden zerstört gesehen. Sie sah so elend aus, dass Natalies Herz nachgiebig wurde.

„Durch und durch würde ich jetzt nicht unterschreiben. Du bist immerhin eine tolle Mutter. Das mit Lucas hast du schon gut hinbekommen", gab sie tröstend zu.

„Wie man's nimmt. Er wird wohl weiterhin ohne Vater aufwachsen. Das habe ich nämlich auch wieder verbockt." Carolina wischte sich mit dem Jackenärmel das Gesicht trocken. „Hast du dich denn mit Nick ausgesprochen?"

„Hach, wie man's nimmt. Geredet haben wir, ja, aber sonst ..." Sie hob ratlos die Schultern. Auch Natalie war erschöpft und am Ende ihrer Kräfte. „Ich habe keine Ahnung, was ich machen soll."

24. Vanilleherzen

Natalie hatte Gut Beeken und Weidingen verlassen, ohne noch einmal mit Nick zu sprechen. Franz hatte sie gemeinsam mit Aramis und Fiona zur Bushaltestelle begleitet. „Willst du sichergehen, dass ich auch wirklich abreise?", hatte sie versucht die Stimmung mit einer saloppen Bemerkung aufzuheitern.

„Komm bald wieder", hatte er gesagt und ihr noch einen Brief von Irina in die Hand gedrückt, bevor sie in den Bus gestiegen und davongefahren war. Nun hatte sie schon zwei Briefe in der Tasche.

Müde lehnte Natalie den Kopf zurück und blickte aus dem Fenster. Die letzten zwei Wochen waren vollkommen anders verlaufen, als sie sich je hätte ausmalen können. Ihr Gefühlsleben war vollkommen auf den Kopf gestellt worden. Eine Was-wäre-wenn-Frage nach der anderen tanzte durch ihre Gedanken und suchte verzweifelt nach Antworten. Sie dachte an Nicks schnelle Verabschiedung, daran, wie sie den Brief gefunden hatte, und an Carolinas Geständnis.

Sie dachte an Nick, den sie immer noch liebte und von dem sie nicht wusste, wie er für sie fühlte. Wie sollte es weitergehen, wenn sie wieder nach Hause kam? In ihr eigenes Zuhause, ihre kleine Zuflucht? Natalie dachte an die Arbeit, an Markus. Er war gut zu ihr gewesen, sie

hatten eine schöne Zeit gehabt. Doch es war von Anfang an nicht genug gewesen.

Natalie stürzte sich in Arbeit, Arbeit, Arbeit. Sie
brachte ihr Appartement auf Vordermann, wusch Wäsche und traf sich mit Dennis. Sie erzählte nicht viel
von Weidingen, ließ sich vielmehr einen neuen Auftrag
geben und versuchte einigermaßen den Anschluss an
ihr Studium zu finden. Markus traf sie erst nach ein
paar Tagen im Pausenraum bei Rewe wieder.
„Hey", begrüßte sie ihn unsicher. „Wie geht es dir?"
„Ganz okay."
„Es tut mir leid, was neulich passiert ist. Wie bist du
nach Hause gekommen?"
„Allein, oder was dachtest du?"
„Keine Ahnung. Entschuldige, ich weiß auch nicht. Es
war eine schreckliche Situation", sagte sie leise.
„Frag mich mal." Markus sah sie mit traurigem Blick
an. „Habt ihr wenigstens alles klären können, du und
dein Freund?"
„Ein bisschen, ist nicht einfach", druckste Natalie
herum und malte mit einem Kugelschreiber Kreise auf
die Titelseite des Stadtanzeigers.
„Das habe ich auch nicht behauptet. Liebe ist nie einfach."
Natalie drückte den Stift so fest auf, dass er das Papier
durchbrach. Dann sah sie Markus an. „Ich weiß nicht,
was du meinst."
„Ach, komm schon. Es war eindeutig, wie ihr euch angesehen habt. Ich habe in diesen wenigen Minuten eine

Verbindung, eine Leidenschaft zwischen euch wahrgenommen, die wir beide in hundert Jahren nicht erreichen könnten."

Natalie legte den Stift weg und sah Markus trotzig an.
„Was willst du mir eigentlich mitteilen?"

„Schon gut, deine Sache", besänftigte er sie. „Ich habe
eine Zusage auf eine meiner Bewerbungen bekommen.
Ich fange am ersten Januar an. Es ist die Stelle in Osnabrück, also nicht ganz um die Ecke."

„Bedeutet das, dass du umziehst?", fragte Natalie beklommen. Der Gedanke daran, Markus nie wiederzusehen, machte sie traurig.

„Ja, den Umzugswagen schenke ich mir zu Weihnachten." Er lächelte. „Es ist ein guter Job mit Aufstiegschan-
cen."

„Was soll ich sagen? Herzlichen Glückwunsch?",
fragte Natalie und versuchte sich für Markus zu freuen.
Sie dachte an Ansgars Marie, die ebenfalls dort wohnte,
mit Mann und Kind und nur noch selten in Weidingen
zu Besuch war.

„Danke", erwiderte er aufrichtig.

An diesem Abend nahm Natalie die beiden Briefe zur
Hand, die seit ihrer Ankunft in Köln sorgfältig nebeneinander auf ihrem Schreibtisch lagen. Bisher hatte sie
es nicht gewagt, sie zu öffnen. Seit sie wieder daheim
war, fühlte sich die Zeit auf Gut Beeken unwirklich, beinahe wie ein Traum an. Noch war alles weit weg, mit
dem Öffnen der Briefe befürchtete sie diese Distanz
aufzugeben. In den ersten Tagen nach der Rückkehr
war sie dazu noch nicht bereit gewesen. Welchen zuerst? Sie entschied sich für Irinas. Der Umschlag war

nicht verklebt. Sie brauchte nur die Lasche herausziehen und schon sah sie eine ihrer selbstgestalteten Karten. Auf den dicken weißen Karton hatte sie mit feinen
schwarzen Tuschestrichen die Scheune von Gut Beeken skizziert. Ein paar einzelne Weihnachtsbaumkugeln säumten das Bild und in wunderschön geschwungenen Buchstaben konnte Natalie *EINLADUNG zum
ADVENTSSINGEN* lesen. Sie öffnete die Karte. Nebst
Datum, Ort und Uhrzeit fand sie die Bemerkung *Bitte
um Zu- oder Absage.* Daneben standen Irinas E-
Mailadresse und Telefonnummer.

Natalie legte die Karte beiseite und nahm Nicks Brief
hervor. Der Umschlag war bereits geöffnet worden. Sie
zog ein kariertes Blatt heraus. Sauber gefaltet, einseitig
beschrieben.

Sie überflog die Zeilen, las noch ein weiteres Mal,
dann legte sie auch das Papier zur Seite und ging an den
Küchenschrank, um sich einen Tee zu kochen und das
Gelesene sacken zu lassen. Wie Nick es ihr berichtet
hatte, hatte er in dem Brief alles erklärt, hatte seine
Ängste beschrieben, sich entschuldigt und sie um Verzeihung gebeten. Er hatte ihr seine Liebe versichert.
Seine ewige Liebe. Ihr Herz bebte. Es war der Brief eines
verzweifelten Teenagers, der nichts als bedingungslose
Liebe schwor. Hätte sie ihn damals gelesen, sie hätte
Himmel und Hölle in Bewegung gesetzt, um bei ihm zu
sein. Aber nun? Nick und sie waren mittlerweile fast
doppelt so alt. Wie sollte sie mit diesen Zeilen umgehen? Hätte sie den Brief vielleicht niemals lesen sollen?
Mit der vollen Teetasse setzte sie sich aufs Bett. Noch
einmal las sie die Zeilen. Sie ließen sie einfach nicht los.

Kurzentschlossen zückte sie ihr Handy. Seit ihrer Unterredung in Caros Küche hatte sie nicht mehr mit Nick gesprochen. Nun befand sie, dass es an der Zeit war.

Ich habe deinen Brief gelesen. Können wir reden?

tippte sie in ihr Telefon und verschickte die Nachricht. Sie legte beides, Brief und Karte, auf ihr Bett, setzte sich im Schneidersitz darauf und wartete auf Nicks Antwort. Es dauerte keine Minute, bis er anrief.

„Hi", begrüßte sie ihn kleinlaut.

„Hast du eine Ahnung, wie spät es ist?"

Sie wusste es nicht und blickte auf ihr Telefon. „Oh, sorry!" Es war viertel nach eins in der Nacht.

„Von welchem Brief sprichst du?", ließ er sich nicht weiter aufhalten.

„Von dem Brief, den du Caro damals für mich gegeben hast, natürlich", antwortete sie.

„Du hast ihn also doch." Seine Tonlage verriet, dass ihn diese Information in Aufregung versetzte.

„Ja, aber erst seit ein paar Tagen. Caro hatte ihn die ganze Zeit und hat ihn mir gegeben, bevor ich abgereist bin."

„Aha."

„Er ist sehr emotional, aufwühlend und irritierend", sagte Natalie leise.

„Sag bloß, warum wohl?", fragte Nick zynisch, merkte aber gleich, dass er mit seiner Antwort zu weit gegangen war. „Entschuldige, ich weiß nicht mehr genau, was ich geschrieben habe, aber ich weiß, dass es die

Wahrheit war. Ich hab damals eine harte Zeit durchgemacht und gehofft dich zurückzugewinnen", erklärte er.

„Ich weiß, so liest sich der Brief auch und ich bin sicher ..." Sie spürte wieder, wie sich ein Knoten in ihrem Hals bildete und sie daran hindern wollte weiterzusprechen. „Ich glaube, wenn ich ihn damals bekommen hätte, wäre unsere Geschichte anders verlaufen." Es blieb still am anderen Ende. „Warum sagst du nichts?", fragte Natalie behutsam.

„Ich weiß nicht, was ich dazu sagen soll. Es macht mich traurig, aber wir können es nicht ungeschehen machen."

„Du hast geschrieben, dass ich die Liebe deines Lebens bin und dass sich das nie ändern wird."

„Ja", antwortete er.

„Und nun hat sich doch alles geändert", sagte sie und hatte das Gefühl, ihr Herz müsste dabei stehenbleiben.

„Natalie, was soll das? Du quälst uns beide doch nur. Natürlich hat sich das nicht geändert. Ich stehe zu dem, was ich damals geschrieben habe. Aber das war damals und ob du es wahrhaben willst oder nicht, wir beide haben uns verändert. So vieles ist geschehen in der Zwischenzeit."

„Du hast mir all die Jahre so gefehlt", wisperte Natalie und wartete mit stockendem Atem auf seine Antwort.

„Du mir auch. Ich war, wie dir nicht entgangen ist, furchtbar aufgebracht darüber, dass du einfach so zurückgekommen bist und dich nicht mit einem Wort bei mir gemeldet hast." Seine Worte trafen sie hart.

„Du hast noch etwas anderes geschrieben", stieß sie dann leise hervor.

„Was denn?“

„Dass du, wenn du könntest, alles zwischen uns rückgängig machen würdest, wenn wir einfach wieder Freunde sein könnten. Hast du das auch ernst gemeint?“ Natalies Finger suchten Halt in ihrem Bettbezug.

„Natürlich. Ich habe an diesem Tag auch meine beste Freundin verloren. Das konnte ich kaum aushalten. Ich dachte, wenn du mir schon als deinem festen Freund nicht verzeihen könntest, dann vielleicht als deinem besten Freund.“

Sie schwiegen. Natalie rang mit sich. Sollte sie ihm sagen, welche Anziehungskraft sie gespürt hatte? Dass ihr Herz noch immer für ihn brannte? Sie hatte sich gar nicht so sehr verändert, wie er glaubte.

„Natalie, ... wollen ... wollen wir es noch einmal versuchen?“, fragte er dann und sie hatte augenblicklich das Gefühl, in einer Achterbahn zu sitzen, deren Wagen sich langsam auf den höchsten Punkt zubewegten.

„Wir beide?“, flüsterte sie gleichermaßen ungläubig wie hoffnungsvoll.

„Ja, deine Freundschaft fehlt mir so sehr.“

Natalies Gefühle fielen im freien Fall. Sie hatte keine Kraft, keine Chance, etwas dagegen zu tun. Sie hing fest wie unter dem Bügel einer Achterbahn, es drückte von allen Seiten und sie konnte nur abwarten, bis es vorbei war.

„Freunde? Ach so, ja“, keuchte sie vollkommen erschöpft.

„Ich bin so erleichtert. Das bedeutet mir so unglaublich viel.“ Seine Stimme klang nun wesentlich gelöster. Wieder eine lange Pause. „Und wann werde ich meine beste Freundin wiedersehen, um mit ihr auf den Neuanfang anzustoßen? Wann kommst du wieder nach Weidingen?"

„Irina hat mir eine Einladung fürs Adventssingen gegeben und beide, mein Vater und sie, haben mehrfach erwähnt, dass sie sich sehr freuen würden, wenn ich komme. Vielleicht ist das eine gute Gelegenheit, mich unter die Gäste zu mischen und langsam wieder anzuknüpfen", überlegte sie laut.

„Das würde mich sehr freuen. Und bring doch deinen Freund mit", schlug er vor.

„Du meinst Markus?" Natalie sah traurig zu Boden. Nick wusste ja nicht, dass der Abschied für Markus und sie ein endgültiger gewesen war.

„Ja. Dann sieht er, dass es auf Gut Beeken nicht nur Dramen gibt. Ich freue mich wirklich, dass du jemand neuen gefunden hast, und würde ihn gern näher kennenlernen." Seine Worte schnitten ihr ins Herz.

„Okay", sagte sie müde „Dann also bis nächstes Wochenende beim Singen?"

„Ja, bis dann."

Natalie ließ sich kraftlos auf ihrem Bett zur Seite fallen. Dieses Gespräch hatte eine gänzlich andere Wendung genommen, als sie erwartet hatte. Sie wollte nicht nur wieder mit Nick befreundet sein. Sie wollte wieder mit ihm zusammen sein. Aber er betrachtete die Situation unverkennbar anders. Er hatte einfach aufgegeben und den Platz für Markus freigemacht. Er war eben noch immer ein toller Freund. Was für eine Ironie.

Am nächsten Tag rief sie Irina an, um ihre Einladung anzunehmen.

„Das freut mich wirklich sehr. Du schläfst doch bei uns?“

„Wenn ich darf, gerne.“

„Aber natürlich, du bist herzlich willkommen. Ich mache dir das Gästezimmer fertig“, freute sich Irina. „Kommst du allein oder bringst du jemanden mit?“

„Ach, weißt du, das ist kompliziert“, druckste Natalie herum, obwohl sie wusste, dass sie allein kommen würde.

„Ist ja auch noch nicht wichtig. Das sehen wir dann schon. Dein Vater wird Augen machen, wenn ich ihm die Neuigkeit überbringe“, betonte Irina noch einmal.

„Ja, ich freue mich auch“, entgegnete Natalie ehrlich. „Du, sag mal“, begann sie zögerlich „Nick hat doch bestimmt auch schon zugesagt, oder?“

„Nicht so offiziell wie du, aber ja, er kommt wie jedes Jahr. Da bin ich sicher. Er hilft doch schon die ganzen Tage beim Räumen und Vorbereiten in der Scheune. Außerdem versucht er mir ständig seine Pläne schmackhaft zu machen. Warum fragst du? Habt ihr noch Streit?“

„Nein, haben wir nicht“, wehrte Natalie hab. „Wir haben uns ausgesprochen und vieles geklärt. Ich wollte nur wissen, ob er vielleicht in Begleitung kommt. Hat er was gesagt?“

„Weißt du etwa mehr als ich?“

„Nein, es ist nur ... Ach, schon in Ordnung“, wiegelte Natalie ab. Das Gespräch wurde ihr unangenehm.

„Irre ich mich, oder habt ihr zwei doch mehr miteinander zu besprechen, als du zugeben willst?“

„Vielleicht, vielleicht auch nicht“, drückte sich Natalie vage aus, aber sie spürte bereits, dass es nicht mehr lange dauern würde, bis sie Irina ihr Herz ausschüttete. Wie auch immer diese Frau es anstellte, sie schien einen siebten Sinn dafür zu haben.

„Soweit ich weiß, kommt er allein“, gab Irina Auskunft. „Wenn du glaubst, dass da mehr zwischen euch ist, solltest du mit ihm reden. Unser Fest bietet dafür übrigens einen wunderbaren romantischen Rahmen.“

„Leichter gesagt als getan. Nick will lieber auf Nummer sicher gehen und unsere Freundschaft wieder auf festen Boden bringen.“ Resigniert sammelte Natalie ein paar Brötchenkrümel von ihrer Anrichte.

„Und das reicht dir nicht.“

„Ich fürchte nicht und jetzt weiß ich nicht, was ich machen soll“, gab Natalie unumwunden zu.

„Also ist dein gutaussehender Begleiter schon wieder Geschichte?“

„Ja. Es hat aufgehört, bevor es richtig angefangen hat.“ Sie warf die Krümel in den Mülleimer.

„Scheint mir, als wolltest du nichts anbrennen lassen“, zog Irina sie ein wenig auf. „Wenn du mich fragst, ist Angriff noch immer die beste Verteidigung. Und du hast nichts zu verlieren. Du willst doch den gleichen Fehler nicht noch einmal machen, oder? Sag ihm, was du fühlst.“

„Du hast gut reden. Das ist nicht so leicht, wie du dir das vorstellst“ Natalie putzte sich unwirsch die Hand an der Hose ab.

„Ich habe auch gar nicht behauptet, dass es leicht ist. Ich habe nur gesagt, dass du nicht kneifen sollst. Man ist immer erst hinterher schlauer.“

Natalie meinte, Kampfeslust aus Irinas Worten herauszuhören. „Was schlägt meine böse Stiefmutter denn vor?“, gab sie die Verteidigung auf.

„Gar nichts Böses. Mir scheint, du musst noch vieles lernen. Mit Speck fängt man Mäuse und Liebe geht durch den Magen. Ich kann dir aus eigener Erfahrung sagen, dass das wunderbar funktioniert.“

„Aha.“

„Du solltest für ihn kochen, ihn zum Essen einladen und dann mit ihm über deine Gefühle sprechen“, schlug Irina enthusiastisch vor.

„Du kennst doch meine Kochkünste, die gehen gegen Null, damit komme ich wirklich nicht weit. Ich schaffe es ja kaum, Nudeln für einen Sechsjährigen zu kochen. Schlimmstenfalls bekommt er eine Lebensmittelvergiftung.“ Nun sprach der Galgenhumor aus ihr. Sie genoss das Telefonat mit Irina. Es machte Spaß, mit ihr an einem Plan zu schmieden. Wider Erwarten hatte Natalie eine Verbündete gefunden.

„Ich habs! Du machst ihm Vanilleherzen! Daran kannst du nichts falsch machen und die isst Nick super gerne. Ich habe dir doch erzählt, dass er manchmal unter irgendwelchen Vorwänden bei uns reinschneit, und dann futtert er die Pralinen immer als erstes weg.“

„Irina, ein kleiner Junge ist weggelaufen, weil ich nicht einmal Nudeln kochen kann. Wie soll ich denn in so kurzer Zeit lernen Pralinen herzustellen?“

„Da kommen wir zu einem sehr wichtigen Aspekt. Du musst schon etwas tun, was dir große Mühe macht, sonst versteht er doch gar nicht, wie wichtig dir dein Anliegen ist. Keine Sorge, ich überlasse dir mein Rezept und gebe dir eine genaue Anleitung. Du hast noch ein paar Tage Zeit, das kannst du locker schaffen", gab sich Irina zuversichtlich.

„Nehmen wir an, ich bekomme das hin, dann schenke ich Nick also die Vanilleherzen ... und dann?"

„Man könnte ja meinen, du hast das noch nie gemacht", entgegnete Irina. „Du sorgst dafür, dass ihr zwei euch ungestört unterhalten könnt, und dann raus mit der Wahrheit. Du hast doch nichts zu verlieren."

„Was gäbe ich für deinen Optimismus", seufzte Natalie.

„Ein bisschen was musst du schon selbst einbringen. Ich überlasse dir doch schon mein ganz persönliches Pralinenrezept", erwiderte Irina sanftmütig. „Ich setze mich sofort daran und schreibe alles auf. Du bekommst eine Zutaten- und Materialliste von mir. Den Rest – das Einkaufen und Zubereiten – musst du dann selbst übernehmen. Ruf mich an, wenn du etwas brauchst", erklärte sie abschließend.

„Ach Irina, ich wollte doch nur Bescheid sagen, dass ich zu deinem Gesangsabend kommen werde. Hätte ich doch nur eine E-Mail geschrieben."

„Gut, dass du es nicht getan hast. Du wirst es mir noch danken!". Sie beendeten das Gespräch und Natalie sah fassungslos lächelnd auf ihr Telefon. Was hatte sie sich da nur aufgehalst. Und vor allem, was war nur in Irina gefahren?

25. Adventssingen

Irina hatte Wort gehalten. Noch am gleichen Abend erhielt Natalie eine E-Mail mit detaillierten Informationen. Zur Liste der benötigten Zutaten gab es auch eine der notwendigen Küchenutensilien inklusive Link, wo diese kurzfristig zu bestellen waren. Es folgte eine Schritt-für-Schritt-Anleitung mit weiteren Links zu YouTube-Videos. Die Clips, wie man Pralinen selbst herstellte, und Bastelanleitungen für Pralinenschachteln hatten in Natalies Augen unerwartet hohe Klickzahlen. Unverkennbar erfreute sich das Herstellen von Pralinen bei vielen größter Beliebtheit, nicht nur in der Vorweihnachtszeit. Auf den ersten Blick sah es gar nicht so kompliziert aus, wie sie befürchtet hatte. Mit Irinas Unterstützung konnte es tatsächlich etwas werden. Sie war hochmotiviert. Sorgfältig druckte sie alles aus, sortierte und heftete ab. Die Pralinenform, verschiedene Abzieher und Spachtel, Winkelpaletten und Spritzbeutel gehörten allesamt nicht zur Ausstattung ihrer Küche, deshalb bediente sie sich dankbar der mitgeschickten Links und sammelte alles in ihrem Online-Einkaufswagen. Die Summe unter ihrer Bestellung strapazierte ihr monatliches Budget, aber sie drückte beide Augen zu. „Von nichts kommt nichts."

Die Rezeptzutaten suchte Natalie nach der Schicht in der Backabteilung ihres Arbeitgebers zusammen. Weiße Kuvertüre, Vollmilchschokolade, Sahne, Vanilleschoten und rote Lebensmittelfarbe für die Ganache, die Füllung der Pralinen, stapelten sich in ihrem Korb. Sie hatte beschlossen, die dreifache Menge zu kaufen, damit sie sich einen Fehlversuch erlauben konnte. In der Schreibwaren- und Bastelabteilung fand sie bunten Karton und Glitter. Die Pralinen und die Verpackung sollten perfekt werden. Dann würde der Rest schon irgendwie funktionieren. Natalie musste Nick einfach ihre Liebe gestehen, darüber war sie sich während des Telefonats mit Irina klargeworden.

Sie bezahlte und trug die Einkäufe nach Hause. Dort machte sie sich zunächst an die Lernaufgaben, konnte sich aber nicht konzentrieren und sah sich lieber noch ein paar weitere Videos über die Herstellung von Pralinen an. Nebenbei überflog sie ihre eingegangenen E-Mails. Dennis hatte ein Manuskript weitergeleitet, das sie lesen und beurteilen sollte. Sie könnte den Auftrag haben, wenn wie wollte. Wäre auch nicht so dringend. In einer weiteren E-Mail las sie, dass ihre Bestellung bereits das Lager verlassen hatte und am nächsten Tag ausgeliefert werden würde. Das passte, sie musste nur vormittags für zwei Stunden arbeiten. Es schien gerade so, als meinte das Schicksal es ausnahmsweise mal gut mit ihr. Wenn sie sich jetzt selbst auch noch größte Mühe gab, könnte es tatsächlich funktionieren. Es war gerade erst Montag. Wenn sie Dienstagabend anfing und die Kühlzeiten berücksichtigte, konnten die Pralinen bereits am Mittwoch fertig sein. Falls alles in die

Hose ging, gab es noch zwei Tage Puffer. Samstagmorgen wollte sie den Zug nehmen.

Das kreative Gestalten einer persönlichen Pralinenschachtel entpuppte sich jedoch schon bald als kaum lösbare Aufgabe. Sie faltete hin und her, schnitt genau nach Anleitung, klebte höchstkonzentriert, aber alles, was sie zustande brachte, sah nicht besser aus als die Bastelarbeit eines Grundschülers. Frustriert warf sie Versuch Nummer vier in die Ecke. Kein gutes Omen, das konnte ja noch heiter werden. Natalie schaltete den Fernseher ein, bereitete sich eine Fünf-Minuten-Terrine zu, dann beschloss sie kurzerhand noch eine Runde an der frischen Luft zu drehen und sich anschließend in das neue Manuskript einzulesen.

Das Manuskript war gut – ein Krimi, sehr spannend – und sie konnte kaum aufhören zu lesen. Erst nachdem ihr zum dritten Mal die Augen zugefallen waren, gab sie nach und löschte das Licht. Als sie wieder aufwachte, geschah dies nicht, weil sie ausgeschlafen hatte, sondern weil sie fror. Die Heizung war zum wiederholten Male ausgefallen. *Ich muss mich endlich darum kümmern*, dachte sie, schaltete den Heizlüfter ein und zog sich an. Dann rief sie den Hausmeister an, erreichte ihn aber nicht und wich auf eine höfliche E-Mail mit der Bitte um Reparatur aus. *Immer das gleiche Spiel.* Sie dachte an Markus. Er hatte behauptet, nur die Therme wieder eingeschaltet zu haben. Sollte sie es wagen?

Eine Weile sah Natalie sich das Gerät an, suchte sich durch Google und YouTube. Die Therme in ihrer Wohnung war von beachtlichem Alter, fast volljährig, wie sie feststellte. Nachdem sie sich einigermaßen eingelesen hatte, nahm sie ihren Mut zusammen, befolgte die Anleitung, es klickte und unverhofft erschien eine kleine Flamme. „Haha", entfuhr es Natalie vor lauter Überraschung. Sie freute sich wie ein kleines Mädchen und klatschte vor Begeisterung in die Hände. Sie hatte es geschafft. Es blieb ihr noch Zeit zu duschen, dann musste sie zur Arbeit. Unterwegs sagte sie sich immer wieder, dass sie alles schaffen konnte, wenn sie nur daran glaubte. Sie hatte es mit einer Gastherme aufgenommen, da würde sie sich doch von einer Bastelbox nicht kleinkriegen lassen. Die Arbeit ließ sie ungeduldig über sich ergehen und beeilte sich wieder nach Hause zu kommen. Im Hauseingang stieß sie beinahe mit dem Postboten zusammen, der ein Paket unter dem Arm trug und es sehr eilig hatte. „Warten Sie! Ich bin Natalie Beeken, ist das für mich?"

„In der Tat." Er nickte. „Wenn Sie unterschreiben, ist es Ihres." Er scannte den Code des Pakets, hielt ihr das Display zum Unterschreiben hin und eine Sekunde später ging der Karton in ihren Besitz über. Es konnte losgehen.

In den nächsten Tagen bastelte Natalie nicht nur sehr ansprechende Schachteln, sie stellte auch Pralinen her, von denen sie selbst nicht einmal zu träumen gewagt hatte. Dank Irina besaß Natalie die richtige Ausstattung und eine Anleitung, von der sich manche Rezeptschreiber eine dicke Scheibe abschneiden konnten. Irina hatte nämlich nicht nur aufgeschrieben, was zu tun war, sondern auch, was auf keinen Fall getan werden durfte. Immer wieder hatte sie betont, dass es fatal für das Ergebnis wäre, wenn Natalie sich von Ungeduld treiben ließe. „Warte lieber etwas länger als zu kurz." Und sie hatte recht behalten. Selbstredend gab es auch Verluste. Gut, dass Natalie großzügig eingekauft hatte. Sie hatte gelernt, dass die Ganache nicht zu fest sein durfte. Einmal war ihr deshalb der Spritzbeutel zerplatzt. Als sie zu weich war, hatten die Pralinen den Sturz aus der Form nicht überstanden. Es bedurfte sorgfältiger Arbeit. Natürlich hatte Irina es sich nicht nehmen lassen, zwischendurch den Stand der Dinge via WhatsApp abzufragen und sie zu motivieren. Am Freitagabend schließlich blickte Natalie stolz auf vier handgefertigte Schachteln gefüllt mit selbsthergestellten Vanilleherzen. Die weißen Herzen mit der zartrosa und hellbraunen Vanillecremefüllung schmeckten köstlich. Die schönste Schachtel wollte sie selbstverständlich Nick überreichen. Bei dem Gedanken daran bekam sie butterweiche Knie. Nun, da alles vorbereitet war, konnte sie nicht viel mehr tun, als abzuwarten.

An der Bushaltestelle wurde sie von Lucas und Carolina erwartet. Während Lucas wild mit seinem Schlitten auf sie zustürmte, verhielt sich Carolina zaghaft bei der Begrüßung. Ihr hing neben dem Liebeskummer um den Arzt noch immer das schlechte Gewissen in den Knochen. Berechtigterweise, wie Natalie befand.

Es hatte hier in den vergangenen Tagen noch einmal kräftig geschneit. Links und rechts türmten sich weiße Berge an den Straßenrändern. Das Dorf zeigte sich sehr hübsch und romantisch in seinem Winterkleid.

„Der Schlitten ist für dein Gepäck", erklärte Lucas freudestrahlend und sah sich suchend um. „Wo ist es denn?"

„Ich habe gar nicht so viel dabei. Alles, was ich brauche, ist in meinem Rucksack und in dieser Tüte hier", sie hob die große Papiertüte hoch, in der sie vorsichtig ihr Werk der vergangenen Tage verstaut hatte. Ich bleibe doch nur bis morgen."

„Schade", erwiderte Lucas. „Aber, wenn du ihn nicht brauchst, kann ich mich draufsetzen und du ziehst mich", schlug er kurzerhand vor. Seine Freude über Natalies erneuten Besuch war nicht zu übersehen.

„Jetzt lass Natalie doch erst einmal ankommen, Lucas", meldete sich Caro nun zu Wort. „Wie wäre es, wenn du dich draufsetzt und ich dich nach oben ziehe?" Sie zeigte die Straße entlang Richtung Gut.

„Bis ganz nach Hause? Klar!"

„Dann können Natalie und ich noch ein bisschen miteinander reden und wir kommen hoffentlich noch an, bevor die Dämmerung einsetzt." Er nahm seinen Platz ein und das Trio setzte sich in Bewegung.

„Wie geht es dir?", wollte Carolina wissen.

„Im Grunde ganz gut. In den letzten Tagen hatte ich alle Hände voll zu tun. Nun bin ich tatsächlich froh, dass ich mich dazu entschlossen habe, bei eurer Weihnachtssingerei mitzumachen. Ich bin gespannt, wie es wird und wer alles da ist." Womit sie ihre Zeit genau verbrachte hatte, wolle sie ihrer Schwester natürlich nicht auf die Nase binden.

„Und wie ist es bei dir gelaufen? Ich hoffe, du musstest nicht zu viel wegen meiner nicht vorhandenen Erzieherfähigkeiten ausbügeln?"

Carolina lächelte zurückhaltend. „Nein, das musste ich nicht. Du hast das großartig gemacht und ich bin dir sehr dankbar dafür, auch wenn es am Ende mit Olaf nicht geklappt hat. Aber wo wir gerade beim Thema bügeln sind: Was ist denn mit meinem Teppich passiert?"

Natalie überkam ein furchtbar schlechtes Gewissen. „Ich weiß, ich hätte es dir sagen sollen. Mir ist da ein blödes Missgeschick passiert ...", druckste sie herum.

„Ich weiß, ich weiß. Mach dir keine Sorgen. Lucas hat mir schon alles gebeichtet und versprochen, dass so etwas nie wieder vorkommt. Er hatte große Sorge, dass du fürchterlichen Ärger mit mir bekommst. Er hat sofort gestanden, damit ich dich nicht einen Kopf kürzer mache. Du kannst dir gar nicht vorstellen, wie sehr er dich ins Herz geschlossen hat und an dir hängt."

Natalie sah sich zu Lucas um. Er hatte es sich auf dem Schlitten gemütlich gemacht und blickte in der Gegend umher. „Ich habe ihn auch lieb", sagte sie leise. „Und dich auch, obwohl du eine schreckliche Plage bist." Sie blieb stehen. „Versprich mir, dass du mich nie wieder anlügst", forderte Natalie sanft und Carolina nickte. Dann sahen sie sich eine Weile zögernd an und schlossen sich endlich in die Arme.

„Ich weiß, dass ich an allem schuld bin, und so etwas passiert nie wieder", flüsterte Caro.

„Bist du nicht", entgegnete Natalie. „Also doch, aber nicht allein. Nick und ich hätten unter allen Umständen versuchen müssen, direkt miteinander zu reden. Das haben wir nicht getan und nur deshalb hat deine Lüge Bestand gehabt."

„Warum ziehst du nicht weiter?", rief Lucas von hinten und sofort setzte sich Carolina wieder in Bewegung.

„Ich habe in den letzten zwei Wochen übrigens nicht nur gearbeitet und auf Lucas aufgepasst. Du weißt, es gab Gespräche mit Papa und Irina. Immerhin haben wir eine Menge aufzuarbeiten. Ich will dir nur sagen, dass Irina schon ganz in Ordnung ist", erklärte sie.

„Ich weiß", pflichtete Natalie versöhnlich bei.

In der Scheune herrschte große Aufregung, als sie den Hof erreichten. Das Tor war geschlossen, aber durch die kleine Tür drangen heiteres Stimmengewirr und Musik. „Dann sehen wir uns später beim Fest", verabschiedete sich Caro und zog mit Lucas auf dem Schlitten weiter.

„Ja, bis später", rief Natalie und winkte Lucas zu. Ob Nick bereits da war? Sie konnte die Aufregung, die nervöse Spannung in sich, nicht ignorieren. Nur noch wenige Stunden und sie würde ihm ihre Liebe gestehen.

Kurz darauf begleitete Irina sie ins Gästezimmer. Trotz des Tumults auf dem Hof und in der Scheune schien sie ganz gelassen und zufrieden zu sein. „Es ist ja nicht das erste Adventssingen", winkte sie ab, als Natalie sie darauf ansprach. „Weißt du aber, was ich unbedingt sehen will?", fragte sie und rieb sich vor Freude die Hände.

„Ich bin mir zu neunundneunzig Prozent sicher", antwortete Natalie und stellte die Papiertüte aufs Bett. Eine Schachtel nach der anderen holte sie vorsichtig heraus uns legte sie nebeneinander auf die Tagesdecke.

„Wie schön", staunte Irina ehrlich. „Die sind dir wirklich gut gelungen. Die willst du ihm doch nicht alle geben?", fragte sie übermütig.

„Nein, natürlich nicht. Die blaue hier, die ist für ihn.“ Natalie hob sie hoch und öffnete den Deckel vorsichtig. Zum Vorschein kamen neun wunderschöne, gleichmäße Pralinenherzen aus weißer Schokolade.

„Die sind wunderschön geworden. Ich bin unglaublich stolz auf dich“, lobte Irina.

„Das freut mich, denn die hier“, sie hielt Irina eine der anderen Schachteln hin, „sind für dich und Papa. An deine Vanilleherzen werden sie wohl nicht heranreichen, aber sie schmecken. Ich habe sie probiert.“

„Das ist sehr lieb von dir, vielen Dank. Stell dein Licht nicht zu sehr unter den Scheffel“, sagte sie und nahm das Geschenk entgegen. „Du möchtest dich bestimmt erst einrichten und frisch machen. Du weißt ja, wo alles ist. Falls du doch etwas benötigst, findest du uns in der Scheune.“ Sie sah auf die Uhr. „Es ist kurz vor vier, in einer Stunde geht es los. Wir sammeln uns dort, dann wird gesungen und gefeiert.“

„Warte“, bat Natalie, als Irina schon fast zur Tür hinaus war. „Ist Nick denn schon da?“

„Er hat den ganzen Vormittag hier geholfen, aber dann hat er einen Anruf bekommen und musste noch einmal weg. Er hat versprochen pünktlich zu sein, aber ich weiß nicht, ob er schon zurück ist. Komm doch einfach in die Scheune und sieh selbst nach ihm. Da sind auch viele andere nette Menschen, die dir gern Hallo sagen wollen. Franz und ich haben ein klein wenig mit deinem Besuch angegeben.“ Sie zwinkerte und schloss die Tür von außen.

Als Natalie die weihnachtlich geschmückte Scheune betrat, wurde sie von den bereits Anwesenden mit einem freundlichen Lächeln oder einem Kopfnicken begrüßt. Alle wussten, wer sie war, aber sie selbst konnte die wenigsten Gesichter zuordnen. Ein weißhaariger älterer Herr mit Gehstock trat an sie heran. „Sieh an, das junge Fräulein Beeken, wie geht es Ihnen?" Sie sah ihn irritiert an. Erst als eine dezent geschminkte Frau mit weißer Dauerwelle neben ihn trat und ihn freundlich zurechtwies, wusste sie, wer vor ihr stand. Der alte Herr Viersen. Damals war er noch durch die Straßen spaziert und hatte Knöllchen fürs Falschparken ausgestellt.

„Albert, so etwas sagt man heutzutage doch nicht mehr." Sie hakte sich bei ihm unter und streichelte seinen Oberarm. „Natalie, meine Liebe, wie schön, Sie zu sehen. Wie geht es Ihnen?"

„Guten Tag zusammen. Danke, es geht mir ganz gut", erwiderte sie freundlich. „Und Ihnen?"

„Ach, du siehst ja, das Alter macht vor niemandem Halt. Da bin ich mein Leben lang gut zu Fuß gewesen und nun gehe ich am Krückstock. Ich zähle die Tage bis zur Rente." Er täuschte ein unzufriedenes Knurren vor und zwinkerte ihr zu.

„Das habe ich bereits geschafft", strahlte Frau Viersen. „Ein wunderbares Gefühl. Ich hoffe, dass es mir lang vergönnt bleibt."

„Das wünsche ich Ihnen auch", erwiderte Natalie freundlich.

„Und was haben Sie in den letzten Jahren so erlebt?", wollte Frau Viersen weiterhin wissen. Sie sah nicht aus, als ob sie Natalie so bald aus dem Gespräch entlassen wollte.

„Na ja, ich bin zur Schule gegangen, dann habe ich mich ausprobiert, hier und da gejobbt und nun studiere ich", erzählte sie.

„Aha, und ...", setzte Frau Viersen an, doch sie wurde von feinem Glockengeläut, das aus den Lautsprechern von den Wänden tönte, unterbrochen.

„Oh, es geht los", freute sie sich und ihre Augen glänzten erwartungsvoll. „Kommen Sie, wir suchen uns einen schönen Platz." Und ehe sich Natalie versah, hatte sich Frau Viersen auch bei ihr eingehakt und steuerte auf die Stühle zu, die mitten in der Scheune wie zu einem Konzert in Reihen aufgestellt worden waren. Sie folgte den Viersens, die sich einen Platz weit vorn sicherten, und nahm ganz außen, neben der alten Dame Platz. „Hier, das sind die Liederbücher." Sie reichte Natalie ein hübsch gestaltetes Heftchen mit den Texten. Handgemacht.

Vorn standen Irina und Franz neben einer Krippe und dem großen prächtigen Weihnachtsbaum. In der Tat hatte es in Natalies Erinnerung nicht einmal ansatzweise einen solchen Baum gegeben. Die Scheune war der einzige Ort, wo man ihn wegen seiner imposanten Größe aufstellen konnte. Die beiden Gastgeber warteten, bis alle Anwesenden Platz genommen hatten, und sprachen ein paar kurze Worte zur Begrüßung. Irina zeigte stolz ihre Krippe, zu der sie jedes Jahr etwas Neues hinzufügte, dann wurde die Beleuchtung eingeschaltet und es gab staunenden Applaus. Dazwischen ertönten vergnügte Quietschlaute eines Kindes.

Natalie drehte sich um und entdeckte Ansgar mit einem Kind auf dem Schoss. Er winkte ihr zu und präsentierte stolz sein Enkelkind. Neben ihm saß Marie. Wie erwachsen sie geworden war. Weiter hinten saßen Caro und Lucas, daneben ein Pärchen, von denen sie glaubte, es wären Janssens, die Betreiber der Weidinger Pension. Aber Nick war nirgends zu sehen.

„Aufpassen Kindchen", sagte Frau Viersen und stupste sie sanft an. Dann ertönten die ersten Takte aus den Lautsprechern und plötzlich sangen alle *Oh du fröhliche* im Chor. Was für ein ergreifendes Gefühl. Natalie überkam eine heimelige Gänsehaut. *Jetzt hat mich der Winterzauber endgültig gekriegt. Unfassbar, was Irina und Papa hier initiiert haben. Eine wunderbare Tradition.*

26. Stille Nacht

Als sie sich das nächste Mal umsah, betrat Nick die Scheune. Erleichtert und zugleich in Erregung versetzt holte Natalie tief Luft, dann stockte sie. Nick war nicht allein. Eine sehr attraktive junge Frau begleitete ihn. Die Art, wie er seinen Arm um sie legte, ließ Natalie eindeutig mehr Vertrautheit erkennen, als ihr lieb war. Noch bevor sie sich abwenden konnte, hatte Nick sie gesehen und winkte ihr mit einem schrecklich glücklichen Gesichtsausdruck zu. Mechanisch hob Natalie die Hand, deutete eine Begrüßung an und wollte sich abwenden. Noch aus dem Augenwinkel nahm sie wahr, wie Nick sich seiner Begleitung zuwandte und ihr etwas ins Ohr flüsterte. Wie hatte sie nur so dumm sein können zu glauben, sie hätten eine gemeinsame Zukunft als Paar? Warum war sie nur so schrecklich naiv? Er hatte ihr doch gesagt, dass er ihre Freundschaft wollte. Warum gab sie sich nicht damit zufrieden?

Mit aller Macht versuchte sie sich aufs Singen zu konzentrieren, aber es gelang ihr nicht. Dass sie sich in liebestoller Idiotie in die Idee von einer gemeinsamen Zukunft mit ihrer Jugendliebe verrannt hatte, sich ein Leben mit Nick wünschte, das es eben einfach nicht geben konnte, stimmte sie unendlich traurig. Auch die Tatsache, dass sie ihrem gerade erst zurückgewonnenen

Freund sein Glück nicht gönnte, machte ihr zu schaffen. Natalie brauchte all ihre Kraft, um die nächste halbe Stunde mit Würde über sich ergehen zu lassen. Sie sang tapfer unter dem anerkennenden Blick von Frau Viersen, applaudierte mit allen und begleitete die beiden Alten noch bis zum Buffet. Sie wollte ihrer Illusion nicht nachweinen, zumindest nicht in der Öffentlichkeit. „Nimmst du auch eine Tasse Glühwein oder Punsch?", fragte eine Frauenstimme, die Natalie bekannt vorkam. Sie drehte sich um und erkannte Martina Mertens, Nicks Mutter. Sie wollte am liebsten im Boden versinken. Das war jetzt einfach zu viel.

„Nein, für mich gerade nicht, danke. Mir ist irgendwie nicht gut. Vielleicht muss ich mal kurz an die frische Luft", keuchte sie und floh, ohne sich umzudrehen. Sie konnte jetzt einfach keinen Smalltalk mit Nicks Mutter halten. Nicht jetzt.

Eine Weile stand sie allein vor der Scheune und atmete die kalte Luft ein. Die Weihnachtsbeleuchtung tauchte den Schnee in heimeliges Licht. Das Spielen der Weihnachtslieder hatte die Musikanlage übernommen, es wurde munter erzählt und gelacht, durch die kalte Luft zog sich der Duft von Glühwein und Gebäck. *Ich weiß schon, warum ich Glühwein hasse*, dachte Natalie und schniefte. Sie hätte niemals herkommen dürfen. Jetzt war es zu spät, um nach Hause zu fahren, aber hineingehen und gute Miene machen wollte sie auch nicht. Sie ordnete ihren Schal, sah, wie ihr Atem im Schein der Weihnachtsbeleuchtung emporstieg und plötzlich durchfuhr sie ein Ruck. *Habe ich denn nichts dazugelernt? Verdammt noch mal, ich muss anfangen offen mit ihm zu reden, wenn wir wenigstens unsere*

Freundschaft retten wollen. Sie straffte die Schultern, beschloss eine Runde spazieren zu gehen, die Aufregung abklingen zu lassen und dann das Gespräch mit Nick zu suchen. Langsam setzte sie sich in Bewegung, ließ den Lärm hinter sich und verschwand in der Dunkelheit.

Sie kannte den Weg, der Schnee knirschte unter ihren Füßen. Zügig schritt sie nun voran. Durch die Bewegung wurde ihr warm und schon bald hatte sie ihr Ziel, die Jagdkanzel, erreicht. Während sie den Feldweg entlanggestapft war, hatte die Schneedecke auf dem Feld das Mondlicht reflektiert und die Nacht erhellt. Nun stand sie in der Dunkelheit zwischen den Bäumen, die sich geräuschvoll im Wind bewegten und sich wie schwarze Riesen gen Himmel reckten. Ihre Aufregung hatte sich in der Tat gelegt, doch nun beschlich sie ein anderes ungutes Gefühl. Es war nicht eine ihrer besten Ideen gewesen, mitten in einer kalten Winternacht in den Wald zu laufen. Verloren sah sie sich um und bei dem Gedanken, hier unten weiter herumzustehen, wurde ihr mulmig. Sie konnte sich gar nicht daran erinnern, früher so ängstlich gewesen zu sein. Es knackte im Gehölz und das Geräusch jagte ihr einen furchtbaren Schrecken ein, sodass sie eilig ihr Telefon aus der Tasche zog und die Taschenlampe einschaltete. Es war nichts zu sehen, dennoch beschloss sie hinaufzusteigen.

Die hölzernen Sprossen waren kalt und nass. Sie hatte das Telefon in der linken Hand, um zu leuchten, und konnte sich nicht gut festhalten, aber die plötzliche Unruhe, nein, Angst vor der Dunkelheit oder dem, was sich in ihr verbarg, trieben sie an. Am ganzen Leib zitternd und nach Luft ringend gelangte sie oben an und ließ sich auf den Boden fallen. Es war verdammt ungemütlich hier, oder war sie einfach zu alt für einen solchen Mist? *Ich sollte aufhören Teenagerträumen hinterherzujagen. Es war alles eine romantische Idee, aber eben nur ein Traum vom Verliebtsein. Es hat damals nicht geklappt, es klappt auch jetzt nicht. Ich muss es einfach einsehen und nach vorn blicken.*

Sie zog die Schachtel aus ihrer Jackentasche. Ihr kleines Kunstwerk hatte eine unschöne Delle bekommen. Sie presste die Lippen zusammen, dann öffnete sie die Schachtel und betrachtete die neun kleinen, weißen Herzen, die sie mit so viel Mühe und Liebe hergestellt hatte. Mit einer Liebe für Nick, die er niemals erwidern würde. Natalie nahm eine Praline und steckte sie sich in den Mund. Das musste sie sich und Irina lassen. Die kleinen Dinger schmeckten fantastisch.

Plötzlich knackte es erneut, dieses Mal direkt unter dem Hochsitz. Natalie schrak zusammen und rührte sich nicht. Sie lauschte in die Dunkelheit. „Natalie?", rief eine tiefe Stimme von unten herauf. Nick!

Sie antwortete nicht und blieb regungslos sitzen, obwohl sie das Gefühl hatte, dass ihr Herz ihr aus dem Hals springen wollte.

„Natalie, ich weiß, dass du da oben bist. Ich habe dich weggehen sehen und bis eben hattest du noch Licht an."

Sie regte sich noch immer nicht.

„Natalie, was ist los? Wir wissen beide, dass ich zu dir hochkomme, wenn du nicht runterkommst."

Schwer atmend schloss Natalie die Augen und schluckte den Rest der Praline hinunter. Einen Moment später spürte sie eine leichte Erschütterung. Nick erklomm die Leiter. „Ich komm jetzt rein“, sagte er behutsam und kletterte in den geschützten Bereich. „Hi“, sagte dann er leise.

„Hi“, erwiderte Natalie. „Was willst du hier?“

„Was wohl, nach dir sehen. Meine Mutter sagte, dir wäre nicht gut und dass du kurz an die frische Luft wolltest. Und als ich rauskam, um dich zu begrüßen, hab ich gesehen, wie du mir nichts dir nichts in den Wald gestapft bist. Also, was ist los? Kann ich etwas für dich tun?“

„Nichts ist los, zumindest fast nichts“, antwortete Natalie. „Aber da muss ich allein durch.“ Sie schniefte. Der Vorsatz, das direkte Gespräch mit ihrem Freund zu suchen, hatte sich klammheimlich aus dem Staub gemacht.

„Weinst du etwa?“

„Nein“, log Natalie, doch im nächsten Augenblick hatte Nick die Taschenlampe seines Handys eingeschaltet und sie entlarvt.

„Du bist immer noch eine schlechte Lügnerin“, stellte er fest und zog eine Packung Tempos aus der Jackentasche. Er öffnete sie, zog das oberste Taschentuch bis zur Hälfte heraus und hielt es ihr hin. „Hier.“

„Danke.“ Natalie wischte sich die Tränen von den Wangen und schnäuzte sich.

„Na komm schon“, versuchte Nick es erneut. „Mir kannst du es doch sagen, wir sind doch Freunde, oder nicht?“ Sie nickte stumm und er setzte sich dicht neben Natalie. Tröstend legte er seinen Arm um ihre Schulter.

Eine Geste, die sie kaum ertragen konnte, denn sie wusste, viel mehr würde er ihr nicht geben können. „Lass mich raten", begann Nick. „Liebeskummer?"

„So etwas in der Art."

„Na, dann kann ja wohl nur einer schuld sein. Dieser Typ, der letztens hier mit seinem Auto aufgekreuzt ist und dich mit nach Köln nehmen wollte. Wenn du willst, mache ich ihn einen Kopf kürzer."

„Nein, das musst du nicht. Markus ist wirklich ein Guter", wehrte Natalie ab.

„Na, so gut kann er nicht sein, wenn er dich allein hierherkommen lässt und du auch noch vor Liebeskummer in Tränen ausbrichst", entrüstete sich Nick. Er schaltete die Lampe aus und zog Natalie näher an sich heran. Er roch so gut, seine Umarmung war unbeschreiblich.

„Markus und ich gehen getrennte Wege. Er hat einen neuen Job angenommen, in Osnabrück. Das ist gut für ihn." Natalie stierte in die Dunkelheit, sie sprach klar und leise. Ihr Kopf lehnte an Nicks Schulter, sie spürte seinen Atem, seine Wärme und das leichte Kratzen seines Bartes an ihrer Stirn. Verdammt noch mal, sie waren sich so nah.

„Aber du hast ihn geliebt?", fragte Nick leise.

„Nein, ich habe nur gedacht, ich könnte ihn irgendwann lieben."

„Dann ist es aber kein richtiger Liebeskummer", fasste Nick zusammen. „Du wirst sehen, das geht vorüber. Schneller, als du gucken kannst."

„Es geht ja auch gar nicht um Markus", flüsterte Natalie kaum hörbar, aber Nick hatte sie verstanden.

„Ach nein, um wen dann?"

„Jemanden, der bereits vergeben ist und meine Gefühle niemals erwidern wird." Sie hauchte ihre Antwort beinahe. Er drückte sie noch näher an sich und seufzte.

„Dann muss dieser Typ aber mächtig bescheuert sein, wenn er dich nicht will", stellte er fest und Natalie presste ihre Lippen aufeinander. „Was hat er denn gesagt?"

„Nichts, ich habe es ihm nicht gesagt", entgegnete Natalie.

„Und warum nicht?"

„Na, weil es vollkommen bedeutungslos ist", druckste sie. „Ich wollte wirklich mit ihm reden, aber dann war seine Freundin dabei, von der ich gar nichts gewusst habe, und dann war alles Mist." Sie bewegte die Beine ein wenig und mit einem leichten Rascheln rutschte die Pralinenschachtel von ihrem Schoss.

„Was ist denn das?", fragte Nick und schaltete die Lampe wieder ein.

„Pralinen. Hab ich selbst gemacht und wollte sie ihm vorhin geben. Ich war gerade dabei sie selbst aufzuessen, als du mich gestört hast."

„Gibst du mir eine ab? Ich habe einen Mordshunger. Ich war noch nicht einmal am Buffet."

„Klar, jetzt ist es ja sowieso egal." Sie hielt ihm die Schachtel hin.

„Wow, die sehen aus wie Irinas Vanilleherzen. Meine absoluten Lieblingspralinen", stellte er fest und stecke sich eine in den Mund „Und sie schmecken auch fast genauso", nuschelte er mit vollem Mund hinterher.

„Ich weiß."

„Moment mal“, hob Nick an. „Du wolltest sie ihm vorhin beim Fest geben?“

Natalie nickte und hielt die Luft an. Zwischen Hoffnung und Angst, Nick könnte ihre Gefühle erkennen, vermochte sie kaum zu atmen.

„Du machst mich neugierig. Wer von denen ist es? Doch nicht etwa der Sohn vom Bütgenbach?“

„Nein, der doch nicht.“ Sie setzte sich auf und schüttelte den Kopf.

„Dann musst du mir auf die Sprünge helfen, ich habe keinen blassen Schimmer, wer von denen in Frage kommen könnte. Aber ich muss zugeben, dass du mich überraschst.“

„Anwesende Herren eingeschlossen“, sagte Natalie plötzlich sehr leise und sah Nick mit ernstem Blick an. Da, es war raus. Nun würde sie sich zumindest nicht mehr vorwerfen können, es nicht versucht zu haben.

Augenblicklich entgleisten Nicks Gesichtszüge und er sah sie sekundenlang fassungslos an, als er langsam zu verstehen schien. „Du …, du meinst mich“.

Sie neigte den Kopf und hob die Schultern, als wollte sie sagen *Ja, aber was kann ich denn dafür.*

„Die Herzen sind für mich, weil du mir sagen wolltest, dass du …?“ Er sprach nicht weiter. Ihre Blicke verfingen sich ineinander.

„Wollte ich, habe ich aber nicht, weil du mit deiner Freundin gekommen bist. Ja, ist blöd, aber es wird schon irgendwie gehen. Du hast selbst gesagt, dass du lieber wieder deine beste Freundin zurückhaben willst.“

„Natalie“, raunte Nick eindringlich und legte das Handy beiseite. Sanft griff er an ihre Schulter, zog sie wieder näher zu sich, hob ihren Kopf und blickte sie sanftmütig an.

„Ich liebe dich auch, ich habe dich immer geliebt.“

Natalie hatte das Gefühl, eine Herde Rhinozerosse trampelte gerade über sie hinweg, als er sie noch dichter an sich heranzog. „Was machst du da?“, fragte sie benommen vor Glück und Verzweiflung.

„Ich versuche dich zu küssen“, erwiderte er, doch sie hielt ihn zurück.

„Das geht doch nicht, wir haben eben noch von deiner Freundin gesprochen“, flüsterte sie traurig.

„Nein, das haben wir nicht. Und das mit dem *offen sprechen* müssen wir beide wohl wirklich noch ein bisschen üben. Alina ist nicht meine Freundin. Sie ist meine Halbschwester und ich habe sie heute mitgebracht, damit ihr euch kennenlernt.“

„Was, wirklich? Aber warum hast du das denn nicht gleich gesagt, du Idiot“, entfuhr es Natalie. Sie gab sich keine Mühe, ihren Vorwurf zu verstecken.

„Weil du mich nicht gefragt hast. Wir hatten doch noch kein Wort miteinander gesprochen“. Er ignorierte ihren Tonfall und zog Natalie noch dichter an sich heran. „Darf ich dich jetzt endlich küssen?“, bat er inständig und endlich ließ Natalie es zu. Ihre Lippen berührten sich vorsichtig, sanft, so als wären sie bemüht nichts kaputt zu machen.

„Fühlt sich gut an“, wisperte Natalie vollkommen überwältigt. „Finde ich auch.“ Sie küssten sich erneut, doch dieses Mal innig und leidenschaftlich.

„Auch wenn ich ewig so weiter machen könnte, sollten wir lieber wieder zurückgehen“, schlug Natalie vor, nachdem sie den Kuss beendet hatten. „Hier oben ist es grausig kalt und womöglich werden wir auch schon vermisst."

„Du hast recht und vielleicht ist auch noch etwas zu essen da, ich verhungere bald", erklärte Nick.

„Ich kann dir noch ein paar Pralinen als Wegzehrung anbieten." Sie hielt ihm eines der weißen Herzen hin.

„Da sag ich nicht nein".

Vorsichtig stiegen sie hinab. Unten angekommen schaltete Natalie ihre Taschenlampe ein und suchte die Schnitzerei im Holz des Ausgucks. „Für immer und ewig", las sie vor. „Könntest du dir vorstellen, dass wir einen Weg finden und es irgendwann wirklich so ist?" Sie sprach sehr leise und schmiegte sich an ihn.

„Ich verspreche, ich werde alles tun, was in meiner Macht steht." Er zog sie zärtlich an sich und küsste sie erneut. „Lust auf ein erstes Date unter Erwachsenen?"

„Sehr gern!"

Hand in Hand machten sie sich auf den Rückweg. Ein schwaches Lüftchen wehte und ließ einzelne Schnee-flocken in der Luft tanzen, bevor sie sich auf dem Feld oder den Zweigen der Bäume niederließen. Die Schnee-landschaft verschluckte einen Großteil der Geräusche. Nur das Knirschen unter ihren Schuhsohlen durch-brach die Stille, als sie sich dem festlich beleuchteten Gutshof näherten.

„Woher weißt du eigentlich, wie man die Pralinen macht?", wollte Nick nach einer Weile wissen.

„Irina hat mir gezeigt, wie das geht. Sie ist eine un-glaublich talentierte Lehrerin."

„Das ist sie wirklich. Unglaublich UND talentiert", be-stätigte Nick. „Weißt du, sie hat mir heute ihre Teilha-berschaft an der Konditorei versprochen. Das Geschäft ist in den letzten Jahren in Schieflage geraten und ich habe mit dem Gedanken gespielt, zu schließen. Aber jetzt, mit einem Konfiserie-Konzept und ihrer Hilfe, kann es wieder aufwärtsgehen."

„Das sind doch großartige Neuigkeiten", stellte Natalie fest.

„Stimmt."

„Warum habe ich dann das Gefühl, dass dich etwas bedrückt?"

„Wenn wir mit dem Betrieb neu durchstarten, werde ich zumindest im ersten Jahr definitiv weiter in Weidingen wohnen müssen. Der Gedanke, wieder von dir getrennt zu sein, macht mich sehr traurig. Gerade jetzt, wo wir uns ja erst wieder neu kennenlernen müssen."

„Mich auch", erwiderte Natalie und verschränkte ihre Finger in seinen. „Aber wie es aussieht, werde ich von nun an häufiger hier sein und wer weiß, vielleicht ist es bald an der Zeit, wieder gänzlich zurückzukommen und hier zu wohnen. Was sagst du dazu?"

„Das ist die beste Idee, die du je hattest." Er blieb stehen und zog sie erneut zärtlich an sich. „Du hast mir gefehlt, Natalie"

„Du mir auch." Sie küssten sich ein letztes Mal, bevor sie die Scheune wieder betraten und sich gemeinsam unter die Gäste mischten.